Buntstein

Mara Lang

RUN

Roman

Buntstein

1. Auflage
Lektorat: Christiane Geldmacher
Satz/Layout: Martina Stolzmann
Covergestaltung: Nele Schütz Design, München
Druck: CPI – Clausen & Bosse, Leck
Made in Germany
ISBN 978-3-95669-039-6
www.bookspot.de

Der Verlust einer geliebten Person
mag tief in deine Seele schrammen –
der Verlust deines Kindes
kann sie vernichten.

online

Er könnte aussteigen.

Jederzeit.

... dieser überraschte Ausdruck in seinem Gesicht ...

Niemand zwang ihn dazu.

Niemand.

... wie er da liegt. Leblos. Gleichzeitig warm, noch erhitzt vom Fight ...

Aussteigen.

Sofort.

... als würde er gleich aufspringen. Über unsere erschrockenen Gesichter lachen ...

Schluss.

Schluss.

Schluss!

... das wird er nicht. Nie wieder. Lachen. Weinen. Denken. Reden. Sein. Er ist tot ...

»Riskier nicht dein Leben für dieses Spiel, Jan«, hatte Raphael gesagt. »Überlass das der Polizei.«

... und Katja?

»144 Notruf Niederösterreich, guten Tag.«

»Hallo? Ja, ich möchte einen Mord ... also, ich habe eine Leiche gefunden. Im Wald ... ein Junge. Sieht so aus, als sei er erschossen worden.«

1

offline

Kälte kroch seine Beine empor. Erst als seine Finger klamm wurden, fiel ihm auf, dass er aus unerfindlichen Gründen innegehalten hatte und die Spinatpackung mit Blicken durchlöcherte. Ein Aussetzer?

Fröstelnd lockerte Jan den Griff, warf den Blattspinat ins Fach und räumte auch den Rest des Einkaufs in den Gefrierschrank. Pizza und Lasagne für die Eltern, Tiefkühlgemüse für ihn. Sie würden eine Weile damit auskommen. Seine Mutter aß seit Montag so gut wie nichts, sein Vater hatte meist nach ein paar Bissen genug, und Jan kam das Grünzeug bereits zu den Ohren raus. Als Allergiker hatte er es besonders schwer, was Fertiggerichte betraf, sogar bei Würstchen musste er aufpassen. Allerdings sah es nicht so aus, als würde seine Mutter in absehbarer Zeit den Kochlöffel schwingen.

Tag vier. Donnerstag. Kein Hinweis auf Katja.

»Ich habe Pizza gekauft. Und für mich das übliche Zeug«, warf er seiner Mutter über die Schulter zu.

Erstaunlicherweise erhielt er eine Antwort. »Hm? Oh, danke. Gib alles ins Tiefkühlfach.«

Hatte er schon.

Mit einem Ruck drehte er sich um. »Mama?«

Nichts. Seine Mutter saß mit gebeugten Schultern am Küchentisch und starrte vor sich hin. Jan setzte sich zu ihr. Sie umklammerte das Telefon so fest, als könnte sie das Läuten herausquetschen. Er mochte Aussetzer haben, bei ihr konnte man von einem Systemcrash sprechen. Er legte seine Hand auf ihre.

»Mama? Eva!«

Sie blickte auf, die Augen vom vielen Weinen gerötet. Gott, sie war völlig fertig. *Sind wir das nicht alle?*, dachte er. Die Nächte brachten kaum Schlaf. Wirbelten nur die Gedanken durcheinander.

»Sie finden sie«, sagte Jan, für seine Begriffe mit einer ordentlichen Portion Zuversicht versehen. »Die Polizei hat bestimmt bald eine Spur. Die arbeiten schnell.«

Hoffnung huschte über ihr Gesicht, sie nahm einen tiefen Atemzug.

Nachschub, Jan. »Irgendjemand muss was gesehen haben. Oder gehört. Du weißt doch«, er zwinkerte ihr zu, »Katjas Gekreische lässt selbst Glas splittern.«

Vor einem Jahr hatten sie sich zu Silvester einen Spaß erlaubt, Katja und er. Sie hatten ein Sektglas präpariert und es vor den Augen der Eltern zerspringen lassen, nur durch Katjas Stimme. Sie konnte quietschen, dass einem Hören und Sehen verging.

Der Scherz verfehlte nicht an Wirkung. Seine Mutter lächelte schwach. »Ach, Jan. Tut mir leid. Ich bin momentan zu nichts zu gebrauchen.«

»Kein Problem. Ich komme damit klar.« Eine glatte Lüge. Die Situation machte ihn wahnsinnig. Nichts tun zu können, nur zu warten und zu hoffen, war zermürbend. Er hätte sich jemanden zum Reden gewünscht, ein wenig Rückhalt, nicht diese stumme Verzweiflung.

»Geben Sie auf Ihre Frau acht«, hatte der Polizeipsychologe seinem Vater geraten. »Nicht, dass sie in eine Depression kippt.« Der hatte genickt und Jan einen von diesen Wenn-ich-nicht-da-bin-bist-du-der-Mann-im-Haus-Blicken zugeschossen. Super. Sein Vater war Staatsanwalt und steckte mitten in einem wichtigen Fall. Also blieb alles an Jan hängen.

Er drückte die Hand seiner Mutter. Wollte so viel sagen und brachte doch nichts raus. »Ich bin oben, okay?«

»Okay. Danke für deine Hilfe, mein Schatz.«

Jan wollte gerade durch die Küchentür, da rief sie ihm nach: »Da ist ein Paket für dich gekommen. Liegt in deinem Zimmer.«

Ein Paket? Wer sollte ihm ein Paket schicken? Er hatte nichts bestellt. Werbung vielleicht?

Er nickte. »Dann schau ich mal nach, was es ist.«

Sie nickte auch. Schluchzte auf. Immer wieder diese Tränen, ohne jede Vorwarnung. Verständlich, sicher, aber schwer zu ertragen.

Im Treppenhaus war es düster. Früher hatte ihn das nie gestört, doch nun, da Katjas Lachen fehlte, ihr Getrampel und Gehopse, ihr täglicher Quälgeist-Radau, fiel es ihm zum ersten Mal negativ auf. Die Welt hatte ihr Licht verloren.

Neunzehn Stufen führten in den Oberstock. Neunzehn, Primzahl. Durch nichts teilbar, außer durch sich selbst. *Katja ist auch so eine Primzahl*, dachte Jan. *Etwas Besonderes. Unser Kätzchen.* Grausige Bilder stiegen vor seinen Augen auf, als er darüber nachdachte, was sie wohl mit ihr anstellten. Ihre kleinen Hände, gefesselt. Ihr zarter Mädchenkörper, gekrümmt auf einer Matratze. Männer, die über sie herfielen.

Sie war doch erst fünf.

Und jetzt war sie weg. In der Gewalt von Irren, die noch nicht einmal Lösegeld gefordert hatten. Ein pädophiles Pärchen, vermutete die Polizei. Oder Mädchenhändler. Es gab eine Menge Möglichkeiten.

Mit einem Blinzeln löschte Jan seine schwarzen Fantasien. Trat in sein Zimmer. Schloss die Tür hinter sich und die Welt aus.

Das Paket lag auf seinem Schreibtisch, klein und unscheinbar zwischen all den Büchern, Heften und Zetteln. Seit Katjas Verschwinden hatte er nicht einen Strich für die Schule gemacht. Die mit gelbem Textmarker hervorgehobenen Abschnitte in seinem Biologiebuch blitzten ihn anklagend an, als wollten sie ihn daran erinnern, dass er Ende Mai Matura hatte. *Wen juckt's,* dachte er achselzuckend. *Noch genügend Zeit.*

Er würde erst wieder zur Schule gehen, wenn seine Mutter sich besser fühlte. Das ersparte ihm auch die lästigen Fragen seiner Mitschüler. Alle hatten von Katjas Entführung gehört, viele hatten ihm gesimst oder auf Facebook gepostet, wie leid ihnen die Sache täte. Er hatte nie zurückgeschrieben. Die Polizei hatte ihnen geraten, nichts zu dem Fall in der Öffentlichkeit oder im Internet verlauten zu lassen.

Jan schluckte. Seine kleine Schwester war »ein Fall«. Er wollte seine Wut herausschreien, jemanden schütteln oder schlagen. Stattdessen presste er die Faust vor den Mund und sank auf den Schreibtischstuhl.

Die Schrift auf dem Paket war rot. Auf einen weißen Aufkleber gedruckt.

Jan Rakits
Roterdstraße 25
1160 Wien

Das war eindeutig er.

Das Quäken des Handys riss seinen Blick vom Paket los. Eine SMS von Raphael:

Wie wär's mit Klettern? Um drei?

Eine Klettersession mit seinem besten Freund klang verlockend. Endlich wieder auspowern, den Kopf freibekommen, nur an die Route und den nächsten Zug denken.

Nicht an Katja.

Sie hatten sie vom Kindergarten abgeholt. Eine Frau, die behauptete, Katjas Mutter sei verunglückt und werde im Krankenhaus notoperiert, hatte sie mitgenommen. Die Kindergartenhelferin hatte nicht genauer nachgefragt, auch nicht, als Katja anfangs nicht mit der Fremden gehen wollte. Falsch reagiert. Viel zu spät waren ihr doch Bedenken gekommen. Sie war der Frau nachgerannt, hatte aber nur noch einen blauen Lieferwagen wegfahren sehen. Blau oder auch schwarz, nicht einmal das Kennzeichen hatte sie erkennen können.

Jan knallte die Faust auf den Tisch. Blöde Gedankenspirale!

Ja, Klettern war eine gute Idee. Sein Vater hatte versprochen, heute früher nach Hause zu kommen. Das passte.

Kann erst um fünf. CYL?, schickte er an Raphael.

Während er auf Antwort wartete, widmete er sich dem Paket. Es war ungewöhnlich leicht. Nun war er doch gespannt. Mechanisch öffnete er den Karton. Darunter kam eine Schachtel aus Styropor zum Vorschein. Für Sekunden blitzte eine Warnung in seinem Kopf auf: *Nicht, das könnte eine Bombe sein!*

Sicher doch, Jan. Er lachte trocken. *Erst entführen sie deine Schwester und dann jagen sie dich in die Luft.*

Immer noch grinsend öffnete er die Schachtel und stutzte. In eine Plastikfolie eingeschweißt lag eine Brille. Das Gestell ein Mix aus Metall und Kunststoff, extra breite Bügel, die Gläser verspiegelt, ein Fixierband für den Kopf. Auf den ersten Blick ähnelte sie einer Sonnenbrille für Sportler oder einer dieser Actionbrillen, mit denen man Fotos oder Videos aufnehmen konnte.

Jan nahm sie aus dem Styroporbett und drehte sie in der Hand. Der Firmenname *SPEC* war auf den linken Bügel geprägt, und gleich daneben *AR-Vision 4.7.* AR?

Das hatte er schon mal gehört. Seine Gedanken fuhren Achterbahn und rasteten schließlich ein. Raphael hatte ihm davon erzählt. Sein Vater arbeitete in der Computerbranche und war eine unerschöpfliche Quelle an Informationen, wenn es um die neuesten Hightech-Errungenschaften oder Games ging. AR war die Kurzform für ›Augmented Reality‹, was wiederum ›erweiterte Realität‹ bedeutete. Das Ding war eine Datenbrille.

Weshalb bekam er eine Datenbrille zugesandt?

Diese Brillen waren erst seit kurzem und seines Wissens momentan nur in Amerika oder Japan erhältlich. War er als Testperson ausgewählt worden? Vielleicht war es nur eine Attrappe? Ein Werbegag zur Einführung auf dem europäischen Markt? Er suchte nach einer Erläuterung der Herstellerfirma, nach einer Bedienungsanleitung, irgendetwas. Aber nichts. Bis auf ein Ladekabel war die Schachtel leer.

Schließlich siegte die Neugier. Er riss die Folie auf und nahm die Brille genauer unter die Lupe. Das Kunststoffmaterial war angenehm griffig, nur am rechten Bügel befand sich eine glatte Fläche. Ein Touchpad? Außerdem entdeckte er Mikrofon und Lautsprecher, eine quadratische Einbuchtung, unter der er den Kontakt für das Ladekabel vermutete, und einen winzigen Schalter.

Probeweise setzte er die Brille auf und stellte sich vor den Spiegel am Schrank.

Cool! Wie für ihn gemacht. Die Brille saß gut, ausgezeichnet sogar, als er die Nasenstege enger stellte. Sie machte jede Kopfbewegung ohne Rutschen mit, das Fixierband war nicht nötig. Und sie war extrem leicht. Seine Finger tasteten nach dem Schalter. Er drückte ihn und ärgerte sich sogleich über seine Dummheit. *Schon mal was von Laden gehört, Jan?*

2

online

Schon wollte er das Ladekabel holen, als ein zartes Summen ertönte. Das Ding war betriebsbereit! Rechts oben leuchtete im Brillenglas ein Text in einem Sichtfenster auf:

- Standort: Europa, Österreich, Wien, 1160,
  Roterdstraße 25

Krass. Ein Schauer lief Jan über den Rücken. Dieses Ding bestimmte ohne Aufforderung seinen momentanen Aufenthaltsort. Auch Datum und Uhrzeit waren eingestellt. Die Anzeige verschwand wieder und machte dem Logo der Plattform *Live* Platz. Von *Live* hatte er schon gehört. Im Vergleich zu Facebook und Google+ war das eine unbedeutende Plattform, doch sie hielt sich beständig. Jan hatte ein einziges Mal reingeschaut und keine große Lust verspürt, einem weiteren Social Network beizutreten. Viel zu mühsam. Im Übrigen waren sämtliche seiner Freunde bei Facebook zu finden, und wen interessierte schon eine Plattform ohne Kontakte?

Einen Moment später registrierte er, dass er sich nicht mehr auf der Startseite von *Live* befand, sondern zu einer Seite namens RUN umgeleitet worden war.

RUN – Das Spiel, stand da in knalligem Rot zu lesen. Also von daher wehte der Wind. Vermutlich war die Datenbrille ein Marketing-Auftritt der Spielehersteller. Woher hatten sie seine Adresse? Zufall? Cooler Zufall jedenfalls.

Kopfschüttelnd betrachtete Jan den Header von RUN. Die Display-Darstellung war perfekt, ganz so, als säße er vor dem Bildschirm seines PCs am Schreibtisch. Die Farben leuchteten, die Schrift war gestochen scharf. Dabei beeinträchtigte die AR sein Sichtfeld nicht. Er brauchte nur geradeaus durch die Brillengläser in die Wirklichkeit zu schauen – oder nach oben auf die virtuelle Welt. Phänomenal. Bestimmt konnte man mit der Brille auch bei Facebook einsteigen. Doch wie kommunizierte man? Das Mikrofon ließ auf Sprachsteuerung schließen.

»Facebook«, sagte er leise, fast fragend. Nichts. »Sprachsteuerung«, befahl er, schon ein wenig lauter. Wieder nichts.

Enttäuscht wollte er die Brille abnehmen, da wechselte RUN die Ansicht.

- Nimmst du die Herausforderung an?

»Klar«, sagte Jan spöttisch.

Wieder änderte sich die Anzeige.

- Willkommen bei RUN, Jan!

Ach. Du. Scheiße.

Jan riss sich die Brille vom Kopf. Das Spiel kannte ihn beim Namen. *Warum auch nicht,* dachte er. Die Brille kannte seinen Standort, wie viel fehlte wohl bis zu seinem Namen?

Eine Menge. Jeder in seiner Familie hätte das Paket öffnen und die Brille in Betrieb nehmen können. Seine Mutter, sein Vater, sogar Katja ...

Wenn sie denn da gewesen wäre.

Jan setzte die Brille wieder auf. Er wollte jetzt nicht an Katja denken. Diese Ablenkung kam wie gerufen. In der Menüleiste bot ihm RUN zwei Möglichkeiten an:

- Das Spiel
- Level 1

»Das Spiel«, sagte er, in der Annahme, dass er irgendwas über die Regeln erfahren würde. Diesmal reagierte das System sofort auf seinen Sprachbefehl.

- RUN – Das Spiel

  Begib dich mit RUN auf eine atemberaubende Jagd und sammle Punkte beim Bewältigen der Levels. Der Punktehöchststand führt zum Sieg. Und der Preis? Who knows?

  RUN – Gib dir den Kick!

Das war etwas dürftig. Eine atemberaubende Jagd und ein Preis, der unbenannt blieb? Vermutlich war dies die Demoversion und man kassierte das komplette Spiel, wenn man alle Level bewältigte. Ob es außer ihm überhaupt jemanden gab, der sich für RUN interessierte?

»Auflistung Spieler.«

Die Hauptseite rutschte nach rechts und gab die Sicht auf sechs Namen frei: Florian, Nina, Jasmin, Mark, Vincent, Tom.

Und Jan. Mit ihm waren sie zu siebt.

Jan holte Luft. *Ansehen kostet nichts*, dachte er. »Level 1.«

Ein Foto poppte auf. Darauf waren ein paar Mülltonnen vor einer kahlen Hausmauer zu sehen. Links kletterte Efeu die Wand empor. Auf einer der Tonnen lag ein Schuh. Unter dem Foto stand im typischen Knallrot von RUN zu lesen:

- Welcome to level 1!

Triff noch heute Mittag deine Gegner! Schieße ein Foto von: Nina.

RUN – Gib dir den Kick!

Es war der Schuh, der Jans Herz Kapriolen schlagen ließ. Eine hellgrüne Sportsandale für Kinder mit weißer Sohle. Funkelnagelneu. Mit zitternden Fingern berührte er das Touchpad und zoomte das Foto heran. Am Rand der Sohle stand mit schwarzem Stift etwas geschrieben. Ein Name, deutlich zu lesen:

Katja.

3

online

Jan wurde heiß und kalt zugleich. Das war der Schuh seiner Schwester! Er war mit beim Kauf gewesen und hatte sich furchtbar gelangweilt, weil Katja sich nicht zwischen den pinkfarbenen und den hellgrünen Sandalen entscheiden konnte. Keine zwei Wochen war das her. Zu Hause hatte seine Mutter mit Kugelschreiber den Namen auf die Seitenwände der Sohlen geschrieben. »Damit du sie nicht verwechseln kannst«, hatte sie erklärt. »Bestimmt haben auch andere Mädchen im Kindergarten solch tolle Sandalen.« Katja hatte ihren Schmollmund gegen ein breites Lachen getauscht und altklug gesagt: »Das denke ich nicht. Die anderen hätten die Sandalen in Pink genommen. Meine Schuhe sind einzigartig.«

Einzigartig. Wie Katja.

Am Tag ihrer Entführung hatte sie die Sandalen zum ersten Mal getragen. Und jetzt stand einer dieser Schuhe auf einer Mülltonne in einem Hinterhof.

Heute Mittag ... Er warf einen Blick auf sein Handy. Bald zwölf Uhr.

Er musste dorthin. Sofort.

Jan riss die Jacke vom Haken an der Tür, schnappte das Handy und seine Ausweispapiere. Hatte er Geld dabei? Mit einem Griff in die Hosentasche förderte er einen Zwanzig-Euro-Schein zutage. Gut, man konnte nie wissen. Die Brille ... Nein, er konnte unmöglich mit der Brille ins Erdgeschoss laufen. Ohne sie auszuschalten, steckte er sie in die Jackentasche.

Als er über die Treppe lief, vernahm er aus der Küche das Schluchzen seiner Mutter und eine aufgebrachte Stimme. Sein Vater war hier? Um diese Uhrzeit? Das konnte nur bedeuten, dass es Neuigkeiten gab.

Die Küchentür war zu. Er sollte wohl nichts von ihrer Diskussion mitbekommen. Aber da hatten sie sich geschnitten. Schon wollte Jan in die Küche platzen, dann hielt er inne, um zu lauschen.

»... nichts weiter. Tag für Tag dasselbe. Bewegen die überhaupt ihren Hintern?«

Erst gestern Abend war das Team der Polizei mitsamt der Ausrüstung abgerückt. Drei Tage hatten sie auf den Anruf mit der Lösegeldforderung gewartet. Oder auf eine Mail, einen Brief, irgendein Lebenszeichen. Umsonst. Der oder die Entführer hatten offenbar anderweitige Interessen an Katja. Und die Polizei tappte im Dunkeln.

»Ich halte das nicht länger aus, Bernd«, erwiderte Jans Mutter.

Stille. Dann sagte sein Vater sanfter: »Natürlich tust du das. Du gehst noch heute zu dieser Ärztin und lässt dir Tabletten verschreiben. Die werden dir helfen. Wir müssen stark bleiben, Eva. Denk an Jan. Bald steht die schriftliche Matura an. Er braucht unsere Unterstützung.«

Ein Schnäuzen, danach: »Ich weiß. Er versucht alles, um mich aufzumuntern, aber Bernd ... Katja ... unser Kätzchen ...«

Leise zog sich Jan zurück. Polterte über die Treppe und stieß die Küchentür auf.

Die Eltern fuhren auseinander. Jans Mutter wischte sich verstohlen über die Wangen. »Jan ...«

»Hallo, Papa. Schon zu Hause?«

Sein Vater schenkte ihm sein jugendliches Vater-Sohn-Lächeln. Er hatte die fünfzig überschritten, aber das merkte man nur, wenn er den abgebrühten Staatsanwalt raushängen ließ. Erst die Karriere, danach Kinder, hatten sich seine Eltern einst vorgenommen, ein Plan, der durch Jans Geburt kräftig durcheinandergeraten war. Katja hingegen, die Nachzüglerin, das Nesthäkchen, war ein absolutes Wunschkind. Von allen, Jan eingeschlossen.

»Ich bin auf dem Sprung«, sagte sein Vater. »Ich habe einen Termin in der Nähe und dachte, ich statte euch einen kurzen Besuch ab.«

Jan ging zum Kühlschrank, durchforschte ihn und entschied sich für Orangensaft. Die Packung war fast leer, er trank sie in einem Zug aus. Das übliche »Kannst du dir kein Glas nehmen?« von seiner Mutter blieb aus. Es musste wirklich schlimm um sie stehen.

»Gibt's was Neues?«, fragte Jan möglichst beiläufig.

Sein Vater schüttelte den Kopf.

»Nein. Die Polizei sucht nach wie vor nach Augenzeugen, aber erfolglos. Beim Kindergarten will niemand etwas gesehen haben. Und andere Anhaltspunkte gibt es nicht. Das Phantombild wurde gestern an die Medien weitergeleitet. Etliche Leute haben bei dieser Hotline angerufen, doch das waren alles Falschmeldungen.«

Sie schwiegen. In den Augen seiner Mutter spiegelten sich Tränen.

»Ich fahre kurz mit dem Motorrad weg«, sagte Jan, um die Situation zu entschärfen.

Sein Vater runzelte die Stirn. »Wohin? Zur Schule?«

»Nein. Zahlt sich heute nicht mehr aus.«

»Also hör mal! Ich verstehe dich ja, aber ...«

Jan fiel ihm ins Wort. »Schule ist wichtig, du hast bald Matura – jaja, ich weiß, Papa. Mach dir keine Sorgen, ich schaffe das mit links. Du hast selbst gesagt, dass es kein Problem ist, wenn ich ein paar Tage daheim bleibe. Außerdem ist Mama sonst allein.«

Seine Mutter war Grafikerin. Sie hatte sich nach Katjas Geburt selbstständig gemacht und arbeitete zu Hause. Seit Montag lagen sämtliche ihrer Aufträge auf Eis. Noch zeigten ihre Kunden Verständnis für ihre Lage, doch das konnte sich rasch ändern.

Sein Vater rieb sich die Augen. »Na schön«, sagte er nach einem tiefen Seufzen. »Aber nächste Woche gibt es keine Ausreden mehr, egal, wie sich alles entwickelt. Du darfst die Schule nicht vernachlässigen.«

Wie sich alles entwickelt. Eine feine Umschreibung. Es war zum Kotzen, wie sie in seiner Gegenwart vermieden, Katjas Namen auszusprechen. Was sollte das? Er war kein Kleinkind.

Angesichts der Datenbrille entschied er, jetzt keinen Streit vom Zaun zu brechen.

»Versprochen.« Er nickte, im gleichen Moment trudelte eine SMS auf seinem Handy ein: *OK. Bis später,* schrieb Raphael. »Raph und ich wollen heute um fünf klettern gehen. Ist das okay?«

»Eva?«, gab der Vater die Frage weiter.

Sie lächelte gezwungen. »Sicher. Geh nur. Das bringt dich auf andere Gedanken.«

»Danke.« Jan steuerte die Tür an. Eines musste er aber noch loswerden: »Ach ... ihr meldet euch doch, wenn ihr etwas von Katja hört?«

Die Eltern wechselten Blicke.

»Ich will alles wissen, jede Einzelheit. Ihr könnt mich nicht einfach ausschließen.«

»Niemand schließt dich aus, Jan«, beschwichtigte ihn sein Vater. »Wir wollen dich nur nicht unnötig ...«

»Belasten. Läuft aufs Gleiche raus. Wisst ihr, was mich wirklich belastet? Wenn ihr mir die Wahrheit verschweigt.« Es tat verdammt gut, die Tür hinter sich zuzuknallen.

Als er in den sonnenwarmen Frühlingsmorgen hinaustrat, rann ihm ein eigenartiges Kribbeln über die Haut. Die Polizei hatte keine Hinweise auf Katja, doch er ... hatte einen. In der Garage setzte er die Brille auf und betrachtete erneut das Foto von Level 1.

Triff noch heute Mittag deine Gegner! Und wo genau? Ernüchterung machte sich in Jan breit. Das Foto konnte weiß Gott wo geschossen worden sein. Gut, die Aufnahme zeigte einen Hinterhof, wie es sie in Wien zuhauf gab, aber in jeder beliebigen europäischen Stadt wohl auch. Einen anderen Kontinent schloss er hingegen aus. RUN konnte nicht erwarten, dass die Jugendlichen – und er ging in erster Linie von Teilnehmern in seinem Alter aus – quer durch die halbe Welt jetteten. Grübelnd überflog er noch einmal die Spielernamen. Sie klangen vertraut, also tippte er auf den deutschsprachigen Raum. Vielleicht war Wien doch nicht so abwegig?

Fünf Mülltonnen, Efeu, der Schuh ...

Jan zoomte das Foto heran, bis es ihm die Mülltonnen in Großaufnahme präsentierte. Viermal Restmüll. Die fünfte Tonne war, dem roten Deckel nach zu urteilen, Altpapier.

Er verschob die Ansicht zum unteren Bildausschnitt. Der Boden war mit uralten Ziegelsteinen befestigt. Sie waren teilweise mit Erde bedeckt und von Gras und Moos überwachsen, doch bei einem Stein konnte er deutlich einen Doppeladler und einen Buchstaben erkennen. Ein H? Ein K?

Sollte er das Handy bemühen oder konnte er per Datenbrille auf Google suchen? Zuvor war es ihm unmöglich gewesen, zu Facebook zu wechseln, aber nun war er als Spieler registriert. *Wäre ja Schwachsinn, wenn das nicht funktionieren würde.*

»Google«, befahl er.

Tatsächlich öffnete sich die Seite der Suchmaschine und er ließ sich Bilder von Ziegelsteinen mit Doppeladler anzeigen. Schon beim dritten Bild hatte er Glück. Beiderseits des Doppeladlers waren die Buchstaben H und D eingebrannt.

Na bitte.

Per Touchpad öffnete er das Bild und landete auf der Seite des Austria-Forums. Er überflog den Text. Ja, die Ziegelsteine stammten aus dem alten Ziegelwerk am Wienerberg. Um die Jahrhundertwende hatten die Arbeiter dort wie Sklaven schuften müssen, sogar Kinderarbeit war erlaubt gewesen. Grässliche Zeit.

Jedenfalls wieder ein Aspekt, der für Wien sprach.

Jan rief die Seite von RUN auf und verschob das Foto nach links. Waren das Briefkästen? Nach erneutem Zoomen entdeckte er eine Zeitschrift, die ein Stückweit aus einem Briefkastenschlitz herausragte. Name und Adresse waren mit einiger Mühe zu entziffern: Gerda Falke, Neulerchenfelder Straße. Die Hausnummer verschwand dummerweise zur Hälfte im Schlitz. Nur eine Sieben war zu erkennen, was nun irgendetwas-siebzig lauten konnte oder auch nur sieben. Egal, er wusste mehr als genug! Die Neulerchenfelder Straße befand sich im sechzehnten Bezirk in Wien.

Heimvorteil! Besser konnte das Spiel für ihn nicht anlaufen.

Jan schob das Motorrad aus der Garage und durch das Gartentor auf die Straße. Zwei Jahre hatte er damals auf die Aprilia gespart, ein Spitzengefährt, das er von einem Freund günstig übernommen hatte. Sie war bestens in Schuss und er liebte sie heiß. Im Sommer wollte er die Prüfung für die nächsthöhere Führerscheinklasse absolvieren und dann auf etwas Größeres umsteigen.

Ehe er den Sturzhelm aufsetzte, beschloss er, sich die Fahrstrecke genau einzuprägen. Mit der Datenbrille zu fahren war suboptimal, lieber vorher nachsehen.

»Navigation. Neulerchenfelder Straße 79.«

Sofort zeigte ihm das System eine Wegbeschreibung an. Keine zehn Minuten würde er mit dem Motorrad benötigen. Er würde den Hof finden und Punkte kassieren. Und hoffentlich herausfinden, was RUN mit dem Schuh seiner Schwester zu schaffen hatte.

4

offline

Jan zwängte das Motorrad in eine Parklücke. Mit dem Sturzhelm in der Hand zog er los. Die Hausnummern in Wien waren zumeist absteigend zur Inneren Stadt hin angeordnet. Sollte er bei den Siebziger-Nummern nicht fündig werden, würde er die Neulerchenfelder Straße hinunterfahren und sich Nummer sieben ansehen.

Nummer neunundsiebzig erwies sich als Fehlanzeige. Das Haus war frisch renoviert, es hatte nur einen Zugang, und der führte in ein Treppenhaus, wie Jan durch die Glasscheibe der modernen Eingangstür erkennen konnte. Achtundsiebzig lag auf der anderen Straßenseite – die Häuser mit gerader Hausnummer würde er sich später vornehmen.

Nummer siebenundsiebzig bis fünfundsiebzig gehörte zu einem Gebäudekomplex mit einem weißen Tor, breit genug für ein Auto. Das sah schon besser aus. Allerdings war das Tor verschlossen. Die Haustür daneben hatte keine Türglocke. Er klopfte und überlegte, was er eigentlich sagen sollte, wenn ihm jemand öffnete. Die Geschichte mit dem Spiel würde ihm kaum weiterhelfen. *Haben Sie einen Hinterhof? Ich mache bei einem Schulprojekt mit und würde ihn gern fotografieren.* Das klang plausibel.

Aber auch auf sein kräftigeres Klopfen reagierte niemand. Also weiter zum nächsten Haus: dreiundsiebzig. Ein breites Garagentor inklusive Tür – und eine Sprechanlage. Ideal. Er überflog die Namensschilder: Laubner, Höchsmeier, Turgeya, Falke, Cervic, Kirner ... Moment! *Falke!* Jans Herz schaltete auf Turbo. Das war doch der Name auf der Zeitschrift im Briefkasten gewesen. Hier war er richtig! Jetzt musste er nur noch in den Hof gelangen.

Er läutete bei Türnummer 1, Laubner. Keine Antwort. Bei den anderen verhielt es sich ebenso. Das durfte nicht wahr sein ... zwanzig Mieter und keiner von ihnen war zu Hause? In einem Akt der Verzweiflung klingelte er bei allen durch. Dann noch einmal. Und wieder.

Nichts.

Missmutig lehnte er sich gegen das Tor. Wie sollte er da reinkommen? Waren die anderen Spieler bereits hier gewesen, hatten die Fotos geschossen und waren wieder abgehaut? Na toll. Damit wäre er als Einziger leer ausgegangen. Null Punkte und im schlimmsten Fall raus aus dem Spiel. *Spitzenauftritt, Jan.*

Vielleicht handelte es sich bei RUN ja nur um einen Fake. Einer seiner Mitschüler könnte die Seite erstellt und ihn hierhergelockt haben. Zutrauen würde er das zwar keinem von ihnen, aber wer konnte schon in die Leute hineinschauen? Nicht alle gehörten zu seinem engeren Freundeskreis.

Und die Datenbrille?, schoss es ihm durch den Kopf. Die passte überhaupt nicht ins Bild. Niemand würde ihm einfach so eine sündteure Datenbrille aus Amerika schicken. Nicht aufgrund eines simplen Streiches.

Obendrein war da noch Katjas Schuh.

Meine Güte, Jan. Diese Schuhe sind keine Einzelstücke. Man konnte sie in etlichen Schuhgeschäften in ganz Wien kaufen. Sie mit Katjas Namen versehen und fotografieren. Wenn man ein Fiesling war und ihn am wundesten Punkt treffen wollte.

Jan fluchte und hämmerte gegen das Tor. Dumpf hallte das Echo aus dem Hof wider. Mit einiger Befriedigung registrierte er den vorwurfsvollen Blick eines Passanten. Sollte er ruhig starren. Es half, sich auf diese Weise abzureagieren. Aber natürlich änderte es nichts an seiner Lage.

Nach kurzem Überlegen holte er die Datenbrille aus der Jackentasche und schob sie auf die Nase, was sich mit dem Sturzhelm in der Linken nur mit Mühe bewerkstelligen ließ. Kaum hatte er die Brille eingeschaltet, öffnete sich wie durch Zauberhand die Tür im Hoftor und Jan starrte in das belustigte Gesicht eines Jungen in seinem Alter.

5

online

»Na, willst du die Tür eintreten?«

Der Junge war dunkelhaarig, groß und kräftig gebaut. Und er trug eine Datenbrille. Vor Freude wäre Jan ihm beinahe um den Hals gefallen. Kein Fake.

»Du bist wohl Jan, oder? Ich bin Vincent. Mach den Mund wieder zu und komm rein.«

Vincent hielt ihm die Tür auf. Die Einfahrt war betoniert, die Wände grau verputzt. Jans Blick schweifte weiter. Zu den Briefkästen, dem mit Ziegelsteinen gepflasterten Innenhof, den Mülltonnen vor der Hausmauer, dem Efeu in der Ecke. Volltreffer.

»Du bist der Letzte. Wir haben dich läuten gehört, aber Tom meinte, es wäre witzig, dich ein wenig zappeln zu lassen.«

Ausgesprochen witzig. »Wie nett«, bemerkte Jan.

Vincent grinste. »Ja, wir sind alle ultranett. Ein Haufen schräger Vögel. Du wirst schon sehen.«

Sie bogen um die Hausecke. Die Einfahrt erweiterte sich zum Innenhof. Auf jeder Seite befanden sich drei Autoabstellplätze, die nicht belegt waren. Links führte eine weitere Tür ins Haus. Und davor warteten fünf Jugendliche. Seine Gegner.

»Das ist Jan«, stellte Vincent ihn vor und Jan murmelte ein »Hallo« in die Runde.

Sie nickten ihm zu, ein Typ in schwarzer, abgetragener Lederjacke seufzte genervt.

»Na endlich«, sagte ein dicker Junge, dem Jan maximal fünfzehn Jahre gab. Typischer Nerd. Star-Wars-T-Shirt, gescheitelter Kurzhaarschnitt, Sommersprossen. Sogar eine Zahnspange blitzte zwischen seinen Lippen. Nervös rückte er seine Datenbrille zurecht. »Ich komme um vor Hunger. Schieß dein Foto und dann lass uns verschwinden.«

»Äh ... ja.« Das Foto. Welches von den beiden Mädchen war Nina? Die Blonde, Marke H&M, oder die Punkerbraut? Die Blonde lächelte ihm verführerisch zu, die andere sah eher gelangweilt drein. Abwesend spielte sie mit der Brille, die sie mit dem Bügel in den Kragen ihrer Karobluse gesteckt hatte. Jan zählte ein Piercing an ihrer Nase, eines durchbohrte ihren Mundwinkel, drei schmückten die linke Braue und etwa viermal so viele die Ohren. Ein Fest für jeden Metalldetektor.

»Bitte lächeln«, forderte einer der Jungs ihn auf und berührte das Touchpad an seiner Brille. »Danke sehr.«

Okay ... »Und du bist?«, fragte Jan.

»Florian. Wahnsinn! RUN reagiert schnell. Dein Foto ist bereits online.«

Er schätzte Florian auf siebzehn, achtzehn. Die dicke Börse seiner Eltern sprang einem förmlich entgegen. Designer-Jeans, feines Hemd, und waren das Maßschuhe? Trotzdem trug er das Zeug mit einer Lässigkeit, als wäre er damit aus dem Mutterleib geschlüpft.

»Habt ihr die Brille auch heute zugesandt bekommen?«, erkundigte sich Jan, ohne jemand Bestimmtes anzusprechen.

Vincent nickte. »Ich hab das Paket heute Morgen von der Post geholt. War eine Riesenüberraschung. Daraufhin hab ich die Mittagspause gleich genutzt und bin hergefahren.« Er sah auf die Uhr. »Schon zwölf Uhr vierzig. Ich muss um eins in der Werkstatt sein, sonst gibt's Ärger.«

»Wo arbeitest du?«

»Bei VW Wiesinger, ganz in der Nähe. Ich mach eine Lehre zum KFZ-Mechaniker, bin im dritten Lehrjahr. Und du?«

»Ich geh zur Schule. Gymnasium Maroltingergasse.«

»Soll heißen, du schwänzt die Schule?«, mischte sich Miss H&M ein.

Jan zuckte die Achseln. »Du doch auch«, sagte er ihr auf den Kopf zu.

»Klar«, sie zwinkerte ihm verschwörerisch zu. »Manchmal muss man eben Prioritäten setzen.«

»Nun macht schon«, stöhnte der Nerd. »Dieses Gelaber geht mir auf die Nerven. Außerdem wartet das nächste Level.«

»Krieg dich wieder ein, Mark«, meinte Vincent. »RUN lebt von uns. Ohne Gamer läuft da gar nichts. Also gib Jan etwas Zeit.«

Sympathisch, notierte Jan in Gedanken. Es konnte nie schaden zu wissen, wer auf seiner Seite war.

Der Typ in der Lederjacke meldete sich zu Wort. »Der kleine Spinner kann es schon gar nicht mehr erwarten. Möchtest wohl mit dem Laserschwert herumfuchteln, was, Yoda?« Sein Kichern artete in einen Hustenanfall aus. Er räusperte sich, spuckte auf den Boden und murmelte ein »Was für ein Kindergarten!«

Das war also der überaus witzige Tom. Groß, dürr und so blass, als hätte er nächtelang nicht geschlafen. Er war definitiv der älteste der Gruppe. Sein Gehabe machte deutlich, dass es ihn langweilte, sich mit ihnen abzugeben. Warum ist er dann hier?, wunderte sich Jan. *Was verspricht er sich von RUN?*

»Habt ihr eine Ahnung, was das Ganze soll?«, fragte er in die Runde. »Oder wer uns das Spiel geschickt hat?«

Allgemeines Kopfschütteln.

»Wen interessiert's?«, meinte Florian. »Hauptsache, es macht Spaß.«

Mich interessiert es, du Pfeife.

Vincent nickte Tom zu. »Was wird eigentlich aus dem Schuh?«

Katjas Schuh! Jetzt erst entdeckte Jan ihn in Toms Hand.

»Darf ich mal sehen?«, fragte er und griff danach, doch Tom zog ihn unter seinen Fingern weg.

»Nicht so hastig. Ich war zuerst da, also gehört er mir.«

»Was willst du denn damit?«, fragte die Punkerbraut mit hochgezogenen Brauen. Sie hatte eine interessante Stimme, sehr tief für ein Mädchen, fast ein bisschen rauchig, aber dennoch angenehm. »Hängst du ihn dir als Trophäe an den Schlüsselbund?«

Jan musste grinsen. Das würde Toms Image zweifellos ruinieren.

Florian wackelte aufreizend mit den Hüften und ließ die Hand mit einem imaginären Schlüsselbund kreisen. »Hi there, boys and girls. Let's party tonight.«

Die anderen brachen in Gelächter aus.

Tom blinzelte ihnen hämisch zu. »Lacht ruhig, ihr Babys. Ich cashe dafür die Punkte ab.«

Für einen Moment herrschte Stille, dann kam Bewegung in die Gruppe. Florian und Mark stürzten auf Tom zu, während die Blonde ihm die Sandale aus der Hand reißen wollte. Er sprang vor, versetzte ihr einen Schlag gegen die Schulter, sodass sie zur Seite taumelte, und knallte im nächsten Atemzug Florian den Unterarm vor die Brust. Der wehrte sich und trat Tom gegen das Schienbein. Mark nutzte den Moment der Unaufmerksamkeit, krallte sich die Sandale und lief damit durch den Hof davon. Mit der Brille auf der Nase, dem wohlgerundeten Bauch und dem Strahlen im Gesicht sah er aus wie die Fliege Puck aus Biene Maja.

»Hallo, RUN?«, rief er. »Ich hab den Schuh, die Punkte gehören mir!«

Jan schüttelte den Gedanken an Katjas aktuelle Lieblingscomicserie ab und platzierte den Sturzhelm neben der Haustür. Er wollte notfalls dic Hände freihaben. Florian hatte die Verfolgung aufgenommen, Tom schnitt Mark mit einem »Her damit!« den Weg ab.

Mark sah die Falle zuschnappen. »Fang, Vincent!«

Der Schuh segelte durch die Luft und landete dank Marks mieser Wurftechnik zu Jans Füßen. Geistesgegenwärtig bückte er sich danach, aber schon schloss sich eine Hand um sein Gelenk und der penetrante Geruch nach Aschenbecher stieg ihm in die Nase.

»Das ist meiner«, zischte Tom. Er quetschte Jans Handgelenk so fest, als wollte er es zu Mus pürieren. Das Blut pochte bis in seine Fingerspitzen, Jan keuchte vor Schmerz auf, und er ließ den Schuh fallen.

»Danke, mein ...« Weiter kam Tom nicht, denn die

Blonde war um den Hauch schneller als er und erwischte die Sandale am Riemen.

»Zu mir, Jasmin!« Vincent winkte mit beiden Händen.

Jan wich an die Hausmauer zurück und massierte sein Handgelenk, während Tom der Beute hinterherhetzte. Jasmin also, dann war die Punkerin Nina. Jasmin schleuderte Vincent den Schuh zu, der ihn wiederum an Florian abgab. Jans Sportlehrer hätte seine Freude am Teamgeist der Gruppe gehabt. Ein paarmal flog die Sandale hin und her und degradierte Tom zum hechelnden Hund, bis er dem Spiel mit einer einfachen, aber wirkungsvollen Methode ein Ende setzte. Er packte Mark von hinten und nahm ihn in den Schwitzkasten.

»Schluss damit«, schrie er Florian an, der gerade im Besitz der Sandale war, »oder er kriegt es zu spüren!«

Mark war kreidebleich geworden. »Lass mich los, du Penner!«

»Hey!« Vincent ging mit erhobenen Händen auf Tom zu. »Ganz ruhig.«

Jan tauschte einen Blick mit Nina, die sich nicht vom Fleck gerührt hatte. Sie wirkte angespannt. Überlegte sie, ob sie sich aus dem Staub machen sollte?

»Der spinnt doch«, murmelte Jasmin.

»Florian, her mit dem Schuh!«, forderte Tom. Mark boxte mit den Ellbogen um sich, worauf Tom den Würgegriff verstärkte. Mark stöhnte.

»Du bist ja geistesgestört.« Florian klemmte den Schuh unter seinen Arm. In aller Ruhe ging er zur Altpapiertonne, holte eine Zeitschrift heraus und ließ sein Feuerzeug aufschnappen. Die Flammen griffen auf das Papier über.

»Florian!«, rief Jan. »Nicht! Lass mich kurz sehen!«

Florian ignorierte ihn. Warf die Zeitschrift in die

Tonne zurück und den Schuh hinterher. »Holt ihn euch doch selbst.«

»Worauf du dich verlassen kannst!« Tom stieß Mark von sich und spurtete zur Mülltonne.

Auch Jan lief los. Als er die Tonne erreichte, brannte das Altpapier bereits lichterloh, Hitze und Rauch wallten ihm entgegen. »Du musst den Deckel schließen, damit das Feuer erstickt!«

Tom verabreichte ihm einen Kinnhaken, der ihn zu Boden schickte. »Muss ich? Weißt du was, ich hab's mir anders überlegt. Du zeigst mir zu viel Interesse an dem Schuh.«

Jan rappelte sich auf. Sein Kinn pochte. »Er gehört meiner Schwester!«, brach es aus ihm heraus. »Verdammt, es ist Katjas Schuh!«

6

online

Jan hatte das Motorrad vor der Kletterhalle abgestellt. Er war zu früh dran. Zeit genug, noch einmal die Seite von RUN auf Neuigkeiten zu checken. Das Video zeigte das Schauspiel vom Anfang bis zum bitteren Ende, als sie von einem mit Feuerlöscher und Handy bewaffneten Hausbewohner unter Androhung der Polizei aus dem Hof geworfen worden waren. Vincent hatte es aufgenommen, dieser fiese Hund. Jan konnte nicht fassen, dass er in ihm einen Verbündeten gesehen hatte.

Die Hauptseite von RUN hatte sich verändert, die Spielernamen waren nun mit ihren Fotos versehen und gemäß den Punkteständen gelistet. Vom höchsten abwärts, was Jan auf den letzten Platz reihte. In aller Eile hatte er Nina noch vor dem Tor fotografiert, sonst wäre aus seiner Null wohl eine minus Zehn geworden und er hätte dem Spiel Adieu sagen müssen. Toms zwanzig Punkte waren eine Frechheit, die anderen hatten je zehn kassiert, nur Vincent konnte auf dreißig stolz sein. Und auf das Scheißvideo.

Mittlerweile hatte es von allen ein ›Like‹ bekommen, was dem ›Gefällt mir‹ auf Facebook entsprach. Jan hatte bisher gezögert, sich dazu zu äußern, doch nun berührte er das Touchpad und klickte den Button. *Gruppenzwang*, dachte er; andererseits wollte er kein Spielverderber sein. Die anderen Spieler hatten ihn über den Schuh ausgefragt, aber Jan hatte geschwiegen. Schlimm genug, dass er sich in dem Hof so blöd angestellt hatte; noch schlimmer, dass ihm Katjas Name herausgerutscht war.

Pling.

- Florian:
  Da war jemand ganz spitz auf den Schuh. ;-)
- Jasmin:
  Voll krass, Vincent!

Toll. Jetzt posteten sie auch noch dämliche Kommentare.

Zornig kickte Jan einen Stein auf die Straße. Der Schmerz in seinem Kinn hatte nachgelassen, doch es war geschwollen und leuchtete in einem fabelhaften Rot, wie ihm der Badezimmerspiegel offenbart hatte. Zum Glück war er den Eltern vorhin nicht begegnet. Seine Mutter war bei dieser Ärztin und sein Vater hatte ihm eine Nachricht hinterlassen, dass er unterwegs war, sie von dort abzuholen. Ihre Fragen würden ihm später noch blühen.

Wie sollte er ihnen die Prellung erklären?

- Tom:
  Lol. Na, da ist ja wohl einer leer ausgegangen.

Jan verzog das Gesicht. *Ultrawitzig, du Arsch!* Leer ausgegangen in zweierlei Hinsicht. Zusätzlich zu seinem blamablen Punktestand hatte er nichts herausgefunden, was ihn auf Katjas Spur gebracht hätte. Kurz hatte er erwogen, die Polizei zu informieren, aber damit wäre RUN Geschichte, ehe das Spiel so richtig in Fahrt gekommen war. Zudem war der Schuh bestimmt zu einem schwarzen Klumpen verkohlt und somit als Beweismittel unbrauchbar. Nein, er musste selbst an der Sache dran bleiben. Es gab eine Verbindung zu seiner Schwester, davon war er überzeugt.

- Florian:
  Gratuliere zu den dreißig Punkten, Vince!
- Vincent:
  Danke, war mir eine Ehre.
- Nina:
  Bin schon gespannt auf heute Abend.

Level 2, so hatte RUN angekündigt, würde heute um zweiundzwanzig Uhr online gehen. Er war bereit. Die anderen konnten sich schon mal warm anziehen. Per Sprachsteuerung rief er die Kommentarfunktion auf:

- Jan:
  Ich auch. Nehmt euch in Acht!

Jan sperrte die Aprilia ab, schulterte den Rucksack mit den Klettersachen und nahm den Sturzhelm auf den

Arm. Die nachmittägliche Maisonne legte sich mit aller Kraft über die Ausläufer des Wienerwaldes. Auf der Laufbahn zogen ein paar Leichtathleten ihre Runden. Er beobachtete sie ein bisschen, dann schlenderte er zur Kletterhalle. Letzte Woche hatten sie neue Routen geschraubt. Drei Sechser, die würden sie zum Aufwärmen klettern. Eine Sieben minus und eine Siebener, der Rest bewegte sich im Achter- und Neuner-Bereich. Hoffentlich war Raphael bald hier, es juckte ihn in den Fingern, eine Route nach der anderen zu punkten.

- Mark:
  I'll be back. CYA.

Ja, klar, Mr. Schwarzenegger. Was RUN betraf, entschied Jan im Umkleideraum, während er die Datenbrille abschaltete, in einem Etui verwahrte und dieses in das Seitenfach seines Rucksacks steckte, so würde er sich seinen Gegnern gegenüber in Zukunft bedeckt halten. Kein Wort mehr über Katja. Er war einfach Jan, Spieler Nummer sieben.

7

offline

Der Henkel rechts oben schien unerreichbar. Jan verlagerte das Gewicht auf den anderen Fuß und drehte sich zur Wand. Keine Chance. Dabei hatte er die Route zuvor genau ausgecheckt. Aber von unten sah die Sache immer ein wenig anders aus. Langsam ermüdete sein linker Arm. Wenn er noch länger zögerte, konnte er die On-

Sight-Begehung vergessen. Jetzt half nur noch ein Dynamo. Mit genügend Schwung würde ihn der Sprung nach oben katapultieren. Er visierte den Henkel an, sein Blut pumpte Adrenalin durch die Adern.

»*Allez, allez,* Jan!«, schallte es aus zehn Metern Tiefe herauf. Ein rascher Blick bestätigte, dass sich neben Raphael, der ihn sicherte, noch drei andere Kletterer eingefunden hatten. Sie alle feuerten ihn lautstark an.

Jan ging in die Knie, legte gedanklich alle Sprungkraft in die Beine, stieß sich ab und streckte sich nach dem Henkel. Er packte zu – und hielt. *Geil!*

Klatschen und Pfiffe belohnten ihn für den Dynamo. Automatisch stieg er nach und erreichte die Zwischensicherung. Er klippte das Seil in die Exe. Noch etwa drei Züge bis zum Stand. Hier hatte der Routensetzer keine großen Schwierigkeiten mehr eingebaut. Jan meisterte das letzte Stück problemlos, hängte das Seil in die beiden Endkarabiner ein und gab Raphael das Signal zum Ablassen.

»Eine Neun minus On Sight! Irre!«, empfing ihn sein Freund am Boden. Die anderen murmelten ebenfalls Glückwünsche und vertieften sich anschließend in eine Diskussion über die interessantesten Züge der Route.

Flachs, der Routensetzer, klopfte ihm auf die Schulter. »Tolle Leistung. Genau so hatte ich mir das vorgestellt.«

Jan grinste und wischte sich mit dem Unterarm den Schweiß von der Stirn. »Geniale Route, Flachs. Sehr schöne Züge, die Stelle mit dem Fingerloch war haarig, aber sonst echt super, vor allem der Dynamo.«

Raphael entschied, sich die Neun minus beim nächsten Mal vorzunehmen, und so kletterten sie abwechselnd sämtliche Routen im Siebener-Bereich, bis ihnen beiden die Kraft ausging.

»Heute waren wir gut drauf«, meinte Jan nach dem Duschen.

Raphael, der einen halben Kopf kleiner, aber doppelt so muskulös war wie er, blickte abschätzend zu ihm hoch. »*Du* warst gut drauf. Ich habe dich noch nie mit solcher Power klettern sehen. Als wolltest du die Welt niederreißen.«

Jan rubbelte seine Haare trocken. »Na, na, jetzt übertreibst du aber.«

»Nein, ehrlich. Du bist die Routen dermaßen aggressiv angegangen. Was ist los mit dir? Irgendein spezielles Dope?«

»Nichts. Hat einfach Spaß gemacht.«

»So kenne ich dich nicht«, beharrte Raphael. »Ist es wegen ... deiner Schwester? Gibt es was Neues?«

»Nein. Leider nicht.« Jan machte einen raschen Atemzug. *Schlechtes Thema, Raph. Ganz schlecht.* Er schlüpfte in seine Jeans. »Hast du schon mal von RUN gehört?«

Raphael runzelte die Stirn. »Was soll das sein?«

»Ein Online-Spiel. Dein Vater vielleicht?« Schließlich kannte der sich am besten mit den neuesten Games oder Trends aus.

»Kann ihn ja mal fragen.« Raphaels Blick wechselte von irritiert zu argwöhnisch. »Seit wann interessierst du dich für Computerspiele?«

»Tu ich nicht, war nur eine simple Frage.«

Das stellte Raphael offenbar nicht zufrieden. »Passt aber nicht zu dir.« Er wartete, doch als Jan anstelle einer Antwort seinem blonden Haar mit Gel zu Leibe rückte, fuhr er fort: »Hör mal, wenn du reden willst – ich bin für dich da, das weißt du, oder? Trinken wir noch was in der Kantine.«

Jan lächelte bemüht. Es war ein Fehler gewesen, RUN zu erwähnen. Er hätte sich denken können, dass sein

Freund auf eine genauere Erklärung pochte. Die konnte und wollte er nicht liefern. Nicht jetzt.

»Danke, Raph, aber ich will nach Hause. Es ist schon halb neun und meine Eltern sind zurzeit überempfindlich.«

Das war zwar nicht gelogen, aber der Grund für seine Eile war ein anderer: Er wollte sich im Internet über RUN schlaumachen – unabhängig von der Datenbrille. Wäre doch gelacht, wenn er keine Informationen zu dem Spiel auftreiben könnte.

8

offline

Das Erdgeschoss war hell erleuchtet. Vor dem Haus parkte ein dunkelblauer BMW, direkt in der Einfahrt. Polizei. Jan hatte das Zivilfahrzeug bereits mehrmals gesehen. Sein Puls beschleunigte sich. Der Weg vom Gartentor zur Garage kam ihm länger vor als sonst, das Motorrad schwerer. *Quatsch.* Er war einfach müde vom Klettern.

In der Küche traf er auf seine Eltern und zwei Polizisten. Den einen kannte er schon, einen Kriminalbeamten um die vierzig namens Fuchs. *Nomen est omen*, hatte Jan bei ihrer ersten Begegnung gedacht. Mit seinem listigen Blick, der spitzen Nase und den schmalen Lippen sah Matthias Fuchs aus wie sein tierischer Namensvetter in Person. Der andere Beamte war älter und wirkte, als hätte er gegen ein, zwei gepflegte Bierchen pro Tag nichts einzuwenden.

Stille empfing Jan. Seine Mutter saß am Tisch und starrte ihn mit tränenverhangenen Augen an. Welche

Medikamente ihr die Ärztin auch verschrieben hatte, die Wirkung war alles andere als durchschlagend. Sein Vater durchquerte den Raum mit ein paar Schritten und legte ihm beide Hände auf die Schultern.

Bitte, lass es nichts Schlimmes sein, schoss es Jan durch den Kopf. »Was ist passiert?«

Sein Vater räusperte sich. »Sie haben Katjas Sachen gefunden.«

»Ihre Sachen?«, wiederholte Jan beinahe erleichtert. Für einen Sekundenbruchteil hatte sein panisches Hirn mit ›Leiche‹ gerechnet. »Welche Sachen? Wo?«

»Ihren Rucksack und die Schuhe. In der Lobau, im zweiundzwanzigsten Bezirk.«

Die Lobau war ein Naturschutzgebiet am anderen Ende von Wien. Die Hände seines Vaters fielen hilflos herab, als Jan sich darunter wegdrehte. Jede Art von Berührung war ihm momentan unerträglich.

»Die *Schuhe?*«, hakte er nach. Beide? Unmöglich.

Fuchs' Augen verengten sich. »Einen Schuh, um genau zu sein. Warum?«

Jan leckte sich die Lippen. »Warum was? Ich wundere mich, dass die Entführer gerade ihren Schuh zurücklassen. Das ergibt keinen Sinn. Soll sie barfuß laufen?«

»Hm«, machte Fuchs mit unbewegter Miene. »Wer sagt, dass sie laufen muss? Und Schuhe kann man kaufen. Es sieht so aus, als hätte man die Sachen absichtlich dort deponiert, um uns auf eine falsche Fährte zu locken.«

»Egal, ob falsche Fährte oder nicht, wozu liefern die Entführer der Polizei überhaupt einen Hinweis?«

Der Kriminalbeamte mit dem Bierbauch grinste Fuchs zu. »Nicht schlecht. Der Junge denkt wie ein Ermittler.«

»Ich finde eher, der Junge denkt wie jemand, der mehr weiß als wir«, antwortete Fuchs, ohne den Blick von Jan zu wenden. »Die erste Frage wäre doch gewesen: Weshalb nur ein Schuh?«

Jan schluckte. Fuchs war durch und durch Profi. Er differenzierte nicht zwischen schuldig oder unschuldig, sondern sortierte Fakten und setzte dort an, wo sich eine Unstimmigkeit auftat. *Ruhe bewahren. Er hat keine Ahnung von RUN.* »Ein Schuh, zwei Schuhe, mein Gott, was weiß ich! Sie tun ja gerade so, als wäre ich in die Sache verwickelt.«

»Bist du das?«

»*Was?* Nein, verdammt!«

Jans Mutter barg ihr Gesicht in beiden Händen und brach in heftiges Schluchzen aus.

»Ganz ruhig, Liebes«, murmelte sein Vater. Und an Fuchs gewandt sagte er: »Was soll das? Mein Sohn hat nichts mit der Entführung zu tun. Das ist doch kein Klein-Jungen-Streich!«

Fuchs behielt sein unverbindliches Pokerface bei. »Sehen Sie, Herr Dr. Rakits, wir wollen nichts anderes als Ihre Tochter finden. Wir müssen jeder noch so kleinen Spur nachgehen. Das ist unser Job.«

»Aber Ihr Job ist es nicht, meinen Sohn zu kriminalisieren! Ich bin Staatsanwalt, ich kenne die Vorgehensweise der Polizei.«

»Nun«, sagte Fuchs langsam, »Sie sind doch eher für Wirtschaftsdelikte zuständig, wenn ich mich recht erinnere.«

Jan hatte noch niemals solche Wut in seinem Vater hochkochen sehen. Seine Gesichtsfarbe wechselte von gelblich zu rot und wieder zurück. »Im Zweifelsfall bin ich dafür zuständig, dass Sie Ihren Arsch bewegen!« Die letzten Worte brüllte er, dann senkte er die Stimme zu einem Flüstern. »Und glauben Sie mir, auch zurück auf die unterste Gehaltsstufe, wenn es sein muss.«

Der Dicke blickte betreten zu Boden, Fuchs erwiderte den Blick von Jans Vater mit ausdrucksloser Miene. Das Wimmern von Jans Mutter untermalte die Weltuntergangsstimmung.

»Darf ich fragen, woher du den Bluterguss hast?«, wandte sich Fuchs ganz unerwartet an Jan.

Er betastete sein Kinn. Trotz der plötzlich hochpeitschenden Nervosität kam ihm die Lüge leicht über die Lippen. »Vom Klettern. Ich bin gestürzt und voll gegen einen Griff gedonnert.«

»Gestürzt?«, wiederholte seine Mutter entsetzt.

»Ja. In einer Neun minus. Ich wollte sie On Sight klettern.« Er grinste schief. »Ging in die Hose.«

Sie kniff die Augen zu. »Oh mein Gott.«

Jan schob sich an Fuchs vorbei und legte seiner Mutter den Arm um die Schultern. »Ist nicht schlimm, Mama.«

»Sonst noch was, meine Herren?«, fragte sein Vater eisig. »Nein? Dann möchte ich Sie bitten, zu gehen. Es ist spät.«

Die Beamten leisteten seiner Aufforderung kommentarlos Folge und begaben sich zur Tür.

»Sie können die Sachen Ihrer Tochter am Präsidium abholen, sobald sie von der Spurensicherung zurück sind«, sagte Fuchs auf der Schwelle. »Wir geben Ihnen Bescheid. Gute Nacht.«

Die Tür schnappte sanft zu. Matthias Fuchs stand über den Dingen. *In gewisser Weise imponierend,* dachte Jan.

»Wie zum Teufel hast du es fertiggebracht, mit dem Kinn an der Wand zu radieren?«, wunderte sich sein Vater. »Ich dachte, du absolvierst regelmäßig Sturztraining?«

9

online

- Welcome to level 2!

24:00 Uhr/0:00 Uhr
Von der Stele den Wassern nahe,
wo Sonne und Mond vereint,
folge eiligst dem Pfad des Schiffers,
bis Serabit el-Chadim du erreichst.
Erzähl uns von deiner Reise
in absehbarer Zeit,
so rückst du dem Ziele näher –
Level 3 ist nicht mehr weit.

Großartig. Was sollte denn der Schwachsinn? Entwickelte sich RUN nun zu einem Spiel für Dichter und Denker? Jans Gegner schienen genauso ratlos zu sein wie er – keiner hatte bisher einen Kommentar gepostet. Oder wollten sie ihre Schlussfolgerungen geheim halten?

Sein Plan, im Internet Nachforschungen über RUN anzustellen, war von seinem Vater zunichte gemacht worden. Er hatte darauf bestanden, dass Jan vor dem Zubettgehen noch eine Kleinigkeit aß, und für ihn das letzte, von seinem Spontaneinkauf beim Fleischer übrig gebliebene Bio-Steak in die Pfanne geworfen. *Damit du in Zukunft nicht mehr von der Wand fällst,* hatte er mit einem Augenzwinkern gesagt.

Der köstlichen Versuchung hatte Jan nicht widerstehen können. Er liebte Steaks; scharf angebraten, innen zartrosa, nur Salz und Pfeffer. Sie gaben ihm das Gefühl, etwas Unverfälschtes zu essen, das ihm in keiner Weise schaden konnte. Allergenfrei. Ein Segen, und lecker dazu.

Jans Mutter war beinahe im Sitzen eingeschlafen, deshalb hatte der Vater den angesetzten Familienrat zähneknirschend auf den nächsten Abend verschoben. Was Jan mehr als gelegen kam. Es war bereits kurz nach zweiundzwanzig Uhr, als er sich endlich in sein Zimmer hatte zurückziehen können.

Verzweifelt brütete er nun schon seit zehn Minuten über den poetischen Zeilen. Er war sich einer einzigen Tatsache sicher: Um Mitternacht sollte er sich in der Nähe eines Gewässers befinden, an einer Stelle, wo sich Sonne und Mond vereinten. Großartig. In Wien gab es über den Daumen gepeilt hundert kleine und größere Gewässer, abgesehen von der Donau, dem Donaukanal und dem Wienfluss.

Jan trommelte mit den Fingerkuppen auf den Tisch. *Denk nach. Die Zeit läuft.* Immerhin musste er auch noch hinfahren. Was, wenn dieses Sonne-Mond-Dingsbums in Transdanubien lag? In der Nacht war der Verkehr zwar erträglich, aber gute fünfundvierzig Minuten würde er schon benötigen, um mit dem Motorrad über die Donau und in den einundzwanzigsten oder zweiundzwanzigsten Bezirk zu fahren. Vielleicht war die Lobau gemeint? Dort, wo man Katjas Sachen gefunden hatte? Der Lichtblick kurbelte seinen Herzschlag an. Er ließ den PC hochfahren – so konnte er gleichzeitig die Seite von RUN im Auge behalten – und gab die Worte Lobau, Sonne und Mond bei Google ein, doch bis auf die aktuelle Wetterlage und einen Bericht über Projekttage zweier Volksschulklassen lieferte die Suche nichts Brauchbares. Was auch besser war. Bei näherer Betrachtung schenkte ihm der vermeintliche Lichtblick ja doch nur ein flaues Gefühl im Magen.

Das wohlbekannte *Pling* holte seinen Blick zurück zum Display der Brille.

- Jasmin:
  Hilfe! Was ist eine Stele?
- Vincent:
  Stelle. Lern rechtschreiben. ;-)

Jan grinste bis über beide Ohren. Der KFZ-Mechaniker in spe gab Miss H&M Unterricht in deutscher Rechtschreibung. *Why not? Vorurteile, Jan?* Wieder fiel ihm auf, wie perfekt die Spracherkennung der Datenbrille funktionierte. Sogar Smileys oder Abkürzungen wurden problemlos in Schrift umgewandelt.

- Florian:
  Laterne, Laterne, Sonne, Mond und Sterne. Grübel.

Wie es aussah, waren die anderen nicht viel weiter als er. Immer noch grinsend suchte Jan nach ›Serabit el-Chadim‹ und erfuhr, dass es sich dabei um eine archäologische Ausgrabungsstätte auf der Halbinsel Sinai handelte. Und was sollte er sich eigentlich unter dem ›Pfad des Schiffers‹ vorstellen? Google konnte mit Claudia Schiffer und Schiffer-Immobilien aufwarten. Dann stieß Jan noch auf einen Egidius Schiffer, den ›Würger von Aachen‹. Es wurde immer makaberer.

- Nina:
  Stele, altgriechisch für Säule, Grabstein

Das Grinsen verrutschte, Jan klappte den Mund auf. Heilige Scheiße, Nina konnte recht haben! In den Wiener

Parks waren jede Menge Säulen oder auch Grabsteine zu finden. Wikipedia verriet, dass Stelen auch als Obelisken bezeichnet wurden.

»Schönbrunn«, murmelte Jan vor sich hin. »Der Obeliskbrunnen.« Das wäre ja ein Ding. Und wie praktisch – gar nicht so weit weg. Er las den Eintrag über den Brunnen im Schönbrunner Schlosspark, suchte nach Zusammenhängen mit Sonne und Mond oder einem Schiffer, kam aber nicht und nicht weiter.

- Florian:
  Heut geh ich ins Chadim … äh, Maxim …
- Tom:
  Warum schreibst du nicht gleich die Lösung auf, du Depp?

Chadim? Okay, offensichtlich stand er auf der Leitung, während alle anderen ihre Gehirnzellen zu Höchstleistungen animierten.

Google spendierte ihm freundlicherweise auf den ersten Klick einen passenden Treffer. Das *Chadim* war ein Bierlokal im zehnten Bezirk. Damit ließ sich etwas anfangen. Die Entfernung vom Obeliskbrunnen in Schönbrunn zum *Chadim* war für eine Wanderung durch die Stadt sogar akzeptabel. Allerdings nicht für einen Lauf, denn sie sollten sich ja ›eiligst‹ dorthin begeben. ›Von der Reise erzählen‹ konnte nur bedeuten, dass sie per Datenbrille ein Video der gesamten Laufstrecke aufnehmen sollten. Die gestoppte Zeit würde anschließend über die Punkte entscheiden, die jeder erreicht hatte. Fehlten noch Sonne und Mond. Der Schiffer. Und ein langer Atem.

- Mark:
  Thanks
- Florian:
  Grins

Wo Sonne und Mond vereint ... Hm. Sonne stand für den Tag und Mond für die Nacht. Oh! Um Mitternacht endete der alte und begann der neue Tag. Sollte dies einfach nur ein Hinweis auf die Uhrzeit sein?

Jan warf einen Blick auf sein Handy. Schon kurz vor dreiundzwanzig Uhr. Wenn er das Rätsel nicht bald löste, würde er sich höllisch beeilen müssen. Er startete einen letzten Versuch mit den Schlagworten Tag, Nacht und Obelisk und suchte nach Seiten aus Österreich.

Bingo! Im Laaerberg Park im zehnten Bezirk stand ein Obelisk, dessen Reliefschmuck laut Austriasites.com Tag und Nacht symbolisierte.

- Jan:
  CU im Laaerberg Park.

Nichts wie hin.

Jan schaltete den PC mit einem gewaltsamen Tastendruck aus und sprang auf. Er war ein guter Läufer. Und mit dem Navi der Datenbrille konnte ja nichts schiefgehen.

- Vincent:
  Danke, Mann! Hast was gut bei mir.

Navi – in Jans Kopf legte sich ein Schalter um. Navigation kam aus dem Lateinischen. Navigare bedeutete fahren, und zwar mit einem Schiff. Der ›Schiffer‹ stand einfach für das Navigationssystem. *Gepriesen sei der Lateinunterricht!*

Diesmal waren ihm die Punkte sicher!

10

online

Der Wind wisperte in den Baumkronen. Schwarz und sternenklar hing der Himmel über Jans Kopf. Er hatte die Aprilia am Parkeingang abgestellt und den Sturzhelm nach einigem Überlegen im Gebüsch verborgen. Hoffentlich konnte er sich nach Beendigung des Levels ein Taxi mit einem der anderen teilen, sonst würde er den ganzen Weg vom Chadim bis hierher zu Fuß zurücklegen müssen. Das versprach eine lange Nacht zu werden.

Als Jan sich vorhin aus dem Haus gestohlen hatte, dunkel gekleidet wie ein Schwerverbrecher vor dem großen Coup, hatte er seine Wohnstraße nach einem Zivilfahrzeug der Polizei samt Fahrer abgesucht. Immerhin war Matthias Fuchs kein Mann, der sich von einer Drohung einschüchtern ließ. Aber war sein Misstrauen gegenüber Jan groß genug, ihn beschatten zu lassen? *Zum Glück nicht,* hatte Jan mit einem Aufatmen festgestellt. Alles nur Hirngespinste, hervorgerufen durch seine innere Unruhe.

Zehn Minuten vor Mitternacht. Jan legte die zweihundert Meter zum Obelisken im Laufschritt zurück und gesellte sich zu den anderen, die sich davor versammelt hatten.

»Auch schon da, du Nullnummer?«, spuckte ihm Tom zur Begrüßung vor die Füße. »Was für ein Pech, dass du nun ohne Sandalen laufen musst.«

»Nein, aber so schwierig wird das nicht sein. RUN kann von Anfängern nicht erwarten, dass sie einen perfekten Lauf hinlegen.«

Ein paar nette Sprünge werde ich schon hinkriegen, dachte Jan. Schließlich trainierte er nicht umsonst dreimal pro Woche in der Schulmannschaft Orientierungslauf und Klettern. Und im Endeffekt ging es um die Bestzeit, da war es völlig egal, wann er startete.

Florian, Tom und Vincent schaukelten sich gegenseitig immer mehr auf, während Mark ruhig geworden war. Seine hängenden Backen zeigten, wie unwohl er sich fühlte. Nina wirkte ebenfalls ein wenig unglücklich. Andererseits war das ihr Normalzustand.

Tom bearbeitete das Touchpad. »Wie speichert man das Video?«

»Musst du nicht – RUN übernimmt es automatisch«, erklärte Vincent. »Einfach den Befehl ›Video‹ geben. Der Rest passiert von allein.«

»Was meint ihr?«, fragte Florian. »Ob Jasmin raus aus dem Spiel ist?«

»Woher weiß RUN überhaupt, dass sie nicht aufgekreuzt ist?« Tom befestigte das Fixierband auf seiner Brille, was Jan zum Anlass nahm, seinem Beispiel zu folgen. Er wollte heute kein Risiko eingehen.

»Big Brother is watching you«, erklärte Mark. »RUN ortet uns anhand GPS. Funktioniert wie bei einem Handy. Was denkt ihr denn, woher die wussten, wo wir wohnen?«

»Das ist doch nicht erlaubt«, merkte Nina an.

»Verabschiede dich von dem Gedanken, dass wir hier etwas Erlaubtes tun.« Vincent tätschelte ihre Schulter, worauf sie sofort einen Schritt zurückwich. »Schon gut, Eure Unnahbarkeit. Wir bewegen uns schon die ganze

Zeit am Rande der Legalität. In einen Hof einbrechen, eine Mülltonne anzünden – dabei wird es nicht bleiben.«

Genau, dachte Jan. Immerhin hatten sie es hier mit Katjas Entführern zu tun. Er hatte noch nicht durchschaut, was sie mit dem Spiel bezweckten, aber es kam nicht von ungefähr, dass sie ihm den Köder mit dem Foto hingeworfen hatten.

Die Erkenntnis schoss ihm heiß in die Glieder. *Und ich habe ihn auch noch geschluckt!*

Gott, er war ein solcher Vollidiot. Es war doch sonnenklar: Er war das zweite Opfer! Sie brauchten ihn nicht zu entführen, er machte freiwillig mit. Sie hatten ihn an der Angel, genau dort, wo sie ihn haben wollten. Aber wozu, verdammt?

»Scheißt euch nicht an«, meinte Tom. »Euch Kindern kann sowieso keiner was anhaben. Ihr seid ja alle noch minderjährig.«

»Nicht mehr«, erwiderte Vincent. »Ich werde im Juni neunzehn. Und du Jan?«

»Erst im November.«

Sie waren beide volljährig und daher strafmündig. Da lief nichts mehr unter Jugendstrafrecht. *Vielleicht sollte ich doch die Polizei einweihen,* dachte Jan. Er hatte Fuchs' Nummer und die des Präsidiums gespeichert. Unschlüssig tastete er nach dem Handy in der Innentasche seiner Trainingsjacke. Er ruckte am Zipp – und schloss ihn wieder. Jetzt nicht. Besser dieses Level abwarten. RUN musste ihn mit neuen Informationen versorgen, wollte man ihn bei der Stange halten.

Tom zuckte mit den Schultern. »Was soll ich erst sagen? Ich bin zweiundzwanzig.«

Und bestimmt schon mit dem Gesetz in Konflikt geraten, beendete Jan den Satz für sich.

»Oh«, meldete sich Vincent. »Mein Countdown läuft. Noch zehn Sekunden – zählt mich ein, ja?«

Sie taten ihm den Gefallen. »Acht, sieben ... drei, zwei, eins – go!«

»Video!«, rief Vincent und stürmte davon.

11

online

Er rannte.

Sein Puls ging gleichmäßig, die Nachtluft strich kühl in seine Atemwege. Links und rechts glitten Bäume an ihm vorbei, Bänke, ein Teich. Ein Vogel stob mit Zetern aus dem Gebüsch. Jan beachtete ihn nicht. Konzentrierte sich einzig auf den Rhythmus und die gezackte rote Linie des Navis. Ein Pfeil gab die jeweilige Richtung an. Vier Kilometer Laufstrecke – die sollte er innerhalb von zwanzig Minuten bewältigt haben.

Jasmins Posting nahm er mit einem Grinsen zur Kenntnis.

- Jasmin:
  Sorry, konnte nicht eher weg. Zoff zu Hause. Krieg ich auch eine Startzeit?

Na bitte. Aus einem unerfindlichen Grund freute er sich, dass sie gekommen war. Die Antwort von RUN traf prompt ein:

- Jasmin: 0:35 Uhr
- Jasmin:
  Danke!

Der Pfeil zeigte nach rechts. Jan verließ den Park und bog in eine ruhige Straße ein. Zu seiner Linken ragten Wohnsilos in den Himmel. Ein paar Lichter brannten hinter den Fenstern, sonst war die Gegend wie ausgestorben. Das Navi lotste ihn auf den Parkplatz eines Supermarkts. Wie verlangt überquerte er ihn, doch dann musste er vor der Hausmauer des niedrigen Gebäudekomplexes anhalten. Vier verschlossene Rolltore, vor einem war ein Kleinlastwagen geparkt. Lieferantenzufahrt.

Hier gab es kein Weiterkommen.

Jedenfalls nicht zu ebener Erde, dachte er schmunzelnd, als er eine schmale Leiter entdeckte, die auf das Flachdach des Supermarkts führte. Er musste springen, um die erste Sprosse zu erreichen. Sollte Mark das geschafft haben, so verdiente er seine Hochachtung.

Auf dem Dach galt es, Lüftungsrohre zu überwinden und einen Slalom durch eine Reihe pyramidenförmiger Oberlichter zu bewältigen. Jan baute drei spektakuläre Sprünge ein. Am anderen Ende des Daches ging es gut vier Meter in die Tiefe. Teufel, war das hoch. Ehe er zu viel Zeit verlor, legte er sich auf den Bauch und ließ sich mit den Füßen voran über die Kante ab.

Das Navi dirigierte ihn durch einen Arkadengang und über einen Parkplatz zur nächsten Straße, die trotz später Stunde befahren war. In der Ferne leuchteten die Lichter näherkommender Fahrzeuge. Jan fackelte nicht lange, schätzte die Entfernung ab und lief los. Die erste Fahrspur, die Straßenbahnschienen, und die Fahrspur in die andere Richtung. *Na also, ganz easy.*

Die Reihenhausanlage, die nun folgte, bot eine Menge Abwechslung. RUN forderte, mitten hindurch zu laufen. Gartenzäune und Hecken waren ebenso zu überwinden wie Schwimmbecken. Als Jan wieder auf Asphalt weiterlaufen durfte, war er bis zur Brust klitschnass. Er querte gerade eine Wiese, als ihn unterschwelliger Verkehrslärm aufhorchen ließ. Das musste die Tangente sein, Wiens Stadtautobahn – eine Stauhölle und die meist befahrenste Straße Österreichs. Beharrlich zeigte die rote Linie geradeaus, auf den Verkehrslärm zu.

Jan schlug sich durchs Gestrüpp und kletterte eine Böschung hinauf. Oben angekommen stand er vor einer Absperrung. Eine massive Wand aus querlaufenden Aluminiumplanken, aufgesetzt auf einen Betonsockel.

Geradeaus. Immer noch.

Nicht nach links oder rechts, der Absperrung entlang, die unachtsame Spaziergänger von der Autobahn fernhalten sollte. Die drei Meter hoch und relativ glatt war. Die schließlich ihren Sinn hatte.

Verwirrt blieb Jan stehen. War das Navi defekt? An dieser Stelle gab es keine Brücke. Nur diese Absperrung, hinter der der Verkehr rauschte.

Nein. Das konnte nicht sein. RUN konnte unmöglich verlangen, dass sie die Tangente zu Fuß überquerten! *Doch,* dachte er im gleichen Atemzug, einem, der tief und lang war, aber nicht die gewünschte Menge Luft lieferte. *Doch, konnte es. Gib dir den Kick!* Genau darauf zielte das Spiel ab.

Verdammt.

Waren die anderen tatsächlich quer über die Autobahn gelaufen? Vincent – anzunehmen. So vollgepumpt mit Adrenalin wie der war, würde er sich vermutlich sogar aus einem fahrenden Lastwagen stürzen, wenn RUN dies verlangte. Auch Florian und Tom traute er zu, dass sie jede Vernunft über Bord warfen. Nicht aber Nina oder Mark. Oh Gott, Mark! Nie im Leben konnte der die Absperrung bewältigt haben, geschweige denn den Sprint über die Tangente. Jan lauschte angestrengt. Aber nichts deutete auf einen Unfall hin, kein Krachen zusammenstoßender Fahrzeuge, kein Sirenengeheul, das das Herannahen von Notarzt und Polizei ankündigte. Entwarnung? War Mark heil drüben angekommen?

Und er? Was sollte er tun?

Die Kletterei schreckte ihn nicht. Die Planken waren nicht durchgehend plan eingepasst, sondern wiesen Rillen auf, breit genug für seine Fingerkuppen. Klimmzüge auf dem Campusboard, dem Trainingsbrett in der Kletterhalle, waren dagegen noch anspruchsvoll. Aber was danach kam, verursachte ihm Magenschmerzen.

Über die Tangente zu laufen war riskant. Nein, selbstmörderisch. Bei Tag hätte er keinen weiteren Gedanken daran verschwendet. Doch es war fast ein Uhr früh. Ein Wochentag. Die meisten Leute lagen um diese Zeit in ihren Betten und schliefen. Für LKWs galt Nachtfahrverbot. Blieb ein überschaubarer Rest von Nachtschwärmern.

Machbar!, entschied Jan. Er ertastete eine Rille für den ersten Zug, da näherten sich zwei Gestalten.

»Jan!«

Mark und Nina. Die Erleichterung jagte ihm ein Lachen ins Gesicht.

»Hey!«, gab er zurück. »Und ich dachte schon, ich müsste euch dort unten vom Asphalt kratzen.«

Mark keuchte wie eine alte Dampflock, Nina hingegen wirkte so frisch wie vor dem Start. Sie tippte sich an die Stirn. »Wir sind ja nicht lebensmüde.« Dann legte sie den Kopf schräg. »Du offenbar schon.«

»Ach was, ist doch kaum Verkehr«, meinte er leichthin. »Es ist mitten in der Nacht.« *Trottel. Musst du unbedingt den obercoolen Typen spielen?*

Nina bedachte ihn mit einem spöttischen Grinsen. »Klar. Und mitten in der Nacht verwandeln sich alle Autos in Pferdekutschen. Träum weiter, Aschenputtel. Kommst du, Mark?«

Was hatte Nina dazu bewogen, Mark unter ihre Fittiche zu nehmen? Jedenfalls ein netter Zug von ihr.

Mark salutierte flott. »Sicher doch, Ma'am. Viel Glück, Jan, die Macht sei mit dir.«

Jan unterdrückte ein Grinsen. Ob ihm die Macht helfen würde, das Imperium, sprich, die Tangente zu bezwingen, stand in den Sternen. »Und wo wollt ihr hin?«

Mark deutete in die Dunkelheit. »Zur Brücke, was sonst? Erst wollten wir zum Fußgängersteg, aber Nina war so schlau zu googeln. Die andere Brücke ist viel näher. Keine hundert Meter mehr.«

»Das gibt Punkteabzug«, entgegnete Jan.

Ninas Augenbrauen schnellten hinter der Brille in die Höhe. »Echt jetzt?« Sie packte Mark am Arm. »Los. Wir wollen Aschenputtel nicht vom Selbstmord abhalten.«

Mark winkte ihm zu und hastete hinter Nina her, schnaufend, aber selig.

Aschenputtel wird es euch schon zeigen. Voller Wut im Bauch erklomm Jan die Planken. Nach zwei Zügen saß er rittlings auf der Absperrung. Auch auf dieser Seite verdeckte dichtes Buschwerk den Ausblick auf die Autobahn. Also weiter. Er sprang ab. Halb laufend, halb rutschend bewältigte er den Hang und fing sich an einem mickrigen Baum ab.

Die Tangente tat sich hell erleuchtet vor ihm auf. Lichter brausten heran und verschwanden rot glühend aus seinem Blickfeld. Betonleitwände trennten die beiden dreispurigen Richtungsfahrbahnen. Jan schätzte sie maximal einen Meter hoch – wenn überhaupt.

Geduckt lief er über die Wiese bergab. An der Betonleitwand der ersten Richtungsfahrbahn hockte er sich ins Gras und beobachtete den Verkehr. Es war nicht allzu viel los, mal kamen mehrere Fahrzeuge hintereinander, dann wieder eine Weile keines. Was war noch gleich die Höchstgeschwindigkeit auf der Tangente? Achtzig Stundenkilometer? Die meisten Autofahrer waren bestimmt mit hundert unterwegs.

Mittlerweile klopfte Jan das Herz bis zum Hals. Etliche ideale Momente vergingen, in denen er bequem hätte hin und her laufen können.

Mann, sei kein Feigling. Entschlossen stieg er über die Betonleitwand und kauerte sich nieder. Lichter blendeten ihn, schon zischte das Auto an ihm vorüber. Und das nächste. Danach ein Hupen, das seine Nerven blank legte. Was, wenn der Fahrer die Polizei alarmierte? *Bis die hier auftauchen, bist du längst fort. Allez, allez, Jan!*

Wie er es vom Klettern gewohnt war, richtete er seinen Fokus auf die Aufgabe. Die Autos wurden zu einem unregelmäßigen Rhythmus: Licht, Schatten, Luftzug. Pause. Licht, Schatten, Luftzug ... Irgendwann normalisierte sich sein Herzschlag. Angst und Mut mischten sich, das abartige Gefühl, neben seinem Körper zu stehen, machte sich in ihm breit.

Licht, Schatten, Luftzug.

Schwärze.

Ein prickelnder Schub jagte durch seine Adern.

Jan schoss hoch und rannte los.

Keine Gedanken – nur der Sprint.

Aus den Augenwinkeln nahm er Lichter wahr. Dann flankte er über die Betonleitwand in der Mitte und warf sich zu Boden.

Mit einem langgezogenen Hupton brauste das Auto vorbei.

Geschafft!

Das Glücksgefühl war berauschend. Selbst beim Bewältigen der Neun-minus-Route hatte er nicht diese Euphorie verspürt. Das war also der Kick. Krass!

Jetzt die zweite Richtungsfahrbahn. Erneut blendete Jan alles Störende aus und überließ sich dem Takt der Autobahn, bis er sicher war, ihn in sich zu spüren. Ihn sogar voraussagen zu können.

Licht, Schatten, Luftzug.

Schwärze.

Er schnellte aus seiner kauernden Position hoch. Schon im Laufen erkannte er seinen Fehler. Er hatte vergessen, zuvor über die Betonleitwand zu steigen und sie nun in einem Sprung genommen. Umkehren? Nein, weiter!

Lichter blendeten auf. Nah, viel zu nah. Hupen. Das Quietschen der Bremsen zog eine Schneise durch seinen Kopf. Er hechtete vorwärts.

Danach krachte Dunkelheit auf ihn herab.

12

online

»Sind Sie verletzt?« Eine Männerstimme.

»Nein, aber das Auto ... Das darf nicht wahr sein! Mein Auto!« Eine Frau. Hysterisch.

Motorenlärm vorbeifahrender Fahrzeuge.

Bohrender Kopfschmerz.

Eine orangefarben pulsierende Nacht.

Jan blinzelte durch die Brillengläser. Am Himmel tanzten abstruse Blumen. Goldene Blumen. Sterne, erkannte er nach neuerlichem Blinzeln.

»Na, jetzt kommen Sie mal wieder runter ...«, sagte der Mann.

Die Frau: »Der Wagen war nagelneu! Schauen Sie sich das an!«

»Ist doch nur Blechschaden. Hätte schlimmer ausgehen können.«

»Sind Sie noch bei Trost? Nur Blechschaden! Nur! Wissen Sie, was mich die Reparatur kostet? Das mag ja für Sie ein Klacks ein, Sie mit Ihrem feinen Schlitten, aber für mich ...«

Allmählich klärte sich Jans Sicht. Der Geruch von Gras hing in seiner Nase. Verbrannter Gummi. Blut. Seines? Vorsichtig spannte er die Muskeln an. Bis auf seinen dröhnenden Schädel fühlte er keinen Schmerz. Gut soweit. Was noch? Er lag rücklings hinter der Betonleitwand. Versteckt vor den Blicken der Unfallopfer.

Unfall.

Hitze rann ihm über die Haut. Er hatte einen Unfall verursacht.

Stimmengemurmel.

»Sind Sie Vollkasko versichert?«, fragte der Mann. »Ja? Na also. Alles kein Drama.«

»Sie haben gut reden!«

»Meine Güte, beruhigen Sie sich endlich. Immerhin haben Sie ja die Vollbremsung hingelegt, nicht ich. Was in Gottes Namen sollte das eigentlich? Wir hätten draufgehen können.«

Die Frau: »Da war ein Mann ... nein, ein Junge. Ist quer über die Fahrbahn gerannt.«

»Ein Junge. In der Nacht. Mitten auf der Tangente.«

Sarkasmus triefte aus der Männerstimme. »Nicht vielleicht ein Ufo?«

»Er ist mir vors Auto gelaufen und danach über die Absperrung gesprungen. Oder vielmehr gestürzt. Kopfüber.«

»Dann muss er hier irgendwo sein.«

Schritte näherten sich. Jan rollte herum und presste sich an die Betonleitwand. Er konnte nur hoffen, dass ihn das hohe Gras verbarg.

»Hier ist keiner«, stellte der Mann nach einigen Sekunden bangen Wartens fest. »Das haben Sie sich eingebildet.« Er entfernte sich wieder. »Sind Sie etwa betrunken?«

»Nein! Da war ein Junge, ich schwöre! Glauben Sie, ich hätte sonst gebremst? Ich weiß, was ich gesehen habe. Sie hätten mehr Abstand halten müssen, so sieht es aus!«

»Wissen Sie was, mir langt's. Ich rufe die Polizei.«

Polizei. Das Wort bohrte sich in Jans Denken. Trieb seinen Puls in die Höhe und degradierte den Kopfschmerz zur Belanglosigkeit. Er hatte zwei Möglichkeiten: Aufstehen und sich zu erkennen geben. Oder abhauen.

Seine Beine entschieden sich für Letzteres. Er kroch an der Betonleitwand entlang vom Unfallort weg. Nach ein paar Metern sprang er auf und lief geduckt die Böschung hinauf. Nur wenige Schritte, dann erreichte er den Waldstreifen. Und die schon bekannte Blechwand. Die Datenbrille war intakt und zeigte ihm nach wie vor seine Laufstrecke an.

Geradeaus.

Auch schon egal, dachte er, kletterte über die Wand und folgte der roten Linie durch die Nacht.

13

offline

Die Morgensonne stach wie mit Nadeln auf ihn ein. Stöhnend bedeckte Jan die Augen. Im Radio dudelte ein uralter Schlager. *Klasse, Radio Wien – Mamas Lieblingssender.* Die reinste Quälerei, nicht bloß um sieben Uhr morgens. Er schleppte sich in die Küche und sank auf den erstbesten Stuhl.

Seine Mutter hielt in den Frühstücksvorbereitungen inne und musterte ihn besorgt. »Du siehst aus, als hättest du die Nacht durchgemacht.«

Knapp dran.

»Hast du schlecht geschlafen?«

Drei Stunden, immerhin. Und er sah aus, wie er sich fühlte. Hundsmiserabel.

»Mir ist übel«, murmelte er in seine Handflächen hinein.

»Willst du ein Aspirin?«

Jan schüttelte den Kopf. Das Hämmern hinter seiner Stirn hatte zwar nachgelassen, doch sein Gehirn schien immer noch zu einem Klumpen Eis gefroren zu sein. Seine Erinnerung an die Ereignisse auf der Tangente wies eine Lücke von exakt siebenundfünfzig Sekunden auf. So lange war er bewusstlos gewesen. Das jedenfalls besagte das Video auf RUN. Die Datenbrille hatte seinen Sturz über die Betonleitwand in aller Deutlichkeit aufgezeichnet: das auf den Zuschauer zurasende Gras, das Rucken, die sich drehende Welt und schließlich den sternenübersäten Himmel. Ein wirklich spektakulärer Jump – kopfüber, genau wie die Frau gesagt hatte. Dass er nicht beabsichtigt gewesen war, stand auf einem anderen Blatt.

Gefühlte tausendmal hatte Jan sich die Szene bereits angesehen, stets aufs Neue bestürzt darüber, wie viel Glück er gehabt hatte. Er hätte sich das Genick brechen können. Offenbar war er im Fallen gegen die Mauerkante oder einen Stein gestoßen. Ein Riss zierte seine Schläfe, direkt am Haaransatz. Wenn das mit RUN so weiterging, war er bald ein körperliches Wrack. Er hatte sich das Blut abgewaschen und die Haare über die Wunde gekämmt. Man sah sie nur, wenn man von seinen violetten Augenringen abdriftete. Und die waren beachtlich.

»Hier.« Seine Mutter stellte eine dampfende Tasse Kamillentee vor ihm ab. Das Aspirin legte sie daneben. Jan seufzte. Gegen ihre mütterliche Fürsorge war er machtlos.

Er spülte die Tablette mit einem Schluck Tee hinunter und verbrannte sich prompt die Zunge. Die Musik im Radio wurde von der Stimme des Moderators abgelöst. Das Wort *Südosttangente* ließ Jan aufhorchen.

»... sind nach dem Auffahrunfall von heute Nacht wieder alle Spuren frei befahrbar. Indessen rätselt die Polizei nach wie vor über den genauen Unfallhergang. Der Bluttest der Unfallverursacherin hat keine Beeinträchtigung durch Alkohol oder Drogen ergeben. Ihre Behauptung, sie habe einen Jugendlichen die Fahrbahn queren gesehen und deshalb gebremst, konnte durch die Polizei bisher nicht bestätigt werden. Die Auswertung der Verkehrskamera läuft jedoch noch ...«

Verkehrskamera. Ach du Scheiße. Jan ließ den Kopf in die Armbeuge fallen. Diesen Unfall verschuldet zu haben, war schlimm genug. Wenn er jetzt auch noch von der Kamera gefilmt worden war, dann gute Nacht. *Für Katja,* betete er sich vor. *Alles nur für sie.*

»Wieso bist du überhaupt auf, wenn es dir so mies geht?«, bohrte seine Mutter nach.

Jan zuckte mit den Schultern. Trotz seiner Erschöpfung hatte er nicht länger schlafen können. Das schlechte Gewissen, einfach vom Unfallort weggerannt zu sein, die keifende Stimme der Frau, die er nach wie vor in den Ohren hatte, und die Bilder vom Sammelplatz beim Chadim schlugen in wiederkehrenden Wellen in ihm hoch.

Als er kurz nach Jasmin dort eingetroffen war, hatten ihn die anderen mit großem Hallo empfangen und ihn mit Glückwünschen überschüttet. Keiner außer ihm hatte es gewagt, die Tangente zu überqueren.

Keiner!

Tom und Vincent waren zwar über die Absperrung geklettert, hatten dann aber einen Rückzieher gemacht. Sie waren durch einen Notausgang geflüchtet und zur Brücke gelaufen. Florian hatte gerade mal einen kurzen Blick durch die Tür des Notausgangs riskiert und sich ebenfalls für die sichere Route entschieden. Und Jasmin hatte sogar die Strecke durch die Reihenhausanlage geschmissen und war von Haus aus auf der Straße gelandet, die zur Autobahnbrücke führte.

Er war der Einzige, der sich für dieses verdammte Spiel in Lebensgefahr gebracht hatte. Für Katja, verdammt noch mal!

»Es gibt nichts Neues von Katja, oder?«, fragte er.

Der Blick seiner Mutter wurde trüb. »Nein. Nichts.«

Keine Tränen diesmal?

Sie rang sich ein Lächeln ab. »Es geht mir besser«, beantwortete sie seine unausgesprochene Frage. »Die Tabletten helfen. Wer hätte das gedacht?«

»Tja. Ist doch gut.« Mehr fiel ihm nicht ein.

»Gut. Halbwegs zumindest. Aber du gefällst mir gar nicht. Leg dich wieder hin und versuche zu schlafen.«

Ohne eine Antwort stand er auf und stieg die Treppe zu seinem Zimmer hoch. Das Aspirin begann zu wirken, sein Kopf fühlte sich nur noch halb so schwer an. Die kribbelnde Unruhe konnte das Medikament jedoch nicht beseitigen. Sobald er die Tür hinter sich geschlossen hatte, griff er nach der Datenbrille.

14

online

Der neue Punktestand war online gegangen. Wow! Er hatte für seinen Parkour fünfzig Punkte kassiert und lag nun Kopf an Kopf mit Vincent an der Spitze. Das entlohnte für die Strapazen und die Verletzung. Und für einiges mehr. Die giftigen Blicke von Nina etwa. Oder das nicht minder giftige »Ich kick dich schon noch aus dem Rennen« von Tom.

Die Schuldgefühle allerdings reduzierten sich durch seinen Spitzenplatz nicht. Er konnte es drehen und wenden, wie er wollte – er war für eine Menge Blechschaden verantwortlich und hatte, abgesehen von seinem eigenen, zwei Menschenleben gefährdet. Nur durch viel Glück war niemand verletzt worden.

Und wofür das alles? Er hatte keine neuen Infos über Katja, nicht den kleinsten Anhaltspunkt, wo sie sich befinden könnte oder worauf die Entführer abzielten.

Frustriert setzte sich Jan auf sein Bett. Von draußen schaute die Frühlingssonne durch das Fenster, unangenehm grell. An Schlaf war nicht zu denken. Er schob sich das Kissen in den Rücken, zog die Beine an und lehnte sich gegen die Wand.

Okay, dann bin eben ich am Zug. So unangenehm es ihm war, so sehr er die Folgen seines unüberlegten Handelns fürchtete, er würde Fuchs über RUN informieren. Er wollte nicht länger mit seinem Leben spielen. Noch weniger wollte er andere in Gefahr bringen.

Jan holte das Handy aus der Hosentasche, suchte in den Kontakten nach Matthias Fuchs und rief ihn an. Freizeichen.

Ein unschuldiges *Pling* ließ ihn auf das Display von RUN blicken. Ein Posting?

- PN von Zero

Zero?

Freizeichen, immer noch. *Komm schon, geh ran.* Während Jan wartete, brannten sich die roten Buchstaben vom Display der Datenbrille in seine Netzhaut. Wer bitte schön war Zero? Ein neuer Mitspieler? Und weshalb schickte der ihm eine Privatnachricht?

Freizeichen ...

»Nachricht öffnen.«

- Zero:
  Herzliche Grüße von Katja.

Vor Schreck rutschte Jan das Handy aus der Hand. Fluchend fischte er es aus dem Spalt zwischen Bett und Wand, während sein Herz wie ein alter Motor stotterte.

»Kriminalpolizei, Fuchs«, erklang die dunkle Stimme von Matthias Fuchs.

Jan zögerte. *Herzliche Grüße von Katja.* Die Warnung kam im denkbar passendsten Moment. Womöglich überwachte RUN sein Handy!

»Hallo? Wer ist da? Melden Sie sich!«

Hastig drückte Jan das Gespräch weg. Erst die Nachricht. Fuchs konnte er hinterher immer noch anrufen.

Zero – null. Einer inneren Eingebung folgend rief er die Startseite von RUN auf. Tatsächlich. Zero war gelistet. Und zwar als Spielleiter. Sehr mutig, aus dem Schatten der Anonymität hervorzutreten, wenn auch unter einem Nickname und ohne Foto. Nun diktierte nicht länger die große Unbekannte RUN die Spielzüge, sondern ein Mensch. Jemand, der irgendwo wohnte, arbeitete, ein Leben führte. Jemand, den man ausforschen konnte. Mit dem man kommunizieren konnte. Jan spürte, dass Zero genau das wollte.

Ganz klar. Er – und er ging davon aus, dass Zero ein Mann war – *wirft mir den nächsten Köder zu, damit ich ja nicht auf die Idee komme, bei RUN auszusteigen.* Umgekehrt konnte Jan daraus aber vielleicht auch Nutzen ziehen. Wenn er Zero dazu animierte, etwas von sich preiszugeben, würde der sich vielleicht verraten oder Hinweise auf Katja liefern.

Gesprächsverlauf:

- Jan:
  Was wollen Sie?
- Zero:
  Was willst du?

Heilige Scheiße, war der schnell!

Was wollte er? *Herausfinden, wer du bist und wo du Katja gefangen hältst.* Das konnte er schlecht schreiben.

- Jan:
  Wie geht es Katja?

Augenblicklich öffnete sich ein Videofenster. Fassungslos starrte Jan in Katjas Gesicht. Sie blickte verschlafen drein, die blonden Zöpfe waren zerzaust, die Augen klein, als wäre sie eben aus dem Bett gekrochen. Und sie war auffallend blass.

Ein sachtes Klirren ertönte. Katja löffelte doch tatsächlich in Milch aufgeweichte Cornflakes. Wie das? Sie hasste Cornflakes und würde sie niemals freiwillig essen, davon war Jan überzeugt. Dennoch schob sie sich Löffel für Löffel in den Mund.

Ja, das war eindeutig ihre Hand im Bild. Sie hatte unglaublich lange Finger für eine Fünfjährige. Sein Vater hatte schon oft darüber gescherzt, dass seine Tochter unbedingt einmal Pianistin oder Chirurgin werden müsse.

Wieder klirrte der Löffel – und das Video endete mit weit aufgerissenem Mund.

- Zero:
  Siebenundfünfzig Sekunden aus dem Leben deiner Schwester. Falls du jemals wieder Anteil daran haben möchtest, solltest du bei Level 3 mit am Start sein. Nur du, niemand sonst.

Nur du, gleichbedeutend mit: keine Polizei. Jan würgte trocken.

Sich von Katjas Anblick loszureißen, von ihrer mit Sommersprossen gespickten Krausnase, den meerblauen Prinzessinnenaugen, fiel ihm unendlich schwer. Wie gern hätte er sie jetzt an sich gedrückt. Ihr gesagt, dass sie bald zu Hause sein würde. Dass sie tapfer sein sollte.

Das ist sie. Weder weint sie noch wimmert sie vor Angst. Womit hatte der Kerl ihr gedroht?

Zorn glühte in Jan auf. Er postete Zero mit Anschuldigungen zu, dann mit Fragen und am Ende mit Bitten, erhielt aber keine Antwort auf seine Nachrichten.

Sie ist am Leben, versuchte er sich zu beruhigen, *und allem Anschein nach unverletzt. Keep cool.*

Sicherheitshalber nahm er sich das Video vor: Katjas Gesicht in Großaufnahme, dahinter eine helle Wand. Ansonsten nichts Aufschlussreiches. Bis auf das Klirren keine Geräusche, ja, nicht einmal Atemzüge. Keine Schatten. Jan schaffte es auch nicht, das Bild heranzuzoomen, um eventuell in Katjas Augen eine Reflexion zu sehen. Zero war auf der Hut.

Das Video endete nach siebenundfünfzig Sekunden. Datum und Uhrzeit waren im rechten unteren Bildrand eingeblendet: 07.05.15 – 01:02 Uhr.

Auf einmal begriff Jan. Das Video zeigte exakt jene siebenundfünfzig Sekunden aus Katjas *Leben* – was für eine dämliche Ausdrucksweise! –, in denen er bewusstlos gewesen war.

Das war pervers.

15

online

Jan waren auf Anhieb zehn Gründe eingefallen, weshalb er das geplante Telefonat mit Matthias Fuchs besser sausen ließ. Oder zumindest verschob. Er versuchte sich einzureden, dass das Wissen, eine Straftat begangen zu haben, rein gar nichts damit zu tun hatte. Katjas Sicherheit ging vor, die konnte er unmöglich aufs Spiel setzen. Zudem hatte er nun die Möglichkeit, mit Zero zu sprechen, vielleicht sogar zu verhandeln. Das war ein Fortschritt. Er würde auf eigene Faust weiterforschen.

Jan hieb in die Tasten seines PCs. Die Webseite vom ÖAMTC, dem Verkehrsclub Österreichs, verriet ihm, dass auf der Wiener Südosttangente dreizehn Verkehrskameras installiert waren. Er suchte auf der Liste die passende heraus und klickte den Direktlink zur Kamera an, erhielt aber kein Bild. Also wechselte er zu Google Maps und betrachtete auf dem Satellitenfoto die Stelle, an der er die Autobahn überquert hatte. Wahnsinn! Jedes Detail war zu erkennen. Die Wiese, die bewaldete Böschung, die Absperrung, über die er geklettert war. Die Autobahn verlief bis zur Brücke hin in einer sanften Kurve. Mit ein bisschen Glück passte der Winkel der Verkehrskamera nicht und die Videoaufnahmen waren für die Tonne. Hoffentlich.

Im nächsten Moment schoss Jan ein anderer Gedanke ein: *Zero hat RUN bis ins kleinste Detail geplant. Er muss ewig für die Vorbereitungen gebraucht haben. Warum?*

Eine ganze Stunde lang suchte Jan im Netz nach Informationen über RUN und Zero. Er ging jedem noch so unbedeutendem Link nach, durchforstete Unterseiten, Videos auf YouTube, Spiele, Facebookseiten, Kommentare. Erfolglos.

RUN war zwar auf *Live* abrufbar, doch für normale User nicht freigeschaltet. Man konnte nichts als den unverbindlichen Slogan *RUN – Gib dir den Kick!* lesen. Nicht einmal die Spielinfo ließ sich öffnen. Mit dem Namen Zero verhielt es sich nicht besser. Etliche Bands hießen so. Oder Bars, Kaffeehäuser, Discos. Sogar eine Filmfirma.

Ernüchtert blickte Jan aus dem Fenster. Und musste feststellen, dass vor dem Gartentor zwei Männer aufmarschiert waren, bewaffnet mit Kamera und Mikrofon. Fernsehen! Na bravo. *Die werden immer dreister.*

Der Name Rakits war in den Medien bekannt. Vor vier Jahren etwa, als im Zuge der Verhandlungen zu einem Finanzskandal Morddrohungen gegen den Staatsanwalt Dr. Rakits und seine Familie eingegangen waren, hatten die Typen wie Aasgeier ihr Haus belagert, bis sein Vater mit einer Unterlassungsklage gedroht hatte. Daraufhin hatten sie das Feld geräumt – nur um ihnen beim Einkaufen im Supermarkt aufzulauern. Jan konnte sich noch gut an die sensationslüsterne Reporterin erinnern.

Er sprang auf und lief ins Erdgeschoss. »Mama? Wo bist du?« Keine Antwort. »Papa?«

Aus der Küche gähnte ihm Leere entgegen. Waren die Eltern nicht hier? Seltsam, er erinnerte sich dunkel, dass sein Vater erwähnt hatte, den Vormittag keinen Termin zu haben.

Aufgebrachte Stimmen drangen durch die geschlossene Haustür. Bestimmt die Eltern! Sein Vater würde den Fernsehtypen die Hölle heiß machen. Neugierig öffnete Jan die Tür und schaute hinaus – direkt in die Kamera, die sich prompt auf ihn richtete. Die Reporter waren den Eltern tatsächlich in den Garten gefolgt. Jans Mutter ignorierte das vorgehaltene Mikro und ging raschen Schrittes auf das Haus zu, während sein Vater, eine braune Papiertüte in der Hand, sich dem Reporter zuwandte. Staunend verfolgte Jan, wie er ein kurzes Statement abgab und dann darum bat, dass sie seinen Grund und Boden schnellstmöglich verließen. Unglaublich, dass er so kühl und sachlich blieb, nachdem er Fuchs gegenüber derart ausgeflippt war. Die Männer packten ihre Utensilien ein und zogen von dannen.

»Diese Ratten!«, schimpfte Jans Mutter, als die Eltern das Haus betraten und die Tür hinter ihnen zuschlug. »Was kommt als Nächstes? Klettern sie durchs Fenster?«

Jan nickte. »Der Kameramann ist ein echter Arsch. Er hat voll auf mich draufgehalten.«

»Das war ja auch eine Schnapsidee von dir, die Tür zu öffnen.« In der Stimme seines Vaters schwebte unterdrückter Zorn. »Wie oft müssen wir dir noch sagen, dass du dich vorsehen sollst, was Fernsehen und Presse anbelangt.«

»Ich konnte ja nicht wissen, dass sie schon im Garten ...«, setzte Jan zur Verteidigung an, aber sein Vater fiel ihm ins Wort.

»Das war doch klar, dass sie wie die Hyänen über uns herfallen, sobald die Polizei sich an die Medien wendet. Ich hatte sie schon viel früher erwartet.« Er runzelte die Stirn. »Coole Brille übrigens.«

Oh, oh. Ertappt nahm Jan die Datenbrille ab und drehte sie möglichst gleichgültig zwischen den Fingern. »Ja, ein Werbegeschenk. Von Raphaels Vater. Nichts Besonderes.«

Sein Vater wirkte misstrauisch. »Anscheinend besonders genug, dass du sie im Haus trägst.«

»Ähm, ja. Ich hatte sie nur mal anprobiert.« Jan steckte die Brille in die Seitentasche seiner Cargohose. »Wo wart ihr denn?«, wandte er sich an seine Mutter. »Ihr hättet mir sagen können, dass ihr weggeht.«

Sie zog ihre Jacke aus und hängte sie bedächtig über einen Kleiderbügel. Ebenso bedächtig platzierte sie diesen in der Garderobe. »Ich dachte, du schläfst und wollte dich nicht wecken«, sagte sie langsam. »Geht es dir besser?«

Jan nickte. »Etwas. Also? Wo wart ihr?«

»Am Präsidium«, sagte sein Vater seufzend, während er aus seinen Schuhen schlüpfte.

Jan blickte zwischen den beiden hin und her. »Und?«

Die Eltern wechselten Blicke. Wie ein stummer Austausch, wer ihm denn nun die bittere Wahrheit beichten sollte.

Müde deutete der Vater zur Küche. »Setzen wir uns.«

Heiße Wut überrollte Jan. Ging das Theater von vorne los? Er wollte sich nicht setzen, er wollte wissen, was Sache war. Sofort. »Wozu? Was ist los? Was druckst ihr hier so herum?«

Unbeirrt ging sein Vater weiter, die Papiertüte an sich gedrückt wie einen Schatz.

Seine Mutter legte Jan die Hand auf die Schulter. »Komm. In der Küche redet es sich besser als im Flur.«

Jan schüttelte sie ab. »Jedes Mal das Gleiche, wenn es um Katja geht! Das kotzt mich an!«

Sein Vater fuhr herum. »Nicht in diesem Ton, Jan. So kannst du mit deinen Freunden reden, aber nicht mit uns.«

»Ich bin erwachsen! Behandelt mich auch so!«

»Genau das tun wir. Allerdings beweist du mit deinem Geschrei, dass du noch nicht dafür bereit bist.«

Er hat recht, räumte Jan ein. *Krieg dich wieder ein*. Er presste die Lippen zusammen, weil ihm noch eine Menge auf der Zunge lag. Worte, die alles nur schlimmer gemacht hätten. Nach drei Atemzügen hatte er sich halbwegs unter Kontrolle. »Sorry«, sagte er.

Sein Vater nickte wortlos.

In der Küche setzten sie sich um den Tisch. Seine Mutter brachte eine Flasche Mineralwasser und Gläser. Als er das Wasser in langen Zügen hinunterstürzte, wurde

Jan erst bewusst, wie durstig er gewesen war. Er hatte heute Morgen nichts gegessen und kaum getrunken.

Sein Vater wartete, bis er das Glas abstellte. »Die Situation ist für uns alle sehr schwierig«, sagte er und drückte die Hand seiner Frau. »Und wir sind stolz auf dich, Jan, wie tapfer du alles meisterst. Egal, was weiter geschieht – wir müssen zusammenhalten. Als Familie.«

Ein Kloß setzte sich in Jans Kehle fest. Das hörte sich nach einem dicken Ende an.

»Dazu gehört auch«, fuhr sein Vater nach einem Räuspern fort, »dass wir uns auf dich verlassen können. Es ist schlimm genug, ein Kind zu verlieren ...«

»Was redest du da?«, unterbrach ihn Jan. »Katja ist entführt worden. Das heißt nicht, dass sie tot ist!«

»Das habe ich auch nicht gesagt.«

»Es hörte sich aber so an!«

»Du braust schon wieder auf«, mahnte seine Mutter.

Jan verdrehte die Augen. Er wusste, wie sehr die Eltern dies hassten, aber er konnte nicht anders. »Was ist denn nun bei der Spurensicherung herausgekommen?«, fragte er ungeduldig und deutete auf die Tüte, die der Vater auf Katjas Stuhl abgelegt hatte. Als wäre sie der Ersatz für seine Schwester.

»Bis auf die Fingerabdrücke der Rentnerin, die Katjas Rucksack und den Schuh gefunden hat – nichts«, sagte der Vater. »Absolut nichts.«

Das hätte ihn auch gewundert. Zero machte keine halben Sachen. Jan nickte. »Okay. Und sonst? Wie geht es weiter? Was hat die Polizei vor?«

»Genau darüber habe ich mit Fuchs gesprochen. Seiner Meinung nach schwinden die Chancen, Katja wiederzufinden mit jedem Tag. Er ist mittlerweile überzeugt davon, dass die Entführer nicht auf Lösegeld aus sind, sondern …«, er schluckte, »… darauf, sie zu verkaufen.« Der Kloß in Jans Hals bekam das Ausmaß eines Steins.

»Was?«

»Möglich wäre es. Es gibt Banden, die Mädchen aufgreifen und sie, na ja, sexuell gestörten Männern zum Kauf anbieten.«

»Pädophile, meinst du. Ich kenne den Ausdruck.«

»Natürlich.« Sein Vater seufzte. »Jedenfalls könnte sie längst über die Grenze geschafft worden sein. Dann wird es noch schwieriger, sie zu finden.«

»Genauso gut könnte es sein, dass ein Typ wie Přiklopil sie eingesperrt hat und eine Art Natascha Kampusch aus ihr macht«, hielt Jan dagegen.

»Auch möglich.«

»Na eben. Dann kann man sie finden.« Oder auch nicht. Der Blick seines Vaters spiegelte Jans Überlegungen. Schließlich hatten sie auch Natascha Kampusch nicht gefunden.

Eigentlich glaubte er aber nicht an einen zweiten Fall Kampusch. Ein Typ wie Přiklopil hätte sich niemals RUN ausgedacht. Noch weniger hätte er sich mit einer Videobotschaft gemeldet. Nein, Zero hatte andere Pläne mit Katja.

»Momentan gibt es nicht die kleinste Spur«, sagte der Vater. »Die Polizei hat gestern noch bis zum Einbruch der Dunkelheit mit Suchhunden die Lobau durchkämmt. Nichts. Heute sind sie seit den Morgenstunden draußen …« Er machte einen zittrigen Atemzug. »Jan, es sieht nicht gut aus, verstehst du?« Erstmals entdeckte Jan Verzweiflung in den sonst so sicheren Zügen seines Vaters. Die Situation zermürbte ihn. »Wir müssen uns darauf einstellen, dass Katja gar nicht gefunden wird. Deshalb …« Die Stimme brach ihm weg, er schlug die Hände vors Gesicht.

Seine Mutter nahm einen Schluck Wasser. Sie wirkte mehr als gefasst, beinahe unbeteiligt. Gruselig, fand Jan. Das konnte nicht Sinn und Zweck der Tabletten sein. Da waren ihm die Tränen allemal lieber.

Die Stille fraß sich durch seine Gedanken. Kappte hier ein Eck, dort ein Eck, ließ nur Fragmente zurück. Mehr zu wissen als die Eltern, war mit einem Mal eine Bürde, die er kaum zu tragen vermochte.

Pling.

16

online

Sie blickten alle zugleich auf.

»Was war das?«, fragte Jans Mutter.

Er knetete seine Finger. Jetzt bloß nicht nach der Brille greifen. »Eine SMS.«

»Willst du sie nicht lesen?«

Das Handy lag auf seinem Bett, fiel ihm siedend heiß ein. Er sprang auf. »Ich geh mal kurz raus.«

»Das kannst du auch hier«, meinte sein Vater. »So geheim wird die Nachricht schon nicht sein.«

»Ich sage doch, Bernd«, murmelte Jans Mutter, »er hat eine Freundin.«

Wie bitte? Bereits an der Tür hielt Jan inne und drehte sich um. »Wie kommst du auf die Idee?«

»Wir haben dich gestern Nacht weggehen gehört«, erklärte sein Vater mit zunehmend verärgerter Stimme. »Du kannst dich nicht einfach heimlich aus dem Staub machen. Schon gar nicht bei den aktuellen Ereignissen. Versetz dich mal in unsere Lage. Dir könnte weiß Gott was zustoßen. Die Entführer könnten es auch auf dich abgesehen haben.«

Jan biss sich auf die Lippe. *Hilfe, akuter Erklärungsnotstand!*

»Also? Wer ist sie?«, setzte sein Vater hinzu.

Seine Mutter nickte aufmunternd. »Du kannst es uns ruhig verraten. Wir sind dir nicht böse, bloß weil du ein Mädchen triffst. Wir wollen nur wissen, wo du dich herumtreibst.«

Jan machte ein paar tiefe Atemzüge, wog seine Möglichkeiten ab – und wagte den Sprung ins kalte Wasser. »Ich habe sie erst kürzlich kennengelernt. Darum habe ich nichts gesagt. Ich wollte abwarten, ob das mit uns beiden etwas Festes wird …« Er rang die Hände.

Ein Lächeln taute das harte Gesicht seines Vaters auf. »Da bin ich aber erleichtert! Und ich hatte schon befürchtet, du hängst auf irgendwelchen Partys herum, Komasaufen oder Shisha-Rauchen. Wie heißt sie?«

Wie heißt sie? Wo wohnt sie? Geht sie auf deine Schule? Lade sie doch mal ein, damit wir sie kennenlernen. Gott! Shisha-Rauchen wäre das kleinere Übel gewesen.

»Sie heißt …«, zischend sog er den Atem ein, »Nina.« Der erstbeste Name, der ihm in den Sinn geschossen war. »Und sie wohnt in Niederösterreich«, redete er hastig weiter. »Deshalb bin ich auch mit dem Motorrad zu ihr gefahren …«

»Warum trefft ihr euch nicht auf halbem Weg?«, fragte sein Vater. »In Wien gibt es doch eine Menge netter Kaffeehäuser. Oder Clubs, oder wo immer junge Leute heutzutage abhängen.«

Abhängen – und das aus dem Mund seines Vaters!

Seine Mutter schüttelte belustigt den Kopf. »Bernd! Er

ist achtzehn. Die beiden wollen unter sich sein, verstehst du?«

Ein Moment der Verwirrung, dann hatte sein Vater begriffen, was sie angedeutet hatte. »Ihr verhütet aber, oder?«

Jan war nahe daran, loszuschreien. Er musste hier raus, ehe das Gespräch weiter eskalierte. »Klar doch. Kann ich jetzt ...?« Er wies in den Flur. »Ich komme gleich wieder.«

Die beiden nickten mit verständnisvollem Lächeln.

Jan floh. Irgendwie tat es ja gut zu wissen, dass unter all dem Schmerz noch seine Eltern steckten – Mama, die immer sofort spürte, wenn mit ihm etwas nicht stimmte, und Papa, der trotz Doktortitel manchmal das Offensichtliche nicht kapierte.

Dennoch ... Der Gedanke, gerade mit Nina – *Herrgott, Nina!* – zu schlafen, war dermaßen abartig, dass er das hysterische Kichern kaum unterdrücken konnte, als er über die Treppe nach oben lief. Gut, sie war hübsch. Er mochte ihre Frisur, diesen ausgefransten Bob, der an den Seiten schulterlang und zum Nacken hin kürzer war. Er ließ sie aussehen wie einen Engel mit schwarz gefärbten Haaren. *Eher eine Todesbotin*, korrigierte er sich. Dieses Mädchen war kalt wie ein Grabstein. Und dann erst die Piercings! Er hatte nichts gegen Körperschmuck, aber er konnte sich nicht vorstellen, dass sich Ninas Neigung zur Metalldekoration nur auf ihr Gesicht beschränkte.

In seinem Zimmer setzte Jan die Datenbrille auf. Sein Gefühl hatte ihn nicht getrogen: Level 3 war online.

- Welcome to level 3.!

828
0850850
492492492
424424424424
381381381381381
683683683683683683
324324324324324324324
3713713713713713713713713

RUN – Gib dir den Kick!

Ein Zahlenrätsel. Wie schön.

17

online

Auf den ersten Blick sagten ihm die in das Dreieck eingepassten Zahlen gar nichts. In der Spitze die 828 und in der untersten Reihe diese monströse Zahl, die aus Dreien, Siebenen und Einsen bestand. Worauf sollte das bitte hindeuten?

Die Postings der anderen ließen nicht lange auf sich warten.

- Mark:
  Faszinierend.
- Florian:
  Schöner Mist! Ich bin eh so ein Mathegenie.
- Tom:
  Ich lass euch mal werken.

- Jasmin:
  Du hast sie wohl nicht alle! Streng dich gefälligst selbst an.

Bei Jasmins Antwort musste Jan grinsen. Sie war nicht zu unterschätzen. Er schenkte ihr ein ›Like‹ – und das mit größtem Vergnügen.

Na schön, dachte er, *dann wollen wir mal Google bemühen*. Der PC war am Laufen, die Eltern würden ihm wohl ein paar Chat-Minuten mit seiner neuen Freundin Nina zugestehen.

Zur Monsterzahl fand Google keinen Treffer, nicht viel besser verhielt es sich mit den anderen ellenlangen Zahlen. Umgekehrt führten die kürzeren Zahlen zu allem und nichts: Telefonnummern, Patentregistrierungen, Seriennummern, Codes – zwecklos, hier weiter nachzuforschen. Die Zahl 828 wiederum brachte handfestere Ergebnisse, wenngleich ein so breites Spektrum, dass er nicht wusste, wo er ansetzen sollte. Vom Paragraph 828 über eine bestimmte Sommerreifenmarke bis hin zu einer Kamera war alles dabei.

Irgendwann geriet er auf eine Seite namens Numberworld.info. Mit einem Seufzen las er diverse mathematische Begriffe wie Quersumme, Primzahl, Teiler oder Fibonacci-Zahl. Hier wurden die Eigenschaften jeder beliebigen Zahl aufgelistet. Halt, nicht jeder beliebigen. Bei 683683683683683683 6836 streikte das System. Die Zahl war zu groß.

- Nina:
  Ob das Dreieck eine Bedeutung hat?

Na bitte. Er grinste. Seine neue Freundin war online.

Ein Dreieck an sich hatte laut Google jede Menge Bedeutungen, doch in Verbindung mit den Zahlen schien keine davon zu passen. Nachdem Jan sich durch eine Esoterikseite und ein Yogaforum geklickt hatte, gab er auf und wandte sich wieder den Zahlen zu. Sie schienen der Schlüssel zu allem zu sein. Verdammt, er brauchte dieses Unding ausgedruckt. Ob er die Grafik kopieren und in ein Worddokument einfügen konnte?

Der Versuch misslang. Offensichtlich gab es dieses Feature bei der Datenbrille nicht. Was nun? Aufzeichnen?

»Grafik an E-Mail senden«, befahl er nach kurzem Überlegen. Diesmal reagierte das System und er schickte die Mail an seine GMX-Adresse jan.rakits@gmx.at. Zwei Minuten später spuckte der Drucker das Zahlendreieck aus.

- Vincent:
  Seht ihr auch lauter dreistellige Zahlen?

Wieso das?

Ein Klopfen an der Tür ließ Jan aufblicken. Die Eltern! Er riss sich die Brille von der Nase und versteckte sie hinter dem Bücherstapel auf seinem Schreibtisch, schob das Zahlendreieck unter einen Stoß anderer Zettel, klickte auf dem PC die Facebookseite an. Hastete zum Bett und griff nach dem Handy. Das nächste Klopfen, lauter diesmal.

Jan seufzte. »Jaja. Komm rein.«

Sein Vater steckte den Kopf ins Zimmer. »Wolltest du nicht wieder herunterkommen?«

Jan war beinahe dankbar, dass ihm das Blut ins Gesicht schoss. So passte die Ausrede wenigstens. »Tut mir leid, Nina und ich ... wir haben uns verquatscht.«

Unschlüssig blieb sein Vater im Türrahmen stehen. »So. Na ja. Ist wohl ernst diesmal, hm?«

Als ob er noch nie eine Freundin gehabt hätte. »Diesmal? Mit Anna war ich sechs Monate zusammen.«

»Sechs Monate? Ich hatte den Eindruck, es waren sechs Tage.«

»Witzig, Papa. Wirklich.«

Sein Vater zwinkerte ihm zu. »Ich kann mich nicht erinnern, dass du dich mit Anna je so verquatscht hast. Im Geheimen, meine ich.«

»Anna war ja auch viel jünger. Und ganz anders als Nina.«

»Wie ist Nina denn so?«

»Hm ...« *Abweisend, zynisch, übellaunig. Klug,* fiel ihm noch ein. *Blaugraue Augen. Geschwungene Lippen ...* »Lässig.«

»Lässig. Aha.« Sein Vater lachte und schob sich etwas in den Mund. »Mein Sohn ist lässig verliebt.«

Jan witterte die Möglichkeit zum Themenwechsel. »Was isst du da?«

Mit zusammengekniffenen Augen betrachtete er die gelbe Packung mit der roten Schrift und der aufgerissenen Silberfolie, ohne zu erkennen, worum es sich dabei handelte. Er schüttelte sachte den Kopf.

»Toblerone«, folgte die Erklärung. Sein Vater brach ein weiteres Stück Schokolade ab und rezitierte in astreinem Schweizerdeutsch den Werbeslogan aus seiner Jugendzeit: »Knack dir einen Gipfel ab.« Er hielt Jan ein Schokodreieck hin. »Auch ein Stück?«

Toblerone. Die Lieblingsschokolade seines Vaters.

Gipfel.

Dreieck.

828.

In Jans Kopf machte es klick.

»Gibt's die neuerdings allergenfrei?«, brachte er mühsam hervor, obwohl sich seine Gedanken bereits in alle Richtungen überschlugen.

»Ach Gott! Schwerer Fehler. Das disqualifiziert mich für Monate als Vater.«

»Glaub ich auch«, gab Jan grinsend zurück. Dass er aufgrund seiner Allergie auf Nüsse keine Schokolade essen durfte, kratzte ihn momentan kein bisschen.

Er hatte das Zahlenrätsel gelöst.

18

online

Missmutig starrte Jan auf seine Notizen. Von wegen gelöst! Er hatte herausgefunden, was die Zahlen bedeuteten, doch nicht, was er damit anfangen sollte. Der entscheidende Hinweis von Vincent, dass sich in dem Dreieck dreistellige Zahlen verbargen, hatte zusammen mit dem Wort Gipfel eine gedankliche Kettenreaktion ausgelöst. Als sein Vater ihn mit seiner »neuen Flamme Nina«, wie er sich ausdrückte, allein gelassen hatte, war Jan zum Schreibtisch gestürmt, um seine Schlussfolgerungen zu überprüfen.

Das Dreieck stand sinnbildlich für einen Berg, die Zahlen waren Höhenangaben. Die höchste Zahl in der Spitze bedeutete demnach 828 Meter. Exakt darunter fand sich mit 508 die nächste dreistellige Zahl und unter dieser wieder eine, bis hin zur niedrigsten Zahl, nämlich 137. Es kostete ihn genau einen Suchauftrag herauszufinden, dass die 828 Meter nicht zu einem Berg gehörten, sondern zum höchsten Turm der Welt. Der Rest war ein Spaziergang. Und so brütete er nun über einer Liste:

828 m: Burj Khalifa, Dubai
508 m: Taipeh 101, Taipeh
492 m: Word Financial Center, Shanghai
442 m: Sears Tower, Chicago
381 m: Empire State Building, New York
368 m: Fernsehturm, Berlin
324 m: Eiffelturm, Paris
137 m: Südturm Stephansdom, Wien

Lauter Türme. Sollten sie etwa den Südturm des Stephansdoms besteigen? Prinzipiell eine Kleinigkeit. Eine Treppe führte den zahlenden Besucher hinauf in die Türmerstube, die ein ganzes Stück unterhalb der Turmspitze lag. Jan war schon ein paarmal oben gewesen und konnte sich noch gut an den grandiosen Blick über Wien erinnern. Untertags, wohlgemerkt. Bei Nacht war der Turm geschlossen. Aber wozu dann die anderen Türme? Die dienten sicherlich nicht bloß dazu, das Rätsel anspruchsvoller zu machen.

Seine Gegner verhielten sich ruhig. Der letzte Kommentar von Vincent war bereits über eine Stunde her. Jan beschloss, ihnen einen Tipp zu geben. Vielleicht brachte das die Diskussion wieder in Gang.

- Jan:
  Der Burj Khalifa in Dubai ist 828 m hoch.
- Florian:
  Aha. Und was sagt mir das jetzt?
- Jan:
  Google mal die Zahl darunter.

- Vincent:
  Dreistellig heißt das Zauberwort!
- Jan:
  Nein, Meter! ;-)
- Mark:
  Faszinierend.

Jan erhielt für sein Posting von den dreien ein ›Like‹, zehn Minuten später eines von Jasmin und – siehe da! – von Nina. Tom äußerte sich gar nicht. Nach weiteren zehn Minuten meldete sich Vincent erneut zu Wort.

- Vincent:
  Na schön. Ich habe alle Türme rausgesucht. Und?
- Jan:
  Warst du schon mal auf dem Südturm vom Stephansdom?
- Vincent:
  Hm. Meinst du, dass wir da hinauf sollen?
- Mark:
  343 Stufen? Bin schwer dagegen. :-(
- Jasmin:
  Vor allem schwer. ;-)
- Mark:
  Du mich auch.
- Nina:
  Ich denke, da kommt noch was. Wäre viel zu einfach.
- Mark:
  Yep. Heißt nicht umsonst: Level 3 PUNKT.

Das Argument zog. Jan hatte ursprünglich angenommen, dass es sich bei dem Punkt in der Willkommenszeile um einen Tippfehler handeln würde. *Irrtum*, dachte er nun. *Zero macht keine Fehler, vergiss das nie.* Offenbar hatte er das Rätsel in mehrere Teile gesplittet, um die Spannung zu erhöhen. Demnach mussten sie warten, bis er sich gnädig zeigte und ihnen einen weiteren Hinweis gab. Na toll.

Jan nahm die Datenbrille ab und schloss stöhnend die Augen. Die Gedanken schlingerten durch seinen Kopf. Jetzt war es drei Uhr. Wenn er hier sitzen blieb, würde er über kurz oder lang einschlafen, soviel war sicher. Was tun? Sein Blick fiel auf die Schulbücher – die Zeit nutzen und für die Matura lernen? *Hast du sonst noch Sorgen, Jan?*

Er könnte zum Stephansplatz fahren. Damit schlug er gleich zwei Fliegen mit einer Klappe. Er konnte sich in den Klettershops im ersten Bezirk nach einer neuen Kletterhose umschauen und sich den Südturm ansehen.

Tatendrang verdrängte die Müdigkeit. Unter dem Vorwand, ein Geschenk für Nina besorgen zu wollen – immerhin hatte sie in drei Tagen Geburtstag, wie er den Eltern weismachte –, fuhr er in die City. Absichtlich mit der U-Bahn, damit er die Seite von RUN im Auge behalten konnte.

Die Datenbrille erwies sich als äußerst nützlich. Als er dem Navi spaßeshalber sein Ziel nannte, lieferte es ungefragt Informationen. So erfuhr er, dass es bei der Linie U3 aufgrund einer Störung zu längeren Wartezeiten kommen könnte. Dass am Stephansplatz um siebzehn Uhr eine Kundgebung zum Thema »Jugend in Europa« stattfand. Und dass einer der Klettershops neue Öffnungszeiten bot, nämlich freitags bis zwanzig Uhr. *Faszinierend*, um es mit Marks Lieblingswort auszudrücken.

Auf dem Stephansplatz herrschte noch mehr Trubel als erwartet. Touristen wie die Wiener selbst nutzten den lauen Nachmittag zum Bummeln. Vor dem Dom fingen Männer mit weißer Perücke und historischer Kleidung die Leute ab. Jedem, der auch nur ansatzweise Interesse zeigte, wurde sofort eine Stadtführung aufgedrängt. Ein Stück weiter hatte eine Gruppe Breakdancer eine dünne Matte auf das Straßenpflaster geklebt und bot eine Vorführung ihres Könnens. Jan blieb stehen und sah eine Weile zu. Gewaltig, was die Jungs mit ihrem Körper anstellten. Das Publikum applaudierte, als einer der Tänzer Drehungen und Sprünge auf einer Hand zeigte. Zwischen Dom und Kärntner Straße wurde das Podium für die Jugendveranstaltung aufgebaut, und ganz in der Nähe stand ein komplett in Gold gehüllter Straßenkünstler auf einer golden lackierten Bierkiste für endlose Minuten regungslos.

Jan wandte sich nach links und ging an der Kirche entlang zum Südturm. Seit Jahren fanden am Dom laufend Restaurierungsarbeiten statt. Momentan wurde offenbar am Turm gearbeitet, denn er war zum größten Teil von einem Baugerüst umgeben. Damit das Stadtbild bewahrt blieb, war das Gerüst durch Planen verhüllt, auf die das Abbild des Doms gedruckt war. Von weitem betrachtet wirkte diese Verkleidung täuschend echt.

Der Zugang zum Südturm war wie erwartet geöffnet – täglich von neun bis siebzehn Uhr, war auf der Tafel zu lesen. Darunter die Preisliste. Drei Euro fünfzig für Erwachsene empfand Jan als ziemlich gesalzen, dafür dass man sich die enge Wendeltreppe mit den vielen Stufen hinauf plagen musste. Er wich an die Hausmauer des gegenüberliegenden Gebäudes zurück, lehnte sich dagegen und ließ das Bild des eingetüteten Turms auf sich wirken.

Über das Gerüst hinauf, hinter der Plane, vor den Blicken der Leute verborgen. Ohne Seil, einfach Free Solo ...

Sein Atem beschleunigte sich, in seinem Kopf multiplizierten sich die Züge zu einem Flow. Höher und höher kletterte er in Gedanken, erreichte das Ende der Plane, nutzte die winzigen Erker, Türmchen und Gitter als Griffe, fand Halt für die Füße – und erreichte die Spitze: Yeah! Free-Solo-Climber bewältigt Stephansdom! Das wäre mal eine Schlagzeile. Raphael würde Augen machen.

Kopfschüttelnd kehrte Jan in die Wirklichkeit zurück. Es gab Free-Solo-Climber, die im Gebirge auf rund zweitausend Höhenmetern kletterten. Da konnte er mit seinem Stephansdom einpacken.

Eine Familie trat aus dem Zugang zum Turm ins Freie. Die Eltern und zwei Mädchen, eines um die vierzehn, das andere, ein Lockenkopf im Alter von etwa sechs, sieben Jahren, an der Hand des Vaters. Lachend riss die Kleine sich von ihm los und wirbelte wie eine Eistänzerin herum, noch berauscht vom Abstieg über die Wendeltreppe. Wie sie da mit leuchtenden Augen über den Platz tanzte, erinnerte sie Jan schmerzlich an Katja. Was sie wohl machte, jetzt, in diesem Augenblick?

»Kleine Schwestern sind Lästwanzen der übelsten Sorte«, hatte er bis vor kurzem noch jedem, der Katja ach so süß fand, erzählt. »Sie ärgern einen, klauen Sachen, vom Handy angefangen, über CDs, bis hin zu Sweatshirts und Schuhen. Sie stören, wenn man mit seinen Freunden quatschen will. Sie wollen beachtet, gelobt und gehätschelt werden, die ganze Zeit. Sie stehen morgens um sieben energiegeladen vor deiner Tür, und wehe, du springst nicht sofort aus dem Bett und spielst den Animateur. Und abends quengeln sie, weinen und sind zu müde, um einzuschlafen. Du willst eine kleine Schwester? Ich schenk dir meine.«

Jan blinzelte. Lockenkopf samt Familie war verschwunden. Er stand am Stephansplatz inmitten von Leuten und fühlte sich so verloren wie nie zuvor. Was tat er hier eigentlich? Was *genau* tat er, um Katja zu helfen? RUN spielen? War er noch zu retten? Zero war ein geisteskranker Kidnapper. Am Ende würde er Katja ja doch umbringen.

Jan fischte das Handy aus der Hosentasche. Doch ehe er Matthias Fuchs' Nummer heraussuchen konnte, lief jemand an ihm vorbei, der ihm vage bekannt vorkam. Die Alarmglocken in seinem Kopf schrillten los. Er setzte sich in Bewegung und folgte dem jungen Mann in der Lederjacke.

19

online

Jan steckte das Handy weg und konzentrierte sich auf die Verfolgung. Er hatte sich nicht getäuscht. Es war Tom, der mit langen Schritten über den Stephansplatz eilte. Die vielen Leute boten gute Deckung, und obwohl Tom in einem fort über seine Schulter blickte, bemerkte er Jan nicht.

Sie erreichten den *Graben*. Auch hier schoben sich Menschentrauben durch die Fußgängerzone. Ganz Wien schien auf den Beinen zu sein. Jan arbeitete sich Meter um Meter näher an Tom heran. Was wollte der überhaupt hier? Sein ganzes Gehabe wirkte auffällig, ja, je länger Jan ihn beobachtete, desto mehr verstärkte sich das Gefühl, dass Tom etwas vorhatte.

An der Pestsäule, einem Mahnmal, das vor mehreren hundert Jahren zum Gedenken an eine überstandene

Pestepedemie errichtet worden war, blieb Tom abrupt stehen und blickte sich um. Jan tauchte so gerade noch hinter einem beleibten Touristen ab. Er ließ sich von der Menge ein Stück mittragen. Als er wieder nach Tom Ausschau hielt, stand der neben einem blonden Mann. Mitte fünfzig, breitschultrig, groß, mit Gel zurückgepappte Haare, Goldkette, kabelloses Headset im Ohr, eleganter Anzug, der sich beim zweiten Hinsehen als Billigware entpuppte. Schleimiger Typ. Kurzer Augenkontakt, eine Handbewegung von Tom, dann gingen beide ihrer Wege – in entgegengesetzte Richtungen.

Die Wahl fiel Jan nicht leicht. Schließlich entschied er sich, dem Fremden auf der Spur zu bleiben. Tom würde er früh genug wiedersehen. Er schlängelte sich an einer Touristengruppe vorbei und hastete dem Mann hinterher, den Kopf voll wilder Spekulationen. Was war da eben abgelaufen? Eine Begegnung unter Freunden oder auch nur Bekannten sah anders aus. Man wechselte zumindest ein paar Worte und verabschiedete sich danach. Seltsam ...

Und was, wenn die beiden etwas mit Katjas Entführung zu tun haben?

Vor lauter Aufregung stolperte Jan beinahe über einen Dreijährigen auf einem Tretroller, dessen Mutter auch gleich eine Schimpftirade auf ihn losließ. Mit einer gemurmelten Entschuldigung lief er weiter und sah den Blonden gerade noch in eine schmale Seitengasse abbiegen.

In der Gasse war es ruhiger. Der Blonde blieb vor einem Herrenmodengeschäft stehen und betrachtete die Auslage, während er gestikulierend telefonierte. Jan fand sich seinerseits vor einem Dessousgeschäft wieder. Peinlich berührt vertiefte er sich in cremefarbene Spitzenunterwäsche. *Ob Nina damit etwas anfangen könnte?*, dachte er grinsend.

Endlich ging der Blonde weiter. Vorbei an Boutiquen und Restaurants, quer durch Wiens verwinkeltes Gassenwerk. Eine halbe Ewigkeit, so schien es Jan, lief er hinter ihm her. Sie erreichten den Schwedenplatz und querten den Donaukanal über eine der vielen Brücken. Hier, im zweiten Bezirk, waren die Straßen breiter und die Häuser weniger schmuck, auch die Touristenmassen hatten sich erheblich reduziert. Um nicht entdeckt zu werden, ließ sich Jan zurückfallen. Da verschwand der Blonde unerwartet in einem Hauseingang.

Zögernd wagte sich Jan näher. Negerlegasse fünf. Eine Holztür mit vergitterten Sichtfenstern, dahinter ein düsterer Flur. Sprechanlage.

Er schrak auf, als ihn jemand im Nacken packte und gegen die Tür drängte. Ein Schwall Zigarettenrauch stieg ihm in die Nase. Die Gewissheit, dass er sich wie der letzte Idiot angestellt hatte, jagte ihm die Röte ins Gesicht.

»Wie bescheuert kann man eigentlich sein?«, zischte Tom ihm prompt ins Ohr.

Jan boxte mit dem Ellbogen nach Tom, doch der presste sich mit seinem Körpergewicht an ihn, sodass er sich kaum rühren konnte. Er verlegte sich aufs Treten. Ein fester Ruck an Jans Haar, dann knallte Tom seinen Kopf mit der Stirn gegen das Eisengitter. *Verletzung Nummer drei*, dachte Jan absurderweise, während er gegen den scharfen Schmerz ankämpfte. *Bald brauche ich eine Schönheits-OP.* Er trat noch einmal zu – und wurde mit einem Ächzen belohnt. Treffer.

Aber Tom wich keinen Zentimeter von ihm ab. »Jetzt werd' ich gleich sauer«, warnte er, die Zigarette zwischen die Lippen geklemmt.

Klack.

Ach du ...

Jan hatte noch nie ein Springermesser aufschnappen hören, doch er wusste mit Sicherheit, dass es eines war. Instinktiv stand er ruhig.

Tom drückte dreimal kurz auf den Klingelknopf neben einem Namensschild. *Rautner*, konnte Jan entziffern. Das musste der blonde Schleimer sein. Nicht gut. Er spannte seine Muskeln zur Flucht.

Kälte biss in seinen Hals. Tom erinnerte ihn nachdrücklich an das Messer. »Mach ja keinen Scheiß«, sagte er. »Oder willst du noch mal das Gitter küssen?«

Lieber nicht.

Ein Summen. Tom stieß die Tür auf und schob ihn in den Hausflur. Im Halbdunkel erkannte Jan links einen Treppenaufgang. Dann wurde er herumgerissen und rücklings gegen die Mauer gestoßen. Tom trat zurück, nicht ohne Jan das Messer vor die Brust zu halten. Irgendwo im Haus klappte eine Tür, Schritte erklangen auf der Treppe. Tom lächelte süffisant.

»Sag mal, bist du wahnsinnig?«, entfuhr es Jan. »Steck das Messer weg!«

»Oder was?« Genüsslich nahm Tom einen weiteren Zug von der Zigarette und blies Jan den Rauch ins Gesicht. »Hast wohl gedacht, ich merk nicht, dass du hinter mir herläufst, hm? Schön blöd. Mit der Brille bist du so auffällig wie die Milka-Kuh.« Mit einem raschen Griff riss er ihm die Datenbrille von der Nase und warf sie in die Ecke. Das Klappern, mit der sie auf dem Boden aufschlug, tat Jan körperlich weh.

»Leidest du an Verfolgungswahn?«, erwiderte er. »Ich war spazieren.«

»Mhm. Und hierher bist du auch rein zufällig gekommen.«

»Ist das verboten?«

»Du sitzt ordentlich in der Klemme, das kann ich dir sagen.«

Das Gefühl hatte er auch.

Die Schritte kamen näher, dann bog der Blonde um die Ecke.

»Ist er das?«, fragte er. Sein leichter Akzent ließ auf einen Slowaken oder Tschechen schließen.

Tom nickte. »Ich glaub, der braucht 'ne Abreibung.«

Jan wurde kalt. »Hören Sie«, beschwor er den Blonden, »ich weiß nicht, was er Ihnen erzählt hat, aber ...«

Eine Faust donnerte in seinen Magen. Alles explodierte in dumpfem Schmerz. Er krümmte sich, die schwarz-weißen Bodenkacheln tanzten vor seinen Augen.

Tom lachte. »Jetzt bist du so klein mit Hut, was?«

Wie klein, konnte Jan nicht sehen, er hatte Mühe, überhaupt auf den Beinen zu bleiben. »Scheißkerl!«, stieß er hervor.

»Maul halten, alle beide«, knurrte der Blonde. Er zog Jan am Jackenkragen hoch und musterte ihn. »Ich wollte es mir gerade mit einem Glas Wein gemütlich machen. Du verdirbst mir den Abend.«

Jan fixierte das kantige Gesicht des Mannes. Eine Narbe zierte sein Jochbein. Er würde ihn wiedererkennen. Die Frage war nur, ob der Typ es darauf anlegte, das zu verhindern.

Schwere Atemzüge erfüllten den Hausflur. Seine, erkannte er.

»Du hast also nichts Besseres zu tun, als mir nachzuspionieren«, stellte der Blonde fest.

Jan schüttelte den Kopf. Schluckte.

Der Blonde hob eine Augenbraue. »Nein?«

»Nein. Ich ... habe Sie verwechselt.«

Der Blonde sah ihn mit schmalen Augen an. Er nahm Tom die Zigarette aus der Hand, zog daran und inhalierte den Rauch tief. »Wie wäre es mit einem Deal?«, fragte er Jan. »Nur wir zwei. Ich kuriere dich von deiner Neugier. Und du wirst nichts ausplaudern. Okay?«

Deal? Kurieren? »Was?«

»Du schaffst das. Ist nur eine Kleinigkeit, versprochen.«

»Ich …«

Ein rascher Griff, und der Blonde presste ihm Toms Springermesser an die Lippen. »Sch, sch«, machte er. »Schön brav sein.«

Jan wagte nicht, sich zu rühren. Tief drinnen in seinem Bauch saß Übelkeit. Oder Angst?

Der Blonde nickte Tom zu. Der packte Jan am Handgelenk, schob seinen Ärmel hoch und drückte seinen Arm mit dem Handrücken gegen die Wand. *Die haben das schon öfter gemacht,* durchfuhr es Jan. In einem Reflex zuckte seine Hand. Das Messer rutschte tiefer. Er spürte das Piksen in der Kuhle zwischen den Schlüsselbeinen. Ein Stich …

»Ich möchte dich hier nie wieder sehen«, sagte der Blonde. »Du vergisst, dass es mich gibt. Kein Wort zu irgendjemandem. Weder zu deinen Eltern noch zur Polizei. Dann bleibt es bei diesem Denkzettel. Klar?«

Denkzettel? Verdammt, was hatte er vor?

Jan wollte so viel. Betteln. Um Hilfe schreien. Sagen, dass er kapiert hatte. Dass es nicht nötig war, ihm etwas anzutun. Aber in seinem Kopf verdrehten sich die Gedanken und aus seinem Mund kam etwas ganz anderes.

»Wichser! Lass mich los, du Arschloch!« Er ruckte am Arm. Keine Chance – Tom umklammerte seine Hand wie mit einem Schraubstock. Außerdem war da das Messer. Jetzt wieder an seinen Lippen. *Still sein*, forderte es und er gehorchte.

»Aber, aber. So ein feiner Junge und kennt solche Schimpfwörter«, tadelte der Blonde sanft.

Und dann drückte er die Zigarette auf Jans Unterarm aus.

20

online

Jans Arm wurde langsam taub. Seit fünf Minuten stand er beim Trinkwasserbrunnen am Schwedenplatz und ließ eisiges Wasser über die Brandwunden rinnen.

Fünf waren es. Eine hübsche Reihe an der Innenseite seines Unterarms, wo die Haut dünn war und es ordentlich wehtat. Nach jedem Ausdämpfen hatte der Blonde die Zigarette erneut angezündet.

Arschloch.

Er hatte nicht geschrien. Nur die Zähne zusammengebissen. So ein Messer war ziemlich überzeugend.

Danach hatten sie ihn im Hausflur des Mietshauses zurückgelassen. Er war an der Mauer nach unten gerutscht, weil sich seine Beine in Gummi verwandelt hatten. Als ihre Schritte im Treppenhaus verklungen waren, hatte er sich aufgerappelt, die Datenbrille geschnappt und war geflüchtet. Das erste Mal seit Jahren hatte er beim Laufen Atemnot gehabt.

Jan nahm den Arm aus dem Wasserstrahl. Die Brandwunden sahen übel aus, ein paar Heftpflaster würden es wohl nicht tun.

Er besorgte sich aus der Apotheke um die Ecke eine Brandsalbe und Verbandsmaterial. Beim Zahlen meldete sich die Datenbrille mit dem vertrauten *Pling*. Sie hatte einen Kratzer abbekommen, die unsanfte Behandlung ansonsten unbeschadet überstanden.

Auf dem Weg zur U-Bahn las Jan das Posting.

- Welcome to level 3.0!

Nur wer alle Gipfel besteigt,
kann nach den Sternen greifen.
Das Ganze ist mehr
als die Summe seiner Teile.

RUN – Gib dir den Kick!

Die Anspielung auf den Gipfel kam etwas spät. Aber egal. Viel mehr wurmte ihn, dass das Rätselraten von neuem losging.

Die U-Bahn war überfüllt. Es roch nach abgekämpften Menschen und ihrem Schweiß, dazwischen mischte sich frische Wurst. Jan drängte sich an einer Frau mit vollen Einkaufstaschen vorbei und steuerte auf den letzten freien Platz in der Ecke zu. Erschöpft ließ er sich in den Sitz fallen.

Jetzt war ich gar nicht in den Klettershops. Der Gedanke verflüchtigte sich unter dem Schaukeln und Rattern der U-Bahn. Bilder von dem düsteren Hausflur stiegen in ihm auf. Glut, die durch das Halbdunkel tauchte. Zischender Atem zwischen seinen Zähnen. Ein verschluckter Schrei.

Nicht daran denken.

- Florian:
  Gipfel. Soweit sind wir auch. ;-)
- Vincent:
  Die Summe? Ob das wörtlich gemeint ist?
- Jasmin:
  Verstehe nur Bahnhof.

Jan verzichtete darauf, einen Kommentar zu posten. Er steckte die Brille in die Jackentasche. In der U-Bahn Selbstgespräche zu führen, kam nicht gut. Er hatte heute schon genug erlebt.

Dreckskerle! Die glaubten wohl, sie hätten ihn eingeschüchtert. *Falsch. Jetzt erst recht.* Mit einiger Befriedigung spürte er Wut in sich wachsen. Wut war gut. Sie überdeckte den Schmerz.

Er würde an Tom dranbleiben. Alles über ihn in Erfahrung bringen – wo er wohnte, was er arbeitete, wer seine Eltern, Freunde und Bekannten waren. Ganz nach dem Motto: Kenne deinen Feind. Das zumindest traute er sich eher zu, als diesen Rautner zu beschatten, falls der Blonde überhaupt so hieß. Der war ein Fall für die Polizei. Zu dumm, dass er Fuchs keinen Tipp geben konnte, ohne den Rest zu verraten.

Fuchs ...

Die Entschlossenheit, die er am Stephansplatz gespürt hatte, war wie weggeblasen. Matthias Fuchs anzurufen hieße, Zeros Drohung in den Wind zu schießen. Die Folgen konnte er sich lebhaft ausmalen: Katja mit aufgeschlitzter Kehle. Oder erschossen. Das wollte er nicht riskieren.

Zu Hause angekommen, verschanzte er sich im Badezimmer. Er packte fünf dicke Kleckse Brandsalbe auf die Wunden, wickelte den Verband herum und schob den

Ärmel seines Sweaters darüber. Nichts mehr zu sehen. Die Schramme auf der Stirn war halb so wild. Ein wenig Abdeckstift, fertig. Langsam wurde er Meister im Kaschieren von Verletzungen.

Beim gemeinsamen Abendessen scheiterten die Eltern daran, heile Familie zu spielen. Sie bemühten sich zwar um normales Geplauder – sein Vater erzählte von seinem neuen Mitarbeiter und seine Mutter von einem Streit mit der Nachbarin –, aber in der Stille danach pulsierte nur ein einziger Name: Katja.

Wir können sie totschweigen, bis wir daran zerbrechen. Jan rubbelte über seine brennenden Augen. Registrierte die Tränen auf seinen Fingerkuppen. Müdigkeit, nichts anderes.

Seine Mutter rettete die Situation, indem sie ihn über Nina ausfragte, und sein Vater fiel sofort mit ein. Jan tat ihnen den Gefallen. Lügen war besser als leiden.

Das Geschenk für Nina?

Ja, klar habe er eins gekauft. Oh, nein! Herzeigen sei nicht drin. Das gehe nur ihn und Nina etwas an.

Seine Eltern schmunzelten. Fragten weiter. Und immer weiter.

Er tat verlegen, beantwortete nur, was sich unmöglich umgehen ließ und erklärte, Nina noch heute Abend treffen zu wollen. Bei ihr zu Hause. Wegen ihres Geburtstags. Und so.

Die Eltern waren nicht begeistert, das sah er ihnen an. Dennoch gaben sie nach einem kurzen Blickwechsel ihr Einverständnis. Erleichtert zog sich Jan in sein Zimmer zurück. Nun stand dem nächtlichen Abenteuer nichts mehr im Weg.

Bei RUN hatte sich inzwischen einiges getan.

- Nina:
  Aristoteles.
- Jasmin:
  Wie, wo, was?
- Nina:
  Das Zitat ist von Aristoteles.
- Mark:
  In Wien gibt es zwei Sternwarten und das Planetarium.
- Jasmin:
  Welches Zitat?
- Florian:
  Eine Portion Gehirnschmalz für die junge Dame. Darf ich es anwärmen oder wollen Sie es kalt genießen?
- Jasmin:
  Ich lach mich tot.
- Nina:
  Seufz. Das Ganze ist mehr als die Summe seiner Teile.
- Vincent:
  @ Mark: Und was ist mit dem Südturm?

Der Südturm. Nachdenklich trommelte Jan mit den Fingern auf den Schreibtisch. Möglich, dass er in eine falsche Richtung gedacht hatte, dass der Südturm nur ein Turm unter vielen war. Er forschte eine Weile im Internet nach Zusammenhängen mit Aristoteles' Zitat, hatte aber mehr und mehr das Gefühl, sich vom Wesentlichen zu entfernen.

Also retour zum Start, Jan.

Acht Türme – das waren die Gipfel. Besteigen – lieferte den Hinweis auf die Aufgabe: Sie sollten offenbar irgendwo hinaufklettern. In Wien, nahm er doch stark an, wobei er den Stephansturm absichtlich aus seinen Überlegungen strich. Nach den Sternen greifen konnte man nur, indem man die Aufgabe bewältigte.

Blieb das Zitat. Was war die Kernaussage, wenn man es wörtlich nahm?

Bilde die Summe!

Jan nahm den Taschenrechner und addierte die Turmhöhen.

3480

Okaaay ...

Google spuckte zwei Berge aus, einen in den Ötztaler, den anderen in den Zillertaler Alpen. Sackgasse.

- Jan:
  3480. Sagt euch das was?

Es dauerte eine ganze Weile, bis er Antwort erhielt:

- Nina:
  Mehr als die Summe!

Dieses Mädchen wurde ihm unheimlich. Schon wieder war sie ihm einen Schritt voraus.

Mehr als die Summe. Was sollte das sein? Summe zum Quadrat?

- Mark:
  Das ist ein Star Trek Roman.
- Vincent:
  sichaufshirngreift
- Mark:
  schmoll

Grinsend schüttelte Jan den Kopf. *Bleibt bei der Sache, Kinder.*

Die Summe zum Quadrat ergab eine abstruse Zahl. Summe auf Wikipedia weihte ihn in die höhere Mathematik ein und nachdem er alles über Doppelsumme, Gaußsche Summe und Geometrische Summe gelesen hatte, landete er bei Wiktionary. In der Rubrik Unterbegriffe zog ihn das Wort Quersumme magisch an, weil es verlinkt war.

Die Quersumme von 3480 war 15.

- Jan:
  15?
- Nina:
  Schau an, Aschenputtel.
- Jan:
  Tja, stell dir vor, Silberhexe.
- Nina:
  :-)

Super, sie fand das auch noch lustig. Jan ärgerte sich nicht lange.

Also 15.

Der 15. Bezirk? Hausnummer 15? 15 Uhr? Mist, das konnte noch nicht alles gewesen sein.

- Jan:
  wartet auf den dritten Hinweis
- Zero:
  Geduld, Geduld.

Interessant. Jetzt brachte er sich sogar persönlich ein. Die anderen bestürmten Zero mit Fragen oder posteten, wie toll sie RUN fanden, nur Vincent verhielt sich auffällig ruhig. Und wo war eigentlich Tom abgeblieben?

Die darauffolgende Stunde verbrachte Jan im Halbschlaf. Zu müde, um länger wach zu bleiben, zu nervös, um tiefer einzuschlafen. Beim kleinsten Geräusch schrak er hoch, immer in Erwartung des Signaltons der Datenbrille. Doch Zero ließ sie darben. Erst Punkt einundzwanzig Uhr erbarmte er sich:

- Welcome to level 3:00!

  01000111
  01000001
  01010011
  01000111
  01000001
  01010011
  01010011
  01000101

RUN – Gib dir den Kick!

Damit war die Frage nach der Uhrzeit geklärt. Drei Uhr morgens. Grandios. Jan schüttelte die grauenvolle Vorstellung ab, dass er nächste Woche wieder zur Schule musste, und wandte sich den Zahlen zu. Die Einsen und Nullen sahen ganz nach einem Code aus. Hoffentlich war darüber was im Internet zu finden.

- Mark:
  Das ist ein Klacks, Leute.

Na, wenn der Nerd das sagte ...

Freundlicherweise teilte Mark sein Wissen mit ihnen. Er postete einen Link zu einer Seite für Geocacher – Wanderfreaks, die sich mittels GPS auf Schatzsuche machten. Jan wurde rasch fündig. Die Zahlen gehörten zu einem Binärcode. Jedem Buchstaben des Alphabets wurde eine Ziffernfolge mit Nullen und Einsen zugeordnet.

01000111 G
01000001 A
01010011 S
01000111 G
01000001 A
01010011 S
01010011 S
01000101 E

Gasgassc. Im 15. Bezirk. Na bitte.

- Vincent:
  Und welche Hausnummer?

Diesmal kam Jan Nina zuvor.

- Jan:
  Tippe auf 1, 10 oder 11.
- Nina:
  10

Sie erhielten beide ein ›Like‹ von Zero. Also Nummer 10. Google Maps zufolge handelte es sich bei dem Gebäudekomplex Gasgasse 8-10 um das Bezirksamt des fünfzehnten Bezirks, ein Haus, das sechs Stockwerke hoch war. Eigenartig. Irgendwie hatte er fest mit einem Turm gerechnet.

Grübelnd betrachtete Jan seine Kletterschuhe, die er am Vortag achtlos in die Ecke geworfen hatte. Man konnte nie wissen.

21

offline

»Hi. Komm rein.« Raphael schlug ihm zur Begrüßung auf die Schulter und beäugte ihn kritisch. »Du siehst aber fertig aus. Hast du eine Beule?«

Jan schloss die Tür hinter sich. »Ich bin gegen den Badezimmerschrank gedonnert.«

Raphael stieß ein Prusten aus. »Erst das Kinn, dann die Stirn. Scheinst eine echte Pechsträhne zu haben.«

»Tja, sieht ganz danach aus.«

Jan streifte seine Sneakers ab. Raphaels Anruf war ein Geschenk des Himmels gewesen. Erst hatten sie überlegt, den Abend im *Flex* oder im *Ost* zu verbringen, beides angesagte Clubs, in denen es sich am Wochenende mächtig abspielte. Dann hatte Jan sich dagegen entschieden. Die halbe Schule war dort anzutreffen. Und er verspürte keine Lust, Anna wiederzusehen.

Raphael senkte die Stimme. »Mann, bin ich froh, dass du da bist. Die beiden rauben mir den letzten Nerv.« Er deutete mit einem vielsagenden Blick auf die geschlossene Schlafzimmertür, hinter der Kichern zu vernehmen war.

»Hat er wieder eine Neue?«

»Rita.«

Seit der Scheidung von Raphaels Eltern wechselten die Freundinnen seines Vaters monatlich. Alexa, Claudia, Maria, Gabi – dank Raphael war Jan stets im Bilde über die aktuelle Frau in Wolfgang Grabners Bett.

»Was sagt deine Mutter dazu?«

»Blöd werd ich sein und ihr das stecken. Weißt du, sie hat ...« Raphael stockte. »Die Sache setzt ihr immer noch zu. Sie ist ziemlich mies drauf.«

»Hm. Ist fast ein Jahr her.«

»Trotzdem.«

Jan folgte Raphael in sein Zimmer. Harte Gitarrenklänge schallten aus den Lautsprecherboxen. Green Day.

Raphael drehte die Musik leiser. »Magst du was trinken?«

»Nur Wasser.«

Jan blickte sich in Raphaels Zimmer um. Hier hatte sich einiges verändert. Die Wände waren grün gestrichen, auf dem Boden waren helle Holzdielen verlegt, was einen angenehmen Kontrast zu den schwarzen Möbeln bildete. Wo früher Poster diverser Bands geklebt hatten, hingen jetzt gerahmte Fotografien, allesamt von Raphael geschossen.

»Cool«, sagte er anerkennend, als Raphael das Wasser brachte. »Sieht richtig erwachsen aus. Sogar eine Couch hast du.«

»Ja. Mein Vater hat sich ordentlich ins Zeug gelegt.« Er grinste schief. »Als Entschädigung für die Scheidung, denke ich.«

Jan deutete auf eine Fotoserie, die verschiedene Brücken Wiens im Zwielicht zeigte. »Die Fotos sind stark. Wie vom Profi. Du musst unbedingt dranbleiben.«

Raphael nickte. »Möchte ich auch. Ich werde das Kolleg an der *Graphischen* machen. Da darf man nach dem Abschluss als Berufsfotograf arbeiten.«

Jan trank einen Schluck Wasser. Raphael war zu beneiden. Schon mit vierzehn hatte er gewusst, dass er einmal Fotograf werden wollte. Jan hingegen wusste gar nichts. »Irgendwas mit Sport«, erwiderte er auf Fragen nach seinem Berufswunsch. Eine vage Antwort, die in seinem Kopf kaum ausgereifter war.

Sie setzten sich auf die Couch und lauschten abwechselnd Green Day und den eindeutigen Geräuschen aus dem Nebenzimmer.

»Das geht jeden zweiten Tag so«, seufzte Raphael.

»Ist sie wenigstens nett?«

»Eine Tussi. Das Gehirn im Busen.«

Jan grinste. »Viel Gehirn?«

»Cup-D. Mindestens.«

Sie alberten über das umgekehrt proportionale Verhältnis zwischen Busengröße und Intellekt herum. Green Days »Warning« verklang mit der Textzeile ... *this is only a test.* Aus dem Schlafzimmer drang ein Schrei, dann ein langgezogenes Stöhnen.

Raphael rollte mit den Augen. »Das nenn ich dramaturgisch wertvoll.«

Jan erstickte fast vor Lachen.

In der darauffolgenden Stille knisterten seine Gedanken. Er sprang von einem zum nächsten und blieb endlich an Raphaels dunklen Augen hängen. Sie waren Freunde. Sollte er ihm nicht besser von RUN erzählen?

»Also, was liegt an?«, fragte Raphael.

Eindeutig, er ahnte etwas. In dieser Hinsicht ähnelte er Mama. Man konnte ihnen einfach nichts verheimlichen.

»Was meinst du?«, gab Jan ausweichend zurück.

»Du wolltest lieber bei mir rumhängen als im *Flex*. Ist okay. Du kriegst schließlich nicht jeden Tag den Orgasmus meines Vaters live geboten. Aber jetzt ist das Abendprogramm gelaufen, also lass uns quatschen.«

»Wenn du unbedingt ins *Flex* willst …«

Raphael knuffte ihn in die Seite. »Ich will nicht ins *Flex*, du Volldepp. Ich will wissen, was mit dir los ist.«

»Nichts.« *Ich spiele um das Leben meiner Schwester und bis zum Start von Level 3 muss ich fünf Stunden rumkriegen.* Er warf einen Blick auf sein Handy. Zweiundzwanzig Uhr dreißig. *Viereinhalb Stunden.*

Den Eltern hatte er aufgetischt, Ninas Vater wisse noch nichts von ihrer Beziehung. Er sei Krankenpfleger und würde um zehn Uhr abends die Wohnung verlassen, um zur Arbeit ins Krankenhaus zu fahren. Erst dann könne Jan bei Nina aufkreuzen. Wann er heimkomme? Keine Ahnung. Spätestens bei Tagesanbruch.

Furchtbar, eine Lüge ergab die nächste. Er würde sich alles notieren müssen, damit ihm keine Fehler unterliefen …

»Erde an Jan Rakits! Ich rede mit dir. Hörst du mir eigentlich zu?«

Jan riss sich zusammen. Natürlich hatte er Raphaels »Nach nichts sieht mir das aber nicht aus« gehört. Oder vielmehr überhört.

»Entschuldige«, murmelte er. »Es ist nur … also … Die Stimmung zu Hause macht mich einfach fertig. Meine Mutter wirft Tabletten gegen Depressionen ein. Sie hat sich in einen Zombie verwandelt. Und mein Vater akzeptiert die Aussage der Polizei, dass sie Katja wohl niemals finden.«

»Scheiße.«

»Du sagst es.«

»Ich weiß, dass du nicht darüber reden sollst«, meinte Raphael, »aber … wieso glaubt die Polizei das? Gibt es denn noch immer keine Lösegeldforderung?«

Jan schüttelte den Kopf. »Nein. Das ist ja das Problem. Die Polizei hat nicht die geringste Spur von dem Täter. Absolut nichts, wo sie ansetzen können.«

»Das Phantombild?«

»Fehlanzeige.«

»Und was heißt das? Haben sie die Ermittlungen eingestellt?«

»Nein. Noch nicht. Aber sie haben meinen Eltern schonend beigebracht, dass die Chancen schlecht stehen. *That's it.*«

Raphael schwieg eine Weile. Öffnete seinen Zopf und fuhr sich durch sein kinnlanges Haar. Wie er es immer tat, wenn er etwas auf dem Herzen hatte, aber nicht so recht wusste, wie und ob er es überhaupt sagen sollte.

Jan seufzte in Erwartung des Kommenden. *Na los, spuck's schon aus.*

Raphael ließ das Gummiband schnalzen. »Und was ist mit RUN?«

Bingo. Jan gelang ein verständnisloses Blinzeln. »Womit?«

»Mit diesem Spiel. Du hast mich gefragt, ob ich es kenne. Nach dem Klettern, weißt du noch? Bist du dabei?«

Jan leckte über seine Lippen. »Na ja ...«

»Du *bist* dabei«, stellte Raphael fest. »Das dachte ich mir. Ich habe die Seite auf *Live* gefunden und meinen Vater gebeten, sich das mal anzusehen. Er hat versucht, sich reinzuhacken, aber ... Er hat es nicht geschafft. Wer immer diese Seite erstellt hat, ist ein Profi.«

Das war nichts Neues.

»Worum geht es denn bei RUN?«, forschte Raphael weiter.

Jan sah beiseite. »Ach, um Levels, die man bewältigen muss. Man erhält Punkte. Und am Ende einen Preis.«

»Nämlich welchen?«

»Keine Ahnung.«

»Glaub ich dir nicht.«

»Also hör mal, Raph ...«

Raphael schnellte von der Couch hoch. »Nein. Jetzt hör du mal: Du hast mich auf das Spiel aufmerksam gemacht. Du wolltest, dass ich mich umhöre. Dass ich meinen Vater frage. Das habe ich getan. Und jetzt lässt du mich dumm sterben? Das kann nicht dein Ernst sein!«

»Jetzt raste nicht gleich aus.«

»Ich raste nicht aus. Ich ...« Raphael seufzte. »Mein Vater meint, dass dieses Spiel nicht legal ist. Die Seite ist abgesichert wie ... ich weiß nicht ... wie die Seite der CIA. In was bist du da reingeraten?«

»Ich bin in nichts reingeraten. Das ist ein harmloses Spiel.«

»*Tetris* ist ein harmloses Spiel. Oder *Moorhuhn*. Aber nicht das. *Gib dir den Kick!* Was soll das bedeuten? Welchen Kick?«

»Du siehst echt Gespenster.«

Raphael fuchtelte mit dem Gummiband vor Jans Nase herum. »Dann klär mich auf. Ich bin dein bester Freund. Du kannst mit mir über alles reden.«

»Kann ich eben nicht«, erwiderte Jan verärgert.

Was sollte das? Raphael spielte sich auf wie der letzte Obermacker.

»Und warum nicht?«

»Weil ...« *Weil Zero Katja hat. Weil er ihr vielleicht etwas antut, wenn er draufkommt, dass ich mit dir darüber rede. Weil ...* »Weil ich nicht darf.«

»Du darfst nicht? Wer sagt das?«

»Der Spielleiter.« Jan stand auf. Warum tat er sich diese Diskussion eigentlich an?

»Was für eine abgedrehte Scheiße läuft hier?«, rief Raphael. »Du lässt dir von dem Spielleiter eines Online-Spiels den Mund verbieten? Bist du irre?«

»Es ist kein Online-Spiel. Und hör auf, mich anzuschreien.«

Raphael wirkte irritiert, wurde aber kein bisschen ruhiger. »Kein Online-Spiel. Toll, du hast mich angelogen!«

»Hab ich nicht. Es läuft übers Internet, aber eben nicht nur.«

»Daher kommen deine Verletzungen, stimmt's? Dir hat einer eine verpasst.«

Jan stöhnte. »Das ist alles viel zu kompliziert. Bitte, Raph, ich will nicht mit dir streiten.«

»Ach? Willst du nicht? Tust du aber!«

»Nur, weil du keine Ruhe gibst!« Mist, jetzt schrie er selbst. »Hör auf«, bat er leiser. »Hör einfach auf, mich über RUN auszufragen.«

Raphaels Lippen bebten, sein Gesicht war erhitzt wie nach einer langen Kletterroute. Hektisch strich er sich die Haare aus der Stirn und band seinen Zopf neu. »Okay«, sagte er tonlos. Räusperte sich. »Also gut. Wenn es so kompliziert ist, dass du nicht darüber sprechen kannst, lässt du es eben. Geht mich ja nichts an. Aber dann wäre es auch besser, wenn du dich jetzt verziehst.«

Jan starrte ihn an. »Du schmeißt mich raus?«

»Genau. Hau ab. Und komm erst angekrochen, wenn du wieder halbwegs normal tickst.«

Angekrochen? Normal tickst? »Hast du einen Knall?«

»Hau. Ab!«

22

offline

Raphael war ein Sturkopf. Er hatte keine von Jans SMS beantwortet. *Dann eben nicht.*

Jan steckte das Handy in die Jackentasche. Er hatte den Rest der Nacht im *Gönner* verbracht, einem Club in der Nähe der Gasgasse, und sich Techno-Musik ins Hirn hämmern lassen. Beruhigt hatte er sich nicht.

Verdammter Mist. Was war nur in Raphael gefahren? Sie hatten niemals Streit. Ein paar Reibereien höchstens, das ja. Die gab es in jeder Freundschaft. Aber an eine Auseinandersetzung wie diese konnte er sich nicht erinnern. So endgültig. So, dass er das Gefühl hatte, seinen Freund verloren zu haben.

Jan sperrte das Motorrad ab. Die Gegend rund um den Westbahnhof war nicht die beste, zumindest war dies vor dem Umbau so gewesen. Jetzt wurde die renovierte Bahnhofshalle von der BahnhofCity flankiert, einem Einkaufszentrum, das durch einen spektakulär aussehenden Übergang mit einem Bürogebäude verbunden war. Ob sich mit der Neugestaltung des Bahnhofs ein anderes Publikum eingefunden hatte, war die große Frage.

Fröstelnd zog Jan den Reißverschluss seiner Jacke bis zum Kinn hoch. Die Nacht war weitaus kühler als am Vortag, der Himmel mit einer dicken Wolkenschicht zugepappt. Die Luft roch verdächtig nach Regen. *Optimale Voraussetzungen, um nach den Sternen zu greifen.*

Er marschierte die zwanzig Meter bis zur Gasgasse. In der Straße hingen Leere und Dunkelheit, zwischen den geparkten Autos, in den Ecken der Hauseingänge, hinter den Fenstern der Häuser. Selbst die Straßenbeleuchtung war gedimmt. Nachtmodus. Wien schlief.

Als er um die Ecke bog, sah er an der gegenüberliegenden Straßenseite das Bezirksamt. Und davor standen zwei Personen in ein Gespräch vertieft – Tom und …? Rasch verzog sich Jan wieder in die Seitengasse, aus der er gekommen war. An die Hausmauer gepresst spähte er hinüber. Tom und Mark. Was hatten die beiden miteinander zu schaffen?

Toms Hand lag viel zu vertraulich auf Marks Schulter. Er redete auf ihn ein. Mark hielt den Blick gesenkt, schüttelte ab und zu den Kopf, aber Tom gab nicht auf, bis Mark endlich nickte. Etwas wechselte den Besitzer. Na toll. Zog Tom Mark auf seine Seite? Wollten sie die anderen ausbooten, indem sie gemeinsame Sache machten? Wollten sie *ihn* ausbooten?

Jan war so geladen, dass er nicht lange überlegte. Er lief über die Straße auf die beiden Verschwörer zu. Mark fuhr zurück, als Jan ihn begrüßte. Der Schock, bei etwas Verbotenem erwischt worden zu sein, zeichnete sein rundes Gesicht.

»Jan, du … oh …«, stammelte er, wobei er die Hände hinter seinem Rücken verbarg. »Du bist früh dran.«

»Ja. Kann nicht schaden, dachte ich.« Jan streifte Tom mit einem Blick und fing sich ein kaltes Lächeln ein.

»Na, Janilein. Bist du fit?«, fragte Tom lauernd.

»Kann nicht klagen. Und du? Verkaufst du unserem Nerd gerade Drogen?« Ein Schuss ins Blaue, aber kaum, da die Worte ausgesprochen waren, wusste er, dass er richtig lag.

Hilflos ließ Mark die Hände nach vorn fallen. Ein Zellophanbriefchen, gefüllt mit weißem Pulver, knisterte zwischen seinen Fingern.

Toms Miene verhärtete sich. »Du kannst wohl nicht genug kriegen. Das wird meinen Freund interessieren.«

»Du und dein Freund, ihr könnt mich mal.« Jan wandte sich an Mark. »Ist das Koks? Oder Ecstasy? Nimm das ja nicht!«

Mark war den Tränen nahe. »Ich schaffe das Level sonst nicht.«

»Was für ein Quatsch! Mit dem Zeug schaffst du es noch viel weniger. Gib her!«

»Nein. Lass mich in Ruhe.«

»Zieh Leine!«, mischte sich Tom ein. »Sonst pack ich mein Messer aus. Oder eine Zigarette.«

Das hatte ja kommen müssen. Jans Ärger über die Demütigung verwandelte sich in kalte Berechnung. Herausfordernd erwiderte er Toms Blick. »Tu dir keinen Zwang an.«

Tom griff in seine Hosentasche.

Keine Zeit für unnütze Gedanken. Reine Reaktion.

Jan zog das Knie hoch und versetzte Tom einen Hieb in den Schritt. Ein abgehacktes Jaulen bestätigte, dass er gut gezielt und genau richtig dosiert hatte. Tom krümmte sich.

»Bist du blöd?«, jammerte Mark. »Der bringt dich um.«

Jan lachte auf. Mann, fühlte sich das gut an! Befreiend. Am liebsten hätte er eine Ladung Schläge hinterhergeschickt. Hätte seine ganze Wut an Tom ausgelassen.

Er begnügte sich mit einem kräftigen Stoß, der Tom zurücktaumeln ließ. Mühsam richtete er sich auf und schoss Jan einen hasserfüllten Blick zu.

»Ich krieg dich!«, zischte er. »Und dann ... schlitz ich dich der Länge nach auf.«

Jan wandte sich ab und riss Mark das Zellophanbriefchen aus der Hand. »Her mit dem Zeug!«

»Spinnst du?«, rief Mark.

»Das sind Drogen. Wenn du die nimmst, wirst du abhängig.«

»Doch nicht von einem einzigen Mal!«

»Und beim nächsten Mal? Was dann? Er wird dir wieder was andrehen. Und wieder.« Jan schüttete den Inhalt über die Gehsteigkante auf die Fahrbahn, darauf bedacht, die aufsteigende Staubwolke nicht einzuatmen.

»Das hat mich fünfzig Euro gekostet!«, rief Mark.

»Es ist keinen Cent wert. Dein Leben schon.«

»Was ist denn hier los?« Vincent, ausgerüstet mit Sportschuhen und Trainingsanzug, stand auf einmal neben Tom. Stützend griff er ihm unter den Arm. »Geht's?«

Tom schüttelte Vincent ab. »Ich mach dich fertig, Rakits, das schwör ich dir.«

Woher kannte er seinen Nachnamen? Seine Überraschung musste Jan deutlich anzumerken sein, denn Tom brach in verächtliches Lachen aus.

»Da schaust du, was? Ich weiß alles über dich und deine Familie. Du wirst dir wünschen, mir nie über den Weg gelaufen zu sein. Das heute Nachmittag war erst der Anfang, das garantiere ich dir.«

Jan starrte Tom hinterher, als er davonwankte. Die nächste Drohung. Interessant. Momentan sammelte er die regelrecht.

»Was war denn heute Nachmittag?«, erkundigte sich Mark, während er sich mit einem Stofftaschentuch die Tränen von den Wangen wischte. Ihm war offensichtlich nichts peinlich.

»Er hat dich wohl im Fernsehen gesehen«, meinte Vincent. »Ich übrigens auch.«

Jan atmete tief durch. Die Idioten hatten das gesendet. Sein Vater würde einen Tobsuchtsanfall bekommen.

»Tut mir echt leid, das mit deiner Schwester«, fügte Vincent hinzu. Ob seine teilnahmsvolle Miene ehrlich oder gespielt war, konnte Jan nicht beurteilen. Es war auch egal.

Vincent zog seine Datenbrille aus der Tasche und setzte sie auf. »Gleich drei. Ihr habt einen Heidenlärm gemacht. Was war denn los?«

Mark betrachtete eingehend seine Schuhe.

Jan entschied, Vincent nichts über die Drogengeschichte zu verraten. »Nur ein Streit. Tom hat sich wieder einmal mächtig daneben benommen.«

Mark blickte sich um. »Ob er nach Hause ist?«

»Glaube ich kaum«, erwiderte Jan. »Der will gewinnen.«

Vincent grinste. »Wer will das nicht. Aber gegen dich hat sowieso keiner eine Chance.«

Jan runzelte die Stirn. »Wie kommst du darauf?«

»Alle sagen das«, erklärte Mark, »sogar Nina.«

Aha.

Vincent nickte bestätigend. »Du hast diesen Ehrgeiz. Fast schon Besessenheit.«

Besessenheit? Jan schüttelte den Kopf. *Viel eher Angst um Katja.*

»Du wirst RUN gewinnen, weil du musst«, fuhr Vincent fort. »Ich habe keinen Schimmer davon, was dein Preis ist, aber er scheint dir sehr wichtig zu sein. Du würdest alles dafür geben. Hab ich recht?«

23

online

Nina machte große Augen, als er die Kletterschuhe auspackte. »Du willst nicht wirklich da hinauf, Aschenputtel, oder?«

Jan setzte sich auf die Gehsteigkante und zog Sneakers und Socken aus. »Doch. Will ich.«

Mit ›da hinauf‹ war das Haus hinter seinem Rücken gemeint. Um genau zu sein, die Hausecke, also jener Teil der Fassade, vor der kein Baugerüst stand. Während die Vorderfront des Bezirksamts bereits frisch renoviert war, hatten die Bauarbeiten an dieser Gebäudeseite offenbar erst begonnen. Das Gerüst war die reinste Leiter. Auf diese Weise hatten alle Spieler eine faire Chance, auf das Dach zu gelangen und somit die Aufgabe von Level 3 zu bewältigen.

Eben hatte RUN die Startzeiten bekannt gegeben. Zero hatte Jan die Poleposition zugeschanzt. Der Typ hatte das Level eigens für ihn erdacht, das war sonnenklar. Jan würde ihn nicht enttäuschen. Er würde einen unkonventionelleren Weg nehmen als die anderen. Sollten sie es ruhig Besessenheit nennen. Sie würde ihn zum Ziel führen.

»Das ist echt krank«, sagte Nina. »Was, wenn du abstürzt?«

Jan schnürte seine Kletterschuhe zu. »Dann darfst du meine Knochen einsammeln.«

»Volltrottel.«

Etwas Undefinierbares lag in ihrer Stimme. Ein Schimpfwort sprach man jedenfalls anders aus. Jan fiel auf, dass dies das erste längere Gespräch zwischen ihnen war. Irgendwie wollte er es nicht beendet wissen. »Ich stürze nicht. Ich hab das schon tausendmal gemacht.«

Nina legte den Kopf schräg. »Was? Ungesichert auf Häuser klettern?«

»Klettern«, betonte er. »Ich bin gut drin.«

»Du bist eingebildet.«

Jan lächelte. »Ich würde eher sagen, ich weiß, was ich kann.«

»Ich weiß, was ich kann, sprach der Affe und schwang sich von Ast zu Ast – bis einer brach.«

Womit Nina nicht unrecht hatte. Es barg Gefahren, zu sehr von einer Sache überzeugt zu sein. Andererseits war es genau dieses Wissen um sein Können, das ihn für gewöhnlich jede noch so unbezwingbar aussehende Route hochbrachte.

Von unbezwingbar konnte hierbei aber keine Rede sein.

»Machst du dir etwa Sorgen?«, neckte er sie, als er seinen Chalk Bag anlegte. Feuchte Handflächen konnte er sich heute Nacht einfach nicht leisten.

Empört blitzte sie ihn an. »Um dich? Bestimmt nicht. Aber wenn der Leichenwagen hier vorfährt, können wir RUN vergessen.«

Ja. Ein Sturz könnte ihn das Leben kosten. Das Haus war imposante sechs Stockwerke hoch. Überragte sämtliche Nachbargebäude. Ohne mehrfache Knochenbrüche würde er mit Sicherheit nicht davonkommen, und in diesem Fall müsste er sogar dankbar dafür sein. Er fegte den Gedanken beiseite. »Wenn du mit Zweifel in eine Route einsteigst, hast du schon verloren«, hatte einmal ein Klettertrainer zu ihm gesagt. »Du sollst dir bewusst machen, dass du scheitern könntest, aber niemals davon ausgehen.« Er hatte diesen Rat immer beherzigt. Natürlich half es ungemein, wenn man mit einem Achterknoten in ein Seil eingebunden war, keine Frage.

Bei dieser Route gab es kein Seil. Nicht einmal eine dicke Bouldermatte, die seinen Sturz hätte abfangen können. Er würde zum ersten Mal *Free Solo* klettern.

Jan stopfte seine Sachen in den Rucksack. »Ich habe nicht vor, dabei draufzugehen.«

Aber Nina hatte sich bereits abgewandt und hörte Florian und Vincent zu, die darüber diskutierten, an welchen Stellen man gefahrlos nach oben klettern konnte. Das Gerüst bestand aus Metallrohren mit einer Menge Verstrebungen. Massive Holzlatten bildeten in jedem Stockwerk Rampen, über die man bequem hin- und herlaufen konnte. Also genügend Griffe, Tritte und Rastpositionen. Jan sah keine Schwierigkeiten für seine Gegner. Sogar Mark würde es schaffen, ein Stück weit hinaufzuklettern.

Jan wandte sich nach ihm um und fand ihn abseits der Gruppe – und schon wieder neben Tom.

Was soll's. Nicht mein Problem. Noch fünf Minuten bis zum Start. Jan überprüfte den Sitz der Datenbrille. Danach begann er mit Aufwärmübungen, ließ die Handgelenke kreisen und bewegte die Finger. Währenddessen checkte er seine Kletterroute aus. Unten gliederte sich die Fassade in quer verlaufende Lamellen mit Zwischenräumen von sieben Zentimetern Tiefe. Der Verputz war rau, er würde hervorragend greifen und treten können. Vom zweiten bis zum sechsten Stockwerk beschränkten sich die Lamellen auf die Mauerecke, dennoch stellte auch dieser Abschnitt kein Problem dar. Anspruchsvoll hingegen würde der Übergang auf das Dach werden. Im Dunkeln war der Abstand zur Kante nicht einzuschätzen. Ebenso wenig wusste er über die Verhältnisse danach

Bescheid. Setzte die Dachschräge direkt nach der Kante an? Oder gab es einen Spielraum? Das würde er auf sich zukommen lassen müssen.

Noch zwei Minuten. Sein Herzschlag beschleunigte sich. Eine Querung in Absprunghöhe war noch drin. Er boulderte von rechts nach links, um die Hausecke herum und wieder zurück.

Na also, ganz easy.

Eine Minute.

Seine Mitspieler gesellten sich zu ihm. Nur Tom hielt sich der Gruppe fern. Besser so.

»Du siehst wie ein Profi aus«, meinte Florian ehrfürchtig.

Gut. Er *war* ein Profi.

Jasmin kicherte. »Ich hätte total Schiss davor.«

»Und ich würde nicht mal einen Meter weit kommen«, gab Mark zu. Von seiner niedergeschlagenen Stimmung war nichts mehr zu bemerken, er wirkte total überdreht. Klasse, er hatte sich Ersatz von Tom organisiert. Dem Jungen war einfach nicht zu helfen. »Wirklich«, brabbelte Mark weiter, »das ist so *spacig*, Jan. Die Macht sei ...«

»Jetzt halt die Klappe!«, zischte Vincent. »Du machst ihn nervös.«

Nina sagte nichts.

Dreißig Sekunden.

Die angespannten Gesichter der anderen, ihre unterschwellige Besorgnis, Erregung.

Spüren.

Die Luft schmeckt nach Metall.

Zwanzig Sekunden.

Alles Störende.

Ausradieren.

Mein Atem geht zu schnell.

Zehn Sekunden.
Die Route.
Fokussieren.
Ganz locker. Wie im Training.
Fünf ...
Konzentration.
... vier ...
Free Solo. Krass. Absolut krass.
... drei ...
Raph sollte hier sein.
... zwei ...
Gib dir.
... eins ...
Den Kick.
»Go!«, schallte es ringsherum.
»Video«, sagte eine ruhige Stimme, die unmöglich seine eigene sein konnte.

24

online

Es ging so leicht.

Sein Körper spulte die Züge ganz von allein ab.

Wie eine Maschine.

Bis ins erste Stockwerk war die Angelegenheit tödlich langweilig. Jans Hirn war Abwechslung gewohnt – ausspreizen, hooken, Trittwechsel oder zumindest eindrehen. Die Wand in dieser Froschtechnik zu erklimmen, ödete ihn an. Ebenso gut hätte er eine Strickleiter hochsteigen können. Er fühlte sich unterfordert und musste sich beherrschen, nicht zu schnell zu klettern.

Spar dir deine Kraft. Der schwierige Teil kommt erst.

Der Übergang in den zweiten Stock konnte endlich mit einer kniffeligen Stelle aufwarten. Noch auf dem Boden hatte er sich überlegt, wie er sie angehen wollte, nun brauchte er ein paar Sekunden, um sich selbst zu überzeugen, dass der Zug über das vorspringende Sims auch wirklich möglich war. Er unterdrückte den Impuls, in den Chalk Bag zu greifen. Die Position war eher ungünstig für die Eskapade.

Ein dynamischer Zug – dann hatte er das Sims bewältigt. Keine Spur von Nervosität, keine Müdigkeit. Er war noch nicht einmal außer Atem. Also weiter. Es ging in stetigem Rhythmus dahin. Das zweite Stockwerk, das dritte ... Beiderseits der Lamellen an der Ecke befanden sich nun aus der Fassade vorspringende, mit Ornamenten verzierte Pfeiler, die zusätzliche Greif- und Trittmöglichkeiten boten. Jan kam gut voran.

Im vierten Stockwerk hielt er inne und schüttelte abwechselnd die Arme, um den Blutfluss anzuregen. Von unten gellte ein Pfiff herauf. Die anderen hatten die Köpfe in den Nacken gelegt und streckten allesamt die Daumen hoch.

Cool. Er winkte.

Das fünfte und sechste Stockwerk nahm er in flottem Tempo, bis die Lamellenreihe endete. Über seinem Kopf ragte die Dachkante einen guten halben Meter über die Fassade hinaus. Jan umschloss mit der Rechten ein ausladendes Ornament und zog sich auf ein Fenstersims, um sich die Stelle in Ruhe ansehen zu können.

Die Unterseite der Dachkante war mit Steinrosetten bestückt. Eine neben der anderen bildeten sie eine lange Reihe, die er wunderbar zum Greifen und Hooken nutzen konnte.

Erstmals erinnerte er sich daran, dass er nicht in ein Seil eingebunden war.

Unwichtig.

Ja, die drei Züge auf das Dach würden klappen. Da war er sicher.

Wie sicher, Jan? So sicher, dass du dein Leben darauf verwetten würdest?

Lieber noch mal auschecken.

Die Nacht trug einen neuerlichen Pfiff von unten herauf. Das Dach lockte. *Drei lächerliche Züge, komm schon, Jan.* Ein rascher Griff in den Chalk Bag, um die Handflächen mit Magnesia zu trocknen. Erst mit der einen, dann mit der anderen Hand. Viel besser.

Bereit.

Jan schwang sich zurück auf die Lamellenreihe. Griff mit der linken Hand hoch und krallte die Finger um eine der Rosetten. Setzte den linken Fuß von vorn auf und hookte mit dem rechten an, sodass er eine andere Rosette in der Zange hielt. Hing rücklings unter dem Dach.

Jetzt mit der Rechten hochgreifen. Tasten.

Glatt. Leicht abschüssig. Eine Dachrinne ...

Pling.

- PN von Zero

Na, die kam ja wie gerufen. Der Gedanke, dass der Kerl ihn beobachtete, jede seiner Bewegungen mitbekam und genau diesen Moment abgepasst hatte – ganz genau diesen! – jagte ihm Hitze durch die Adern.

»Scheiße.«

Das schon bekannte Videofenster flammte auf. Blendend hell. Verdeckte ihm die Sicht auf das Dach.

Hatte er etwa ...?

Hatte er »Öffnen« gesagt?
Hatte er?
Blinzelnd erkannte er Katjas Gesicht. Hörte ihre weinerliche Stimme: »Jan? Ich will nach Hause!«
Sein linker Arm wurde taub. Er griff mit der Rechten dazu, verstärkte den Druck auf die Füße. Bloß nicht den Kontakt zur Wand verlieren.

- Zero:
  In diesem Sinne – viel Glück, Jan.

Millimeterweise rutschten seine Finger ab.
Runter.
Er musste runter.
Zurück aufs Fenstersims.
Rasten. Die Arme ausschütteln. Die Wut loswerden.
Schreien?
Vorsichtig lockerte er die Füße. Sogleich verstärkte sich der Zug auf seine Arme. Nacheinander senkte er die Beine. Hing allein an den Händen. Suchte nach Halt für die Fußspitzen.
Da war doch ...
Da musste doch ...
Hektischer jetzt.
Wo war das beschissene Ornament, das er vorhin zum Greifen benutzt hatte?
Ruhe bewahren.
Endlich fand sein rechter Fuß einen Tritt, eine millimetertiefe Mauerleiste, aber sie hielt. Er setzte den linken daneben, übernahm einen Teil seines Körpergewichts. Sofort ließ der Zug auf die Hände nach. Seine Arme waren so dick angeschwollen, als wollte ihm die Haut aufplatzen, er musste sie dringend ausschütteln. Zu

seiner Linken fand er das gesuchte Ornament in Hüfthöhe. Doch als er die linke Hand löste, gab die Trittleiste unter seinen Füßen mit einem Knacken nach.

Ein Ruck am rechten Arm, instinktiv krallte er die Finger um die Rosette.

Baumelte an einer Hand über dem Nichts.

25

online

Den kollektiven Aufschrei von unten vernahm Jan als Echo in seinem Kopf. Er hatte sogar noch Zeit für einen Gedanken: *Miese Bausubstanz.*

Millimeterweise rutschte die rechte Hand von der Rosette, während die Linke in einer gewaltigen Armbewegung nach dem Rettungsanker griff.

Das Ornament.

Er packte zu. Und hielt.

Oh Gott. Das Herz musste ihm in den Hals gerutscht sein. Es pochte so hart an seiner Kehle, dass er kaum Luft bekam. Er setzte die rechte Hand dazu, stemmte die Füße in die Wand, suchte nach einem Tritt. Fand ... das Fenstersims.

Oh Gott. Danke.

Zitternd lehnte er sich in die Kante der Fensteröffnung, schüttelte abwechselnd den einen und den anderen Arm und versuchte, zur Ruhe zu kommen.

Seine Gedanken rasten. Nichts Sinnvolles, nur Bruchstücke, die von Zero und Katja, der PN und seinem Scheitern handelten. Er stoppte sie mit einem scharfen »Nein!«. Er wollte den Auslöser zu diesem Debakel nicht analysieren. Nicht jetzt. Er wollte aufs Dach. Endlich dieses Level beenden.

Nach einer Weile fühlte er sich imstande, einen zweiten Versuch zu wagen. Diesmal saß jeder Zug. Als er unter der Dachkante hing, meldete sich die Datenbrille mit einem Piepton.

- Akkukapazität erschöpft. Bitte laden.

Jan stieß ein Lachen aus.

Doch. Er hatte das kleine, blinkende Symbol bemerkt. Bloß nicht darüber nachgedacht, was es bedeuten könnte. Schließlich sah es nicht aus wie eine Akku-Anzeige. Oder?

Egal. Nicht zu ändern. Jetzt aber schnell.

Er ertastete die Dachrinne, zog sich daran hoch, setzte das rechte Bein dazu, griff sofort weiter, fand eine Kante eines Dachaufbaus und krallte die Finger darum. Nachsteigen. Hochziehen. Aufstehen.

Geschafft!

Ringsherum reihte sich Dach an Dach, nur die Wolkenspange zu seiner Linken schnitt in größerer Höhe in den Himmel.

»Ja! Ja, ja, ja! Ich bin der König der Welt!«

An einen meterhohen Dachsockel gelehnt stand er da und blickte in die Nacht hinaus, bis der Flow verebbte.

Gesprächsverlauf:

- Jan:
  Treiben Sie Ihre Psychospielchen mit jemand anderem.
- Zero:
  Ich vergesse gern, wie gut du bist. Wie stark. Die Frage ist doch aber: Wird deine Schwester stark genug sein?

Die Datenbrille gab ein letztes Summen von sich, dann erlosch das Sichtfenster.

26

offline

Mark quasselte ununterbrochen: »Leute, das ist der Hammer! Ich bin noch nie so hoch geklettert. Meine Mutter hat mir immer verboten, auf das Klettergerüst zu steigen, weil ich runterfallen könnte. Dabei ist es ganz einfach. Man muss sich nur festhalten. Ganz fest ...«

»Was hat der denn eingeworfen?«, murmelte Vincent. »Aufputschmittel?«

Jan verkniff sich die Antwort und beobachtete weiterhin Mark, der sich hektisch von einer Metallverstrebung zur nächsten schwang und – soweit er es beurteilen konnte – seine körperlichen Grenzen bereits weit überschritten hatte. Welche Art von Droge trieb einen zu solchen Höhenflügen?

Die anderen hatten ihre Level bereits absolviert. Bis auf Jasmin, die wegen akuter Höhenangst hatte aufgeben müssen, waren alle heil auf dem Dach angekommen. Mark war der Letzte. Und wie es aussah, würde er ihnen bald wie ein nasser Sack vor die Füße klatschen.

»... so geil. Ich bin fast oben. Da sind die Sterne. Und alles dort unten ist ganz klein. Faszinierend.« Zumindest sprach er noch halbwegs verständlich – wenngleich mittlerweile ziemlichen Schwachsinn.

Das kann nicht gutgehen, dachte Jan, als Mark von einer Stange abrutschte und aus gut zwei Metern Höhe hart auf die Rampe plumpste. Sofort rappelte er sich auf und erklomm das Gerüst von neuem. Dabei hatte er gerade mal das zweite Stockwerk hinter sich gebracht.

Nina schüttelte den Kopf. »Wir müssen ihn da runterholen. Der bricht sich noch alle Knochen.«

»Ganz meine Meinung«, stimmte Vincent zu. »Was denkst du, Jan?«

»Du willst sagen: ›Holst du ihn, Jan?‹«

Vincent grinste. »So könnte man es auch ausdrücken.«

»Also ich weiß nicht«, sagte Florian. »Das sieht doch gar nicht so schlimm aus. Wenn ich da an Jasmin denke ...« Lachend fing er Jasmins Fausthieb ab. »Schon gut, war nicht so gemeint. Na jedenfalls, Mark strengt sich ordentlich an. Das wäre nicht fair, ihm seine Chance zu nehmen.«

»Allein kriege ich ihn ohnehin nicht von der Stelle«, überlegte Jan. »Er wiegt knappe neunzig Kilo. Jemand müsste mir helfen.«

»Jemand?« Nina zog die Augenbrauen hoch. »Ich bin für Tom. Schließlich hat er das zu verantworten.«

Sie hatte es erfasst. Er warf einen Blick auf Tom, der rauchend an der Hausmauer lehnte, die Lider gesenkt, scheinbar entspannt ins Leere blickend. In Wahrheit taxierte er seine Gegner – allen voran Jan.

Rums.

Mark stieß ein irres Kichern aus. »Hoppla. Das kann passieren. Manchmal brechen Äste ab. Besonders, wenn sie so dünn sind. Ich steh einfach wieder auf. Kein Problem ...«

»Jetzt halluziniert er auch noch«, flüsterte Jasmin.

»He, Mark!«, rief Vincent. »Komm lieber runter!«

Mark beugte sich über eine gefährlich tief angebrachte Querverstrebung. »Ich will nicht runter. Ich will rauf. Du weißt schon – aufs Dach.«

»Ja, ich weiß, aber die Sterne kannst du dir auch im Fernsehen ansehen. Läuft heute nicht Star Trek? Oder Star Wars?«

»Bist du ein Fan? Das hab ich gar nicht gewusst!«

»Ja«, erwiderte Vincent. »Wir sind alle Fans. Und jetzt komm runter, damit wir uns gemeinsam den Film reinziehen können!«

»Shit!«, zischte Jasmin unvermittelt. »Polizei.«

Tatsächlich war ein Streifenwagen in die Gasse eingebogen. Blaulicht flackerte über die Hauswände.

»Mark, bleib, wo du bist!«, rief Jan. »Rühr dich nicht vom Fleck. Und sei vor allem still.«

»Warum?«, kam es in beleidigtem Ton zurück. »Immer muss ich tun, was die anderen sagen. Mark, mach dies, mach jenes. Ich will nicht ...«

Sie redeten alle gleichzeitig auf ihn ein.

»Willst du verhaftet werden?«

»Schnauze!«

»Halt die Klappe!«

»Mark, bitte! Du bringst uns in Schwierigkeiten!«

Mark verstummte.

»Brillen weg!« Vincent nahm seine Datenbrille ab und steckte sie in die Innentasche seiner Jacke. Sie taten es ihm gleich. Jan ließ seine Brille unter dem Sweater verschwinden.

Der Wagen näherte sich langsam, als suchten die Polizisten etwas Bestimmtes. Noch waren sie nicht entdeckt worden.

»Verhaltet euch unauffällig«, sagte Vincent leise. »Wir haben nichts Unrechtes getan.«

»Vermutlich waren wir zu laut«, meinte Florian.

»Vermutlich ist gut.« Nina lächelte schief. »Hat jemand eine Zigarette für mich?«

Vincent zog eine Schachtel *John Player* hervor. »Gute Idee. Rauchen wir eine Runde.«

Jan schüttelte den Kopf, als Vincent ihm eine Zigarette anbot. Aufgrund seiner Allergie hatte er nie geraucht. Er sah auch keinen Grund, so zu tun als ob.

Der Streifenwagen hielt direkt neben ihnen. Die Polizeibeamten stiegen bei laufendem Motor aus – ein Mann um die vierzig und seine jüngere Kollegin, die Jan auf Mitte zwanzig schätzte.

»Guten Tag, die Herrschaften«, begrüßte sie der Polizist. »Was treibt ihr um diese Uhrzeit hier?«

»Nichts Besonderes«, antwortete Florian für alle. »Wir sind auf dem Heimweg, genießen die herrlich laue Frühlingsnacht und plaudern noch ein wenig. Das ist doch nicht verboten?«

Mann, kann der sich gewählt ausdrücken.

Der Polizist nahm Florians Aussage mit einem skeptischen Hochziehen der Brauen zur Kenntnis. »Das kommt einerseits auf euer Alter und andererseits auf die Lautstärke an, mit der ihr *plaudert.* Wir gehen der Beschwer-de eines Anrainers nach. Demzufolge sollen hier Jugendliche seit über einer Stundc Radau machen. Das fällt unter nächtliche Ruhestörung. Die Ausweise bitte.«

Jan kramte in seinem Rucksack nach dem Führerschein. Die anderen hatten Schülerausweise dabei, Vincent seinen Lehrlingsausweis. Nur Jasmin entschuldigte sich, ihren vergessen zu haben. Der Polizist gab sich mit ihrer Angabe, sechzehn zu sein, vorerst zufrieden.

Von oben drang ein Kichern herunter, das Nina geistesgegenwärtig mit einem Hustenanfall überspielte.

»Bist du nicht etwas zu jung, um zu rauchen?«, erkundigte sich die Polizistin. Obwohl sie sich bemühte, als toughe Beamtin aufzutreten, sah man ihr ihre Unerfahrenheit deutlich an.

Nina zuckte mit den Schultern. »Ich bin siebzehn. Und ich rauche nur ab und zu.«

Der Polizist blickte von den Papieren auf. »Bist du mit dem Motorrad hier?«, wandte er sich an Jan und als der nickte, fragte er weiter: »Wo hast du es abgestellt?«

»Gleich da vorn. Auf der Mariahilfer Straße.«

»Hast du getrunken?«

»Nein. Nichts.«

Der Polizist musterte ihn mit schmalen Augen. »Wirklich gar nichts? Bier? Alkopops?«

»Ich bin Sportler. Ich trinke nicht.«

»Sportler, soso. Das eine schließt das andere nicht aus. Drogen?«

Jans Blick zuckte unweigerlich Richtung Tom – fand ihn aber nicht mehr an der Hausmauer vor. Kein Tom weit und breit. Unfassbar! Er hatte es doch tatsächlich geschafft, sich unauffällig zu verdrücken.

Jan seufzte. »Nein, keine Drogen. Ich schwöre es.«

»Na schön. Du scheinst mir clean zu sein.« Der Polizist gab ihnen die Ausweise zurück. »Es ist bereits nach vier. Ich würde Folgendes vorschlagen: Ihr geht nach Hause und wir vergessen den Vorfall. Sollte ich euch allerdings ...«

Ein Poltern erklang aus den Höhen des Gerüsts. Diesmal gelang es Nina nicht, den Lärm zu vertuschen, aber Jasmins spitzer Schrei und Florians »Du meine Güte«, das reichlich schockiert seinen Mund verließ, erweckten den Eindruck, als hätten sie alle einen Riesenschrecken bekommen.

»Was war das denn?«, fragte der Polizist kopfschüttelnd.

Sie reckten die Hälse. Das Baugerüst ragte mit seinen Spinnenarmen vor ihnen auf. Von Mark fehlte jede Spur.

»Ein Falke?«, schlug Vincent vor. »Die jagen in der Nacht. Davon soll es in Wien eine Menge geben. Vielleicht hat sich ja einer in der ›Wolkenspange‹ eingenistet.«

Der Polizist runzelte die Stirn. »Wo?«

»In der ›Wolkenspange‹«, wiederholte Vincent mit Unschuldsmiene. »Sie wissen schon, diese Brücke an der BahnhofCity.«

»Es könnte auch eine Ratte gewesen sein«, sprang Nina hilfreich ein.

»Hm.« Der Polizist wechselte einen raschen Blick mit seiner Kollegin, die nur ratlos die Schultern hob.

Im Gerüst war es ruhig. Zu ruhig. In Jans Bauch ballte sich die Nervosität zu einem harten Knoten zusammen. Was war mit Mark los?

Das Platschen dicker Regentropfen durchbrach ihr aufmerksames Lauschen.

»Was immer es war, es scheint auf und davon zu sein«, stellte der Polizist fest. »Und das würde ich euch auch empfehlen. Seht zu, dass ihr nach Hause kommt. Oder möchte uns jemand auf das Revier begleiten?«

Selbstverständlich wollte das keiner. Da die Polizeibeamten keine Anstalten machten, in ihren Wagen zu steigen, blieb ihnen nichts anderes übrig, als der Aufforderung Folge zu leisten. Jan verabschiedete sich betont fröhlich von den anderen, dann machte er sich auf den Weg zu seinem Motorrad. Die vereinzelten Tropfen vervielfachten sich zu einem kräftigen Guss. Na bravo, Motorradfahren bei Regen war kein Vergnügen. Außerdem saß da noch der Gedanke an Mark in seinem Hinterkopf. Ob er okay war?

Kurzerhand versteckte sich Jan in einem Hauseingang. Geschlagene zehn Minuten stand der Streifenwagen in der Gasse, ehe er davonfuhr.

Na endlich. Jan hatte ein mieses Gefühl, was Mark betraf. Durch den strömenden Regen lief er zurück zum Baugerüst und traf gleichzeitig mit Vincent dort ein. Von der anderen Seite kamen Nina und Florian an. Sie suchten Schutz unter der Rampe.

»Und wo ist die liebe Jasmin?«, fragte Florian

»Die hat es wohl mit der Angst zu tun bekommen«, meinte Nina. »Oder sie ist wasserscheu.«

Sie grinsten.

Vincent blickte nach oben. »Mark?«

Keine Antwort. Aber das Prasseln des Regens übertönte ohnehin jedes Geräusch.

»Ich klettere hinauf«, beschloss Jan.

Fünf Züge später kniete er auf der Rampe und beugte sich über Mark, der ohne Bewusstsein auf dem Rücken lag. Sein Gesicht war schweißüberströmt, er atmete flach und schnell. Jan nahm Mark die Datenbrille ab. Fühlte nach dem Puls. Für seine Begriffe normal. Oder doch nicht?

»Kennt sich einer von euch mit Erster Hilfe aus?«, rief er leise hinunter.

»Fuck«, zischte jemand zurück. »Ich komme rauf.«

Katzenleise kletterte ein Schatten nach oben. Überrascht erkannte Jan Nina. Sie tastete ebenfalls sofort nach dem Puls.

»Der ist viel zu schnell. Was hat Tom ihm angedreht?«

Jan strich sich das feuchte Haar aus der Stirn. »Irgendein weißes Pulver. Mark hat fünfzig Euro dafür bezahlt. Ich habe es ihm abgenommen, aber offensichtlich hat er es sich noch mal besorgt.«

»Könnte Crystal gewesen sein, oder was meinst du?«
»Mich fragst du?«
»Ach so, ich vergaß: Du bist ja unser Sportler. Mister Perfect.«
Sie sagte das in einem derart gehässigen Ton, dass Jan ihr am liebsten eine gescheuert hätte. »Ich bin überhaupt nicht perfekt. Ich halte nur nichts von Drogen ...«
»Wir müssen den Notarzt rufen.«
»Na toll. Und was sagen wir denen?«
Nina blickte auf. »Jedenfalls nichts von RUN.«

27

offline

Behutsam schloss Jan die Haustür hinter sich. Draußen brach ein bleigrauer Regentag an – und er hatte keine Stunde geschlafen.

Seine Haare waren unter dem Sturzhelm halbwegs trocken geblieben, überall sonst war er bis auf die Haut durchnässt. Die Sneakers waren mit Wasser vollgesogen, die Socken tropften. Er zog sie gleich mit den Schuhen aus.

Zum Glück standen die Eltern nicht auf der Matte, um ihm Vorhaltungen zu machen, dass er erst jetzt nach Hause kam. Das ersparte ihm eine weitere Lügengeschichte.

Sie hatten den Notarzt angerufen und Mark anschließend unter vereinten Kräften vom Gerüst gezerrt. Die Sanitäter hatten zum Glück mehr damit zu tun gehabt, Mark zu versorgen, als zu viele Fragen zu stellen. Sie hatten angegeben, ihn bei einer Party kennengelernt zu haben. Auf dem Nachhauseweg sei er plötzlich zusammengebrochen. Nein, niemand kenne ihn genauer, sie wüssten lediglich seinen Vornamen.

Jan hatte Marks Datenbrille wohlweislich eingesteckt. Heute Nachmittag wollte er ins Krankenhaus fahren und sie ihm zurückgeben. Zunächst musste er aber eine Runde schlafen. Dringend.

Was für eine Nacht!

Auf bloßen Füßen tappte Jan hinauf in sein Zimmer, zerrte sich die nassen Sachen vom Leib und fiel wie tot auf sein Bett. Der Wind peitschte den Regen ans Fenster. Übergoss ihn mit Schlaf.

Als ihn das Klingeln seines Handys weckte, kam es ihm vor, als hätte er eben die Augen geschlossen. Das Display zeigte halb zwölf und einen Anruf von Raphael an.

Raph. Gott, bitte nicht jetzt. Er hatte weder die Energie, den Streit fortzuführen, noch sich zu versöhnen. Also ließ er das Handy läuten, bis der Klingelton abschnappte. Dösig lauschte er dem Regen.

Zwei Minuten später traf eine SMS von Raphael ein: *Gratuliere zu deiner Free-Solo-Begehung. Müssen reden. Gruß, Raph.*

Sofort war Jan hellwach. Raphael wusste Bescheid? Dafür gab es nur eine Erklärung: Sein Vater musste die Seite von RUN geknackt haben! Ja, sie mussten reden. Zweifellos.

Jan schwang sich aus dem Bett. Als er nach der Datenbrille griff, musste er feststellen, dass er vergessen hatte, sie vor dem Schlafengehen an das Ladekabel anzuschließen. *Ich Idiot!* Er holte es nach. Das Sichtfenster der Brille blieb weiterhin dunkel. Der Akku brauchte mehr Saft.

Sollte er mit Marks Brille bei RUN einsteigen? Das kam ihm nicht richtig vor und über mögliche Folgen wollte er erst recht nicht nachdenken. Also warten.

Sein Kleiderhaufen hatte einen feuchten Fleck auf dem Teppichboden hinterlassen. Seufzend hob er das Zeug auf und lief die Treppe hinunter in den Keller. Er stopfte alles in den Wäschetrockner und schaltete ihn ein.

»Na? Nass geworden?« Sein Vater stand hinter ihm und blickte ihn verschmitzt an.

»Ziemlich.« Jan wappnete sich gegen eine Litanei über die Gefahren des Motorradfahrens bei Regen, garniert mit einer Strafpredigt, dass er erst frühmorgens nach Hause gekommen war. Sie blieb aus.

»Herr Fuchs hat angerufen und sein Kommen angekündigt«, sagte sein Vater nur. »Er wird jeden Moment hier sein. Ich dachte, du möchtest vielleicht dabei sein.«

Neuigkeiten – und ob! Jan folgte ihm die Treppe hinauf in die Küche. Seine Mutter hatte Kaffee zubereitet.

»Ausgeschlafen?«, fragte sie mit einem Augenzwinkern.

Oh Mann. Die Eltern waren richtiggehend euphorisch gestimmt. Es musste sich um gute Neuigkeiten handeln.

Von ausgeschlafen war er weit entfernt. »Geht so.« Er gähnte. »Für ein Frühstück ist es wohl zu spät, oder?«

»Wir essen gleich zu Mittag – wenn du es noch so lange aushältst ...«

Die Türklingel nahm ihm die Entscheidung ab.

Die zwei werden niemals miteinander warm werden, dachte Jan, als sein Vater Fuchs in die Küche führte. Sie hatten beide eine höflich distanzierte Miene aufgesetzt. Es war vorauszusehen, wem sie zuerst entgleiten würde.

Feuchtigkeit klebte in Matthias Fuchs' Haaren. Er hatte die Jacke abgelegt, die Schuhe anbehalten. Seine

Sohlen hinterließen Abdrücke auf dem hellen Küchenboden und von seiner Aktentasche tropfte Regenwasser. Jans Mutter übersah es, bat Fuchs, Platz zu nehmen, und stellte ihm eine Tasse Kaffee hin.

Er schloss die Finger darum. »Danke. Den kann ich gut gebrauchen. Was für ein Sauwetter!«

Während die Eltern sich ebenfalls setzten, lehnte sich Jan an den Kühlschrank. Etwas Abstand wahren konnte nicht schaden.

»Wir haben die Identität der Entführerin geklärt«, sagte Fuchs. »Der Inhaber eines Kaffeehauses hat sie anhand des Phantombildes erkannt und sich bei uns gemeldet. Sie soll eine Zeit lang bei ihm gearbeitet haben. Tatjana Stankovic, gebürtige Serbin. Lebt seit zwanzig Jahren in Wien, hält sich mit Gelegenheitsjobs über Wasser und kassiert fleißig Arbeitslosengeld.«

»Und?«, fragte Jans Vater. »Haben Sie sie vernommen?«

Fuchs schüttelte bedauernd den Kopf. »Wir haben sie tot in ihrer Wohnung aufgefunden. Erwürgt.«

Ein einziger tiefer Atemzug ging durch die Küche. Jan sah, wie der Hoffnungsschimmer in den Augen seiner Eltern erlosch. Er selbst fühlte nichts. Höchstens die Bestätigung, dass Zero einfach zu gut war.

Sein Vater hieb mit der Faust auf den Tisch. »Sie hatten behauptet, es gäbe erste Erfolge! Und jetzt das?«

Fuchs blieb ungerührt. »Wir haben eine Spur – das werte ich sehr wohl als Erfolg. Auch Tote können uns etwas verraten. Mehr als Sie ahnen.«

»Sie könnte von jedem x-Beliebigen umgebracht worden sein.«

»Möglich, aber nicht wahrscheinlich. Keine Einbruchsspuren. Sie hat ihn eingelassen.«

»Also hat sie ihn gekannt.«

»Davon gehe ich aus.«

»Ein Freund, Verwandter oder Bekannter vielleicht. Was treibt Sie zu der Annahme, dass es Katjas Entführer war?«

»Er hatte ein Motiv.«

»Nämlich welches?«

Fuchs beendete das Wortgefecht, indem er an seinem Kaffee nippte. »Sie wusste zu viel über ihn«, sagte er. »Sie hätte ihn erpressen oder an die Polizei verraten können. Das wollte er verhindern. Herr Dr. Rakits, so kommen wir nicht weiter. Ich bin nicht hier, um Ihnen unsere Ermittlungsmethoden darzulegen.«

»Weshalb sind Sie dann hier? Vom Mord an dieser Frau hätten Sie uns auch am Telefon berichten können. Stattdessen schüren Sie in uns die Hoffnung, dass ...« Er brach ab und drückte die Hand seiner Frau. *Eher um sich selbst zu beruhigen als Mama,* dachte Jan. Seine Mutter hatte noch keinen Ton von sich gegeben. Reglos saß sie am Tisch, ihre Gefühle unter einer starren Maske verborgen.

»Ich brauche Informationen«, erwiderte Fuchs kühl. »Und zwar jene, die für den Täter relevant waren, gerade Ihre Tochter zu entführen. Die bekomme ich lieber von Ihnen persönlich, ungefiltert, wenn Sie verstehen, was ich meine.«

Jans Vater blickte drein, als hätte er gute Lust, Fuchs an den Haaren zu packen und seine Stirn kräftig gegen die Tischplatte zu knallen. »Ungefiltert?«, stieß er schließlich hervor.

»Ermittlungsarbeit ist niemals etwas Einseitiges, das sollten Sie am besten wissen, Herr Dr. Rakits. Der Background des Opfers führt uns oftmals zum Täter. Zu seinem Motiv.«

»Das Sie nach wie vor nicht kennen.«

»Mittlerweile lässt es sich eingrenzen. Geldgier können wir abhaken – nach fast einer Woche rechne ich nicht mehr mit einer Lösegeldforderung. Ich tippe am ehesten auf Rache.«

»Sie *tippen*?«, rief Jans Vater, endgültig außer Fassung. »Herrschaftszeiten, das ist doch kein Lotteriespiel!«

Jan biss sich auf die Unterlippe. *Auweia, gleich springt er ihm an die Gurgel.* Als Fuchs zu einer Antwort ansetzte, kam Jan ihm zuvor: »Das hört sich an, als würden Sie nicht mehr an diesen Mädchenhändlerring glauben, oder?«

»Ganz recht.« Fuchs' Blick verharrte einen Moment bei Jan, ehe er wieder zurück glitt. »Komplett ausschließen kann ich es nicht, aber vieles deutet auf einen männlichen Einzeltäter mit festem Wohnsitz in Wien hin. Vielleicht auf jemanden aus Ihrem Umfeld, Herr Dr. Rakits. Oder dem Ihrer Frau.« Er verengte die Augen. »Oder dem Ihres Sohnes.«

Jans Vater holte Luft. »Lassen Sie meinen Sohn aus dem Spiel! Er macht genug durch.«

»Wie Sie meinen«, lenkte Fuchs ein. Er zog einen Aktenhefter aus seiner Mappe. »Ihr Mitarbeiter hat unsere Arbeit hervorragend unterstützt, ohne seine Hilfe wären wir längst noch nicht fertig. Wir haben eine Liste von Verdächtigen erstellt – natürlich nur im Zusammenhang mit Ihrer Tätigkeit als Staatsanwalt. Sie haben ja ausgesagt, dass es keinerlei Konflikte privater Natur gibt ...?«

Jans Vater nickte gegen das hörbare Fragezeichen an. »Genau. Mir ist nichts dergleichen bekannt. Dir, Eva?«

Zögernd schüttelte sie den Kopf. »Unsere Nachbarn sind ... schwierig. Aber ... Nein, auf keinen Fall könnten sie Katja etwas antun.« Sie rieb sich die Oberarme. »Wer kann überhaupt einem Kind etwas Böses wollen?«

»Mehr Menschen als Sie ahnen, leider«, antwortete Fuchs. »So hart es klingt: Ihre Tochter ist womöglich nur Mittel zum Zweck. Das wahre Opfer könnten Sie sein, Herr Dr. Rakits. Womit wir wieder beim Motiv der Rache wären.« Er reichte den Aktenhefter an ihn weiter. »Bitte ergänzen Sie diese Liste. Notieren Sie zu den jeweiligen Personen alles, was Ihnen im Gedächtnis geblieben ist, egal wie belanglos es Ihnen erscheint. Anschließend an die obige Faxnummer senden, je eher, desto besser.«

Jans Vater blätterte die Seiten durch. Bei der letzten blickte er auf. »Das sind über fünfzig Namen. Manche Fälle liegen zwei Jahrzehnte zurück. Da muss ich sämtliche Akten durchforsten.«

Fuchs neigte den Kopf. »Ich bitte darum. Fällt Ihnen zu der einen oder anderen Person vielleicht sofort etwas ein? Besondere Vorkommnisse, auffälliges Verhalten, erkennbare Rachegelüste, Drohungen?«

Mit gerunzelter Stirn studierte Jans Vater die Liste.

Fuchs trank ein paar Schlucke Kaffee und sagte: »Ich bitte auch Sie, Frau Rakits, noch einmal nachzudenken, ob sich in Ihrem Bekanntenkreis nicht doch jemand verdächtig benommen hat. Und dich ebenfalls, Jan.«

Jan suchte den Blick seiner Mutter. »Da war doch die Geschichte mit der Reporterin ...«

Sie nickte. »Ja. Helene Sandt. Sie hat uns einfach nicht in Ruhe gelassen. Wir mussten die Polizei einschalten.«

Fuchs notierte sich den Namen. »In welchem Zusammenhang?«

»Der Finanzskandal der OENIA«, brummte Jans Vater, ohne aufzusehen. »War vor vier Jahren ein Riesenmedienrummel. Ich habe eine gerichtliche Verfügung gegen Helene Sandt erwirkt, seither hat sie sich von uns ferngehalten.«

»Gab es damals nicht sogar eine Morddrohung gegen dich?«, warf Jan ein.

Sein Vater zuckte mit den Schultern. »Schon, aber Stefan Kirner ist tot. Hat sich in seiner Zelle erhängt.« Seufzend schlug er den Aktenhefter zu. »Nein, tut mir leid, momentan fällt mir nichts ein.«

»Die Erinnerung kehrt wieder«, sagte Fuchs. »Das kann ich Ihnen aus eigener Erfahrung versichern. Wie steht es übrigens mit Ihrem aktuellen Fall?«

»Neumann? Sie denken, Walter Neumann hätte seine Finger im Spiel? Er sitzt in Untersuchungshaft.«

»Das ist kein Hindernis. Es wäre gut möglich, dass man versucht, Ihnen einen Strick zu drehen, wenn Sie verstehen, was ich meine. Staatsanwälte sind austauschbar.«

Oha. Fuchs war unverbesserlich.

Jans Vater überging die Spitze. »Schwer vorstellbar. Aber ich werde es mir durch den Kopf gehen lassen.«

Fuchs nickte. »Gut, fürs Erste war's das. Wir sprechen weiter, sobald ich Ihre Rückmeldung erhalten habe. Dann haben wir hoffentlich die Ergebnisse der Spurensicherung und des Gerichtsmediziners vorliegen.« Er stürzte den Rest des Kaffees hinunter, bedankte sich und erhob sich mit einem Abschiedsgruß.

Das Gespräch hatte unerwartet ruhig geendet, fand Jan, beinahe harmonisch. Er folgte seinem Vater und Fuchs in den Flur und beobachtete, wie der Kriminalbeamte in seine Jacke schlüpfte. Ihre Blicke begegneten sich.

»Ach«, meinte Fuchs, »fährst du eigentlich gern bei Regen Motorrad?«

Jan rutschte fast das Herz in die Hose. »Wie kommen Sie darauf?«, antwortete er, hauptsächlich, um Zeit zu gewinnen.

Fuchs deutete wortlos auf Jans nasse Sneakers. »Unter deiner Aprilia ist eine Pfütze«, fügte er hinzu. »Schon angetrocknet, daher schätze ich, dass du nachts unterwegs warst. Wo?«

»Sie waren in unserer Garage?«

Fuchs blickte ihn nur auffordernd an.

»Ich war bei meiner Freundin«, erklärte Jan widerstrebend. »Habe bei ihr übernachtet.« Das Blut pochte wild in seinen Schläfen, gewiss war sein Kopf hochrot.

Fuchs' Mundwinkel zuckten zu einem Lächeln nach oben. »Kann sie das bestätigen?«

Jan verdrehte die Augen. *Wohl kaum.* »Ja. Sicher.«

»Und ihr Name?«

»Nina.«

»Nina – wie noch?«

Mist. Er kannte Ninas Nachnamen nicht. Genau genommen wollte er sie da sowieso nicht mit reinziehen. Unwirsch zuckte er mit den Schultern. »Das geht Sie nichts an.«

»Jan«, mahnte seine Mutter, die in der Küchentür stand, »antworte ihm.«

Jan hob die Hände. »Warum? Sie hat mit der Entführungsgeschichte nichts zu tun. Sie weiß noch nicht einmal etwas davon. Ich will nicht ... dass sie von der Polizei befragt wird.«

»Nun«, sagte Fuchs, »ich möchte das junge Glück keineswegs gefährden, aber ...«

Jans Vater fiel ihm ins Wort. »Ich muss Jan recht geben. Der Name seiner Freundin tut nichts zur Sache. Genauso wenig wie die Frage, wo und warum Jan bei Regen unterwegs war.«

Fuchs wiegte den Kopf. »Vielleicht, vielleicht auch nicht. Momentan greife ich nach jedem Strohhalm. Schließlich wollen wir Ihre Tochter finden – solange sie noch lebt.«

Eine typische Fuchs-Aussage. Machte ihm das Spaß, auf den Gefühlen anderer Leute herumzutrampeln oder zählte das auch zu seinen Ermittlungsmethoden?

Fuchs öffnete die Tür. Und fuhr überrascht zurück.

Unter dem Vordach, die Hand an der Türklingel, stand Raphael. Jan unterdrückte ein Seufzen. *Grandioses Timing, Raph.*

Sein Freund schlug die Kapuze seiner Regenjacke zurück, nickte Fuchs zu und spähte in den Flur. »Hallo, Jan! Hast du kurz Zeit?«

Fuchs drückte sich an Raphael vorbei, drehte sich aber noch einmal zu Jan um. »Ich bin kein Mensch, der auf sein Bauchgefühl hört. Für mich zählen Fakten, und seien sie noch so unbedeutend. Und die Fakten sagen mir, dass du etwas zu verbergen hast.«

28

online

Raphael blickte ihn durch die Gläser der Datenbrille an. »Krasses Ding. Ich kann verstehen, dass du darauf angesprungen bist.«

»Bin ich nicht. Nur auf Katjas Schuh. Nur deshalb habe ich bei RUN mitgemacht.«

Sie hatten sich in Jans Zimmer zurückgezogen. Raphael hatte sich bei ihm entschuldigt und zugegeben, dass er sich mächtig daneben benommen hatte. Jan hätte ihm ohnedies verziehen, war aber trotzdem froh über dieses Eingeständnis. Im Gegenzug hatte er Raphael von RUN erzählt. Alles, von Anfang an. Nicht zu fassen, dass er die Brille erst vor zwei Tagen erhalten hatte.

»Kann ich das Foto sehen?«, fragte Raphael.

»Klar. Du musst zum ersten Level scrollen.«

Raphael fingerte am Touchpad herum. »Hm. Da ist nichts.«

»Muss aber. Lass mich mal schauen ...« Jan setzte sich an den Schreibtisch und suchte auf dem PC nach dem Foto. Raphaels Vater hatte die Seite von RUN keineswegs gehackt, sondern Zero hatte sie für alle User von *Live* freigeschaltet. Somit konnten die Leute das Spiel mitverfolgen und die einzelnen Beiträge liken und kommentieren, was in Jan gemischte Gefühle hervorrief. Die Meinung der sensationslüsternen Meute interessierte ihn herzlich wenig. Andererseits war es spannend zu sehen, was den Leuten gefiel. Er konnte sich nicht beklagen: Innerhalb weniger Stunden hatte er für das Video mit der Free-Solo-Kletterei siebenundachtzig ›Likes‹ erhalten, für die Querung der Tangente sogar noch mehr. Alle Videos und Fotos waren online. Bloß das Foto mit Katjas Schuh nicht.

»Eigenartig«, murmelte er, »Zero muss es entfernt haben, bevor er RUN freigegeben hat.«

Raphael blickte ihm über die Schulter. »Logisch, oder? Schließlich wäre das Foto die reinste Einladung an die Polizei.«

»Hoffentlich sind Katjas Videos noch da.« Da Jan über den PC nicht auf seine Nachrichtenbox zugreifen konnte, übernahm er die Datenbrille von Raphael. Nichts. Die Box war leer. »So ein Mist! Er hat alles gelöscht. Ich schwöre dir, er hat mir zwei Videos von ihr geschickt.«

»Du hast selbst gesagt, dass Zero keine Fehler macht«, meinte Raphael. »Jan, ganz ehrlich, du solltest die Polizei informieren.«

»Ich habe mal bei Fuchs angerufen. Genau in dem Moment kam die erste private Nachricht von Zero rein. Ich denke, er überwacht mein Handy.«

»Das könnte gut sein. Ruf doch von meinem aus an.«

Jan schüttelte den Kopf. »Zero hat mir bereits gedroht, dass ich nicht die Polizei einschalten soll. Und Fuchs ist furchtbar misstrauisch. Ohne Beweise wird er mir niemals glauben. Auf der Brille ist nichts mehr zu finden, das auf Katja hindeutet. Wer weiß, ob Zero mir überhaupt noch etwas schickt.« Er drosch auf den Tisch. »Verdammt, vielleicht hat er sie längst umgebracht.«

Raphael schwieg. »Das glaube ich nicht«, sagte er dann. »Sie ist seine Rückversicherung, dich im Spiel zu halten. Solange RUN andauert, wird er sie nicht töten. Bring ihn dazu, dir neues Material von ihr zu senden. Fordere ihn heraus. Wir werden ja sehen, ob er antwortet.«

»Na gut. Was soll ich sagen?«

»Was würde der besorgte Bruder wissen wollen?«

- PN an Zero
- Jan:
  Ich möchte mit Katja sprechen.

Raphael pfiff durch die Zähne. »Jetzt bin ich mal gespannt, wie er reagiert.«

»Normalerweise ist er schnell.«

Diesmal nicht. Als nach zehn Minuten noch keine Antwort eingetroffen war, legte Jan die Brille auf den Tisch und rieb sich die Augen.

»Vielleicht ist er beschäftigt«, mutmaßte Raphael angesichts Jans Enttäuschung. »Immerhin muss er das nächste Level vorbereiten. Wann, glaubst du, geht es online?«

Jan warf einen Blick auf die Zeitanzeige am PC. Vierzehn Uhr dreißig. »Kann nicht mehr lange dauern.«

»Und was wird es diesmal sein? U-Bahn-Surfen?«

Jan lachte auf. »Bist du irre?«

»Warum denn nicht? Die Aufgaben werden komplexer. Zero muss sich einiges für den Kick einfallen lassen. Schließlich gieren die Fans nach Nachschub.«

Raphael konnte recht haben. Der Insidertipp mit dem Spiel hatte sich wie ein Lauffeuer im Netz verbreitet. Die Zahl der ›Groupies‹, wie die Fangemeinde auf *Live* genannt wurde, stieg von Minute zu Minute an. Marks unrühmlicher Auftritt mitsamt seinem Sturz in die Ohnmacht lag im Ranking der Videos an zweiter Stelle. Die Leute amüsierten sich auf seine Kosten. Gut, dass er davon momentan nichts mitbekam. Warum tat Mark sich ein Spiel wie RUN überhaupt an?

»Ich würde zu gern wissen, um welche Preise die anderen spielen«, überlegte Jan. »Was ist mit einem Menschenleben gleichzusetzen?«

Raphael zog die Brauen hoch. »Nichts. Ich glaube nicht, dass die Preise alle den gleichen Wert haben. Jeder Spieler bekommt genau das, was er sich am sehnlichsten wünscht. Und das ist von Spieler zu Spieler verschieden.«

Jan nickte. Raphael sagte lauter kluge Sachen. Er war froh, ihn eingeweiht zu haben. Einen Verbündeten konnte er wirklich gebrauchen. »Okay. Meinen Wunsch hat Zero generiert. Das kann er unmöglich bei allen getan haben. Ihre Wünsche sind also ... na, sagen wir mal ... banaler. Was würde sich ein Jugendlicher wünschen?

Geld? Ein Auto vielleicht? Das würde zu Vincent passen. Aber die anderen? Was wäre dein sehnlichster Wunsch?«

Raphael wandte den Blick ab. Schwieg. Nur das Trommeln des Regens durchlöcherte die Stille.

»Raph?«

Sein Freund sah auf. »Dass meine Eltern wieder zusammen wären.«

»Oh.« Das kam überraschend. Jan hatte nie den Eindruck gehabt, dass Raphael allzu sehr unter der Scheidung litt.

»Meine Mutter hat versucht, sich umzubringen«, fuhr Raphael mit belegter Stimme fort. »Sie liegt in der Psychiatrie. Keine Ahnung, wann sie wieder nach Hause darf.«

»Was für ein Mist«, war alles, was Jan dazu einfiel. »Wann war das? Du hast nichts erzählt.«

»Am Dienstag.« Raphaels Augen hatten sich verdunkelt. »Du hattest selbst so viel um die Ohren, da dachte ich ...« Er seufzte und ließ sich in Jans Sitzsack plumpsen. Die Ellbogen auf die Knie gestützt saß er da und stierte ins Leere. »Weißt du, was komisch ist? Dass man Glück nicht greifen kann. Wenn man es hat, nimmt man es nicht wahr. Man wünscht sich immer noch andere Dinge, um glücklich zu sein. Unwichtiges Zeug, wie Handys, CDs, lässige Klamotten. Nach jedem Wunsch kommt ein neuer. Aber wenn das Glück plötzlich fort ist, klafft an seiner Stelle ein Loch. Und man kriegt es wieder nicht zu fassen. Eigentlich begreift man nur das Fehlen von Glück.«

Meist tat Jan Raphaels philosophische Anwandlungen mit einem Scherz ab. Das war unkomplizierter, als sie an sich heranzulassen. Heute aber traf es ihn mit voller Wucht. Ging es ihm mit Katja nicht ähnlich? Jetzt, wo sie sich in den Händen dieses eiskalten Verbrechers befand, vermisste Jan seine Schwester ganz schrecklich.

Raphael fuhr sich durchs Haar und löste unbeabsichtigt das Gummiband, das seinen Zopf zusammenhielt. Achtlos fiel es zu Boden. »Und dann hattest du noch dieses Geheimnis. Ich hatte das Gefühl, dass alles zerbricht. Auch unsere Freundschaft.«

»Das ist Quatsch«, entgegnete Jan. »Momentan laufen wir beide neben der Spur. Da kommt ein Streit schon mal vor.«

Jan hob das Gummiband auf, dehnte es und ließ es davonschnalzen. Es schoss um Haaresbreite an Raphaels Nase vorbei und landete auf dem Bett.

Raphael grinste. »Sehr effektvoll. Hau mir lieber eine rein.«

»Kannst du haben.« Jan stürzte sich auf seinen Freund und riss ihn vom Sitzsack, sodass sie gemeinsam auf den Boden rollten. Sie knufften einander in aller Freundschaft, bis sie beide außer Atem waren.

»Besser?«, fragte Jan.

»Hundertpro.« Raphael pustete sich die Haare aus der Stirn. »Was sind das eigentlich für Typen? Deine Mitspieler?«

Wie hatte es Vincent ausgedrückt? *Ein Haufen schräger Vögel.* »Lauter Verrückte.« Jan nannte zu jedem Namen ein paar Eigenheiten.

»Und warum hat Zero gerade sie ausgewählt? Warum nicht … mich zum Beispiel? War das Zufall?«

Jan tippte sich an die Stirn. »Hast du sie noch alle? Bei dem passiert nichts zufällig. RUN ist ein einziger großer Plan.«

»Den du fleißig unterstützt. Überleg doch mal, Jan: Du tust genau das, was er von dir erwartet. Und es macht dir sogar Spaß!«

»Das tut es nicht!«

»Ach, dann war das Free-Solo-Klettern nicht hammergeil?«

»Doch«, musste Jan zugeben. »Aber ...«

»Die Überquerung der Autobahn?«

»Na ja ...«

»Und du legst dich bei den Rätseln zu den einzelnen Levels nicht ins Zeug?«

»Natürlich. Was bleibt mir anderes übrig?«

»Für Katja.«

»Ganz genau!« Jan rappelte sich auf und setzte sich auf den Schreibtischstuhl. »Spar dir deinen Sarkasmus, Raph. Ich habe mir das Spiel nicht ausgesucht. Ich will meine Schwester befreien.«

»Du glaubst also, dass du Katja zurückbekommst? Auf dem Silbertablett serviert? Mensch, Jan, wach auf! Der Typ hat RUN erfunden, weil er ein Spieler ist. Im Grunde könnte er Katja doch einfach abknallen. Und dich auch. Damit wäre seine Racheaktion an deinem Vater erledigt. Aber genau das macht er nicht. Und warum nicht? Weil er den Nervenkitzel liebt. So wie er euch auf diesen Adrenalin-Trip schickt, versucht er, die Polizei auszutricksen. Doch jedes Spiel hat mal ein Ende und dann wird es sieben Verlierer geben.«

»Sieben?«, fragte Jan verständnislos.

»Ja, klar. Weil Zero gewinnen wird. Kapierst du das nicht? Er spielt mit euch. Ihr seid seine Schachfiguren.«

29

online

»Es tut mir leid.« Die Krankenschwester, eine resolute Asiatin mit Wiener Akzent, blickte Jan bedauernd an. »Ich kann Sie nicht zu ihm lassen. Nur Familienmitglieder haben Zutritt zu seinem Zimmer.«

»Kann ich wenigstens erfahren, wie es ihm geht?«, fragte Jan. Die Chance, in Marks Zimmer zu gelangen, war verspielt. Diese Frau nahm ihre Aufgabe ernst.

Prompt schüttelte sie den Kopf. »Auch darüber darf ich keine Auskunft geben.«

»Bitte! Ich bin sein Freund.« Sollte er wirklich umsonst gekommen sein? Nicht nur, dass er Mark die Datenbrille hatte zurückgeben wollen. Er fühlte sich auch für seinen Zustand mit verantwortlich. Ihn auf der Intensivstation vorzufinden, machte die Sache noch schlimmer.

Erneutes Kopfschütteln. »Leider.« Sie sah ihn scharf an. »Und Handys sind hier verboten.«

»Handys?«

»Ja. Das ist doch der Signalton Ihres Handys, oder?« Sie deutete auf Jans Rucksack, aus dem eben ein verräterisches *Pling* ertönte. Nicht das erste. Die Schlacht um das Rätsel von Level 4 war anscheinend in vollem Gange.

Fahrig griff Jan in die Seitentasche des Rucksacks. Er wollte zumindest so tun, als würde er sein Handy ausschalten. »Tut mir leid, schon erledigt. Ach bitte, können Sie keine Ausnahme machen?«

Raphael zupfte an seinem Ärmel. »Komm, gehen wir lieber. Ich habe eine bessere Idee.«

Jan wollte sich schon abwenden, da zeigte die Krankenschwester zur Tür. »Da kommt seine Mutter. Fragen Sie doch sie.«

Die Frau, die sich ihnen mit eiligen Schritten näherte, reichte Jan knapp bis zur Schulter.

Die Krankenschwester trat hinter ihrem Tresen hervor. »Frau Lorenz, hier ist Besuch für Mark. Die jungen Herren haben sich nach ihm erkundigt.«

Ein Strahlen überwältigte Frau Lorenz' übermüdetes Gesicht. Sie war Jan auf Anhieb sympathisch.

»Wie schön!«, meinte sie und streckte ihm die Hand entgegen. »Dass ich endlich Freunde von Mark kennenlerne, grenzt an ein Wunder. Ich bin Marks Mutter. Und Sie sind?«

»Jan Rakits. Ein Mitschüler. Und das ist Raphael.«

»Mitschüler also.« Sie blickte erst Jan, dann Raphael abschätzend an. »Sie wirken aber weit älter als fünfzehn.«

Jan tat es beinahe weh, Frau Lorenz anzulügen. »Ich bin Vertrauensschüler aus der achten Klasse. Wir unterstützen jüngere Schüler bei«, er räusperte sich, »also ... bei allem Möglichen. Was die Schule und die Freizeit betrifft, meine ich.«

Frau Lorenz nickte verstehend. »Eine verantwortungsvolle Aufgabe. Mark hat es nicht leicht in der Schule. Er kapselt sich viel zu sehr ab. Sitzt ewig vor seinen Computerspielen, anstatt rauszugehen und Freunde zu treffen. Na ja. Daran bin ich zum Teil selbst schuld. Ich habe ihn zu sehr behütet.«

Ihr Lächeln wich einer bedrückten Miene. Sie blickte sich um, wie um sich zu vergewissern, dass keine unliebsamen Zuhörer anwesend waren. Die Krankenschwester hatte sich wieder hinter ihren Tresen zurückgezogen und tat beschäftigt. Eine Putzfrau machte mit ihrem Wagen die Runde, sonst war niemand zu sehen.

Frau Lorenz beugte sich ein wenig vor und senkte die Stimme. »Mein Mann erzählt mir ständig von all den Verbrechern, mit denen er tagtäglich zu tun hat. Er ist Justizwachebeamter, wissen Sie. Da bekommt man Geschichten zu hören, dass einem ganz bange wird. ›Martha‹, hat er immer gesagt, ›sieh zu, dass unser Junge nie in solche Kreise gelangt.‹ Und das habe ich getan ...« Sie verstummte, Tränen schimmerten in ihren Augen.

»Wie geht es Mark?«, erkundigte sich Jan. »Die Krankenschwester will uns nichts darüber sagen.«

»Die Nacht war kritisch, aber momentan ist er stabil. Die Droge allein wäre es nicht gewesen. Zusammen mit seinem Herzfehler allerdings ...« Ihr entwich ein Schluchzen. »Entschuldigung.«

Jan tauschte einen Blick mit Raphael. »Ich wusste nicht, dass er einen Herzfehler hat. Das hat er nicht erwähnt.« *So ein Mist! In seinem Zustand hätte er niemals auf das Gerüst klettern dürfen.*

Frau Lorenz tupfte ihre Augenwinkel mit einem Taschentuch ab. »Das war auch nicht nötig. Das beeinträchtigt ihn für gewöhnlich nicht. Er darf sogar Sport treiben, in Maßen natürlich. Doch durch die Droge ist sein Kreislauf kollabiert und nun ... Der Arzt schließt bleibende Schäden nicht aus. Das kann aber erst festgestellt werden, wenn sie ihn aus dem künstlichen Tiefschlaf wecken.«

Jan biss sich auf die Lippen. Nickte. Ihm fiel nichts ein, was er dieser liebenswürdigen Frau sagen konnte. Nicht ein tröstendes Wort.

»Wissen Sie vielleicht, wie er an dieses Zeug geraten ist?«, fragte Frau Lorenz.

Das auch noch. Jans Kehle wurde immer enger. »Nein«, sagte er und musste sich zwingen, ihr weiter in die Augen zu blicken. »Die Clubs sind voll von Typen, die den Leuten Stoff andrehen. Als wir ihn gefunden haben, war er bereits ohnmächtig.« Gott, wie er sich für diese Lüge hasste! Und noch mehr dafür, dass er Tom nicht gleich k.o. geschlagen hatte.

Frau Lorenz faltete die Hände. »Hätte er nur nicht mit diesem Computerspiel begonnen ...«

»Welches Spiel?«, fragte Raphael hellhörig.

»Ach Gott, ich habe keine Ahnung. Er sitzt ja andauernd vor dem Computer, mal ist es dieses Spiel, mal jenes. Soviel ich weiß, ist er Mitglied in einer Gruppe, die laufend neue Spiele testet. Fragen Sie mich nicht, welche – ich kann mir all diese Namen nicht merken. Seit ein paar Tagen hat er von einem Spiel erzählt, das man abseits des Computers spielt. Er war Feuer und Flamme. Ich habe mir nichts dabei gedacht, war nur froh, dass er ein bisschen an die frische Luft kommt. Und nun das.«

»Können Sie uns mehr über das Spiel sagen?«, bohrte Raphael nach.

»Eigentlich nicht. Mark redet kaum darüber. Aber er hat wohl einige Jugendliche kennengelernt, die er mag. Er war so fröhlich in den letzten Tagen.«

Die Schuldgefühle drohten Jan zu überwältigen. »Wir werden uns umhören. Vielleicht können wir herausfinden, wer Mark den Stoff angedreht hat«, presste er hervor. *Oder ich stopfe Tom dieses Dreckszeug einfach ins Maul.* »Was war es denn überhaupt?«

»Wie heißt das noch gleich ...« Frau Lorenz kramte in ihrer Handtasche. »Ich habe mir das Wort notiert ... Ah, ja. Methamphetamin lautet wohl die korrekte Bezeichnung. Die Dealer bringen es aus Tschechien nach Österreich und verkaufen es hier teuer.«

Raphael nickte wissend. »Crystal.«

»Genau. So hat es der Drogenfahnder auch genannt.«

Und Nina. »Drogenfahnder? Sie waren bei der Polizei?«, hakte Jan nach.

Frau Lorenz zuckte mit den Schultern. »Sicher. Mein Mann hat Verbindungen und weiß, an wen er sich wenden muss. Wir haben Anzeige erstattet, obwohl man uns gesagt hat, dass das sinnlos sei. Ohne konkrete Hinweise wird man den Dealer nicht aufspüren.«

Was für ein Schlamassel. Da hatte er zwei Namen für die Polizei und konnte keinen davon weitergeben, ohne das Aus für RUN zu riskieren. Raphaels Blick sagte Jan, dass ihm ähnliche Gedanken durch den Kopf gingen.

»Darf ich Sie um Ihre Telefonnummer bitten?«, fragte Jan schließlich. »Wir werden uns umhören. Sollten wir etwas zu diesem Spiel oder zu dem Dealer in Erfahrung bringen, werde ich mich bei Ihnen melden. Außerdem möchte ich auf dem Laufenden bleiben, wie es Mark geht.«

Frau Lorenz blickte zweifelnd drein, öffnete aber ihre Handtasche und zog eine Visitenkarte aus ihrer Geldbörse. Sie überreichte sie Jan. »Das ist sehr freundlich von Ihnen, junger Mann. Aber eins müssen Sie mir versprechen ...«

»Was?«

»Mit diesen Dealern ist nicht zu spaßen. Also ... bringen Sie sich nicht selbst in Gefahr.«

30

online

Name und Adresse von Marks Eltern, Telefonnummer sowie die E-Mail-Adresse – das war mehr, als Jan zu hoffen gewagt hatte. Er steckte die Visitenkarte in seine Hosentasche und holte die Datenbrille hervor.

Raphael biss in sein Croissant. Er habe noch nichts gegessen und komme vor Hunger um, hatte er verkündet, als sie mit dem Fahrstuhl in die unterste Ebene des Krankenhauses gefahren waren. Nun saßen sie in einem abgeschiedenen Winkel der Cafeteria und hielten Kriegsrat.

Während Raphael aß, checkte Jan RUN auf Neuigkeiten. Wie erwartet war das nächste Level online gegangen. *Level 5*, stand da zu lesen. Darunter war ein Video gepostet. Das Standbild zeigte die Ansicht eines Wanderweges.

Moment ... »Level 5?« Hatte er etwas verpasst?

»Hm?«, machte Raphael mit vollem Mund.

»Wann war Level 4 dran?« Hektisch suchte Jan danach und überflog, da er nicht fündig wurde, die Kommentare der anderen. Tatsächlich – Zero hatte Level 4 übersprungen. »Na schön. Wie er meint. Dann eben Level 5.«

Er startete das Video. *BoneBreakerTrail* lautete der verheißungsvolle Titel. »Klasse, wir dürfen uns die Knochen brechen. Auf einem Mountainbike-Trail.«

»Mountainbike? Klingt nicht sonderlich aufregend.«

Angestrengt beobachtete Jan, wie der Mountainbiker im Video über Stock und Stein bergab fuhr. Der Trail führte quer durch den Wald, mal war er gerade breit genug für einen Radfahrer, dann wieder glich er einer Piste.

»Und wo?«, fügte Raphael hinzu.

»Scheint mir der Wienerwald zu sein.«

Raphael nickte. »Sophienalpe, Bisamberg, Hermannskogel – es gibt eine Menge netter Mountainbike-Strecken in dieser Gegend. Jedenfalls wird mir klar, warum Zero dieses Level vorgezogen hat.«

»Warum?«

Raphael deutete nach vorn, wo der Wind den Regen gegen die Schaufenster der Cafeteria peitschte. »Bei dem Wetter möchte ich nicht auf einem Rad *Downhill* fahren.«

»Stimmt. Das wird ein Heidenspaß.« Jan las die Postings der anderen genauer. »Okay. Sie streiten sich gerade über das Wo. Zero hat einen Hinweis gepostet: *Wanderer, kommst du nach Stein …*«

»Hä?«

Jan zuckte mit den Schultern. Das fortwährende *Pling* der Datenbrille ließ ihn wieder auf das Sichtfenster blicken.

- Florian:
  Steinhof?
- Jasmin:
  Die Irrenanstalt?
- Vincent:
  Dein neues Zuhause, Jasmin? ;-)
- Nina:
  Die Steinhofgründe? Aber das ist eher was für den Kindergarten.
- Jasmin:
  @ Vincent: Ah, ein Insider!
- Florian:
  Steinbruch? Im Wienerwald gibt es doch diesen alten Steinbruch …

- Nina:
  Teufelstein bei Perchtoldsdorf.

»Und?«, fragte Raphael neugierig.

»Sieht aus, als könnte sich das Level in der Nähe eines alten Steinbruchs abspielen. Teufelstein – kennst du das?«

Raphael nickte. »Und ob. Dort sind ständig Mountainbiker unterwegs. Das Gelände ist aber ziemlich anspruchsvoll.«

- Vincent:
  Sorry, da muss ich passen. Ich hänge an meinem Leben.
- Florian:
  Bist du irre? Du kannst doch das Level nicht schmeißen!
- Vincent:
  Ein Freund von mir ist dort mit dem Rad abgestürzt. Tot.
- Jasmin:
  Auweia. :-(
- Nina:
  Das ist schlimm, kann dich verstehen. Aber warte erst mal ab. Wer weiß, was Zero vorhat.
- Florian:
  Zero? Zeeeeeroooo?

»Vincent überlegt, auszusteigen«, sagte Jan. »Er hält das Mountainbiken am Teufelstein für zu gefährlich.«

Raphael breitete die Arme aus und wandte den Blick nach oben. »Preiset den Herrn – ein Mann mit Hirn.«

»Das heißt, du rätst ab?«

»Das fragst du noch? Bei dem Wetter ist die Strecke die reinste Eislaufbahn. Schlimm genug, wenn du mit dem Rad einen Sturz baust, dir den Knöchel brichst oder das Handgelenk. Mit dem Klettern ist dann natürlich Essig, zumindest für die nächste Zeit. Aber was, wenn Schlimmeres passiert? Du könntest im Steinbruch abstürzen, dir das Genick brech…«

Jan stoppte Raphaels Ausführungen mit einer Handbewegung. »Danke, ich kann es mir lebhaft vorstellen.«

Sie schwiegen. Auf RUN war es ebenfalls ruhig. Hatte Vincents Ansage die anderen verschreckt? Jan ballte die Fäuste. *Wenn Vincent aussteigt, werden einige mitziehen, vielleicht auch alle. Dadurch fällt das Level ins Wasser. Oder sogar das ganze Spiel.* Und was dann? Kein RUN, keine Chance für Katja. Das durfte er nicht zulassen.

- Tom:
  Bye-bye, Vince! Damit fliegst du aus dem Spiel. :-D

Zum ersten Mal war Jan Tom für die blöde Bemerkung dankbar. Genau da konnte er ansetzen. Er kümmerte sich nicht darum, dass sich Raphaels Miene verfinsterte.

- Jan:
  Du willst aussteigen, Vince? Klasse, wer noch? Macht nur. Mein Preis ist mir sicher.

Raphael stieß ein Zischen aus. »Sag mal, ist dir noch zu helfen? Willst du sie allen Ernstes provozieren, bei diesem Schwachsinn mitzumachen?«

Stumm erwiderte Jan seinen Blick.

»Gott! Du willst das wirklich durchziehen!«

»Hör zu, Raph, ich brauche dieses Spiel. RUN ist meine einzige Verbindung zu Katja. Und wenn Zero verlangt, dass ich mich den Teufelstein hinunterstürze, dann werde ich es tun.«

»Das ist so was von gestört! Warum meldest du das nicht endlich der Polizei? Da oben«, Raphael deutete in Richtung Bettenstation, »liegt das erste Opfer dieses Scheißspiels. In künstlichem Koma. Du lügst Marks Mutter ins Gesicht, obwohl du genau weißt, dass du ihr niemals helfen wirst? Macht dich das an?«

Jan zerbiss einen Fluch zwischen den Zähnen. Raphael schoss mit scharfem Geschütz. Die Schuldgefühle nagten beständig an ihm. Katja, die Unfallopfer, Mark, Frau Lorenz, seine Eltern – alle litten sie, weil er sich entschlossen hatte, nach Zeros Pfeife zu tanzen. Hätte er bloß niemals dieses blöde Paket aufgemacht!

»Ich kann nicht anders«, brachte er endlich hervor. »Ich stelle mir vor, wie er Katja etwas antut. Sie quält. Und am Schluss tötet.« Er hoffte, auf ein wenig Verständnis zu stoßen, aber Raphael starrte ihn weiterhin finster an. »Ich würde das nicht tun, wenn ich eine andere Lösung wüsste ... Bitte, kapier das doch!«

Raphael seufzte resignierend. »Okay, okay. Dann brauchen wir eben diese andere Lösung. Und du ... machst erst mal weiter wie bisher. Aber erwarte nicht von mir, dass ich für dich den Notarzt rufe.«

Das wird dir nicht gefallen. »Tu ich nicht, denn du wirst nicht dabei sein.«

»Was?«

»Du fährst nicht mit, Raph. Zero würde rauskriegen, dass du dort bist. Wer weiß, was ihm dann einfällt.«

Raphael schluckte, entgegnete aber nichts. Stattdessen begann er, mit dem Löffel auf die Tischplatte zu klopfen, immer wieder – ein Geräusch, das an Jans Nerven zerrte. Er hakte die Finger ineinander. »Eine Lösung, ja? Immer her damit, Raph. Da fällt mir ein – von welcher Idee hast du vorhin auf der Intensivstation gesprochen?«

»Wir könnten Marks Datenbrille meinem Vater überlassen. Er soll sie mal genauer unter die Lupe nehmen. Vielleicht kommt er Zero auf die Schliche. Wenn er erst seine IP-Adresse hat, ist alles andere ein Klacks.«

Jan dachte kurz über den Vorschlag nach. »Nein«, erwiderte er schließlich. »Dein Vater würde sofort die Polizei einschalten.«

»Gutes Argument. Dann eben ein anderer IT-Profi ...« Wieder musste der Löffel herhalten. Klopf, klopf, klopf. Pause. Klopf, klopf, klopf. Pause. Klopf ... »Ha! Ich weiß jemanden: Paul! Er ist ein Spezialist auf dem Gebiet, sogar noch besser als mein Vater. Und ihm ist es schnurzegal, worum es bei der Sache geht. Ihn interessiert nur der Job.«

»Hm. Ich weiß nicht ...«

»Er ist kaum älter als wir und schwer in Ordnung«, versicherte Raphael.

»Ich kann ihn nicht bezahlen.«

»Kein Problem. Er ist mir noch was schuldig.«

»Also gut. Einen Versuch ist es wert.«

Raphael nickte. »Ich simse ihm.«

Zwei Minuten, nachdem er die SMS abgeschickt hatte, traf Pauls Zusage ein. »Wir sollen am besten gleich heute Abend bei ihm vorbeikommen«, berichtete Raphael. »So ab neun Uhr.«

»Wo wohnt er?«

»Im elften Bezirk, am Stadtrand.«

Jan schüttelte den Kopf. »Wie soll ich von dort aus rechtzeitig zum Teufelstein gelangen? Das ist mir zu riskant.«

Sie einigten sich darauf, dass Raphael Paul die Datenbrille allein bringen würde, damit Jan sich in Ruhe auf Level 5 vorbereiten könnte. Als sie die Cafeteria verließen, traf ein Hinweis von Zero ein:

- Welcome to level 5!

Wanderer, kommst du nach Stein,
dann pack unbedingt vier Dinge ein:
KUHUHAHDEH

RUN – Gib dir den Kick!

31

online

Der Regen hatte merklich nachgelassen. Der Sturm jedoch pfiff mit unverminderter Kraft, sodass die Bäume knarrten und ächzten, während Jan und Florian durch den Wald zum Treffpunkt liefen.

Zero hatte ihnen schließlich doch die Koordinaten geschickt. Das Unwort *Kuhuhahdeh* hatte zu den wildesten Spekulationen geführt, bis Nina das Alphabet ins Spiel gebracht hatte: Q – U – A – D. Sie würden nicht mit dem Mountainbike die Wege hinunterbrettern, sondern mit dem Quad. Eine coole Sache, wenn man davon absah, dass die Gegend hier am Steinbruch mit Felsklippen von gut hundert Metern Tiefe gespickt war. Sogar einen Schotterteich gab es. Und die Startzeit für Level 5 war auf zwei Uhr morgens angesetzt. Quad fahren im Dunkeln, ohne Sturzhelm, ohne Lederbekleidung. Der ultimative Kick.

Jan war mit Winterjacke, Mütze und Handschuhen ausgerüstet, Florian ebenfalls, außerdem hatte er in seinem Rucksack eine Thermoskanne voll Tee. Sie waren einander am Waldrand in die Arme gelaufen, beide froh über die zufällige Begegnung. Wie Jan in Erfahrung gebracht hatte, war der geschotterte Wanderweg an Wochenenden sowie in den Morgen- und Abendstunden durch Spaziergänger und Hundebesitzer stark frequentiert. Jetzt allerdings waren sie mutterseelenallein unterwegs.

Jan hatte mit Raphael verabredet, so viele Informationen wie möglich über seine Gegner zu sammeln. Da traf es sich gut, dass er sich in Ruhe mit Florian unterhalten konnte.

Beginnen wir mit etwas Belanglosem. »Bist du schon mal Quad gefahren?«, erkundigte er sich.

»Nein. Ich gehöre zur Unterwasserfraktion – tauchen«, erzählte Florian bereitwillig.

»Wow. Tolles Hobby.« *Und alles andere als billig.* »Machst du das schon länger?«

»Ich hab mit acht Jahren begonnen, mit Flasche zu tauchen. Meine Eltern schleppen mich überall hin mit: Karibik, Malediven, Bali, Thailand, Skandinavien ...«

Die Gleichgültigkeit in Florians Stimme ließ Jan stutzig werden. Er konnte sich nicht vorstellen, je vom Klettern gelangweilt zu sein. »Das klingt, als würde es dir keinen Spaß machen.«

Florian lachte. »Doch, schon. Aber der Parkour von Level 2 hat mich auf den Geschmack gebracht. Ich hätte gute Lust, mal was Neues auszuprobieren, abseits von Korallenriffen und bunten Fischen.«

»Eistauchen? Höhlentauchen?«, schlug Jan vor.

Florian winkte ab. »Haben wir schon durch.«

»Da seid ihr sicher viel unterwegs.«

»Meine Eltern in jeder freien Minute, ich nur noch zwei, drei Wochen im Jahr. Die Schule, du weißt ja ...«

Ah ja. Die Eltern gingen auf Reisen, während ihr Sohn daheim hockte. Heftig.

»Was arbeitet dein Vater?«, forschte Jan weiter.

»Er ist Vorstandsvorsitzender in einer Investmentbank.«

Gut, notiert: reich, dabei nicht im Mindesten überheblich. Was konnte Zero einem Jugendlichen, der alles hatte, noch bieten?

Florian fragte ihn nach Mark, und Jan erzählte vom Spitalsbesuch, nicht aber von der Begegnung mit Frau Lorenz. Siedend heiß fiel ihm ein, dass er würde lügen müssen, sollte Florian nach Marks Datenbrille fragen. Der Gedanke belastete ihn und so verfiel er in angespanntes Schweigen, aus dem ihn eine andere, nicht weniger heikle Frage herausriss.

»Wie bitte?«

»Dein Preis«, wiederholte Florian. »Los, sag schon!«

»Ach so ... na ja ...« Klasse. Schweigen oder lügen – denn die Wahrheit war keine Alternative. Er entschied sich für Letzteres. Nur, was klang nach einem glaubwürdigen Gewinn? Ein Fallschirmsprung? Paragliding? »Heliskiing in Kanada«, sagte er schließlich.

»Scherz, oder?«, meinte Florian. »Dafür riskierst du Kopf und Kragen? Ich dachte, es müsste sich um etwas Wichtiges handeln.«

»Wie wichtig ist denn dein Preis?«, hielt Jan dagegen.

»Meine Großmutter wartet seit zwei Jahren auf eine Spenderlunge. Sollte ich gewinnen, besorgt Zero eine für sie.«

Ach. Du. Scheiße. Es gab also doch etwas, das mit Katjas Leben gleichzusetzen war.

»Er *besorgt* eine?«, hakte er nach, weil ihn die Formulierung irritierte. »Wie das?«

Florian hievte den Rucksack von der rechten auf die linke Schulter. »Er hat wohl Kontakte zu *Eurotransplant* – das ist die europäische Vermittlungsstelle für Spenderorgane.«

»Und wenn der Preis ein Fake ist?« So wie das ganze Spiel einer war?

»Die Beweise wirken echt. Zero hat mir eine Kopie der Warteliste gesandt. Als ich daraufhin bei RUN eingestiegen bin, ist meine Großmutter um neun Plätze vorgerückt.«

Kopfschüttelnd dachte Jan darüber nach. Sollte Zero tatsächlich Kontakte zu dieser Organvermittlungsstelle haben, dann konnte die Vergabe doch nur durch einen ordentlichen Batzen Geld vorangetrieben werden. Das Konstrukt seines Racheplans begann zu wanken.

»Warum zahlt dein Vater nicht für eine Lunge?«, fragte Jan. »Da kann man sicherlich etwas drehen. Und am Geld kann es ja kaum liegen.«

»Bestechung kannst du vergessen. Da gab es kürzlich einen Riesenskandal in München. Angeblich hatten Ärzte die Vermittlung manipuliert. War in allen Medien. Jetzt sind sie doppelt so genau bei der Vergabe.«

»Und eine Spende von einer lebenden Person kommt nicht infrage?«

Florian antwortete nicht gleich. So freimütig er auch bisher Auskunft gegeben hatte – nun glitt das Gespräch in eine Richtung, die ihm sichtlich nicht behagte.

»Doch«, sagte er endlich. »Meine Eltern wären als Spender geeignet, aber sie weigern sich. Das Risiko bei dem Eingriff ist nicht ohne, außerdem würde der Verlust eines Lungenlappens das Aus für das Tauchen bedeuten.

Ich kann nicht spenden, weil ich nicht volljährig bin und die falsche Blutgruppe habe. Und die von meinem Großvater passt auch nicht. Also heißt es warten.«

»Wie alt ist deine Großmutter?«

»Einundsechzig.« Florian grinste schief. »Die Transplantation lohnt sich noch. Das Problem ist, dass sie nicht mehr lange zu leben hat, sollte sie keine neue Lunge erhalten. Sie muss bereits jetzt ständig mit Sauerstoff versorgt werden.«

Das war ja ein Ding. Jan empfand Abneigung für Florians Eltern. Florian hingegen war ein netter Typ.

An einer Weggabelung gesellte sich Nina zu ihnen. Bis auf eine Umhängetasche hatte sie nichts dabei. Sie sei vom Nachbarort aus gestartet, erklärte sie auf Florians Frage, wo sie denn so plötzlich herkomme.

»Wohnst du dort?«, erkundigte sich Jan.

»Nein. Im zweiundzwanzigsten Bezirk. In der Nähe der Lobau.«

Dort, wo Katjas Sachen gefunden worden waren. Wieder drängte sich der Gedanke auf, dass Zero unter den Spielern einen Verbündeten haben könnte. Aber gerade Nina?

Jan betrachtete sie von der Seite. Ihre mürrische Miene sandte ihnen ein deutliches ›Redet mich nicht an‹ und so sparte er sich weitere Fragen.

Der Treffpunkt befand sich am Rande einer von Bäumen und Büschen eingekesselten Wiese, in etwa hundert Metern Entfernung zur Teufelsteinhütte, einem Wirtshaus, dessen Fensterläden verrammelt waren. Zwei Quads schimmerten silberblau in der Dunkelheit.

Zu Jans Überraschung war Jasmin bereits hier. Und nicht allein. An die zwanzig Groupies hatten sich ebenfalls am Treffpunkt eingefunden. Dick eingemummt trotzten sie dem Wetter, um live bei Level 5 dabei zu sein. *Das hat Zero bestimmt nicht erwartet*, schoss es Jan durch den Kopf, gefolgt von einem: *Raph wird mich killen.*

Jasmin begrüßte sie erfreut. »Na endlich tanzt ihr an! Ich steh mir seit einer halben Ewigkeit die Füße in den Bauch!«

Jan musterte ihr Outfit. »Lederkluft? Bist du …?«

»Ich fahre ab und zu Quad«, fiel sie ihm ins Wort. »Keine Rennen, nur so zum Spaß.«

Aha. Wer's glaubt … Sie wirkte wie ein Profi auf ihn.

»Und wie bist du hergekommen?«, wollte Florian wissen.

Sie wies auf einen jungen Mann in der Zuschauergruppe. »Ein Freund hat mich mit dem Auto hergefahren. Und noch ein paar Leute zum Anfeuern mitgebracht.«

Na großartig. Jan konnte sich ein »Zero wird entzückt sein« nicht verkneifen.

Jasmin kicherte. »Wieso? Das bringt Publicity. Neue Groupies, Bekanntheit im Netz. Das will er doch.«

Wenn du dich da nicht täuschst.

Zehn Minuten später traf Vincent ein. Mit Skepsis beäugte er die Quads. »Ein Ferrari wäre mir lieber.«

Florian grinste. »Der ist ja auch irre geländegängig. Die könnten die Formel 1 glatt hier austragen, was meinst du?«

Alle lachten.

Vincent zog eine Grimasse. »Na, ich hoffe mal, dass die Datenbrille das überlebt.«

»Die Datenbrille vielleicht«, erwiderte Jan, »aber ob du das überlebst, wenn du das Quad über die Felskante lenkst …«

»Och«, flüsterte jemand in sein Ohr, »hast du etwa Schiss, Janilein?« Tom schob sich an ihm vorbei, nicht ohne ihn kräftig anzurempeln, und platzierte sich exakt vor ihm. *Du blöder Arsch.* Jan verkniff sich die Bemerkung und wich zur Seite. *Keinen Zoff so kurz vor dem Start.*

»Hat Zero sich schon gemeldet?«, fragte Tom in die Runde. »Wie soll sich das Ganze abspielen?«

Sie holten ihre Datenbrillen hervor.

»Noch nichts Neues«, meinte Vincent nach einem raschen Check. »Langsam wird es aber Zeit. Es geht auf zwei Uhr zu.«

Jan ließ den Blick über die Groupies schweifen. Er zählte grob – beinahe dreißig. Einige hatten Fotoapparate dabei, einer sogar einen Camcorder. Das würde wirklich ordentlich Publicity geben.

Nina stand abseits. Die Hände tief in den Taschen ihrer Jacke vergraben, starrte sie in den nachtschwarzen Wald. Zitterte sie oder war das eine Täuschung?

»Hey«, sprach Jan sie an. »Alles okay mit dir?«

Keine Antwort. Hatte er etwas anderes erwartet?

Jan seufzte unmerklich. »Nervös?«

Sie wandte sich demonstrativ ab.

»Du schaffst das schon«, versuchte er es noch einmal.

»Verzieh dich.«

»Also weißt du, du machst es einem wirklich nicht leicht, dich zu mögen.«

»Ich lege keinen Wert darauf, dass du mich magst.«

Auch gut. »Na dann. Hab noch ein schönes Leben.«

Als er zu den anderen zurückging, hörte er einen seltsamen Laut aus Ninas Richtung. Ein ... Schluchzen?

Er drehte sich nicht um. Immerhin konnte es auch der Wind gewesen sein.

32

online

- Welcome again to level 5!

Weine nicht um unbereiste Straßen,
weine nicht um unbeschrittene Wege.
Denn hinter jeder Kurve
wartet ein langes, qualvolles Ende.
Es ist die schlimmste Art von Schmerz,
die ich kennengelernt habe.

Startzeiten wie folgt:
Jan gegen Tom: 2:00 Uhr
Nina gegen Vincent: 2:30 Uhr
Florian gegen Jasmin: 3:00 Uhr

Eine Probefahrt um die Wiese ist allen Fahrern vor dem Start gestattet.
Die beiden Fahrer mit der Bestzeit treten noch einmal gegeneinander an. Weitere Infos folgen.

RUN – Gib dir den Kick!

Eine Melodie, die aus der Datenbrille ertönte, ergänzte die Textzeilen. Jan erkannte sie sofort: »Roads untraveled«, von Linkin Park. Frei ins Deutsche übersetzt. Zero hatte wirklich einen Hang zum Theatralischen, das musste man ihm lassen. Der Song stimmte Jan immer melancholisch. Viel mehr beschäftigte ihn allerdings, dass er gegen Tom antreten musste. Als sich ihre Blicke kreuzten, las er pure Provokation in Toms Augen. Sehr schön, ein Duell. Das konnte er haben.

Sie begaben sich zu den Quads. Jan hatte sich im Internet über das Quadfahren informiert, Vincent und Florian offenbar auch, aber Jasmin war eindeutig die Expertin unter ihnen.

»Triton Supermoto mit Automatikgetriebe«, sagte sie. »Ein Einsteiger-Modell.«

Ist ohnehin besser, dachte Jan. *Wir werden neben dir so was von untergehen.* Wieder ein Level, das eigens für einen der Spieler konzipiert worden war. Da steckte System dahinter.

Tom ließ sich auf dem Sitz nieder. »Und wie fährt man das Ding?«

Jasmin zeigte ihm, wie man startete, dann den Gas- und die Bremshebel sowie das Bremspedal und die Gangschaltung, die unter anderem über eine Low- und High-Fahrstufe und einen Rückwärtsgang verfügte. »Das Wichtigste ist, dass du dich mit dem ganzen Körper in die Kurve legst, und zwar immer entgegengesetzt der Fliehkraft. Falls nicht, kippt das Quad. Rechne damit, dass es in Kurven die Bodenhaftung verliert, das ist ganz normal, das musst du eben ausgleichen. Ach ja, beim Beschleunigen aufpassen, sonst hebt sich die Vorderachse. Also schön sanft.«

Florian und Vincent machten große Augen, Tom lachte abfällig. »Kann ja nicht so schwer sein«, sagte er. »Wenn *du* das raffst ...«

Sie blinzelte ihn mitleidig an. »Dann leg los, zeig uns, was du kannst!«

Jans Blick fiel auf Nina, die zwar herangekommen war und Jasmins Ausführungen zugehört hatte, aber dabei wie ein verschrecktes Huhn dreinschaute. Ein seltsames Gefühl erwachte in ihm, das er nicht zuordnen konnte. Er unterdrückte den Impuls, sie noch einmal anzusprechen. Noch eine Abfuhr würde er sich bestimmt nicht holen.

Der Signalton seiner Datenbrille riss Jan aus seinen Gedanken. In der Menüleiste blinkte ein Symbol – ein Mikrofon!

- Gespräch annehmen?

Das konnte nur Katja sein!

Mit einem knappen »Ich muss pinkeln« schlug sich Jan ins Gebüsch. Er hörte noch, wie Tom laut auflachte und etwas von *Panik schieben* faselte, dann flüsterte er ein atemloses »Ja«.

Ein Sichtfenster öffnete sich. Hatte Jan erwartet, Katjas Gesicht zu sehen, so wurde er enttäuscht. Nur der Schriftzug von RUN leuchtete ihm entgegen. Eine verzerrte Männerstimme meldete sich: »Du möchtest mit Katja sprechen?«

Zero! »Ja. Geben Sie sie mir!«, erwiderte Jan.

»Das täte ich gern. Leider gibt es da ein winziges Problem.«

»Welches?«

»Mit einem Knebel im Mund spricht es sich schlecht.«

Oh Gott, nein! Jan kniff die Augen zu. »Sie sadistisches Arschloch! Sie ist fünf! Wie können Sie ihr nur so etwas antun?«

»Ich? Das hast du zu verantworten.«

»Warum?«, fragte Jan, obwohl er bereits ahnte, worauf Zero hinauswollte. »Ich habe nichts falsch gemacht. Ich spiele Ihr krankes Spiel mit, habe nichts an die Polizei …«

Zero fiel ihm ins Wort. »Muhrhoferweg 12, im elften Bezirk – sagt dir das was?«

Raphael. Und dieser Paul. Irgendetwas musste schief gegangen sein. »Nein.«

»Schade.«

Es fiel Jan schwer, die Nerven zu bewahren. »Warum ›Schade‹? Was ist dort?«

»Verrate du es mir.«

»Ich habe keinen blassen Schimmer! Ich schwöre, ich bin niemals dort gewesen. Ich kenne die Adresse nicht mal.«

»Jemand muss dort gewesen sein. Wie sonst käme Marks Brille da hin? Irre ich mich, oder hattest du sie zuletzt?«

»Ich habe sie Marks Mutter übergeben. Heute Nachmittag, im Krankenhaus.«

»Armer Mark! Tragisch, nicht wahr?«

Die Drogengeschichte war Absicht gewesen! Marks ›Unfall‹ gehörte zum Plan. *Raphael hat recht. Heute Nacht ist der Nächste dran.* Jan bebte. Zorn, Angst, Hilflosigkeit – beinahe wäre er geplatzt. Krampfhaft krallte er die Finger um den Stamm einer jungen Fichte.

»Was soll das Ganze überhaupt?«, schrie er. »Warum RUN? Warum gerade wir? Warum Katja?«

»Immer noch neugierig«, stellte Zero mit heiserem Lachen fest. »Seltsam, dass wir Menschen stets nach einem Grund suchen. Für alles, was uns widerfährt. Als könnte dies unsere Lage ändern. Warum ich? Warum mein Sohn?« Er holte hörbar Luft. »Warum, warum, warum ...?« Seine Stimme verebbte.

»Würden wir nicht alles hinterfragen und erforschen wollen, wären wir Steinzeitmenschen geblieben«, sagte Jan.

Zero lachte. »Ich mag deine Art, zu denken.«

»Okay. Gut, dass wir das geklärt haben. Lassen Sie mich jetzt endlich mit Katja sprechen!«

»Nein.«

»Was hindert mich daran, den anderen von Ihnen zu erzählen? Oder die Polizei zu informieren?«

»Ach, Jan ...«

Ach, Jan – so wie: *Hast du es noch immer nicht geschnallt?* Oder: *Bemühe dich nicht weiter, ist doch zwecklos.* Er biss sich auf die Lippe.

»Oh, schon fast zwei Uhr«, tat Zero überrascht. »So sehr mich unser Gespräch auch unterhält – wir müssen es leider beenden.«

»Katja!«, beharrte Jan. »Bitte! Nur eine Minute!«

»Nicht, dass du deinen Start verpasst. Das wäre fatal. Viel Glück. Wir bleiben in Kontakt.« Damit riss die Verbindung ab.

»Scheiße!« Jan würgte an einem verzweifelten Schrei. An einem Kloß in seinem Hals. An so vielem mehr. Als er mit dem Handrücken über seine Nase wischte, bemerkte er etwas Warmes, Nasses. Blut. Seine Hand schmerzte. Hatte er etwa vor lauter Wut mit der Faust gegen den Baumstamm gedroschen? Er konnte sich nicht erinnern.

Und dann traf das Foto ein.

Katja. Geknebelt und an ein Bett gefesselt.

Schreien wäre nicht genug gewesen.

33

online

Das Quad bäumte sich unter ihm auf wie ein bockiges Pferd. Erschrocken nahm Jan die Hand vom Gashebel. Durch das Gespräch mit Zero hatte er keine Zeit mehr gefunden, eine Proberunde zu fahren. Aber zum Glück hatte Tom den Start auch versaut, ihm war das Quad glatt abgestorben.

Die Groupies fanden ihre Versuche offenbar zum Schreien komisch, das Blitzlichtgewitter nahm kein Ende. Dennoch tönten auch Anfeuerungsrufe zu Jan herüber. Die meisten schrien für ihn; nur ein, zwei Stimmen galten Tom. Er hätte sich glatt darüber gefreut, wäre er nicht so verzweifelt gewesen.

Andauernd musste er an Raphael denken. Und an Katja. Katja, mit der er hatte sprechen wollen. Katja, für die er sich gleich in einen halsbrecherischen Quad-Trail stürzen würde. Katja, mit Knebel und Fesseln ...

Nein! Er verdrängte das furchtbare Bild. Verdrängte jedes Gefühl. Er konnte nichts tun. Nur gewinnen.

Du fährst seit Jahren Motorrad. Da wirst du doch ein Quad beherrschen. Diesmal gab Jan dosierter Gas und, siehe da, das Quad fuhr los. Das Navi der Datenbrille zeigte ihm die Strecke an: quer über die Wiese. Nach einigen Metern hatte er das Gefühl, das Quad unter Kontrolle zu haben und so gab er ordentlich Stoff. Tom hatte ihn eingeholt und raste neben ihm auf den Wald zu, der wie eine massive Wand vor ihnen in die Höhe wuchs. Zwischen den Bäumen zeichnete sich ein Weg ab – gerade mal breit genug für *ein* Quad. Tom legte an Tempo zu. Einer von ihnen würde nachlassen müssen, wenn er nicht gegen einen Baum knallen wollte. *Dranbleiben, Jan.* Er musste in Führung gehen, genau jetzt, sonst würde er Tom womöglich nie wieder überholen können.

Haarscharf fuhr Jan an dem Baum zu seiner Rechten vorbei auf den Weg, während Tom das Nachsehen hatte und sich hinter ihm einreihen musste. Jan hörte seinen wütenden Aufschrei.

Die Strecke führte leicht bergab. Auf dem aufgeweichten Waldboden war das Quad kaum zu kontrollieren, ständig brach es nach links oder rechts aus. Jan musste höllisch aufpassen. Längst war er aufgestanden, um das Körpergewicht besser verlagern zu können. Als er über eine armdicke Wurzel holperte und das Quad vom Boden abhob, rutschte Jan fast das Herz in die Hose. Nach einem weiteren Sprung aber ergriff ein irrer Glücksrausch von ihm Besitz. Mann, war das krass!

Ein Blick über die Schulter zeigte ihm, dass Tom nach wie vor an ihm dran war, höchstens zwei Meter entfernt. Egal, er hatte die Nase vorn, er würde ihn schlagen.

Der Weg wurde zunehmend felsiger und schließlich öffnete sich der Wald zu Jans Linken zu einer Schlucht. Instinktiv drosselte er das Tempo. Er fuhr direkt an der Felskante entlang. Ein falsches Lenkmanöver und er würde in die Tiefe stürzen.

»Feigling!«, brüllte Tom hinter ihm. Er hatte aufgeschlossen und klebte nun an ihm dran.

Und dann verabreichte er ihm einen gewaltigen Stoß mit dem Quad, der Jan fast vom Sitz katapultiert hätte. Den nächsten. Und wieder einen. Steine brachen unter den Reifen von Jans Quad weg und kollerten in den Abgrund. Er lenkte gegen, konnte aber nur mit Mühe die Spur halten, denn schon wieder rammte ihn Tom. Scheißkerl! Sie würden noch beide abstürzen.

Jan war heilfroh, als sich der Weg von der Schlucht entfernte und es wieder bergab durch den Wald ging. Er gab Gas, fuhr knapp am Limit von dem, was er als machbar einschätzte. Erde spritzte nach allen Seiten, als er das Quad in eine Kurve steuerte.

»Ich krieg dich!«, brüllte Tom, jetzt neben Jan.

Mist! Tom hatte doch tatsächlich zu einem Überholmanöver angesetzt, indem er quer durch den Wald fuhr. Ein Blick auf das Navi zeigte eine Kurve an. Er wollte ihm den Weg abschneiden!

Jan nahm die Kurve viel zu schnell. Die Außenräder des Quads hoben ab, es geriet in gefährliche Schräglage. Er lehnte sich mit dem ganzen Körpergewicht dagegen, konnte aber nichts mehr tun. Das Quad kippte und Jan landete im Dreck. Mit einem Jubelschrei sauste Tom an ihm vorbei.

Verdammter Mist!

Jan rappelte sich auf. Das Quad war sauschwer. Unter größten Anstrengungen stellte er es wieder auf. Seine Hände zitterten, als er den Motor startete, und sein Herzschlag hämmerte ihm bis zum Hals. *Du hättest tot sein können, wenn dir das an der Schlucht passiert wäre. Das wirst du büßen, Tom!*

Wie ein Besessener jagte er Tom hinterher. Eine ganze Weile sah er von ihm nur hin und wieder die Rücklichter zwischen den Bäumen aufblitzen, dann endlich kam er ihm näher. Der Wald lichtete sich und gab den Blick auf den Steinbruch frei. Sie hatten ihn umrundet und waren jetzt am Talgrund angelangt. Die Felswände ragten steil vor Jan auf, und direkt vor ihm schimmerte Wasser. *Der Schotterteich!,* fiel es ihm ein. *Nicht gerade klein.* Die Strecke führte laut Navi einmal rundherum, ehe es wieder durch den Wald bergauf ging, vermutlich zurück zum Treffpunkt. Tom war Jan nur noch ein kleines Stück voraus. Das war die Gelegenheit, ihn zu überholen. Jetzt oder nie!

Er zog den Gashebel bis zum Anschlag durch, was bei dem matschigen Untergrund ein Risiko war. Das Quad heulte auf, plagte sich aber vorwärts. Fontänen aus Schlamm und Erdbrocken spritzten auf. Tom bemerkte

Jan und gab seinerseits Gas. Jeden Überholversuch glich er durch waghalsige Lenkmanöver aus. Jan täuschte an, links zu überholen. Tom verriss den Lenker, sein Quad eierte nach links – und landete mitten in einem Schlammloch, wo es manövrierunfähig liegen blieb. Jan winkte, als er an Tom vorbeifuhr. *Du hast keine Chance gegen mich! RUN ist mein Spiel! Mein Spiel, mein Preis!*

34

online

Nina donnerte mit einem Affenzahn an der Schlucht entlang, Jan kam ihr kaum hinterher. Es schien ihr nichts auszumachen, dass das Quad unter ihr schlingerte wie ein Schiff inmitten eines Orkans. War sie sich der Gefahr nicht bewusst? Beherrschte sie ihr Quad wirklich so gut? Oder – und langsam erhärtete sich der Verdacht in Jan – kannte das Mädchen keine Angst?

Sie fuhren die Finalrunde, Jan gegen Nina. Völlig unerwartet hatte Nina Florian besiegt und war eine bessere Zeit gefahren als Jasmin, die gegen Vincent als Siegerin hervorgegangen war. Jan wiederum war mit einem ordentlichen Vorsprung auf Tom im Ziel eingetroffen. Die Zuschauermeute hatte gejubelt und fotografiert. Niemand hatte einen Blick für Tom übrig gehabt, der drei Minuten später auf der Bildfläche auftauchte, Jan gegenüber wie üblich mit Drohungen und Verwünschungen auf den Lippen. Jan hatte ihn, so gut es ging, ignoriert, jede Erwiderung hätte nur Öl ins Feuer gegossen.

Auch als es wieder durch den Wald abwärts ging und die Quads ins Schlittern gerieten, behielt Nina ihr rasantes Tempo bei. Kurz zog Jan in Erwägung, von der Strecke abzuweichen und ihr, genau wie Tom vorhin bei ihm, in der Kurve den Weg abzuschneiden. Nicht sonderlich fair. Und womöglich würde ihm Zero dafür Punkte abziehen. Noch während er überlegte, war die Chance auch schon wieder vertan.

Du bist ein Weichei, Jan. Angriff heißt die Devise, nichts sonst. Für ein Überholmanöver blieb ihm nur noch die Gerade am Schotterteich. Aber Nina war auf der Hut. Jan versuchte die gleichen Tricks, die ihm schon bei Tom zum Ziel verholfen hatten, scheiterte allerdings, weil Nina seine Taktik durchschaute und ihm jedes Mal in die Quere kam. Na schön, dann musste er sie eben rammen.

Verärgert gab Jan Gas und fuhr auf ihr Quad auf, ließ nach, gab wieder Gas, fuhr noch mal auf, diesmal mit mehr Druck. Dreck spritzte ihm ins Gesicht und auf die Brillengläser, er konnte kaum noch etwas erkennen, dennoch gab er nicht auf. Beim dritten Mal erwischte er Nina seitlich. Ihr Quad ruckte aus der Spur, sie steuerte gegen, kämpfte wie verrückt, verlor schließlich die Kontrolle. Ungesteuert raste ihr Quad auf den Schotterteich zu. Es rumpelte über einen Stein, hob ab, geriet in Schräglage und flog in hohem Bogen ins Wasser, Nina unter sich begrabend.

Oh Gott! Jan hielt an und riss sich die Brille vom Kopf. Wellen schlugen ans Ufer, weiß schäumende Luftblasen stiegen auf und verteilten sich auf der schwarzen Wasseroberfläche. Das Quad war komplett versunken. Und Nina?

Fahr weiter!, schrie Jans innere Stimme. *Los doch, fahr!*

Der Sieg wäre ihm damit sicher – und zudem das schlechte Gewissen, Nina einfach im Stich gelassen zu haben. Sie war noch nicht wieder aufgetaucht. Die Wasseroberfläche kräuselte sich nach wie vor, aber von ihr fehlte jede Spur. Konnte sie nicht schwimmen? War sie bewusstlos? Mit dem Kopf auf einen Stein geknallt? Hing sie irgendwo fest?

Jan stellte den Motor ab, sprang vom Quad und lief zum Ufer. Nichts. Fahrig strich er sich über die Stirn, verschmierte Nässe und Matsch. Sogar an seinen Wimpern klebte Erde. Immer noch nichts von Nina. Wenn er ihr jetzt nicht half, würde sie ertrinken, so einfach war das. *Mir bleibt auch nichts erspart.*

Er bettete die Brille in die Wiese, schlüpfte aus der Jacke und stürzte sich ins Wasser. Die Kälte war schneidend. Wie ein Panzer legte sie sich um seinen Oberkörper, drang durch seine Kleidung und lähmte ihn. *Mach schnell, Jan, sonst geht ihr beide drauf!*

Er holte tief Luft und tauchte ab.

Unter Wasser war es stockfinster, also musste er sich aufs Tasten verlassen. Zum Glück schien der Teich nicht allzu tief zu sein. Er stieß rasch auf Metall, Gummi – die Reifen –, und auf Stoff. Nina, die leblos im Wasser hing! Gerade als er sie packte, begann sie, wie wild zu strampeln. Sie rutschte ihm durch die Finger, war plötzlich verschwunden. Jan konnte die Luft nicht länger anhalten. Er schoss nach oben und tauchte auf – direkt neben Nina. Die Augen fest zugekniffen, mit den Händen hilflos nach Halt suchend, sackte sie ab. Hustend und spuckend kam sie erneut an die Oberfläche, da bekam Jan sie endlich zu fassen. Er zog sie an sich und legte ihr den Arm im Rettungsgriff um die Brust. Sie zappelte weiter, boxte in blinder Panik um sich.

»Hör auf!«, schrie er sie an. »Hör auf damit!«

Sie war ein zuckendes Bündel in seinen Armen. Er konnte sie nicht länger festhalten.

Fäuste. Vor seinem Gesicht. In seinem Magen. Etwas rammte seinen Hals.

Volltreffer, dachte er noch. Dann knipste Schwärze sein Bewusstsein aus.

35

online

Orientierungslos.

Blinzeln. Nichts als stechende Finsternis.

Wo war oben?

Unten?

Sekunden voller Verwirrung. Angst.

Schmerz in seiner Brust. Der ihn daran erinnerte, dass er ... in einem verdammten Schotterteich ertrank!

Nein! Er öffnete den Mund zu einem Schrei, schmeckte Wasser, das brennend in seine Luftröhre schoss. Ein kräftiges Beintempo brachte ihn an die Oberfläche. Er würgte und spuckte, gleichzeitig atmete er röchelnd ein, weiterhin panisch.

Hände krallten sich um seinen Hals. »Ich hab dich«, keuchte jemand neben ihm. »Alles okay, ich hab dich.«

Du? Hast? Mich? Er konnte es nicht aussprechen, weil Nina ihm die Kehle zudrückte. Nachdem er eben noch Mund und Rachen voller Wasser und den Tod vor Augen gehabt hatte, war dies einfach zu viel.

Jan packte sie am Handgelenk und presste ein »Du erwürgst mich« hervor. Sie lockerte ihren Griff, beließ ihren Arm aber um seinen Hals. Unter seinen Beinen spürte er die ihren. Energische, sichere Schwimmstöße. Nicht zu fassen! Einfach nicht zu fassen. Mit einem tiefen

Atemzug ergab er sich seinem Schicksal und ließ sich von ihr ans Ufer schleppen.

»Was sollte das eigentlich?«, erkundigte er sich, als er wieder festen Boden unter den Füßen hatte.

»Du wärst beinah abgesoffen, Aschenputtel.«

Richtig. Das hatte er nicht vergessen. Auch nicht, weshalb. »Du hast um dich geschlagen. Mich mit der Faust erwischt ...«

Nina fiel ihm ins Wort. »Doch nur, weil du mich in die Tiefe gezogen hast.«

»Ich wollte *dich* retten. Du warst am Ertrinken.«

»War ich nicht. Du bist auf mich draufgefallen, als du ins Wasser gestürzt bist.«

»Ich bin nicht gestürzt!«, zischte er. »Du hast dein Quad im Teich versenkt, deshalb bin ich rein, um dich rauszuziehen! Du warst in Panik!«

»Ich war *nicht* in Panik!«

»Ach, und wie nennst du das hier sonst?« Er ruderte hektisch mit den Armen, tat, als würde er ertrinken und sackte vor ihr ins Gras. »Keine Panik?«

Sie blickte auf ihn herab. »Du benimmst dich wie ein Baby.«

Zornig riss er ein paar Grashalme aus und bewarf sie damit, nach dem Motto: *Wenn schon, denn schon.* »Blöde Zicke!«

»Eingebildeter Affe!«

Daraufhin sagte er nichts mehr. Ihre Zankerei änderte nichts an der Situation. Sie waren beide klatschnass und hatten nur noch ein Quad. Zusammen würden sie nie den Berg hinauf fahren können, nicht mit doppeltem Gewicht. Hier sitzen bleiben und auf ein Wunder hoffen stand auch nicht zur Debatte. Mit ziemlicher Sicherheit würden sie über kurz oder lang an Unterkühlung sterben.

»Meine Datenbrille«, sagte Nina auf einmal.

Jan lachte auf. »Die kannst du vergessen, genau wie das Quad. Im Teich ersoffen – Zero wird sich freuen.«

»Nein, ich habe sie verloren. Als du mich gerammt hast. Sie muss hier irgendwo liegen.«

Im Matsch vergraben, dachte Jan. Trotzdem half er ihr suchen, nachdem er seine eigene Brille an sich genommen und seine Jacke übergeworfen hatte.

Nebeneinander schritten sie die Strecke ab. Nina zitterte am ganzen Leib. Rund um die Piercings war ihre Nase geschwollen, ihre Lippen hoben sich dunkel von ihrer fahlen Haut ab. Auch Jan setzte die Kälte zu. Ein paar Groupies mit Decken und einer Kanne Tee wären ihm jetzt sehr willkommen gewesen. Er schüttelte das Wasser aus seinen Haaren, was die Sache nur unwesentlich verbesserte. Kalt blieb kalt.

»Zumindest sind wir jetzt sauber«, murmelte er. Durch das unfreiwillige Bad im Teich war der Schlamm von seinem Gesicht und aus Haaren und Kleidung gespült worden. Von seinen Hosenbeinen tropfte Wasser. Eines stand fest: Von diesem Level hatte er die Nase gestrichen voll.

»Ich fliege todsicher aus dem Spiel«, entgegnete Nina.

»Muss nicht sein.«

»Das Quad ist im Eimer, ich bin baden gegangen ... Ha! Zero wird mir sogar noch Punkte abziehen.«

»Uns beiden, schätze ich.« *Ich sollte deinen Tod filmen. Da habe ich ihm einen gehörigen Strich durch die Rechnung gemacht.*

Nina gab ein unbestimmtes »Hm« von sich. Dann ein »Da ist sie ja!« Sie bückte sich nach der Datenbrille, die verbogen und schlammverkrustet neben einem Stein lag.

»Funktioniert sie noch?«, fragte Jan.

»Ja, Gott sei Dank!« Nina wischte über die Brillengläser. »Sinnlos. Die gehört geputzt.«

»Kannst sie ja im Teich waschen.«

»Sehr witzig, Aschenputtel.« Sie blickte sich um. »Und jetzt?«

Jan deutete zum Wald. »Zu Fuß weiter, würde ich sagen. Das Quad lassen wir hier. Soll sich Zero darum kümmern, ist schließlich sein Kaffee.«

Nina zuckte mit den Schultern und folgte ihm wortlos.

Schweigend stapften sie nebeneinander her, immer bergauf, in Richtung Ziel.

36

online

Das Bild seiner gefesselten Schwester, das er vor dem Start noch verdrängt hatte, peinigte Jan unentwegt, während er neben Nina herging. Zero hatte verdeutlicht, dass er vor nichts zurückschreckte. Womöglich würde er Katja foltern, wenn Jan nicht parierte. Gott, eine Fünfjährige! *Eigentlich*, dachte er erschrocken, *wäre es fast humaner, sie zu töten.*

Und wie viel wusste Zero über Raphael und Paul? Die Adresse. Aber würde er hinfahren und Paul einschüchtern? Schlimmeres vermochte er sich nicht vorzustellen. Er musste Raphael warnen.

»Meine Schwester – Saskia – ist ertrunken«, sagte Nina unvermittelt. »Im Schwimmbecken. Meine Eltern haben im Garten gearbeitet. Ich kann mich noch an das Geräusch der Heckenschere erinnern.« Sie schauderte. »Ich hätte auf sie aufpassen sollen, aber ich ... habe es vermasselt.«

Im ersten Moment wusste Jan nichts zu erwidern. Ihr Geständnis erschütterte ihn in ähnlicher Weise wie Florians.

»Das muss furchtbar gewesen sein«, brachte er stockend hervor.

»Seither muss ich beim Schwimmen immer an Saskia denken. Ich hatte einen Kinder-CD-Player, weißt du. Wir haben am Schwimmbecken Musik gehört und getanzt. Sie ist wie eine Irre herumgehopst. Dabei ist sie reingefallen. Ich bin ihr hinterher gesprungen. Ich konnte ganz gut schwimmen, sogar tauchen. Leider nicht gut genug. Sie war zu schwer und ist mir durch die Hände gerutscht, als ich sie packen wollte. Ich habe es wieder versucht. Und wieder.« Nina redete sich in Rage. Hastig und voller Verzweiflung drängten die Worte über ihre Lippen, wie etwas, das sie stets mit sich herumgeschleppt hatte und nun endlich loswurde. »Mein Vater hat Saskia dann rausgezogen. Er hat sofort mit der Wiederbelebung begonnen. Aber ... sie war tot. Meine Mutter hat einen Monat kein Wort mit mir gesprochen.«

»Wie alt warst du?«

»Sechs. Und Saskia war zwei.«

»Du hattest keine Schuld«, sagte Jan kopfschüttelnd. »Du warst viel zu klein. Wie hättest du sie denn aus dem Wasser ziehen sollen?«

»Wenn ich sofort Hilfe geholt hätte, nicht selbst ins Schwimmbecken gesprungen wäre, hätte sie vermutlich gerettet werden können. So aber ... Meine Mutter hat mir das nie verziehen.«

»Sie kann doch nicht dich dafür verantwortlich machen!«

»Oh, sie kann alles Mögliche. Noch am selben Tag hat sie einen Artikel über meine verkappte Rettungsaktion geschrieben und an die Zeitungen verkauft. ›Familiendrama: Zweijährige stirbt der älteren Schwester unter den Händen weg!‹ War auf allen Titelseiten. Sie ist die kälteste Person, die ich kenne.«

»Und dein Vater?«

»Ist ein Jahr später auf und davon. Lebt in Sydney. Ich höre nur selten von ihm.«

Ninas Leben spulte wie ein Film in Jans Kopf ab. Der Tag, der das Familienglück zerstörte. Das kleine Mädchen, vom Vater verlassen, von der Mutter gehasst, von der Schuld erdrückt. Wie einsam musste sie sich gefühlt haben! Das Bedürfnis, sie zu trösten, erwachte in ihm. Nur mit Mühe konnte er sich davon abhalten, nach ihrer Hand zu greifen.

»Ich hatte mir in den Kopf gesetzt, Rettungsschwimmerin zu werden. Nie wieder wollte ich zusehen müssen, wie jemand ertrinkt.«

»Und?«

»Ich habe die Ausbildung gemacht, bin aber durch die Prüfung gerasselt. Ich bekomme Panikattacken, vor allem im Wasser. Dann bleibt mir die Luft weg, mein Blut beginnt zu prickeln und ich kann mich kaum mehr bewegen. Deshalb ... bin ich vorhin im Teich auch nicht wieder aufgetaucht. Meistens kriege ich so einen Anfall wieder in den Griff. Ich muss mir nur fest einreden, dass ich nicht ertrinken kann – weil«, sie lächelte schief, »ich ja Rettungsschwimmerin bin.«

Jan grinste. »Dann bin ich der Erste, den du vor dem Ertrinken bewahrt hast?«

»Bilde dir ja nichts ein, Aschenputtel.«

»Wo werd' ich denn, Silberhexe.«

Sie schwiegen einträchtig. Nur ihr keuchender Atem begleitete ihre Schritte. Zumindest die Kälte war durch das Bergaufgehen gewichen. Unter seiner Jacke begann Jan bereits zu schwitzen.

»Was war eigentlich bei deinem Rennen gegen Tom los?«, fragte Nina nach einer Weile. »Er war fuchsteufelswild, als er im Ziel ankam.«

Wie immer, wenn Toms Name fiel, stieg Wut in Jan auf. »Nichts Besonderes«, sagte er zwischen zusammengebissenen Zähnen. »Ich hatte ihn am Teich ausgetrickst und deshalb war er sauer.«

»Ihr beide könnt gar nicht miteinander, hm?«

»Nein. Kannst du mit ihm?«

»Er ist der Mann meiner Träume.«

»Ich habe mich schon gefragt, wie der wohl aussieht.«

»Warum? Willst du mit ihm konkurrieren, Aschenputtel?«

Jan grinste über ihr keckes Lachen. *Wenn du wüsstest …*

»Tom ist ein Dealer«, sagte Nina. »Bestimmt fixt er selbst.«

Heroin? *Was sonst, Jan.* »Und das andere Zeug? Crystal? Woher kennst du das?«

Nina zuckte mit den Schultern. »Ich habe es mal ausprobiert. Nun schau nicht so. Ich bin die Tochter aus gutem Haus, die auf die schiefe Bahn geraten ist. Das verkorkste Kind. Verantwortlich für alles Unglück, das meiner Mutter widerfährt. Da muss ich doch ihren Erwartungen gerecht werden.«

»Das heißt, du bestrafst dich selbst.«

Nina sog scharf den Atem ein. Die alte Distanz schien zwischen ihnen wie eine Dornenhecke emporzuwachsen. Jan bedauerte seine Bemerkung. Zu vertraut, zu ehrlich, zu hart. Sie würde nie wieder ein Wort mit ihm sprechen.

Er irrte sich.

»Wow, gar nicht schlecht«, meinte sie, ohne ihn anzusehen. »Du solltest Psychologie studieren.«

War das nun so bissig gemeint, wie es geklungen hatte?

»Entschuldige«, murmelte Jan. »Es geht mich nichts an.«

Sie blieb stehen, blickte sich um und sank auf einen umgefallenen Baumstamm, vornübergebeugt, als müsste sie sich übergeben. »Kurze Rast. Ich kann nicht mehr ...«

Jan setzte sich neben sie. Unschlüssig, was er sagen oder tun sollte, beobachtete er sie abwartend, bis sie sich wieder aufrichtete. »Alles okay?«

Nina nickte. »Wird schon.«

Nervös drehte sie einen ihrer Ohrringe hin und her, eine winzige Schlange, die sich um einen zu einem Ring geformten Ast wickelte. Feinst gearbeiteter Silberschmuck, wie Jan erst jetzt auffiel. Jedes ihrer Piercings sah anders aus.

»Ich nehme keine Drogen«, sagte sie nach einer kleinen Pause. »Das war nur ... einer meiner Grenzgänge.«

Ob die Piercings auch zu ihren Grenzgängen zählten? »Schon gut. Du musst mir nichts erklären.«

»Danke. Das erleichtert mich ungemein.« Überrascht registrierte er ihr Lächeln. Sie war nicht eingeschnappt, ganz und gar nicht, sie rückte sogar noch näher an ihn heran und er bemerkte, dass sie wieder zitterte. »Scheiße, ist mir kalt.«

»Komisch, mir nicht.«

»Das ist der Kreislauf. Da hilft nur Wärme. Tee oder Suppe.«

»007 würde jetzt den Arm um sein Bond-Girl legen«, entfuhr es Jan. Nina warf ihm einen irritierten Blick zu und er redete rasch weiter, um seine Verlegenheit zu überspielen. »Und Feuer machen. Er hätte ein Gadget von Q. Einen Stift, der zugleich Feuerzeug, Peilsender und Laser ist.«

»Aha …«

»Und anschließend erlegt er ganz nebenbei ein Reh, brät es über dem Feuer und knallt die Bösewichte, die sie umzingeln, der Reihe nach ab.« *Und danach verführt er die kühle Schönheit mal eben schnell.* Schnitt, Jan!

Nina kicherte. »Ich verzichte auf das Reh.« Sie lehnte sich an ihn. »Dein Arm reicht mir schon.«

Zögernd kam er der Aufforderung nach. Sie zu halten, fühlte sich unerhört gut an. Er überlegte, ob es zu wagemutig war, sie zu küssen. Nur auf die Wange, ganz freundschaftlich. Nein. Zu früh. Andererseits … war es fraglich, ob es für sie überhaupt ein Später geben würde.

»Du machst dich gut als James Bond«, wisperte Nina, den Kopf an seine Brust gedrückt. Sie musste merken, dass sein Herzschlag hämmerte, als hätte er eben die Speedroute in der Kletterhalle bewältigt. Wann hatte er begonnen, diese verrückte Silberhexe zu mögen?

Er umschlang sie fester. Ihre feuchten Haarsträhnen kitzelten an seinem Kinn. »Und ich dachte, du kannst mich nicht leiden.«

Nina blinzelte zu ihm auf. »Ach, in Zeiten der Not darf *frau* nicht wählerisch sein.«

»Na super.«

Sie drückte ihm einen flüchtigen Kuss auf die Lippen. »*Darauf* kannst du dir etwas einbilden, Aschenputtel.«

37

online

Jubel brandete auf, als Jan und Nina die Wiese erreichten. Die Zuschauermeute schien sich vervielfacht zu haben.

Sobald sich Nina wieder besser fühlte, waren sie weitergegangen. Aneinandergekuschelt im Wald zu sitzen, war zwar ihrer Freundschaft zuträglich, half aber nicht gegen die Kälte. Sie mussten aus den nassen Sachen raus.

Ein Check seiner Datenbrille hatte Jans Vermutungen bestätigt. Katjas Bild war noch da, darunter eine Nachricht:

- Zero:
  Du pfuschst in meinen Plänen rum. Aber das macht nichts. Ninas Zeit kommt noch.

Und nicht nur Ninas Zeit, dachte Jan. Zero hatte wohl für jeden von ihnen ein besonderes Ende vorgesehen. Auch für Tom. Er suchte ihn in der Menge, konnte ihn aber nirgends entdecken. Wahrscheinlich hatte er sich schon wieder abgeseilt. Umso besser.

Jan hatte das Gefühl, sich nicht mehr zu spüren. Er sehnte sich nach einer heißen Dusche und noch viel mehr nach seinem Bett. Beides war noch nicht in Reichweite.

Die Groupies nahmen sie wie die Sieger eines Marathonlaufes in Empfang. Blitzlichtgewitter, Schulterklopfen, Interviewfragen ... Sie wurden regelrecht bestürmt, vor allem Jan stand im Zentrum des allgemeinen Interesses. Man fragte ihn, wie er Nina gerettet habe. Ob ihm kalt sei. Ob zwischen ihm und Nina etwas laufe. Er antwortete nie und verbarg sein Gesicht so gut wie möglich vor den Kameras. Jemand, der offenbar mehr Verständnis für seine Situation hatte, reichte ihm einen Becher Tee. Er stürzte ihn in einem Zug hinunter und bat um einen weiteren für Nina. Sie suchte im Gewühl der Umstehenden nach ihrer Tasche, die sie bei ihrer Ankunft irgendwo abgelegt hatte. Jan drückte ihr den dampfenden Becher in die Hand und versprach, sich danach umzusehen.

Wenig später entdeckte er ihre Tasche unter einem Baum. Er hätte sie aufheben und ihr bringen sollen. Das tat man schließlich als Freund. Stattdessen durchsuchte er sie hastig. Handy. Schlüsselbund. Portemonnaie. Er stieß auf ihren Schülerausweis und überflog die Daten. *Nina Sandt.* Darunter die Schuladresse eines Gymnasiums im zweiundzwanzigsten Bezirk. Und ihre Wohnadresse. Ihr Nachname sagte ihm etwas, doch da legte ihm jemand die Hand auf die Schulter.

»Findest du, wonach du suchst, Janilein?«

Das hatte ja kommen müssen. *Zum Glück nicht Nina.* Jan schüttelte Tom ab und steckte das Portemonnaie zurück. Mit der Tasche in der Hand drehte er sich um.

»Du wühlst in Ninas Sachen?«, sagte ihm Tom auf den Kopf zu. »Das wird sie sicher interessieren.«

In diesem Augenblick eilte Nina herbei und Tom ließ es sich nicht nehmen, sie auf seine großartige Entdeckung hinzuweisen. »Janilein durchsucht deine Tasche. Der spielt falsch. Vielleicht arbeitet er für Zero.«

Das war der Gipfel. Jan verschlug es die Sprache, hilflos blickte er zwischen Tom und Nina hin und her.

Nina blieb die Ruhe selbst, als sie ihm die Tasche abnahm. »Danke, Jan. Hast du meine Tabletten nicht gefunden?«

Perplex schüttelte Jan den Kopf. Sie war unglaublich. Das anstatt ihn anzuschnauzen?

Nina holte eine Schachtel Tabletten aus ihrer Tasche heraus, drückte eine aus dem Blister und schluckte sie ohne Wasser. »Auch eine?«, fragte sie angesichts Toms feixender Miene. »Hilft gegen Wahnvorstellungen. Es muss ja nicht immer Heroin sein.«

Tom stieß ein verächtliches Zischen aus, murmelte etwas von »geisteskranke Braut« und zog von dannen.

Ninas Blick ließ Jan schlucken. Giftig war noch untertrieben. »Danke. Das war … nett«, stammelte er.

Sie winkte ihn mit der Hand heran. Als er sich zu ihr hinunterbeugte, flüsterte sie in sein Ohr. »Verpiss dich, Rakits.«

Und das war deutlich.

Jan überlegte nicht lange, sondern rannte Nina nach, als sie davonmarschierte. Eine Ausrede für seinen Vertrauensbruch gab es nicht. Trotzdem hätte er ihr gern erklärt, was ihn da geritten hatte. Schon allein deshalb, weil sie sich ihm gegenüber gerade so fair verhalten hatte.

Da sie ihn ignorierte, riss er sie an der Schulter zurück. »Hör mir bitte zu …«

»Ich wiederhole mich ungern. Aber offensichtlich hast du es nicht kapiert, daher sage ich es dir noch einmal: Verpiss dich!« Sie zeigte ihm den Mittelfinger und ging zu den anderen, die inmitten der Groupies auf der Wiese vor der Teufelsteinhütte eine Party feierten. Dem Geruch nach zu urteilen, wurde der Tee bereits mit Alkohol aufgebessert.

Zeit zu gehen, dachte Jan. Vielleicht konnte er die Angelegenheit ein andermal regeln. Versuchen würde er es. Die kleine Silberhexe musste ihn mit einem Liebesbann belegt haben. Solches Herzklopfen hatte er bei Anna nie gehabt.

Als er sich gerade auf den Weg machen wollte, rannte ihn eine völlig überdrehte Jasmin über den Haufen. »Hey Jan! Hast du schon gehört? Das Video von dir und Nina liegt im Ranking ganz vorn. Ich wusste gar nicht, dass ihr zwei so aufeinander abfahrt. Sogar im Wasser treibt ihr es ...« Sie kicherte.

Großer Gott. Wie viel hatte sie schon intus?

»Ach ja, und Zero hat Level 4 gepostet«, plapperte sie weiter.

Jan stöhnte. »Level 4, ja? Und wo geht es diesmal hin? Zum U-Bahn-Surfen?«

»Ins Museum!«

38

offline

Sein Handy war futsch. Verloren, gestohlen, was auch immer. Üble Sache. Abgesehen vom Wert des Smartphones, waren damit auch sämtliche Daten seiner Freunde fort. Wer kannte schon Telefonnummern oder E-Mail-Adressen auswendig?

Zum Glück nahm es Jan mit der Ordnung in seinen Taschen nicht besonders genau. Unter alten Kassenbons, Visitenkarten und einem Spickzettel für einen längst abgehakten Test entdeckte er ein Post-it mit Raphaels aktueller Handynummer. Diesen Anruf wollte er unbedingt noch erledigen.

Er verließ das Stationsgebäude der U-Bahn und machte sich zu Fuß auf den Heimweg. Der Wind hatte sich gelegt. Die Nachtluft roch feucht, doch die vereinzelten Sterne, die durch die aufgerissene Wolkendecke funkelten, kündigten einen halbwegs passablen Tag an. In einer guten Stunde würde die Sonne aufgehen. Wieder eine Nacht ohne Schlaf.

Im Selbstbedienungsfoyer der Post ein paar Gassen weiter brannte Licht. Im Inneren befand sich eine Multimediastation mit Internetanbindung und Telefon. Jan warf seine letzten Münzen ein und wählte Raphaels Nummer. Nach dem sechsten Läuten wurde er auf die Mobilbox umgeleitet. Er legte auf und versuchte es erneut. Endlich meldete sich die verschlafene Stimme seines Freundes.

»Ich bin noch am Leben«, verkündete Jan.

Das weckte Raphael vollends. »Gott sei Dank. Ich war deinetwegen völlig fertig.«

»Du hast *geschlafen.*«

»Das auch. Aber ich hatte Albträume, ehrlich. Wie war es?«

»Kalt. Ich wollte Nina retten und wäre fast in einem Teich ertrunken. Daraufhin hat sie mich gerettet, wir haben geredet, ich habe sie umarmt, sie hat mich geküsst und mir anschließend eine Abfuhr erteilt.«

Raphael lachte. »Das klingt nach einer erfüllten Nacht. Nina – das ist deine angebliche neue Freundin, oder?«

»Es wird bei angeblich bleiben, fürchte ich. Sie hat mitgekriegt, dass ich ihre Tasche durchsucht habe. Immerhin weiß ich jetzt, wie sie heißt und wo sie wohnt. Und ich kenne Florians Preis.«

»Erzähl!«

Jan gähnte. »Nicht jetzt. Ich bin an einem Münztelefon und habe kein Kleingeld mehr. Ich wollte dich bloß warnen. Und vor allem Paul.«

»Ach ja, Paul«, hakte Raphael ein. »Er glaubt, dass er Zeros IP-Adresse herausfinden kann.«

»Toll. Dummerweise hat Zero inzwischen Pauls *Wohn*adresse rausgekriegt.« *Und mir gedroht.*

Raphael fluchte. »Das hat Paul schon befürchtet. Er meinte, dass Zero die Brille jederzeit orten kann, sobald sie online ist. Überdies zeichnet die installierte Kamera automatisch alles auf, was der Träger so treibt.«

Jan fröstelte. »Alles? Du meinst, die ganze Zeit über?«

»Ja. Egal, ob du im Videomodus bist oder nicht. Ist dir klar, was das heißt? Zero überwacht jeden deiner Schritte, Jan!«

»Und die Videos zu den Levels schneidet er aus dem Gesamtfilm heraus, ganz so, wie er es braucht. Clever. Wenn Paul das wusste, warum ist er das Risiko eingegangen? Er hätte die Brille niemals einschalten dürfen!«

»Wie hätte er sie sonst untersuchen sollen?«

»Ist egal. Sieh zu, dass du sie von ihm holst und dann geben wir sie Mark zurück.«

»Wieso? Wir wollten doch ...«

»Wieso?«, rief Jan. »Hast du nicht kapiert? Paul kann nicht nach Zeros IP-Adresse forschen. Sobald er das Ding einschaltet, wird Zero ihn aufspüren, egal wo er sich versteckt, und ihn aus dem Weg räumen. Er ist ein Psychopath. Vielleicht bringt er ihn sogar um.«

»Paul weiß, wie er die Datenbrille untersuchen kann, ohne dass Zero etwas merkt. Er nennt das Sandbox. Das ist eine Art isolierter Bereich. Die Sandbox schirmt die Signale der Brille ab und gaukelt Zero vor, dass sie offline ist.

»Und das funktioniert?«

»Ja. Paul will sich heute gleich an die Arbeit machen.«

Jan stieß den Atem heftig aus. »Also gut. Ruf ihn trotzdem an und sag ihm, dass er sofort aus seiner Wohnung verschwinden soll. Zumindest für ein paar Tage.«

»Mach ich. Er hat genügend Freunde, bei denen er untertauchen kann.«

»Okay.« Die elektronische Anzeige blinkte. Noch eine Minute Gesprächszeit. »Ich hau mich jetzt aufs Ohr, Raph. Ruf mich gegen Mittag am Festnetz an. Und vielleicht könntest du inzwischen das Rätsel von Level 4 für mich lösen?«

39

offline

Den Kopf voll wirrer Gedanken eilte Jan heimwärts. Mehr denn je hatte er das Gefühl, sich mit jedem Level tiefer in Zeros Netz zu verstricken. Das Dumme war: Er konnte unmöglich aussteigen, ohne Katjas Leben zu gefährden.

Obendrein – und ihm wurde beinahe schlecht, als er sich das eingestand – machten ihm die Aufgaben trotz allem Spaß. Der Quad-Trail heute Nacht hatte ihn nach vorn katapultiert. Zero hatte zwar seine Rettungsaktion geahndet und ihm Punkte abgezogen, dennoch lag Jan unangefochten an der Spitze der Rangliste. Was auch damit zusammenhing, dass Zero die Likes der Groupies mit einbezogen und so das Feld neu aufgemischt hatte. Jan war beliebt, seine Videos wurden regelrecht gehypt. Er hatte doppelt so viele Likes wie Jasmin, die durch ihre Fans auf den zweiten Platz gepusht worden war. Dicht dahinter folgte Vincent. Nina war nicht so weit abgeschlagen wie erwartet. Zero hatte ihr für ihre Leistung nur zehn Punkte zugestanden, doch die Groupies goutierten ihre vermeintliche Romanze mit Jan mit Likes. Florian und Tom teilten sich den letzten Platz, während Mark in der Liste der Spieler nicht mehr aufschien; er war definitiv raus. Alles in allem sah Jan genügend Chancen, RUN zu gewinnen.

Als er fünfzehn Minuten später die Haustür aufschloss, schimmerte unter der Tür des Arbeitszimmers Licht. Sein Vater war auf? Schon wieder oder noch immer?

So leise wie möglich zog sich Jan aus. Schuhe und Kleidung würde er in seinem Zimmer trockenlegen. Eben wollte er über die Treppe in den Oberstock schleichen, da öffnete sich die Tür.

»Jan?«

Widerwillig kehrte Jan um. »Ja?«

»Schön, dass du noch weißt, wo du wohnst.« Sein Vater schaltete die Deckenleuchte ein. Er sah müde aus. Offenbar hatte er die ganze Nacht gearbeitet. Die Lesebrille in die Stirn geschoben, in der Hand mehrere Blätter Papier, blickte er Jan missbilligend an. »Ich dachte schon, du kommst gar nicht mehr nach Hause. Es ist kurz nach fünf.«

»Ich habe doch gesagt, dass ich bei Nina übernachte.«

»Das hast du. Bei genauerer Betrachtung gefällt es mir immer weniger. Wie stellst du dir das in Zukunft vor? Dieses Versteckspiel mit Ninas Vater kann nicht auf Dauer so weiter gehen.«

»Nein«, gab Jan zögernd zu. Und mit einem sehnsüchtigen Blick zur Treppe: »Müssen wir das jetzt besprechen?«

»Müssen wir. Wer sich die Nacht um die Ohren schlagen kann, braucht nicht auf sein Schlafbedürfnis zu pochen. Das hat schon dein ...«

»... Großvater gesagt«, fiel Jan mit ein. »Jaja, ich weiß.« Manchmal war er froh, den gestrengen Herrn Großvater nie kennengelernt zu haben. »Also gut. Ich werde mit Nina darüber reden. Zufrieden?«

»Mitnichten. Du fliegst herum, vergnügst dich mit deiner Freundin, kommst gerade mal zum Duschen und Kleiderwechseln nach Hause – und scherst dich nicht um deine Pflichten. Du hast Aufgaben im Haushalt, Jan. Von der Schule ganz zu schweigen. Und nebenbei erwähnt: Verschwendest du je einen Gedanken an deine Schwester? Mir scheint, dir ist völlig egal, dass sich Katja in der Gewalt dieses Verbrechers befindet.«

Du hast ja keine Ahnung. »Das ist nicht wahr!«

»So? Deine neue Freundin sei dir vergönnt, aber etwas weniger, nennen wir es, *Ausgelassenheit* deinerseits wäre wohl angebracht.«

»Erwartest du, dass ich rumsitze und heule? Wie Mama?«

»Deiner Mutter zerreißt es das Herz«, sagte sein Vater. »Das weißt du genau. Es ist eine bodenlose Frechheit von dir, sie als Ausrede für dein unangebrachtes Verhalten vorzuschieben.«

Jan biss sich auf die Lippe. »Sorry. Ist mir so rausgerutscht. Ich weiß, wie verzweifelt Mama ist. Und das bin ich auch. Ich denke andauernd an Katja, verstehst du? Andauernd. Ich tue, was ich kann ...« Er brach ab, weil sich alles, was ihm durch den Kopf schoss, unweigerlich mit der Wahrheit verknotete. Das Bedürfnis, seinen Vater einzuweihen, war übermächtig. Rasch presste er die Hand vor den Mund. Er durfte, wollte, konnte nicht.

Sein Vater starrte ihn mit zusammengezogenen Brauen an. Schließlich hob er entschuldigend die Schultern. »Ich bin einfach in Sorge. Du hast keine Stunde geschlafen, nicht wahr? Was treibt ihr jungen Leute die ganze Zeit?«

Jan räusperte sich. »Willst du das wirklich wissen?«

Sein Vater grinste. »Nein. Besser nicht. Aber heute Nacht schläfst du zur Abwechslung mal in deinem Bett – mit der Betonung auf ›schläfst‹. Du musst morgen zur Schule.«

Richtig. Aus dieser Tatsache ergab sich eine simple Rechnung: Schule plus RUN gleich kompletter Schlafentzug. Wie sollte er das durchstehen? »Ich kann doch auch von Nina aus zur Schule fahren«, erwiderte er lahm.

»Und völlig übermüdet dort ankommen? Deine Freundin wird dir bald den Laufpass geben. Die Ringe um deine Augen sind so groß wie Mokkatassen, dein Gesicht ist totenbleich. Du siehst aus wie Eddie.«

»Eddie?«

»Der Vampir. Der Kino-Glitzer-Heini, den die Mädchen alle anschmachten.«

»Ach, der aus Twilight.« Jan musste lachen. Nina hatte bestimmt kein Problem mit der blassen Hautfarbe. Nur der Glitzereffekt wäre ein Trennungsgrund – wenn sie ein Paar gewesen wären. Eigentlich hatte er keine Ahnung, auf welchen Typ Jungs Nina stand. Vielleicht mochte sie ja lieber die harten Kerle. Die mit Tattoos und Piercings. Damit konnte er nicht dienen.

Sein Vater wurde wieder ernst. »Du hast in drei Wochen Matura. Wie willst du in dieser Verfassung Leistungen erbringen?«

Jan seufzte. »Ich schaffe das.«

»Das denkst du. Wer nicht genug schläft, kann sich nicht konzentrieren, nicht lernen, nicht arbeiten.«

»Du hast selbst die ganze Nacht gearbeitet.«

»Das ist etwas anderes.« Sein Vater schwenkte die Papiere. »Fuchs wartet auf meine Erläuterungen zu seiner Liste von Verdächtigen.«

Das war die Gelegenheit, vom Thema abzulenken und ihn gleichzeitig auszuhorchen. »Und?«, fragte Jan. »Worauf bist du gestoßen? Könnte einer von denen Katja entführt haben?«

Der Blick seines Vaters glitt ab. »Ehrlich gesagt – ich weiß es nicht. An manche kann ich mich kaum erinnern. Ich sitze vor uralten Fällen und versuche Bilder in mir heraufzubeschwören, aber es kommt nicht viel.« Er sah Jan wieder an und verzog die Mundwinkel. »Im Endeffekt muss Fuchs entscheiden, welcher Spur er nachgeht.«

»Bist du mit der Liste schon durch?«

»Nein. Etwa ein Viertel fehlt noch. Ich wünschte, es ginge schneller.«

»Ich empfehle ein paar Stunden Schlaf«, neckte Jan ihn. »Wer nicht genug schläft, kann sich nicht konzentrieren ...«

»Ab ins Bett mit dir, ehe ich mich vergesse.« Blitzschnell rollte sein Vater die Blätter zusammen und jagte Jan mit ein paar raschen Schlägen die Treppe hinauf. »Schlaf gut!«

»Nacht, Papa.«

Irgendwie, dachte Jan in einer jähen Eingebung, *muss ich an diese Liste gelangen.*

40

online

Ein eisernes Bettgestell. Die Seile aus Kunststoff, wie man sie in jedem Baumarkt bekam. Ein breites Tape, vielleicht Malerkrepp, quer über ihren Mund geklebt. Die Augen geschlossen, das Gesicht entspannt. Schlief sie?

Immerhin konnte Jan das Foto mittlerweile betrachten, ohne dass ihm der Schweiß ausbrach. Der Vorwurf seines Vaters, Katjas Verschwinden sei ihm gleichgültig, hatte ihn nicht einschlafen lassen. Also war er wieder aufgestanden und über die Datenbrille bei RUN eingestiegen. Wider Erwarten hatte Zero das Foto von Katja noch nicht aus Jans privater Nachrichtenbox entfernt. Sein erster Fehler?

Wie schon einmal hatte Jan die Grafik ausgedruckt. Ein Beweisfoto konnte niemals schaden. Seufzend steckte er den Zettel in seine Hosentasche und wandte sich wieder seinem aktuellen Problem zu.

- Enter Level 4.
  Passwort?

»Guernica1937.«

- Zugriff verweigert.

Klasse. Er konnte Zeros neuestem Streich nicht viel abgewinnen. Welches Passwort er auch nannte, er bekam keinen Zugang. Seit er gegen dreizehn Uhr durch Raphaels Anruf geweckt worden war, beschäftigte er sich nun damit. Zunehmend nervös, denn auf der aktuellen Startseite von RUN fand sich unter der Willkommenszeile von Level 4 lediglich ein Foto von einem Gemälde des Malers *Pablo Picasso*. Und das Feld zur Passworteingabe.

Sämtliche Versuche mit seinem Namen und Geburtsdatum, Katjas Namen und Geburtsdatum oder Kombinationen all dieser Daten hatten nicht gefruchtet. Die Groupies kommentierten, was das Zeug hielt, spekulierten über den Grund für diese Neuerung und schlugen Passwörter vor. Jan hatte eines nach dem anderen probiert. Erfolglos.

Anhand der Spielerliste konnte er seinen Status und den der anderen erkennen. Ärgerlicherweise war ihnen Nina weit voraus. Unter ihrem Namen leuchtete eine rote Vier, im Gegensatz zu Jans Fünf. Sie war bereits drin.

Warum hatte Zero überhaupt zu dieser Maßnahme gegriffen? Wollte er den Austragungsort von Level 4 geheim halten? Einen Groupie-Massenauflauf wie bei der Teufelsteinhütte verhindern? Dann konnte man davon ausgehen, dass es diesmal ordentlich zur Sache gehen würde.

Level 4 würde einem der Spieler den Tod bringen.

»Mist!« Jan hieb auf die Tischplatte. »Ich muss da rein!«

Wohl zum hundertsten Mal nahm er sich das Gemälde vor. Es war das berühmte Bild ›Guernica‹, das im *Museo Reina Sofia* in Madrid hing. Picasso hatte es zur Weltausstellung 1937 in Paris gemalt und sich die Zerstörung der spanischen Stadt Gernika während des Spanischen Bürgerkrieges zum Thema genommen.

Jan hatte sich über Größe, Stilmittel und Figuren des Gemäldes informiert, hatte gelesen, dass es sinnbildlich für eine Apokalypse stand und dass man es heute als Antikriegsbild betrachtete. Keinen der Begriffe, die sich im Zusammenhang mit Picasso und dem Bild ergaben, akzeptierte RUN als Passwort.

Das Klingeln des Telefons war Jan mehr als willkommen – Raphael. »Nenn mich Genie!«, klang die triumphierende Stimme seines Freundes durch den Hörer des Schnurlostelefons. »Das Mysterium um das Passwort ist gelöst.«

»Los, sag schon!«

»Also«, Raphael machte es spannend, »hast du dir das Bild genau angeguckt?«

»Jedes Detail.«

»Glaubst du! Es ist nicht das Original. Zero hat es verändert. Und ich habe den einen winzigen Fehler gefunden.«

»Jetzt spann mich nicht auf die Folter, Raph!«, murrte Jan.

»Nimm dir mal das Pferd vor. In der Kuhle des rechten Vorderbeines, gleich unter dem Bauch versteckt sich ein Ball.«

Jan kniff die Augen zusammen, blickte zwischen Datenbrille und PC-Bildschirm hin und her, fand aber weder Kuhle noch Ball. »In welcher Kuhle bitte schön?«

»Da, wo das Bein in den Huf übergeht.«

»Ich sehe nur ein abgebrochenes Schwert.«

Raphael seufzte. »Das andere Bein. Rechts, habe ich gesagt.«

»Das ist eine Ansammlung versprengter Teile. Wie soll ich da das linke vom rechten Bein unterscheiden?«

»Na hör mal, das Pferd ist komplett. Da ist alles dran.«

Endlich fand Jan den gesuchten Ball, genaugenommen einen Fußball, mehr Schatten als Zeichnung. Aber eindeutig nicht zum Bild gehörend.

»Okay. Ich habe ihn. Und du meinst, das Passwort ist ›Ball‹?« Jan probierte es gleich aus.

- Zugriff verweigert.

»Haut nicht hin«, sagte er. »Vielleicht ›Fußball‹?«

Raphael lachte. »Mach nur weiter mit deinen dilettantischen Versuchen.«

»Gott, Raph! Findest du das witzig?«

»Eigentlich schon«, kicherte Raphael.

»Ich habe keine Zeit dafür! Ruf wieder an, wenn du dein Kabarettprogramm beendet hast.« Jan drückte das Gespräch ab und pfefferte das Telefon auf den Tisch. *Ball ... irgendwas mit Ball ...*

Wie erwartet meldete sich Raphael sofort. »Nun sei nicht gleich sauer. Du musst die beiden Begriffe verbinden.«

»Gemälde und Ball? Gemäldeball, Ballgemälde, Bildball«, leierte Jan herunter. »Ist doch alles Schwachsinn. Oder etwa Pferd und Ball? Pferdeball ... Moment: Horseball?« Das war ein rasantes Ballspiel zu Pferde. Sollte Zero das mit ihnen vorhaben? *Blöd, ich kann nicht reiten.*

»Nahe dran. Nimm das englische Wort für malen plus Ball.«

»Draw? Oder nein: paint! Paintball!«

- Willkommen im Spielerbereich, Jan!

»Ich bin drin! Du bist ein Genie, Raph!«

»Sag ich doch.«

41

online

- Welcome to level 4!

Ort: 48° 23' 7.38", 16° 32' 10.93"
Zeit: 10.5., 17 Uhr

RUN – Gib dir den Kick!

Klare Angaben diesmal, kein Rätsel. Das war Jan nur recht. Es gab genug, das ihn in Atem hielt.

Google Maps zufolge befanden sich die Koordinaten im Hochleithen Wald in der Nähe von Wolkersdorf, einer kleinen Stadt nordöstlich von Wien, die mit der S-Bahn gut erreichbar war. Was ihn dort genau erwartete, wusste er nicht. Zero liebte es, sie bis zum Schluss im Unklaren zu lassen.

Im Spielerbereich tat sich nicht viel. Bis auf Tom waren alle anwesend. Nina hatte sich nicht zu Wort gemeldet, aber die anderen, allen voran Vincent und Florian, diskutierten über Ausrüstung, Regeln und Strategien beim Paintball. Offenbar war Vincent leidenschaftlicher Paintball-Spieler. Jan wunderte sich nicht darüber. Jedem Spieler sein Level.

»Jan!«, schallte die Stimme seiner Mutter aus dem Treppenhaus herauf. »Raphael ist hier!«

Er versteckte die Datenbrille in der Schublade und lief ins Erdgeschoss.

Wie verabredet hatte Raphael seine Schulbücher mitgebracht. Schließlich habe er einiges aufzuholen, hatte Jan seinen Eltern den Grund für Raphaels Kommen genannt. In Wahrheit hatten sie etwas anderes vor.

»Mathematik? Echt jetzt?«, fragte Jan mit hochgezogenen Augenbrauen. »Ich dachte, du willst mir was beibringen.«

Raphael, der in Mathe eine Niete war, deutete eine Verbeugung an. »Die Übungsaufgaben von unserer werten Frau Professor Aigner werden für Euch wohl auch nicht uninteressant sein, Meister.«

Jan lachte. Ihre Mathematiklehrerin Frau Aigner hatte diesen Spitznamen für ihn kreiert, weil es Tage gab, an denen er die Rechenaufgaben schneller löste als sie.

»Wie wäre es mit einer Jause, bevor ihr euch in die Arbeit stürzt?«, schlug seine Mutter vor. »Bernd und ich sitzen gerade in der Küche beisammen. Es gibt Kuchen. Und für dich Kakao, Raphael.«

Raphaels Augen weiteten sich. Für Kakao ließ er nur zu gern alles stehen und liegen. Jan nickte ihm unmerklich zu. Perfekt – während sein Vater aß, konnte er sich hoffentlich die Liste mit den Verdächtigen vornehmen.

In der Küche roch es nach Kaffee und frisch gebackenem Kuchen. Jan staunte. Seine Mutter hatte ihren Sonntagvormittag am Herd verbracht. Gleich drei verschiedene Kuchen standen zur Auswahl: ein Allergiker-Kakaokuchen für ihn, Apfelkuchen für seinen Vater und – Jan wurde auf der Stelle speiübel – Katjas Lieblingskuchen: Erdbeer-Joghurt-Schnitte. Backwahn oder Beschäftigungstherapie? Sein Vater erwiderte seinen ratlosen Blick mit einem Kopfschütteln. *Frag lieber nicht*, sollte das bedeuten.

»Ah, Raphael. Und der liebestolle Vampir«, begrüßte er sie betont fröhlich. »Setzt euch.«

Jan erklärte Raphael den kleinen Scherz. »Papa findet, dass ich in Zukunft in einem Sarg schlafen soll«, fügte er hinzu.

Sein Vater zwinkerte ihm zu. »Hauptsache, du schläfst. Ob in einem Bett oder in einem Sarg, ist mir gleich.«

»Nicht, dass dir noch Fangzähne wachsen«, meinte Raphael grinsend. »Damit küsst es sich schlecht, habe ich mir sagen lassen.«

Sie lachten, verstummten aber angesichts der fahrigen Bewegungen von Jans Mutter. Sie hantierte in der Küche, bereitete Kakao und Tee zu und legte zwei weitere Gedecke auf. Ihre Augen waren verquollen, wie Jan erst jetzt bemerkte, ihre Hände zitterten. Halfen die Tabletten nicht mehr? Warf sie zu viel von dem Zeug ein?

Er brach die peinliche Stille, um sein Anliegen vorzutragen. »Raph hat Übungsaufgaben dabei. Darf ich sie mir kopieren, Papa?«

Sein Vater nickte zur Tür. »Ja, klar. Geh ruhig. Aber guck nicht auf meinen Schreibtisch, da herrscht heilloses Durcheinander.«

»Bist du fertig geworden?«

»Gott sei Dank. Ich werde Stunden zum Aufräumen brauchen.«

Jan übernahm die Zettel von Raphael. Sechs eng bedruckte A4-Seiten. Mann, Frau Aigner hatte es gut mit ihnen gemeint. »Bin gleich wieder da.«

Im Arbeitszimmer stand das Fenster offen. Laue Frühlingsluft strömte herein – eine Wohltat nach dem Kälteeinbruch der letzten Tage. Jan traf fast der Schlag: Sein Vater hatte nicht übertrieben, der Schreibtisch versank im Chaos. Aktenhefter stapelten sich neben dem Bildschirm, auf einem zweiten Stuhl und sogar auf dem Boden. Einige waren aufgeschlagen, andere komplett auseinandergenommen und die Papiere über den Tisch verteilt. Überall klebten Post-its mit Notizen seines Vaters. Wo sollte er da bloß beginnen?

Sowohl der Kopierer als auch der PC waren in Betrieb. Wie er seinen Vater kannte, hatte er die Liste eingescannt und seine Anmerkungen in Word hinzugefügt. Probeweise bewegte Jan die Mouse. Der Bildschirmschoner, der eine Diashow von Familienfotos zeigte, machte der Windows-Oberfläche Platz. Passwortgeschützt – nicht schon wieder!

Jan hatte keinen Schimmer vom Passwort seines Vaters und zum Ausprobieren fehlte die Zeit. Er legte die Mathematikaufgaben in den Kopierer ein und drückte die Copy-Taste. Während die Blätter durchliefen, suchte er fieberhaft nach der Liste. Bestimmt hatte sein Vater sie ausgedruckt und Korrektur gelesen, ehe er sie an Fuchs gefaxt hatte, also musste sie hier irgendwo sein. Er hob Aktenstöße, blätterte Papiere durch, fand aber nichts.

Ein Piepen zeigte das Ende des Kopiervorgangs an. Jan gab auf. Vielleicht konnte er später wiederkommen und einen zweiten Versuch starten. Er schnappte sich die Unterlagen und wollte gehen, aber der Stapel aus dem Ausgabefach kam ihm ungewöhnlich dick vor. Rasch verglich er die Kopien mit den Originalen und stieß dabei auf acht weitere Seiten, die eindeutig nichts mit Mathematik zu tun hatten.

Die Liste!

Sein Vater musste sie im Kopierer vergessen haben. Rasch ließ er sie noch einmal durchlaufen und schaltete das Gerät aus, bevor es piepen konnte. Nur noch die Original-Liste zurückgelegt, dann verließ er den Arbeitsraum.

Die Stimmung in der Küche war angespannt. Sein Vater hatte den Arm um Jans Mutter gelegt und streichelte mechanisch ihren Rücken. Ihre Schultern bebten, sie weinte. Raphael umklammerte mit beiden Händen seine Tasse und stierte in den Kakao, als könnte er die Zukunft daraus lesen. Was war hier vorgefallen?

Sein Vater blickte auf. »Geht bitte nach oben, Jan. Deine Mutter braucht ein bisschen Ruhe.«

Jan nickte. »Kein Problem.« Ohne die kostbaren Kopien aus der Hand zu legen, schnitt er sich ein Stück Kakaokuchen ab, stellte seinen Teller auf die Teetasse und begab sich mit seiner Fracht zur Küchentür. »Kommst du, Raph?«

Das ließ sich sein Freund nicht zweimal sagen. Er klemmte seine Bücher unter den Arm und verließ die Küche mit einem gemurmelten Gruß.

»Was war los?«, erkundigte sich Jan auf der Treppe.

Raphael nahm ihm den Kuchenteller ab, um ihn vor dem Absturz zu bewahren. »Nicht viel. Deine Mutter hat mich gefragt, wie es meiner Mutter so geht, und als ich ihr von ihrem Selbstmordversuch erzählt habe, hat sie zu weinen begonnen. Das war alles.«

»Tut mir echt leid.«

»Ich werd's überleben.«

»Aber es hat sich gelohnt.« Jan schwenkte die Zettel. »Ich habe, was ich wollte. Damit kommen wir Zero ein Stück näher.«

42

offline

Jan hatte die Datenbrille nach einem kurzen Check ausgeschaltet. Zero durfte keinesfalls von ihren Recherchen zu seiner Person erfahren. Er durfte noch nicht einmal ahnen, dass Jan nun über seine Machenschaften im Bilde war.

Die Polizeiliste der Verdächtigen war übersichtlich gestaltet. Name, Straftat, Gerichtsverfahren, Strafmaß, momentaner Aufenthaltsort. Ergänzt durch die Anmerkungen seines Vaters.

»Sag doch mir«, stöhnte Raphael, »Unterschlagung, Korruption, Bestechung, Geldwäsche, Wirtschaftspionage – die Welt ist voller Bösewichte.«

Jan nickte. »Alles Männer. Keine einzige Frau darunter.«

»Hier«, Raphael deutete auf einen Namen, »Markus Naber. Neigt zu Gewalttätigkeit. Er hat deinem Vater gedroht.«

Jan las die Erläuterungen seines Vaters. »Könnte auf Zero passen. Aber sieh mal, er sitzt im Gefängnis. Noch drei Jahre.«

»Wie steht es mit dem da? Richard Lehmann. War Top-Manager und hat satte 4,8 Millionen Euro veruntreut. Er hat bei seiner Verhaftung Geiseln genommen und konnte erst nach mehreren Stunden überwältigt werden. Saß acht Jahre im Gefängnis und wurde kürzlich entlassen.«

Jan kreiste den Namen mit Filzstift ein. »RUN zu planen, hat mit Sicherheit länger als ein paar Wochen gedauert. Zero muss Informationen über die Spieler gesammelt und danach die Spiele ausgetüftelt haben. Dann die Ausrüstung – die Quads oder allein die Beschaffung der Datenbrillen …«

»Apropos, Paul meinte, dass es sich lohnen könnte, der Herstellerfirma der Brille auf den Zahn zu fühlen. Die müssen schließlich wissen, an wen sie geliefert haben.«

Jan nahm einen weiteren Zettel und schrieb groß *To-do-Liste* darauf. Als ersten Punkt notierte er *Herstellerfirma Datenbrille*, gleich darunter *Quads – gemietet oder gekauft?*

»Wir sollten uns mit Paul treffen«, meinte Raphael. »Bestimmt hat er schon Fortschritte gemacht.«

Treffen Paul, vermerkte Jan. »Heute Nachmittag?«

»Ich rufe ihn an.« Raphael zog sein Handy aus der Hosentasche und wählte. »Hm. Er meldet sich nicht. Ich versuche es später noch einmal. Ach ja …«, er beförderte ein anderes Handy zutage und grinste verschmitzt, »ich habe hier was für dich. Ist nur ein Wertkartenhandy und du musst es aufladen, aber ich dachte, es könnte nicht schaden, wenn du für den Notfall eines hast.«

»Cool! Danke, Raph.« Jan hatte seinen Eltern noch nicht gebeichtet, dass er sein Handy verloren hatte. Nun konnte er es ruhig noch ein wenig aufschieben. »Okay, weiter im Text.«

Sie wandten sich wieder der Polizeiliste zu und Jan markierte noch zwei infrage kommende Personen. Auf der letzten Seite hatte sein Vater einen Namen hinzugefügt. Jan wurde schlagartig heiß, als er ihn las: *Helene Sandt.*

»Ach du Scheiße! Ich wusste doch, dass ich den Namen schon mal gehört habe.« Eines fügte sich zum anderen. Hier war sie, ihre erste richtige Spur. »Helene Sandt«, erklärte er dem verdutzten Raphael, »ist die Reporterin, die uns damals nachgestellt und bis in den Supermarkt verfolgt hat. Und jetzt halte dich fest: Sie ist Ninas Mutter!«

43

offline

Trollblumengasse 8. Das Stadtviertel, in dem Nina wohnte, war flach und von Altarmen der Donau, Feldern und Grünbrachen durchzogen. Mächtige Pappeln, Holundersträucher und wild wuchernde Heckenrosenbüsche säumten ebenso die Straßen wie adrette Einfamilienhäuser oder Villen, bei denen Jan die Spucke wegblieb.

Seine Entscheidung, Nina zu besuchen, um mehr über ihre Mutter und eine mögliche Verbindung zu Zero herauszufinden, war rasch gefällt gewesen. Leider hatte sein Vater wenig Verständnis gezeigt, dass Jan seinen Nachmittag schon wieder außer Haus verbringen wollte. Ihre anschließende Diskussion war in einen unschönen Streit ausgeartet. Jan hatte den Wortlaut noch genau im Kopf:

»Zu Nina? Schon wieder? Kommt nicht infrage. Heute nicht.«

»Ich muss zu ihr«, erklärte Jan. »Ich habe mein Handy dort liegen gelassen.«

Sein Vater schnaubte. »Das kommt dir wohl wie gerufen. Wolltest du dich nicht endlich mit Lernen beschäftigen?«

»Das habe ich doch.« Raphael und er hatten sechs Übungsaufgaben gerechnet und einen – zugegeben, kurzen – Blick in die Themenkataloge für Deutsch und Englisch geworfen, sowie die Arbeitsmappe für Darstellende Geometrie durchgeblättert. Das war mehr als genug für einen Sonntag.

»Was kann man in einer Stunde groß erledigen? So geht das nicht weiter, Jan. Ich dachte, ich hätte mich heute Morgen klar ausgedrückt: Ich wünsche keine nächtlichen Ausflüge mehr.«

»Es ist vier Uhr Nachmittag.«

»Wie wäre es, wenn du dich mal um deine Mutter kümmern würdest? Sie könnte neben dir elendiglich zugrunde gehen und du würdest es nicht bemerken.«

Dieser Vorwurf trieb Jan die Tränen in die Augen. »Sag mir, wie ich Mama helfen kann, und ich tue es! Fragt eigentlich einer, wie es mir geht? Nina redet wenigstens mit mir!« Eine Notlüge, natürlich, aber was machte das?

Daraufhin flippte sein Vater komplett aus. »Du hast mit ihr nicht über die Entführung zu sprechen, das weißt du haargenau! Eines sage ich dir, Jan, wenn du dich weiterhin so daneben benimmst, kannst du deine Beziehung zu diesem Mädchen vergessen!«

»Du willst mir meine Freundin verbieten?«

»Wollen nicht. Aber Familie und Schule gehen vor.«

»Ich bin volljährig! Ich entscheide selbst, was ich tue oder lasse. Ich fahre jetzt zu Nina, ob es dir passt oder nicht!«

»Mein Haus, meine Regeln!«, hatte sein Vater geschrien. »Beeil dich! Andernfalls brauchst du gleich gar nicht mehr heimzukommen!«

Jan hatte ob dieser seltsamen Drohung geschluckt. Okay, sie waren beide ausgerastet ... Vielleicht die Wut. Der Druck. Die ganze beschissene Situation. Hoffentlich kriegte sich sein Vater wieder ein. Sie hatten normalerweise einen guten Draht zueinander, aber wenn ihm der Humor abhandenkam, standen die Zeichen auf Sturm.

Ninas Wohnhaus war im toskanischen Stil errichtet: die Fassade in einem warmen Terrakottaton gestrichen, runde Fensterbögen, eine Arkadenveranda vor dem Eingang. Der Garten wirkte wie aus dem Hochglanzmagazin. Jasmin und Flieder standen in voller Blüte, es gab einen Miniteich und eine Teakholzbank unter einer Birke. Das Schwimmbecken, in dem sich die Tragödie vor so vielen Jahren abgespielt hatte, lag vermutlich hinter dem Haus.

Familie Sandt, las Jan auf dem Briefkasten. Na ja, viel war von besagter Familie nicht übrig geblieben. Er drückte auf den Klingelknopf am Gartentor. Stille. Dann hörte er im Oberstock ein Fenster klappen. Nina lehnte sich auf das Sims und betrachtete ihn wortlos.

Jan winkte. »Hi!«

»Wir kaufen nichts.«

Er lächelte. »Ich muss mit dir reden.«

Sie schloss das Fenster. Eine ganze Weile rührte sich nichts. Er klingelte erneut. Wartete. Klingelte Sturm. Gerade als er beschloss, wieder zu gehen, öffnete sich die Haustür und Nina steckte den Kopf heraus.

»Ganz schön hartnäckig«, sagte sie anstelle einer Begrüßung. »Ich kann mich nicht erinnern, dich eingeladen zu haben.«

Jan hatte hin und her überlegt, was er ihr sagen sollte und sich schlussendlich für die Wahrheit entschieden. »Ich schulde dir eine Erklärung.«

Nina betätigte den Türöffner und das Gartentor schnappte auf. Sie war barfuß, trug ausgefranste Jeans und ein schwarzes Top mit einem silbernen Totenschädel darauf. Als Jan näher kam, verschränkte sie die Arme. Nicht gerade ein freundlicher Empfang, und die geschlossene Tür hinter ihr machte deutlich, dass sie nicht gewillt war, ihn ins Haus zu lassen.

Okay, dann also kurz und schmerzlos. »Zero hat meine kleine Schwester entführt. Mein Preis ist ihr Leben. Aber selbst wenn ich gewinnen sollte, denke ich nicht, dass er sie freilässt. Daher versuche ich, sie auf eigene Faust zu finden, bevor ... er sie tötet.«

Sollte sie überrascht oder gar schockiert über dieses Geständnis sein, zeigte sie es nicht.

Er räusperte sich. »Ich glaube, dass er RUN erfunden hat, um sich an meinem Vater zu rächen. Es muss einen Zusammenhang zwischen allen Spielern geben. Deshalb habe ich in deiner Tasche nach deinem Ausweis gesucht. Ich brauchte deinen Namen und die Adresse. Für die Recherchen.«

»Schon mal was von fragen gehört?«

»Ja ... das wäre eine Idee gewesen«, gab er zu, »da hast du recht.«

»Jugendliche mit schlechten Manieren sind der Untergang unserer Gesellschaft«, proklamierte sie mit ernstem Gesichtsausdruck. Beinahe hätte er es ihr abgenommen.

Jan verneigte sich. »Ich bitte untertänigst um Vergebung, allmächtige Silberhexe.«

Ihre Mundwinkel zuckten zu einem Lächeln nach oben. »Gewährt.« Sie sperrte die Tür auf. »Komm schon rein.«

44

offline

Der Landhausstil setzte sich im Inneren der Villa fort. Marmorboden, Rauputz an den Wänden, Naturholzmöbel und Kübelpflanzen. Für die Küche und den riesigen Wohnraum mit dem offenen Kamin hätte Jans Mutter vermutlich einen Mord begangen.

Anerkennend pfiff er durch die Zähne. »Wow! Tolles Haus.«

»Hat mein Vater entworfen«, sagte Nina. »Er ist Architekt.«

»Und deine Mutter?«

»Sie ist Journalistin. Momentan ist sie beim Fernsehen in der Inlandsredaktion beschäftigt, aber sie hat auch schon für Zeitungen gearbeitet.«

Also handelte es sich tatsächlich um *die* Helene Sandt. »Verstehst du dich gut mit ihr?«, fragte er vorsichtig.

»Könnte nicht besser sein.«

Das wertete Jan als ein Nein.

Nina nickte in den rückwärtigen Teil des Gartens hinaus. »Sie ist draußen. Willst du mit ihr sprechen?«

»Vielleicht später.« Noch fühlte er sich nicht gewappnet, dieser Frau gegenüberzutreten.

»Gut.« Sie nieste, zog ein Taschentuch aus der Hosentasche und schnäuzte sich. »Entschuldige – die Kälte gestern. Ich habe mir einen ordentlichen Schnupfen eingefangen. Du nicht?«

»Nein.« Jan grinste. »Ich bin hart im Nehmen.«

»Richtig, der Sportler. Nicht totzukriegen. Gehen wir rauf.«

Eine geschwungene Treppe führte in den ersten Stock. Als Nina die Tür zu ihrem Zimmer öffnete, glaubte sich Jan in einer anderen Welt. Genaugenommen waren es zwei Zimmer, ein Schlaf- und ein Arbeitsraum mit Verbindungstür, beide in Schwarz gehalten. Wände, Teppichboden, Vorhänge, Möbel, Bettwäsche – alles schwarz. Dass er sich dennoch nicht wie in einer Gruft fühlte, lag an den Wanddekorationen. Mit weißer, grauer und silberner Farbe aufgemalte Blumen, Fantasiewesen, Wolken und Schriftzüge. *Live, love, die – forever*, stand da, oder *Keep on dreaming*. Dazwischen chinesische Schriftzeichen in grellbunten Farben und surrealistische Bilder, offenbar ebenfalls selbst gemalt – ein Panther, der eine nackte Frau ableckte. Ein schlafendes Baby auf einem Teller. Ein junger Mann mit Hörnern. Nie zuvor hatte Jan etwas Vergleichbares gesehen. Sie war sehr begabt.

»Das bin ich«, sagte sie mit einer ausholenden Geste. »Jetzt nimmst du sicher Reißaus.«

Ehrfürchtig berührte Jan den Schriftzug *Life is a battlefield*. »Das stammt alles von dir? Wahnsinn!«

»Meine Mutter hat sich ähnlich ausgedrückt, als sie von ihrem Urlaub in Frankreich zurückkam. Sie hat die Wände übermalen lassen, während ich in der Schule war. In Hellrosa. Daraufhin habe ich sie mit Spraydosen bearbeitet. War ein harter Kampf.«

»Den du gewonnen hast. Das hier«, er drehte sich nach Nina um, »ist einfach genial. Beeindruckend. Wunderschön.«

»Sehr schmeichelhaft. Was willst du wissen?«

Jan sah sie scharf an. »Was bietet dir Zero als Preis?«

Ihre Miene verfinsterte sich. »Nur keine Zeit mit Belanglosigkeiten verlieren, hm?« Sie öffnete einen Schrank, der sich als Minibar entpuppte, wie sie auch in Hotels zu finden war. »Möchtest du etwas trinken? Cola, Saft, Red Bull? Bier?«

»Wodka-Martini. Geschüttelt. Nicht gerührt.«

Sie grinste. »Ist aus. James ist vor einer Stunde gegangen.«

»Dann Mangosaft bitte«, entschied Jan, nachdem er einen Blick auf ihre Vorräte geworfen hatte. Neben den Getränken gab es Joghurt, abgepackte Sandwiches, Schokoriegel, Mini-Salamis und Erdnussbutter. Interessante Kombination. »Damit könntest du ein paar Tage überleben.«

»Notration. Manchmal ist es besser, wenn wir«, Nina wies vage Richtung Garten, »uns nicht über den Weg laufen.« Sie reichte ein Glas Saft an Jan weiter. Dann krallte sie sich die Erdnussbutterdose und nahm einen Löffel voll heraus. Fassungslos beobachtete er, wie sie ihn ableckte. »Hm?« Sie hielt ihm die Dose unter die Nase.

»Nein, danke. Für Selbstmord ist es zu früh.«

»An Erdnussbutter stirbt man nicht«, nuschelte sie mit vollem Mund.

»Du vielleicht nicht. Ich bin hochgradig allergisch auf Nüsse. Und auf Milcheiweiß.«

»Oh. Es gibt doch eine Schwachstelle an dir. Macht dich gleich sympathischer.«

»Na, vielen Dank auch.«

Nina kicherte. Mit einem Rums landete die Erdnussbutterdose auf ihrem Platz und sie trat die Kühlschranktür mit dem Fuß zu. »Sollte ich in Erwägung ziehen, dich zu küssen, müsste ich mir vorher die Zähne putzen?«

»Ich bitte darum. Solltest du aber in Erwägung ziehen, mich zu ermorden, dann ran an die Arbeit.«

»Und was passiert? Schwillt deine Zunge an?«

»Ja. Außerdem Durchfall, Erbrechen, Schwindel, Bewusstlosigkeit. Im schlimmsten Fall Schock.« Er kannte alle Symptome, am eigenen Leib gespürt hatte er sie in dieser Heftigkeit allerdings erst einmal. Als Sechsjähriger hatte er heimlich Erdnüsse probiert. Nur um seiner Mutter zu beweisen, dass ihre Vorsicht unbegründet war. Den Rest des Tages hatte er in der Notaufnahme verbracht. »Ich habe ein Notfallset mit einer Adrenalinspritze zu Hause.«

»Da liegt es gut.«

»Ich weiß schon, worauf ich aufpassen muss.«

Sie verdrehte die Augen. »Wir erinnern uns an den Affen?«

Er erinnerte sich. Und wieder musste er ihr recht geben. Auch seine Mutter hatte schon des Öfteren über seine Nachlässigkeit geschimpft. Im Grunde war er einfach zu faul, das Notfallset immer bei sich zu tragen.

»Was soll's«, meinte er nach ein paar Schlucken Saft. »Du wolltest mich ohnehin nicht küssen.«

Angewidert verzog sie das Gesicht. »Nie und nimmer.«

»Okay, dann zurück zum Thema.«

Nina war sofort bei der Sache. »Du stellst also Nachforschungen über die Spieler an.« Eine Feststellung, keine Frage. »Angenommen, ich hätte Informationen für dich, würdest du mir dann deine ebenfalls geben?«

Jan nickte. »Deal.«

Sie setzten sich an Ninas Schreibtisch. Sie öffnete auf ihrem Notebook ein Word-Dokument und drehte den Bildschirm so, dass er mitschauen konnte.

Spieler RUN, stand da als Titel zu lesen. Darunter hatte sie alle Spieler samt Daten aufgelistet. Eine Menge Daten, von denen Jan bisher keine Ahnung gehabt hatte. Marks Preis beispielsweise wäre eine Beteiligung an der Entwicklung eines neuen Virtual-Reality-Computerspiels gewesen, während Toms Vater aus dem Gefängnis entlassen werden würde, sollte sein Sohn gewinnen. Mann, waren die Richter in Österreich wirklich derart korrupt?

Toms Nachname – Jan blieb beinahe das Herz stehen, als er ihn las – lautete *Rautner*! Nina kannte auch die Nachnamen von Jasmin, Florian und Vincent, sowie Jasmins Adresse. Von den anderen hatte sie zumindest die Wohnbezirke vermerkt. Über Jan war sie ebenfalls im Bilde: Adresse, Schule, Beruf seiner Eltern, sogar über Katjas Entführung wusste sie Bescheid. Bei seinem Preis hatte sie allerdings ein Fragezeichen notiert.

»Woher weißt du so viel über mich?«, fragte Jan nach einer Minute des Schweigens.

Nina öffnete eine PDF-Datei mit einem Zeitungsartikel. Dann eine weitere. Und wieder eine. Alles, was über Katjas Entführung in den Medien verlautbart worden war, hatte sie auf ihrem Notebook gespeichert. »Der Rest war einfach. Dein Vater ist kein Unbekannter.«

Raffiniert. Sie hatte ihn getestet – und ihm verziehen, als er ihr die Wahrheit gestanden hatte. »Ja, und die anderen?«

»Mark war sehr redselig, und auch aus Jasmin war einiges herauszuholen, wobei ich mir über ihren Preis noch im Unklaren bin. Sie ist echt arm. Lebt mit ihrem Vater und ihrer Großmutter zusammen. Die ist fast neunzig, gebrechlich und dement. Wenn die Altenpflege frei hat, muss Jasmin sie betreuen. Sie kocht, wäscht und putzt, wischt ihr quasi den Hintern aus, während ihr Vater bis spät in die Nacht hinein arbeitet.«

»Puh«, machte Jan. »Heftig. Wo bleibt ihr da noch Freizeit?«

»Mich fragst du?« Nina scrollte zum nächsten Namen hinunter. »Vincent. Er hat einmal erwähnt, wo er arbeitet und ein andermal, mit welcher U-Bahn er zum Treffpunkt gefahren war. Daher nehme ich an, dass er im siebzehnten oder achtzehnten Bezirk wohnt. Außerdem hat er Florian von seinem Preis erzählt. Sollte er nicht gelogen haben, gewinnt er die Teilnahme an einem Autorennen. Und Florian. Sein Name stand auf seinem Rucksack. Es gibt aber mehrere Familien mit dem Namen Reifl in Wien, daher konnte ich seine genaue Adresse noch nicht herausfinden.«

»Seine Eltern sind stinkreich. Sein Vater ist Vorstandsvorsitzender einer Investmentbank.«

Nina fügte seine Angaben der Liste hinzu.

»Was ist mit Tom?«, fragte Jan. »Bist du sicher, dass er Rautner heißt?«

Sie warf ihm einen argwöhnischen Blick zu, sagte aber nichts. Stattdessen zeigte sie ihm einen weiteren Zeitungsartikel über einen Hannes Rautner, einen Dealer, der nach einem aufgeflogenen Drogendeal inklusive Totschlag an einem Polizisten zu zehn Jahren Haft verurteilt worden war. Der Mann auf dem Foto war Tom wie aus dem Gesicht geschnitten.

»Seine Adresse steht nicht im Telefonbuch. Auch im Internet war nichts zu finden.«

Jan schüttelte sachte den Kopf. Er hatte angenommen, die Wohnung gehöre dem blonden Typen, dabei gehörte sie Toms Vater.

»Tom wohnt im zweiten Bezirk«, erklärte er. »Negerlegasse fünf.«

Nina fragte nicht nach, woher er diese Information hatte. Sie trug die Daten ein und ergänzte auch gleich Jans Preis.

»Florian gewinnt eine Lunge für seine Großmutter«, sagte Jan. »Sie ist schwer krank. Fliegt er aus dem Spiel, wird sie sterben.«

Nina schüttelte sich. »Ich weiß nicht, welcher Preis abartiger ist, deiner oder Florians.«

»Ich nehme an, Zero hat sich bei jedem von uns genau überlegt, wie er ihn dazu bringen kann, RUN zu spielen. Jemand wie Mark ist leicht zu ködern, Vincent ebenfalls. Da zieht was Materielles. Aber Florian oder ich sind keine Spielernaturen. Wir hätten niemals bei RUN mitgemacht.« Endlich traute sich Jan, seine Frage von vorhin zu wiederholen. »Was ist dein Preis, Nina?«

Sie schnäuzte sich. »Etwas Materielles«, murmelte sie in ihr Taschentuch.

»Hey«, er drehte ihren Stuhl herum, sodass er sie direkt ansehen konnte, »das sagt doch nichts über deinen Charakter aus. Nur über deine Träume. Was wünscht du dir so sehnlichst, dass du alles dafür tun würdest?«

Nina steckte das Taschentuch weg. Seufzte. »Ein Flugticket nach Sydney.«

45

offline

»Nina?« Helene Sandt, in cremefarbenem Hosenanzug und an ihrem Chiffonschal zupfend, platzte, ohne anzuklopfen, ins Zimmer. »Ich muss noch mal ins Studio. Es wird spät ... Oh!« Jetzt hatte sie ihn entdeckt. »Wen haben wir denn da?«

Trotz ihrer Eleganz wirkte sie wie eine grobschlächtigere Ausgabe ihrer Tochter. Im Gegensatz zu Ninas feinen Zügen dominierten in ihrem Gesicht kräftige Wangenknochen, eine vorspringende Stirn und eine zu groß geratene Nase. Dennoch war sie eine gutaussehende Frau, die ihre Makel durch Schminke und Styling zu verstecken wusste.

Jan stand auf und reichte ihr die Hand. »Ich bin Jan Rakits. Entschuldigung, dass ich Sie nicht begrüßt habe. Nina meinte, Sie seien beschäftigt und wir sollten Sie besser nicht stören.«

Frau Sandt musterte ihn überrascht. »Ich bezweifle stark, dass meine Tochter dies oder etwas Ähnliches von sich gegeben hat, aber egal. Sie scheinen mir ein höflicher junger Mann zu sein. Nicht die Art von Jungen, die Nina sonst anschleppt.«

Nina hatte ihren Kampfblick aufgesetzt. »Ich schleppe niemanden an ...«

Ihre Mutter schenkte ihr nicht einmal ein Blinzeln. »Höhlenmenschen, die sich an ihrem Kaugummi festbeißen und sich nur in Ein-Wort-Sätzen artikulieren können.«

Die Vorstellung vom keulenschwingenden Neandertalerjungen im Fellschurz trieb Jan gegen seinen Willen ein Grinsen ins Gesicht.

»Von diesem jungen Mann hingegen kannst du dir einiges abschauen«, wandte sich Frau Sandt an ihre Tochter.

»Klar doch, ich habe ihn eingeladen, damit ich meinen Steinzeit-Slang aufbessern kann«, sagte Nina.

Ihre Mutter lächelte süßlich. »Na dann … viel Erfolg. Ich muss los. Bestellt euch Pizza, wenn ihr Hunger habt.« Sie rauschte hinaus, wirbelte aber nach ein paar Schritten herum und kam zurück ins Zimmer. »Augenblick, wie war dein Name? *Rakits*?«

»Ein Allerweltsname«, antwortete Nina für ihn. »Auf Wiedersehen.«

Ihre Mutter ignorierte den Einwurf. »Natürlich! Du bist der Sohn von Dr. Rakits, dem Staatsanwalt. Wir haben ja bereits über die Entführung berichtet. Gibt es etwas Neues von deiner Schwester?«

Nina bedeutete Jan mit einer Geste, den Mund zu halten, also schüttelte er lediglich den Kopf.

Helene Sandt trat näher. »Die Situation muss schrecklich für dich sein«, sagte sie sanft. »Und erst für deine Mutter. Sie muss unsagbare Ängste um die Kleine ausstehen. Bestimmt ist sie am Boden zerstört. Sie wird doch psychologisch betreut?«

»Ja, die Polizei hat ihr eine Ärztin empfohlen …« Jan klappte den Mund zu. Er hatte nicht vorgehabt, ein einziges Wort mit dieser Frau zum Thema Katja zu wechseln. Irgendwie hatte sie ihn überrumpelt.

»Oh, das ist gut. Dann bekommt sie schon Medikamente, die ihr über das Schlimmste hinweghelfen.«

»Geh jetzt«, forderte Nina. »Du siehst doch, dass er nicht darüber sprechen will.«

Frau Sandt beachtete sie nicht, sondern legte Jan die Hand auf die Schulter. »Du darfst die Dinge nicht in dich hineinfressen, Jan, das macht dich innerlich kaputt.«

Nina schnaubte. »Das weißt du wohl am besten.«

Jan war die Berührung unangenehm, er wagte aber nicht, sich ihr zu entziehen. »Ich komme zurecht, danke.«

»Ach Gott, mein Junge«, Frau Sandt blickte ihn mitfühlend an, »du willst stark sein. Aber manchmal braucht man ein bisschen Unterstützung. Deine Eltern sind zurzeit vermutlich nicht die besten Gesprächspartner. Du vermisst deine Schwester, nicht wahr? Bist wütend auf diese Kerle, die sie entführt haben. Weißt nicht wohin mit deinen Gedanken.«

Lag es an ihrer Hand? An ihrer Fürsorglichkeit? War es ihre Stimme? Jan wusste es nicht. Er spürte nur eine heiße Welle der Verzweiflung in sich aufsteigen. Mühsam schluckte er.

»Dein Vater hat wohl genug um die Ohren. Sein aktueller Fall, die Entführungsgeschichte, die Sorge um seine Frau. Da kann er sich nicht auch noch um seinen Sohn kümmern. Fühlst du dich alleingelassen?«

»Geh endlich!«, rief Nina. »Lass ihn in Ruhe!«

Wieder ignorierte Helene Sandt ihre Tochter. »Weißt du was, Jan? Komm mit mir in den Garten. Dann reden wir in Ruhe darüber. Ich sehe doch, wie verzweifelt du bist.«

Der Druck auf seine Schulter verstärkte sich. Er machte einen halbherzigen Schritt vorwärts.

»Tu das nicht!«, zischte Nina ihm zu. »Sie will dich nur dazu bringen, etwas zu erzählen, das sie in eine Story verpacken kann.«

Frau Sandt warf ihr einen vernichtenden Blick zu. »Und so etwas habe ich großgezogen!«

Nina hob beide Hände. »Tja. Experiment misslungen. Auf ganzer Linie. Woran das liegen mag?«

»Du bist wie dein Vater. Die Schuld wird prinzipiell auf andere geschoben. Darin seid ihr Experten.«

»Lass Papa aus dem Spiel. Er hat das einzig Richtige getan.«

Helene Sandt gab Jan frei und wandte sich endgültig ihrer Tochter zu. »Dein *Vater*«, sie spuckte dieses Wort voller Verachtung aus, »hat noch nie etwas richtig gemacht. Schon als Saskia krank wurde, hat er die Augen vor der Wahrheit verschlossen. Ich durfte täglich ins Krankenhaus pilgern und sie betreuen, weil der gnädige Herr damit nicht zurechtkam. Ich bin daran zerbrochen, als sie in meinen Armen starb.«

Krankenhaus? Jan runzelte die Stirn. Prompt wich Nina seinem Blick aus.

»Hau ab!«, schrie sie ihre Mutter an. »Verschwinde!«

»So wie dein Vater? Der mich in der Scheiße hat sitzen lassen? Hätte ich nicht wie eine Blöde gerackert, hätten wir das Haus verkaufen müssen und würden nun in einer Zweizimmerwohnung aneinanderkleben.«

Nina lachte höhnisch. »Das glaubst du doch selbst nicht. Wir hätten uns längst gegenseitig massakriert. Papa hat nur eines falsch gemacht: Er hat mich bei dieser Rabenmutter gelassen, anstatt mich nach Sydney mitzunehmen.«

Frau Sandt wurde blass. »Dann flieg doch zu ihm«, sagte sie mit bebenden Lippen. »Der Weg steht dir frei, er wird seine einzige Tochter mit Freuden aufnehmen.« Sie schlug die Tür hinter sich zu.

Jans Verzweiflung hatte sich angesichts der Szene verflüchtigt. Unangenehm berührt blickte er aus dem Fenster.

»Scheiße!«, brüllte Nina. »Scheiße, scheiße, scheiße!« Mit einer ausholenden Handbewegung fegte sie ihren

Schreibtisch leer. Notebook, Zettel und Stifte landeten auf dem Boden.

Jan konnte ihren Zorn verstehen. Sie steckte in diesem Leben fest, mit einer Mutter, die sie hasste und umgekehrt. Die einzige Chance auf Freiheit bot RUN.

46

online

Was, wenn Katja starb? Würde daran auch die Ehe seiner Eltern zerbrechen? Auf dem Weg zur U-Bahn kreisten Jans Gedanken um dieses Thema. Der Auftritt von Ninas Mutter hatte ihm zum ersten Mal bewusst gemacht, was es bedeutete, in einer intakten Familie aufzuwachsen.

Nach ihrem wütenden Ausbruch hatte Nina die inneren Rollbalken heruntergelassen. Ihre abweisende Miene und die einsilbigen Antworten kannte Jan zur Genüge. Zwecklos, sich um sie zu bemühen. Die Wände ihres Schutzschildes waren aus Stahlbeton.

Ebenso wenig hatte er sie auf den Tod ihrer Schwester angesprochen. Da er nicht annahm, dass ihre Mutter die Geschichte mit dem Krankenhaus erfunden hatte, blieb nur eine Schlussfolgerung: Nina hatte ihn angelogen. Und zwar heftig.

Warum, würde er schon noch herausfinden. Als er auf die U-Bahn wartete, schrieb er diesen Punkt auf die Liste, die er Nina hatte abluchsen können. Am Kugelschreiber kauend überflog er die Informationen. Sieben Spieler, die unterschiedlicher nicht hätten sein können. Wo versteckte sich die verdammte Verbindung, die ihn zu Zero führte?

Hoffentlich war Paul inzwischen weitergekommen. Eigentlich hätte sich Jan längst auf den Heimweg machen müssen, um seinen Vater nicht noch mehr zu erzürnen, doch das Treffen mit Raphael und Paul hatte absoluten Vorrang. Sie mussten Zeros IP-Adresse rauskriegen.

Und wenn er Katja bereits umgebracht hat? Verdammt, dieses Gedankenlabyrinth war zum Kotzen. Jan steckte den Kugelschreiber weg und berührte das Touchpad der Datenbrille.

Gesprächsverlauf:

- Jan:
  Ich will ein Lebenszeichen von Katja. Sonst steige ich aus dem Spiel aus und verständige die Polizei.
- Zero:
  Ein gewagter Schachzug. Hat dir meine Grußbotschaft nicht gefallen?

Wut glühte in Jan auf, als er an das Foto dachte. *Na warte!* Er nahm er das Wertkartenhandy heraus und wählte den Notruf der Polizei, betont langsam und darauf bedacht, dass Zero auch alles mitbekam.

- Zero:
  Mach ruhig weiter – und ich töte sie.

Jan hielt inne. Noch hatte er die grüne Anruftaste nicht gedrückt. Die umstehenden Wartenden warfen ihm befremdliche Blicke zu. Beim Telefonieren über ein Headset rückte man schnell ins Zentrum der Aufmerksamkeit. Er konnte keine Zuhörer gebrauchen, also stand er auf und zog sich ans Ende des Bahnsteiges zurück.

- Jan:
  So oder so ist RUN damit zu Ende. Also?

Keine Antwort.

Mit dem eigenen Handy hätte er Fuchs persönlich anrufen können. Aber vielleicht war der Notruf sogar die bessere Lösung. Entschlossen drückte er die Anruftaste. Das Handy wählte. Seine Hand zitterte.

Nun steig schon drauf ein!

In der Leitung knackte es, dann meldete sich eine Frauenstimme und fragte ihn nach der Art des Notfalls.

»Verbinden Sie mich mit der Polizei!«, forderte er, weitaus beherrschter, als er sich fühlte.

»Was genau ist geschehen?«, kam die Rückfrage.

Konnte man für den Missbrauch der Notrufnummer bestraft werden? *Bitte! Mach endlich, Zero!*

- Zero:
  Na schön. Du sollst deinen Willen haben. Eine Minute.

Erleichtert legte Jan auf. Die Datenbrille zeigte ihm das Videofenster mit dem Schriftzug von RUN.

»Jan?«

Katjas Stimme! Rasendes Herzklopfen. »Katja! Geht es dir gut? Verdammt, Zero, ich will sie sehen!«

Zero reagierte nicht, es blieb bei den roten Buchstaben. Geblendet kniff Jan die Augen zu.

»Wann kommst du mich holen?«, jammerte Katja. »Ich will nach Hause.«

»Kätzchen, ich komme bald, versprochen. Geht es dir gut? Bist du in Ordnung? Hat er dir wehgetan?«

»Ich vermisse Mama. Und Schnurpsel. Ganz doll.« Schnurpsel war ihr Schlaf- und Kuschelstofftier, ein riesiger Hund, der fast mehr Platz in ihrem Bett einnahm als sie. »Ich mag auch keine Cornflakes mehr ...«

»Ich weiß, ich weiß. Katja, Kätzchen, hör mir zu ...!«

»Ich mag deinen Freund nicht. Ich will endlich heim. Wie lange dauert das Spiel noch?«

Oh Gott. Sie wusste gar nicht, was hier ablief. »Nicht mehr lange. Dann hole ich dich nach Hause. Bis dahin musst du tapfer sein. Und brav. Bitte, sei brav und hör auf meinen Freund. Ich weiß, du schaffst das. Katja ... wo bist du?«

»Hab dich lieb.«

»Ich dich auch. Kätzchen, weißt du, wo du dich befindest? Kannst du mir sagen ...? Katja?« Das Videofenster verschwand.

- Zero:
  Das reicht.
- Jan:
  Sie haben mich ausgetrickst. Ich will sie sehen!
- Zero:
  Es war nur von sprechen die Rede, nicht wahr?

Das war zwar richtig, aber Haarspalterei.

- Jan:
  Wenn Sie ihr etwas antun, dann schwöre ich ...
- Zero:
  Schönen Tag noch, Jan. Keine Polizei, dann bleiben wir weiterhin Freunde. Ach ja – ich erwarte bei Level 4 vollsten Einsatz von dir. Enttäusche mich nicht.

Jan wischte die Tränenspur von seiner Wange. Das fehlte noch, wenn er jetzt einknickte. Katja lebte, das war das

Wichtigste. Er würde RUN zu Ende spielen und sie befreien. Alles würde gut werden.

Als er in der U-Bahn saß und die Brille abschalten wollte, traf eine weitere Nachricht ein. Erstaunt las er den Namen.

- PN von Nina

Ihm wurde heiß und kalt zugleich. Wie dämlich war er denn? Die Kommentare waren der reinste Fake. Die wahren Gespräche liefen hinter seinem Rücken ab. Vermutlich unterhielt sich jeder mit jedem und er war der Einzige, der das nicht kapiert hatte.

Verärgert öffnete er die Nachricht.

- Nina:
  Sorry, Aschenputtel.

Darunter stand ihre Telefonnummer. Na, wenn das keine Aufforderung war.

47

offline

Paul hielt das ausgedruckte Foto ins Licht. »Könnte eine Fotomontage sein. Mit Sicherheit lässt sich das nicht sagen.«

»Vielleicht wollte er dich einschüchtern«, stimmte Raphael zu und klopfte Jan aufmunternd auf die Schulter.

Er hatte Raphael an der U-Bahn-Station getroffen und dann waren sie zu Fuß zu Pauls vorübergehender Unterkunft gepilgert. Er residierte im Keller seines Freundes, der selbst IT-Spezialist war und seine Ausrüstung zur Verfügung stellte. Allerdings hatte Paul nicht vor, sich ewig vor Zero zu verstecken.

Auf seine Frage, wie lange RUN noch laufe, hatte Jan keine Antwort parat gehabt. Ein paar Tage? Eine Woche? Eine Horrorvorstellung. Er hätte das Spiel lieber heute als morgen beendet und Katja in Sicherheit gewusst.

Paul tigerte auf und ab. Er war ein Mensch, der keine Sekunde still sitzen konnte. Immer stand er unter Strom, egal, womit er beschäftigt war. »Befindet sich das Originalfoto noch in deinem Posteingang?«

Jan schüttelte den Kopf. »Zero hat es mittlerweile gelöscht. Komisch, dass Katja sich die Geschichte mit dem Spiel hat auftischen lassen. Sie ist doch sonst so clever.«

»Sicher droht er ihr«, meinte Raphael. »Ein Mann mit Skimaske kann ziemlich einschüchternd wirken.«

Paul gab Jan das Foto zurück. »Er wird sie ruhiggestellt haben. Sie ist seit einer Woche von zu Hause weg, ohne Kontakt zu Mama oder Papa, stattdessen in Gefangenschaft eines Fremden. Das drückt ein kleines Mädchen nicht so einfach durch. Ich tippe auf Schlafmittel.« Er ließ sich auf seinem Drehhocker nieder und hämmerte in die Tastatur.

Jan kaute an seiner Lippe. Was war schlimmer? Schlafmittel oder Fesseln und Knebel? Wie konnte er Katja alldem noch weiterhin aussetzen?

»Und du hast wirklich vor, das allein durchzuziehen?«, fragte Paul, als hätte er seine Gedanken gelesen.

Nina hatte die gleiche Frage gestellt. Von Raphael wusste Jan längst, dass er dafür war, Fuchs einzuweihen. »Stell dir vor, wie schnell die Polizei ihn ausfindig machen könnte«, hatte er Jan zu überzeugen versucht. »Die haben ganz andere Mittel als wir.«

»Ich stelle mir eher vor, was er Katja daraufhin antut«, hatte Jan bisher stets geantwortet. Nach dem heutigen Gespräch war er darüber im Zweifel. Mehr denn je tappten sie über Zeros Beweggründe im Dunkeln.

War es richtig?

War es verdammt noch mal richtig, RUN zu spielen?

Jan betrachtete Pauls schmalen Rücken. Seinen kahl rasierten Kopf, den wippenden Oberkörper, die über die Tastatur fliegenden Hände. Momentan hing all seine Hoffnung an diesem Mann.

»Bitte sag mir, dass du etwas hast«, sagte er ausweichend. »Nur eine winzige Spur.«

Paul zwinkerte Raphael zu. »Dein Freund spielt gern auf Risiko, hm?«

Raphael seufzte. »Wem sagst du das.«

Jan hob beide Hände. »Noch sehe ich Chancen auf einen Sieg. Katja ist am Leben. Ich vermute, dass sie nur der Köder ist. Er will mich, nicht sie.«

»Und deshalb opferst du dich?«, rief Raphael aufgebracht. »Langsam glaube ich, du bist nicht ganz dicht! Zu viel Adrenalin?«

Jan schwieg.

Raphael nahm einen tiefen Atemzug. »Du spielst hier nicht bloß um Katjas Leben oder um deines. Ihr hängt alle mit drin, jeder einzelne Spieler. Ich begreife nicht, warum keiner von euch die Polizei informiert. Vielleicht sind die anderen ja noch blöder als du, vielleicht hecheln sie auch nur ihrem bescheuerten Preis hinterher. Aber da du anscheinend der Einzige bist, der Zero durchschaut hat, liegt es in deiner Verantwortung, deine Mitspieler zu schützen.«

»Bisher ist keiner gestorben«, wandte Jan ein. »Die Sache mit Mark könnte auch Zufall gewesen sein. Und am Ende … ist doch jeder für sich selbst verantwortlich.«

»Sinnlos. Absolut sinnlos, mit dir darüber zu diskutieren. Du ignorierst Tatsachen, die sonnenklar sind, weil du sie einfach nicht wahrhaben willst. Du bist süchtig nach RUN, so sieht es aus. Der Adrenalinkick törnt dich an.«

Jan war versucht, Raphael eine zu kleben. »Das ist oberfies von dir, Raph! Ich weiß selbst nicht mehr ein noch aus! Da kann ich mich nicht auch noch um die anderen kümmern!«

»Wie du meinst. Dein Spiel, dein Leben, deine Entscheidung.«

»Genau! Also halt dich raus!«

Raphael drehte auf dem Absatz um und verließ den Keller. Jan stöhnte auf. Warum mussten sie diese Diskussion wieder und wieder führen?

»Spannende Geschichte«, sagte Paul, ohne den Blick von seiner Ansammlung von Monitoren zu nehmen. »Ich habe mal recherchiert. Die Firma *SPEC* ist in Amerika angesiedelt und gehört zum Mutterkonzern *COIS-Tec*, einem Konkurrenzunternehmen von *Google*. Sie betreiben seit Jahren Forschungen auf dem Gebiet der ›Augmented Reality‹, halten sich aber, was die Entwicklung von Datenbrillen betrifft, ziemlich bedeckt. Auf ihrer Website wird zwar eine Brille vorgestellt, dieses spezielle Modell *AR-Vision 4.7*«, er deutete auf Marks Datenbrille, »scheint jedoch nirgends auf. Ein Prototyp vielleicht. Was den Schluss zulässt, dass Zero gute Kontakte zu *SPEC* hat.«

Jan rechnete es Paul hoch an, dass er sich nicht in den Streit mit Raphael eingemischt hatte und auch jetzt keine Stellung bezog. »Du meinst, dass er dort jemanden kennt, der ihm diese Brillen beschafft hat?«, fragte er.

»Nein. Ich meine, dass er höchstwahrscheinlich dort gearbeitet hat. Dein Zero ist ein absoluter Profi. Ich habe in seinem System bisher keine Sicherheitslücke gefunden. Ich müsste schon physischen Zugriff auf seine Proxy-Server bekommen, damit ich die Daten auswerten kann.«

»Also hast du nichts«, stellte Jan enttäuscht fest.

»Nicht so voreilig. Ich habe die Brille jetzt über die Sandbox zum Laufen gebracht. Das hat den Vorteil, dass ich sie in aller Ruhe untersuchen kann. Beispielsweise kann ich ihr Betriebssystem unter die Lupe nehmen. Oder den Mobilfunk abfangen.«

»Aha«, sagte Jan verständnislos.

Paul warf ihm einen Seitenblick zu. »Dir ist schon klar, dass die Brille über UMTS funktioniert und eine SIM-Karte hat? Wie sonst solltest du damit kommunizieren können?«

»Oh. Ja. Logisch.«

Paul grinste. »Jeder verwendet die Dinger, doch kaum jemand macht sich Gedanken darüber, wie sie arbeiten.«

»Müsste Zero dann nicht mit genau dieser Brille Kontakt aufnehmen, damit du die Signale abfangen und zurückverfolgen kannst?«

»Müsste er.«

»Warum sollte er das tun? Mark ist als Spieler ausgeschieden. Zero weiß, dass er die Brille nicht hat.«

»Ich könnte mich als Finder ausgeben. Ihn bitten, mich auch ins Spiel aufzunehmen. Oder ihm anbieten, die Brille zurückzubringen. Was auch immer. Der Vorteil ist, dass Zero mich jetzt nicht mehr als Nutzer orten kann.«

»Vielleicht denkt er dann, ich hätte die Brille der Polizei übergeben.«

Paul nickte. »Die Gefahr besteht. No risk, no fun. Wenn dir das zu heikel ist, greifen wir auf die bewährte Methode des Puzzlespiels zurück. Schlecht ist, dass Zero die Daten, also alles, was auf der Festplatte der Brille gespeichert war, gelöscht hat, und zwar gründlich. Daher muss ich mich auf die Programmcodes des Betriebssystems stürzen. Aus der Art, wie er die Codes schreibt, kann ich eventuell Rückschlüsse auf sein ungefähres Alter ziehen. Nehmen wir an, dass er für *SPEC* gearbeitet hat – dadurch ergibt sich ein weiterer Anknüpfungspunkt. Dann sein Nickname: Zero.«

»Was soll damit sein?«, fragte Jan.

»Programmierer sind ein eigenes Völkchen. Sie wählen ihren Nick bewusst und behalten ihn bei. Unter dem Namen sind sie in der Szene bekannt. Manche brüsten sich mit Erfolgen. Kannst du alles nachlesen, wenn du weißt, wo.«

»Das wäre total unvorsichtig von ihm.«

»Einen Versuch ist es wert. Ich werde mal meine Verbindungen spielen lassen. Wer weiß, vielleicht kennt ihn einer.«

Jan nickte. »Okay. Und sonst?«

»Und sonst suche ich weiter nach einer Lücke im System. Mit etwas Glück hat er beim Löschen der Daten eine Winzigkeit übersehen.«

»Was schätzt du, wie lange das dauert?«

Paul blickte ihn mit gerunzelter Stirn an. »Stunden, Tage, Wochen ... ein Jahr? Who knows.«

»Na klasse.«

Sie tauschten Telefonnummern aus und Paul versprach, sich zu melden, sobald er etwas herausgefunden hatte.

Ernüchtert stapfte Jan die Kellertreppe hinauf. Raphael saß auf der obersten Stufe und spielte ›Temple

Run‹ auf dem Handy. *Wie passend.* Wortlos blieb Jan vor ihm stehen.

»Ich versuche nachzuvollziehen, was dich an RUN so fasziniert«, sagte Raphael.

Jan seufzte. Er wusste es selbst nicht. Und *fasziniert* war der falsche Begriff. Ja, die Aufgaben waren aufregend, doch in der Gesamtheit laugten sie ihn auch aus. Er war müde. Wollte endlich seine Ruhe. Sich auf die Matura konzentrieren, sich mit seinem Vater versöhnen, die Freundschaft mit Nina vertiefen.

Katja befreien.

Vielleicht machte er sich etwas vor.

Raphael steckte das Handy ein und stand auf. »Fertig?«

»Eingeschnappt?«, erwiderte Jan.

Raphael grinste. »Nicht doch. Wir kriegen das hin. Irgendwie.«

48

offline

Sein Vater begrüßte ihn mit den Worten »Du hast Hausarrest«.

»*Was?*« Jan hatte noch nie Hausarrest gehabt. Seine Eltern hatten von jeher sämtliche Probleme mit ihm ausdiskutiert und ihm nahegelegt, die Strafen für seine – ohnehin spärlichen Vergehen – selbst zu wählen. So hatte er als Wiedergutmachung für ein eingeschlagenes Kellerfenster angeboten, an einem Wochenende den Keller aufzuräumen. Für eine Lüge – er hatte vorgeschoben, mit Raphael zu lernen, stattdessen waren sie im Kino gewesen – hatte er eine Woche lang den Haushalt geführt. Mit Katja handhabten die Eltern es genauso. In ihrer Familie gab es keinen Hausarrest. Obendrein war er volljährig. Das war einfach lächerlich.

Ruhig bleiben, Jan. Provoziere ihn nicht. »Wieso?«, fragte er. »Es ist gerade mal neun. Nina wohnt weit weg. Und ich war diesmal mit den Öffentlichen unterwegs.«

»Das ist auch gar nicht das Thema.«

Jan runzelte die Stirn. »Was bitte schön ist das Thema?«

Sein Vater wies zum Arbeitsraum. »Komm mit.«

Verdammt, er hat rausgekriegt, dass ich an seinen Sachen war und die Liste kopiert habe.

Diese Annahme erwies sich als falsch.

Im Arbeitszimmer brannte Licht, der Computer war eingeschaltet. Sein Vater drückte Jan kommentarlos auf den Schreibtischstuhl, öffnete den Internetbrowser und rief die News-Seite eines Fernsehsenders auf. Zwei weitere Mausklicks führten zur Aufzeichnung der aktuellen Nachrichtensendung. Jan wurde flau im Magen, als er die Headlines überflog. *Nichts Neues im Entführungsfall Rakits*, stand da zu lesen.

Hat Ninas Mutter etwa wirklich ...?, dachte er entsetzt, da wählte sein Vater den entsprechenden Sendungsausschnitt an.

Die blonde Nachrichtensprecherin hatte ein Pokerface aufgesetzt. »Seit rund einer Woche beschäftigt der Entführungsfall Katja Rakits die Polizei – und die Medien. Wie bereits berichtet, wurde die Fünfjährige am vergangenen Montag gekidnappt. Vom Täter fehlt nach wie vor jede Spur, auch Lösegeldforderung gibt es bisher keine. Wie es der Familie der kleinen Katja in dieser Situation geht, hat unsere Reporterin Helene Sandt herausgefunden.«

Jan schlug die Hände vors Gesicht, doch sein Vater packte ihn an den Handgelenken und zog ihm die Arme zur Seite. »Nein. Sieh es dir an. Sieh dir an, was du angerichtet hast.«

Schockiert über die Handgreiflichkeit sank Jan in sich zusammen. Sein Vater ließ ihn los.

Helene Sandt – immer noch in Hosenanzug und Chiffonschal – hatte vor dem Landesgericht Wien Stellung bezogen. »... Doktor Rakits bisher zu keiner Stellungnahme bereit, so konnte ich heute mit seinem Sohn Jan sprechen. Die furchtbare Familientragödie ist nicht spurlos an dem jungen Mann vorübergegangen. Blass erscheint er zum Interview, er will nicht fotografiert oder gefilmt werden. Seinen Worten entnehme ich, dass seine Mutter jede Hoffnung auf Rettung ihrer Tochter aufgegeben hat. Frau Rakits befindet sich in ärztlicher Behandlung, ihr Zustand ist aber stabil. Jans Vater, Staatsanwalt Doktor Bernd Rakits, der mit der ›Neumann-Affäre‹ momentan im wichtigsten Fall seiner bisherigen Karriere steckt, hat für die Nöte seines Sohnes weder Zeit noch Verständnis. Und so steht der Achtzehnjährige mit seinen Ängsten allein da.« Sie neigte bedauernd den Kopf. »Schon nächste Woche soll das endgültige Urteil im Fall ›Walter Neumann‹ gesprochen werden. Ob die Staatsanwaltschaft das geforderte Strafmaß durchsetzen kann, bleibt angesichts des familiären Drucks auf Doktor Rakits abzuwarten.«

Jans Vater schloss das Browserfenster und richtete sich auf. »Der Leiter der Staatsanwaltschaft hat mich persönlich angerufen und mir mitgeteilt, dass Neumanns Verteidiger darauf plädieren wird, mich von dem Fall abzuziehen.«

»Deshalb?«, fragte Jan entgeistert.

»Deshalb. So läuft das. Der Fall wird einem anderen Staatsanwalt übertragen und vielleicht komplett neu aufgerollt. Ein ganzes Jahr Arbeit ist dahin.«

Jan senkte den Blick.

»Ich kann dir nicht mehr vertrauen«, hörte er seinen Vater sagen. »Das ist das Thema.«

Jan sah auf. »Lass es mich wenigstens erklären. Das war kein Interview. Ich habe kein Wort zu dieser Frau gesagt, das hat sie sich alles zusammengereimt. Du kennst sie doch ...«

»Richtig. Und du auch. Du weißt, wie heikel unsere Situation ist. Dass du nichts ausplaudern sollst – und trotzdem ...«

»Aber ...«

»Willst du mir etwa weismachen, dass sie alles erfunden hat?«

»Wir sind uns ganz zufällig begegnet ... ich konnte gar nicht ...«

»Genau. Du konntest deinen Mund nicht halten. Darum bleibst du in Zukunft besser zu Hause und basta.« Sein Vater wies zur Tür. »Geh jetzt. Ich will nichts mehr hören. Ich bin einfach nur wütend. Und enttäuscht von meinem Sohn. Gute Nacht.«

»Dann hat Helene Sandt also recht!«, stieß Jan hervor. »Du hast weder Zeit noch Verständnis für mich. Dich interessiert nur deine Arbeit.«

»Geh! Sofort.«

Wie in Trance ging Jan an ihm vorbei. Sie waren Fremde. Lichtjahre voneinander entfernt. Selbst wenn er jetzt über RUN auspackte – sein Vater würde nicht zuhören.

49

offline

Erleichtert trat Jan ins Freie. Der Schultag war wie zäher Nebel an ihm vorübergeglitten, er hatte sich auf nichts konzentrieren können. Zu vieles hielt seinen Kopf besetzt, zu vieles, für das er keine Lösung fand. Sein Lehrer hatte schließlich Erbarmen gezeigt. Während Raphael und die anderen weiter Darstellende Geometrie büffeln mussten, war Jan für den Rest des Vormittags beurlaubt worden.

Die Mittagssonne knallte vom Himmel, doch unter den ausladenden Kronen der Kastanienbäume war es angenehm kühl. Kaum zu glauben, dass er sich vorgestern Nacht am Teufelstein bei fünf Grad den Hintern abgefroren hatte.

Im nahen Supermarkt deckte sich Jan mit einer Überlebensration ein: Mineralwasser, Dinkelbrötchen und Gemüseaufstrich. Damit war er auf der sicheren Seite. Die Versuchung war sein ständiger Begleiter, vor allem bei Snacks, aber er hatte gelernt, ihr zu widerstehen und sich stattdessen zu Hause verwöhnen zu lassen.

Das würde in den folgenden Tagen flachfallen.

Die einzige Chance, jeder weiteren Diskussion mit seinem Vater zu entgehen, war ... gar nicht mehr nach Hause zurückzukehren. Schon am Morgen hatte er eine Tasche mit Kleidung zum Wechseln bei Raphael deponiert. Nach der Schule würde er sich umziehen und anschließend nach Wolkersdorf aufbrechen. Zu Level 4.

Auf dem Rückweg zur Schule, wo er auf Raphael warten wollte, nahm Jan die Datenbrille heraus und setzte sie auf. *Nur mal eben auf Neuigkeiten checken.*

Er kam nicht dazu, sie einzuschalten. Direkt neben ihm hielt ein Auto. Quietschende Bremsen, röhrender Motor – ein silberner Uralt-Chevrolet. Steiles Gefährt.

Der Fahrer rutschte auf der durchgehenden Sitzbank nach rechts und kurbelte die vordere Fensterscheibe herunter.

»Entschuldigung«, sprach er Jan an.

Irritiert blieb Jan stehen. Die Stimme kam ihm vage bekannt vor. Im Wagen war es düster.

»Ja, du! Nur einen Moment.«

Hatte er sich verfahren? Jan beugte sich zum Fenster hinab. »Ja?«

Unversehens packte ihn der Fahrer am Kragen seines Sweaters. »Wir haben eine Kleinigkeit zu besprechen.«

Jetzt hatte er den Akzent erkannt – tschechisch –, das Gesicht, die blonden, mit Gel zurückgekämmten Haare. Es war der Kerl, den er unter dem Namen Rautner im Gedächtnis abgespeichert hatte. Der aber nicht Rautner hieß.

»Lassen Sie mich los!«, zischte Jan.

Die Hand an seiner Kehle schraubte sich höher. »Du steigst hinten in den Wagen. Und dann unterhalten wir uns.«

»Ich denk nicht dran! Loslassen, oder ich schreie um Hilfe!«

»Schnapp ihn dir!«

Ein knapper Befehl. Die hintere Wagentür wurde aufgestoßen, Tom sprang aus dem Auto und packte Jan im Würgegriff, während der Blonde ihn losließ.

Jan wehrte sich nach bewährter Methode. Ein fester Tritt auf die Zehen ließ Tom zusammenzucken, ein gezielter Stoß mit dem Ellbogen in seine Magengrube sorgte dafür, dass er aufschrie.

Der lernt auch nicht dazu ...

Mit dem nächsten Atemzug stellte Jan seine Befreiungsversuche ein – Toms Springermesser drückte unangenehm tief in seine Achsel und obendrein richtete der Blonde eine Pistole auf ihn.

Wie in einem B-Movie.

»Schalt das Ding aus!«, befahl Tom mit einem Blick auf die Datenbrille. »Nicht, dass du auf dumme Gedanken kommst und ein Video machst.«

Danke für den Tipp. Jan schaltete die Datenbrille ein. Wie gut, dass er sich angewöhnt hatte, den Signalton abzustellen.

Der Blonde machte eine Bewegung mit der Pistole. »Rein mit ihm!«

Tom bugsierte ihn um die Wagentür herum zum Rücksitz. Als Jan die Füße in den Boden stemmte, stach er mit dem Messer zu. Tief genug, dass das Blut hervorschoss. Warm rann es an seinem Arm herab.

»Wohin fahren wir?«, presste Jan zwischen zusammengebissenen Zähnen hervor.

»Nicht weit, Janilein«, flüsterte Tom. »Nur an einen Ort, wo wir ungestört sind. Die erste Lektion war einfach zu harmlos. Schade, aber Level 4 wirst du verpassen.«

50

online

Seine Gedanken polterten durcheinander. Die Wunde unter der Achsel schmerzte kaum, aber das Blut tropfte bereits von seinem Handgelenk.

Tom gab ihm einen Stoß. »Einsteigen!«

Wenn er erst im Auto saß, würde alles vorbei sein. In einem verzweifelten Versuch, sich weitere Sekunden in Freiheit zu erkämpfen, spuckte Jan ihm ins Gesicht.

»Du blödes Arsch ...« Weiter kam Tom nicht.

»Jan Rakits?«, sagte jemand hinter ihnen.

Eine entsicherte Handgranate hätte eine vergleichbare Wirkung gehabt. Augenblicklich tauchte der Blonde samt Pistole ins Innere des Wagens ab, Tom hechtete – das blutige Messer in der Rechten – auf den Rücksitz. Die Tür schlug zu.

Jan fuhr herum.

Fuchs!

Was immer der hier wollte, er kam wie bestellt.

Der Motor des Chevrolets röhrte auf und schon schoss der Wagen davon. Jan kniff die Augen zusammen, aber das Kennzeichen war ein schlammbraunes Rechteck. Absichtlich unleserlich gemacht.

»Freunde von dir?«, fragte Fuchs. Ob er mitbekommen hatte, was eben abgelaufen war? Anmerken ließ er sich nichts.

Jan stöhnte. »So ähnlich.«

»Hast du das Kennzeichen erkannt?«

»Machen Sie Witze? Das war voller Dreck.«

»Ich lasse nach dem Wagen fahnden. Diese Chevys gibt es schließlich nicht wie Sand am Meer.«

Ihre Blicke fanden zueinander.

»Schickt Sie mein Vater?«, fragte Jan argwöhnisch.

»Keine Spur. Ich möchte mit dir reden.«

»Nicht schon wieder.«

»Etwas mehr Begeisterung, junger Mann. Immerhin habe ich dir gerade den Hintern gerettet.« Fuchs deutete auf seinen BMW, der an der Ecke im Halteverbot abgestellt war. »Setzen wir uns ins Auto.«

- PN von Zero

War ja klar. »Wie bitte?«

Fuchs blinzelte. »Ich sagte: Setzen wir uns ins Auto.«

»Mein Freund wartet vor der Schule auf mich.«

»Es dauert nicht lange.«

»Na dann ...« Bravo. Vom Regen in die Traufe.

Jan stieg auf der Beifahrerseite ein und stellte seinen Rucksack auf den Boden. Im Wagen roch es nach Vanille. Der Übeltäter war rasch entlarvt: ein Lufterfrischer Marke Wunder-Baum. Von dem Geruch konnte einem glatt schlecht werden.

Während Fuchs um den Wagen herumging und seine Aktentasche vom Rücksitz holte, nutzte Jan den unbeobachteten Moment, um die PN zu öffnen.

- Zero:
  Polizei? Ich dachte, wir wären uns einig ...

Ein Würgen schnürte Jan die Kehle zu. Ein falsches Wort konnte das Ende bedeuten.

Fuchs nahm auf der Fahrerseite Platz. »Hier«, er reichte Jan ein Taschentuch, »für deine Hand. Ich habe keine Lust, die Sitze reinigen zu lassen.«

»Gibt es bei der Kriminalpolizei kein Budget dafür?«

Um Fuchs' Mundwinkel strich ein abschätziger Zug. »Doch. Kotze, Blut, Urin, Hundepisse – dieses Auto hat vieles gesehen. Bloß, meine Toleranzschwelle ist nicht sonderlich hoch. Ich hatte erst kürzlich einige Erlebnisse dieser Art.«

Jan wischte sich das Blut vom Handgelenk, dann vom Unterarm. Als er die Wunde unter T-Shirt und Sweater betastete, fühlte es sich an, als hätte die Blutung gestoppt. Sicherheitshalber stopfte er sich das Taschentuch unter die Achsel.

Fuchs musterte ihn mit schmalen Augen. »Ich habe den Fernsehbericht gestern Abend gesehen«, begann er. »Wie du dir vorstellen kannst, hat mich der Name *Helene Sandt* – den ich auf der Liste der Verdächtigen vorgefunden habe – im Zusammenhang mit dir überrascht.«

»Sie ist die Mutter meiner Freundin«, gab Jan widerstrebend zu.

- Zero:
  Offenbar hast du dich anders entschieden.

»Nina.« Fuchs nickte. »Weshalb du ihren Nachnamen wohlweislich verschwiegen hast. Verstehe. Weiß dein Vater davon?«

Jan schüttelte den Kopf. Wenn er nur eine Möglichkeit fände, Zero zu antworten!

»Okay. Ich bin neugierig: Was haben diese Fotos«, Fuchs zog zwei Hochglanzaufnahmen aus seiner Aktentasche und breitete sie darauf aus, »und die Tatsache, dass du mit der Tochter von Helene Sandt befreundet bist, mit der Entführung deiner Schwester zu tun?«

- Zero:
  Was findest du besser, Jan? Bügeleisen oder Lötkolben? Ich persönlich bin für den Lötkolben. Ließe sich wie ein Tattoo gestalten. Was hältst du von einem Herz mit der Inschrift ›Mein Bruder ist ein Verräter‹?

Hinter Jans Lidern brannte es. Noch schlimmer war die Übelkeit, die seinen Magen zusammenzog.

»Die Fotos«, erinnerte ihn Fuchs. Er schob die Tasche auf die Mittelkonsole.

Jan beugte sich darüber. Das erste Foto zeigte einen Abschnitt der Wiener Südosttangente bei Nacht, aufgenommen von einer Verkehrskamera. Eine Person rannte über die zweite Richtungsfahrbahn, klein und kaum zu erkennen. Niemand würde ihn anhand dieses Bildes identifizieren können.

Foto Nummer zwei war verwackelt. Es zeigte Jan auf der Wiese bei der Teufelsteinhütte mit einem Becher Tee in der Hand. Sein Gesicht war im Profil zu sehen. Die Haare waren nass und verstrubbelt, er sah aus wie durch den Fleischwolf gedreht, aber sogar seine Mutter, die an einer Gesichtsblindheit litt und immer Schwierigkeiten hatte, ihn auf Klassenfotos aus der Menge zu picken, hätte ihn auf Anhieb erkannt.

- Zero:
  Bauch oder Oberschenkel? Die Qual der Wahl. Wie wäre es auf der Wange? Sie ist so ein hübsches Ding.

Jan schluckte gegen das Würgen an. Der Vanilleduft ließ seinen Magen rebellieren. Er bat Fuchs darum, ein Fenster zu öffnen und der tat ihm den Gefallen.

Jan hob das Teufelstein-Foto hoch. »Woher haben Sie das?«

»Das Internet ist eine unerschöpfliche Quelle an Informationen«, sagte Fuchs. »Es erleichtert die Ermittlungsarbeit ungemein.«

»Doch nur, wenn man weiß, wonach man suchen muss.«

Fuchs lächelte.

»Was ist so komisch?«, fragte Jan.

»Nichts. Du hast ganz recht. Aber manchmal hilft einem auch der Zufall. Der Besitzer des Schutzhauses mit dem hübschen Namen Teufelsteinhütte verständigte die Polizei, weil eine Gruppe Jugendlicher in der Nacht seine Wiese verwüstet hatte. Ein paar von ihnen lungerten noch dort herum, als die Kollegen eintrafen. Sie waren so betrunken, dass sie nicht selbstständig gehen konnten. Auf der Suche nach Mittätern wurden die Fotos ihrer Handys konfisziert. Du warst ein Mittäter.«

»Das war nur eine Party«, sagte Jan. »Wir haben gefeiert.«

»Bei fünf Grad Außentemperatur und stürmischem Regen?«

»Was ist schon dabei?«

»Bis auf den Sachschaden, der immerhin in die Tausende Euro geht – nichts. Aber ehrlich gesagt glaube ich, dass du mir etwas verschweigst. Einer der Jugendlichen erzählte von einem Spiel.«

Bloß keinen Fehler machen. »Davon weiß ich nichts.«

Fuchs packte ein weiteres Foto aus und hielt es ihm unter die Nase. »Und davon?«

Jan brauchte nicht genauer hinzuschauen. Es war ein Screenshot der Startseite von RUN.

Jetzt war ihm richtig schlecht.

- Zero:
  Wähle deine Worte mit Bedacht.

Zum besseren Verständnis hatte Zero ein Foto mitgeschickt.

Katja. An einen Stuhl gefesselt. Den Kopf unter einer Männerhand zur Seite gebogen. Ein Lötkolben tanzte über ihre Wange.

Sie weinte.

Das war mit Sicherheit keine Fotomontage. Die Aufnahme war mit einer Datenbrille gemacht worden, erkannte Jan mit plötzlicher Gewissheit.

Gerade eben.

51

online

Viel hätte nicht gefehlt, und er hätte sich übergeben. In letzter Sekunde stieß er die Tür auf.

Und dann erbrach er doch nur Galle.

Fuchs reichte ihm gleich die ganze Packung Taschentücher. »Geht's wieder?«, fragte er, als Jan sich ächzend in den Sitz lehnte. Es schwang sogar Besorgnis darin mit.

Jan nickte. »Der Geruch ...«, brachte er hervor und deutete auf den *Wunder-Baum*. »Wie kann man sich so was bloß ins Auto hängen?«

»Pfefferminz?«

Dankbar nahm Jan ein Bonbon aus der dargebotenen Dose.

»Willst du nicht endlich diese Brille abnehmen, Jan?«, meinte Fuchs. »Ich sehe meinem Gegenüber gern in die Augen.«

Natürlich! *Ich Idiot!*

Niemand zwang ihn dazu, das Ding zu tragen und sich Zeros Psychodruck auszusetzen. Er riss sich die Brille herunter und fühlte sich gleich besser.

Fuchs blickte ihn nachdenklich an. »Du gibst mir wirklich Rätsel auf. Aber ich werde schon noch dahinterkommen. Wollen wir hoffen, dass deine Schwester solange durchhält.«

Jan legte die Brille auf seinem Oberschenkel ab. Zero würde immer noch jedes Wort hören können. Doch egal, was er sich für Katja einfallen ließ – er konnte Jan damit nicht mehr zusetzen. Womit die Sache deutlich an Reiz verlor.

Du bist ein Arsch, Jan.

Mit Mühe verdrängte er den Gedanken an Katja. An ihre Tränen, ihre Angst, den Schmerz. Was er jetzt brauchte, war ein klarer Kopf.

»Zurück zu diesem Foto.« Fuchs platzierte das Logo von RUN zuoberst. »Fällt dir etwas dazu ein?«

»Nein«, sagte Jan. »Nie gesehen.«

»Nina vielleicht?«

»Woher soll ich das wissen? Fragen Sie sie doch.« Langsam kehrte Jans Sicherheit zurück. Fuchs hatte nichts als ein paar Bilder und wirre Vermutungen. Einen Verdacht, aber keine Beweise. Sollte er ruhig noch eine Weile danach graben.

»Wie steht es damit?« Fuchs zog wieder die Aufnahme der Verkehrskamera hervor und tippte auf den unscharfen Läufer.

Jan schüttelte den Kopf. »Wer soll das sein?«

»Ich behaupte mal, du.«

»Sehe ich allen Ernstes aus, als würde ich mein Leben auf der Südosttangente riskieren?«

Fuchs schwieg einen Moment. »Nein«, sagte er dann. »Das ist ja das Problem.«

»Welches Problem? Sie wollen mir etwas anhängen! Das versuchen Sie schon die ganze Zeit! Was ist mit der ermordeten Komplizin? Konzentrieren Sie sich lieber darauf!«

»Erklär mir nicht, wie ich meinen Job zu erledigen habe.«

»Ich weiß nicht, wie Sie auf die Idee kommen, dass ich etwas über den Entführer meiner Schwester weiß. Oder weshalb Sie mir unterstellen, dass ich bei diesem albernen Spiel mitmache ...« Noch während er auf das Logo von RUN wies, fiel ihm auf, dass er einen Fehler gemacht hatte. Fuchs hatte zwar ein Spiel erwähnt, doch nicht in direktem Zusammenhang mit diesem Foto. Aber nichts an der Mimik des Kriminalbeamten verriet, dass er es ebenfalls bemerkt hatte. *Pfeif drauf.* Hauptsache, Zero war nichts aufgefallen.

»Ich habe nichts damit zu tun«, schloss Jan. »Sie saugen sich das aus den Fingern.«

Fuchs sammelte die Fotos ein und schob sie in seine Aktentasche. »Kennst du einen Mark Lorenz?«

Sekunden des Schocks, dann hatte Jan sich gefangen. »Sie wollen einfach nicht aufgeben, was?«

»Beantworte meine Frage.«

»Nein! Schluss! Wir sind fertig miteinander. Stecken Sie sich ihre Fragen sonst wohin.«

Jan hängte die Datenbrille mit dem Brillenbügel an den Kragen seines Sweaters und öffnete die Beifahrertür. Als er aussteigen wollte, hielt Fuchs ihn am Arm zurück.

»Ich kann mir nur einen Grund vorstellen, weshalb du dich so dagegen sträubst, mir die Wahrheit zu sagen: Jemand setzt dich unter Druck.«

Fuchs' sicheres Gespür für die Zusammenhänge ließ Jan schlucken. »Das bilden Sie sich ein ...«

»Er erpresst dich, nicht wahr?«

Es kostete ihn seine ganze Kraft, nicht zu nicken.

»Nein«, stieß er hervor, stieg aus und schlug Fuchs die

Tür vor der Nase zu. Angespannt verfolgte er mit, wie der BMW davonfuhr. Dann erst setzte er die Brille auf.

- Zero:
  Haarscharf am Desaster vorbeigeschlittert.

Jan antwortete nicht. Er war es leid. So sehr.

52

online

BEFRISTETES FORSTLICHES SPERRGEBIET
Betreten verboten!
Gefahr durch Waldarbeit

Darunter war eine Zusatztafel angebracht, die mit weißem Stift beschriftet war:

Gültig von *9. 5., 12 Uhr* bis *11. 5., 20 Uhr*

Darüber also hatten die Spaziergänger mit dem gefleckten Hund, die Jan auf dem Feldweg vor dem Wald entgegengekommen waren, so lautstark diskutiert.

Ein rot-weißes Absperrband zog sich quer über den Pfad und weiter durch den lichten Eichenwald. Wie hatte Zero das nun wieder hingekriegt? Einen Förster bestochen?

Jan bückte sich unter der Absperrung durch. Mittlerweile wunderte ihn bei RUN gar nichts mehr.

Nach seinem Gespräch mit Fuchs hatte er versucht, Nina zu erreichen, doch sie hatte nicht abgehoben. Egal, er würde sie heute sehen. Und freute sich darauf.

Raphael hatte den Auftrag, in der Zwischenzeit Recherche zu betreiben. Er wollte sich die drei Verdächtigen auf ihrer Liste vornehmen: eine Adresse nach der anderen abklappern, sich umsehen, Nachbarn befragen oder gegebenenfalls mit den Männern sprechen. Falls noch Zeit blieb, standen die Vergangenheit von Helene Sandt und der Tod ihrer kleinen Tochter auf dem Plan. Außerdem wollte Raphael Nachforschungen über die Quads anstellen. Damit war er ausreichend beschäftigt.

Paul hatte Jan eine SMS mit den kryptischen Worten »Ein Silberstreifen am Horizont« geschickt. Eine gutgemeinte Aufmunterung vielleicht, aber nichts, worauf er hätte reagieren müssen. Ohnehin wollte er sich in den nächsten Stunden einzig auf Level 4 konzentrieren.

Das Navi der Datenbrille lotste ihn jetzt abseits des Pfades durch den Wald. Sonnenstrahlen flirrten durch die hellgrünen Baumkronen, in der Nähe klopfte ein Specht. Der Boden war durch die ausgiebigen Regenfälle feucht, aber nicht matschig. Es roch nach Erde, kühl und echt. Ein Geruch, den Jan mochte.

Nach dem Verarzten der Stichwunde hatte er seine blutbefleckten Sachen gleich anbehalten und sich außerdem für Jeans und Sportschuhe entschieden, eine akzeptable Ausrüstung für ein Paintballspiel. Ob Zero ihnen auch Gesichtsmasken zur Verfügung stellte?

Vincent hatte ihnen Links zu Infoseiten über Paintball geschickt. Jan hatte sie noch am Vorabend ausgedruckt und sich während der Zugfahrt nach Wolkersdorf eingelesen.

Paintball war ein Mannschaftssport innerhalb eines abgegrenzten Terrains im Freien, bei dem es darum ging, die gegnerische Flagge ins eigene Lager zu bringen, ohne von einem Paintball des Gegners markiert, also getroffen zu werden. In den letzten Jahren erfreute es sich steigender Beliebtheit. Es gab sogar einen österreichischen

Paintball Verband und eine Paintball National Liga, die im europäischen Ranking des Vorjahres relativ gut abgeschnitten hatte.

Noch knappe fünfhundert Meter, verriet das Navi, während Jan durch den Wald stapfte. Das Gelände war hügelig und zuweilen musste er sich durchs Gestrüpp schlagen oder umgeknickte Bäume überklettern. Wo steckten eigentlich die anderen?

- Jan:
  Seid ihr schon da?

Die Antworteten trudelten im Minutentakt ein:

- Nina:
  Kämpfe mich noch durch den Wald.
- Vincent:
  Schon längst. :-)
- Florian:
  Zehn Minuten Verspätung.
- Jasmin:
  Ich hasse Spinnen. Und Käfer.
- Vincent:
  @ Florian: Schlafmütze. Gas an!
- Jasmin:
  Und Ameisen. Habe ich schon Spinnen erwähnt?
- Nina:
  Biologie – 5. Setzen.

Jan lachte. Er mochte das Geplänkel innerhalb der Gruppe. Auch wenn sie Gegner waren, so hatte sich doch ein gewisses Zusammengehörigkeitsgefühl entwickelt.

Tom gab keinen Kommentar ab, aber auf seine Anwesenheit im Chat legte Jan sowieso keinen Wert.

Die letzten hundert Meter. Hier war der Wald so verwachsen, dass Jan nur langsam vorwärts kam. Obwohl er von sich behaupten konnte, eine gute Grundkondition zu haben, geriet er ins Schwitzen. Er zog den Sweater aus und band ihn um seine Hüfte.

- Ziel erreicht – 48° 23' 7.38", 16° 32' 10.93"

Das Sichtfenster des Navis schloss sich automatisch.

Jan sah sich um. Ringsum tiefster Laubwald. Nichts als Bäume, Bäume und wieder Bäume. Dazwischen Buschwerk und über seinem Kopf die Ahnung eines blauen Himmels.

Es war sechzehn Uhr fünfzig.

Stille umfing ihn. Nicht einmal die Vögel zwitscherten. Nur der Wald atmete mit leisem Knacken und dem Flüstern der Blätter.

Merkwürdig.

»Vincent?«, rief er. »Hallo? Bist du da irgendwo?«

Keine Antwort.

Vincent war nicht hier. Niemand war hier.

Er war allein. *Aber sowas von.*

Just in dem Augenblick, als er zu dem Schluss kam, dass er am falschen Ort gelandet sein musste, entdeckte er den gelben Plastiksack, der über seinem Kopf im Geäst hing.

53

online

Eine dumpfe Vorahnung machte sich in Jan breit, die durch den Inhalt des Plastiksacks bestätigt wurde. Er enthielt die Ausrüstung für einen Paintballspieler. Seine Ausrüstung.

Er war hier keineswegs falsch. Zero hatte sie jeweils zu unterschiedlichen Koordinaten bestellt.

Schon trafen die Spielregeln ein:

- Welcome to level 4!

1. Ausrüstung anlegen, Sack im Battlepack verstauen, Markierer in Betrieb nehmen, Probeschüsse abgeben
2. Videofunktion aktivieren
3. Gegner aufspüren und markieren – es gilt die Regel »Jeder gegen jeden«!
4. Wer markiert wird, scheidet aus und gibt dies mit einer Statusmeldung bekannt.
5. Jeder ausgeschiedene Spieler verlässt das Spielfeld. Ausrüstung in den Sack packen und an der Absperrung deponieren
6. Der letzte Spieler gewinnt.

Start des Spiels: 17:00 Uhr
Open End

RUN – Gib dir den Kick!

Videofunktion aktivieren – der war gut. Die anderen wussten noch nicht, wie die Datenbrille arbeitete.

Nicht einmal Nina gegenüber hatte Jan es erwähnt.

Als er die Ausrüstungsgegenstände überprüfte, stellte er fest, dass ihm die Fachausdrücke schon geläufig waren: eine Gesichtsmaske, ein fertig zusammengeschraubter Markierer inklusive CO2-Tank und Hopper, wie der Munitionsbehälter des Markierers hieß, befüllt mit roten Paintballs. Dann noch das sogenannte Battlepack mit zwei Pots – also ein Gürtel mit zwei zusätzlichen Vorratsdosen voll Balls. Und die Anleitung zur richtigen Adjustierung und zum Gebrauch des Markierers. Es war alles da.

Er schnallte das Battlepack um und setzte die Maske auf. Sie war leicht und angenehm weich und schützte die Augen- und Kinnpartie. Die Datenbrille behinderte ihn nicht. Allerdings konnte er sie nur noch per Sprachsteuerung bedienen, da die Maske das Touchpad vollständig bedeckte. Sicherheitshalber schob er den Brillenbügel über das Gummiband der Maske, damit zumindest das Mikrofon frei lag.

Als nächstes öffnete er das Ventil für den CO2-Tank und entsicherte den Markierer. Er lag gut in der Hand, wog aber an die vier Kilogramm. Gut, dass er auf Vincents Rat gehört und sich nicht zusätzlich mit einem Rucksack belastet hatte.

Jan legte an und zielte. Das Knattern, mit dem der Ball aus dem Lauf schoss, hallte unerwartet laut durch den Wald. Der erste Schuss ging daneben, der zweite ebenfalls.

Gar nicht so einfach.

Er visierte einen näher stehenden Baum an. Diesmal zerplatzten die Balls wie vorgesehen und bekleckten den Stamm in knalligem Rot. Der zuständige Förster würde begeistert sein.

Nach einigen Probeschüssen fühlte Jan sich halbwegs gerüstet. Er stopfte die Anleitung in die Hosentasche und den Plastiksack wie gefordert ins Battlepack.

Im Sichtfenster der Datenbrille las er die Zeit ab. Exakt siebzehn Uhr. Wie auf Kommando pumpte sein Herz Adrenalin durch die Adern. Ein vertrautes Gefühl. Erregend. Durch und durch berauschend. Er ertappte sich bei einem Lächeln.

Die Jagd konnte beginnen.

54

online

Das Absperrband. Schon wieder. War er im Kreis gegangen oder hatte Zero das Spielfeld wirklich so klein bemessen?

Jan war seit zwanzig Minuten unterwegs, ohne einen der anderen gesehen oder gehört zu haben. *Kein Feindkontakt bisher, Sir*. Er grinste in sich hinein.

Anfangs hatte er sich äußerst wachsam bewegt und stets über seine Schulter geblickt, um einen Angriff aus dem Hinterhalt auszuschließen, mittlerweile schenkte er sich diese Vorsichtsmaßnahme. Er war ohnedies allein.

Das musste sich schleunigst ändern. Schließlich hatte er vor, das Level zu gewinnen. Nach kurzem Überlegen aktivierte er das Navi der Datenbrille. Er befand sich etwa fünfhundert Meter nordöstlich seines ursprünglichen Standorts und laut Karte nicht weit vom Waldrand entfernt. Er musste also auf direktem Weg nach Süden gehen, um tiefer in den Wald zu gelangen.

Jan fiel in Laufschritt. Die Bäume standen hier weniger dicht und er kam gut voran. Stellenweise war der Waldboden aufgewühlt, als wäre eine Horde Wildschweine eingefallen, die Tiere selbst sah er nie. Worüber er ganz froh war. Er hatte keine Lust, einer kampflustigen Bache zu begegnen, die ihre Frischlinge bedroht glaubte.

Das Knattern eines Markierers riss ihn aus seinen Überlegungen. Sein Puls raste los, automatisch schwenkte er nach rechts, den Schüssen entgegen. Jetzt mischte sich ein zweiter Markierer darunter. Weit konnten sie nicht sein.

Schritt für Schritt pirschte sich Jan an den Kampflärm heran. Zwischen den Baumstämmen schimmerte ein knallblauer Fleck. Nicht die optimale Farbe für dieses Spiel. Mit Schrecken fiel ihm ein, dass sein T-Shirt ähnliche Signalwirkung besaß. Orange! *Das war wieder mal selten dämlich, Jan.*

Schon wollte er die Maske abnehmen, um den Sweater überzuziehen, der immerhin schwarz war, da zerplatzte zu seiner Rechten ein Paintball an einem Baumstamm. Nicht auszudenken, wenn er den ins Gesicht bekommen hätte! Nein, er musste auf eine günstigere Gelegenheit warten.

Die beiden Spieler lieferten sich einen regelrechten Fight. Der in Blau Gekleidete war leicht im Auge zu behalten, den anderen konnte Jan nirgends entdecken. Nur die Balls peitschten aus seiner Richtung auf.

Mit einem Mal verstummten die Markierer. Schritte näherten sich, angezeigt durch raschelndes Laub und das Knacken der Zweige. Jan presste sich an eine dicke Eiche und lugte hinter dem Stamm hervor. Der Blaue hatte ihn nicht bemerkt. Das Gesicht von ihm abgewandt, strich er keine vier Meter vor ihm durch den Wald.

Geschmeidige Bewegungen, schlanker Körperbau, nicht sonderlich groß. Ein Mädchen. Jasmin?

Er lächelte. In Ninas Kleiderschrank gab es kein Blau. Gewiss nicht.

Diese Chance konnte er sich unmöglich entgehen lassen.

Jan legte den Markierer an. Verfolgte Jasmin mit dem Lauf.

Ein Baum nahm ihm die Sicht, eine halbe Ewigkeit verharrte sie dahinter, ehe sie weiterging. Der nächste Baum, und wieder einer – Himmel, dieser Wald! Endlich blieb sie in Schusslinie stehen.

Jan zielte. Sein Herz sprengte beinahe seinen Brustkorb und er kämpfte mit dem irrwitzigen Gefühl, gleich einen Menschen zu töten.

Wie absurd. Er wusste genau, dass durch die Paintballs maximal blaue Flecken entstanden.

Und dennoch ...

Seine Hand zitterte.

Jetzt. Jetzt, oder nie ...

Ihn traf fast der Schlag, als zu seiner Linken ein Markierer losratterte. Jasmin ergriff die Flucht. Der zweite Spieler, ganz in Braun gekleidet, preschte an ihm vorbei, seiner Beute hinterher.

»Davonlaufen gilt nicht!«, schrie er. »Ich krieg dich schon noch!« Durch die Maske klang die Stimme verzerrt, aber Jan tippte auf Florian oder Tom.

Sachte stieß Jan den Atem aus. Er war einfach nicht geschaffen für dieses Spiel.

Wie zur Bestätigung bohrte sich der Lauf eines Markierers in seinen Nacken.

»Gotcha«, sagte eine Stimme dicht an seinem Ohr. »Und schon bist du tot.«

55

online

»Das war äußerst leichtsinnig von dir.«

Dem konnte Jan nicht widersprechen. Langsam hob er die Hände als Zeichen der Kapitulation.

Der Lauf stieß ihm unsanft in den Rücken. »Umdrehen.«

Er gehorchte.

Der Spieler war groß und kräftig und trug zu seinen Schnürstiefeln braun-grün gemusterte Tarnkleidung und eine Maske der gleichen Farbe, sowie eine Mütze.

»Vince?« Jan versuchte, sein Gesicht zu erkennen, doch das Schutzglas war dunkel getönt und spiegelte die Abendsonne, die durch das Blätterdach brach.

»Du solltest besser auf deine Deckung achten.«

»Tja, so klug bin ich inzwischen auch.«

Vincent trat zwei Schritte zurück. Noch immer richtete er seinen Markierer auf Jan. »Dann mach es ab jetzt besser.«

»Du ... du lässt mich laufen?«, fragte Jan ungläubig.

»Bist du getroffen?«

»Äh ... nein.«

»Gut. Sieh zu, dass es so bleibt.« Vincent drehte sich um und huschte davon. Ein paar Schritte, und er verschmolz mit der Umgebung.

Warum um alles in der Welt hatte Vincent ihm eine zweite Chance gegeben? Fair Play? Kopfschüttelnd schlug Jan die entgegengesetzte Richtung ein. Als er sicher war, allein zu sein, machte er hinter einem Gestrüpp halt und zog den Sweater über.

Ein Blick auf die Zeit – achtzehn Uhr. Diesmal, schwor er sich, würde er nicht zögern, sollte er auf einen Gegner stoßen. Zielen und abdrücken hieß die Devise.

Der Kompass des Navis zeigte nach Westen. Bald traf er auf einen unbefestigten Waldweg, der sanft bergan führte. Tiefe Reifenspuren von einem Traktor oder einem LKW hatten sich in das Erdreich gegraben. Jan folgte ihm durch den Wald, wie empfohlen jetzt um mehr Deckung bemüht.

Nach einer Weile gelangte er zu einem Kahlschlag. Auf etwa siebzig Metern Breite und gut der dreifachen Länge waren die Bäume zur Gänze gerodet. Kniehohe Gräser, Unkraut und Buschwerk wucherten ungehemmt. Schräg vor ihm war ein Holzstapel, ein gutes Stück weiter der nächste, dahinter wieder einer. Sie würden ihm beim Queren der Wiese genügend Schutz bieten.

Nach einem sichernden Rundumblick lief Jan geduckt auf den Holzstapel zu – und musste sich sogleich vor aufpeitschenden Schüssen zu Boden werfen. Er landete schmerzhaft auf den Knien, Disteln schnitten ihm die Handflächen auf. Mist, verfluchter! Er machte einen Fehler nach dem anderen!

Hastig robbte er durch das Gras bis ans Ende des Holzstapels, während die Paintballs über seinen Kopf hinwegpfiffen. Der Schütze hatte keinerlei Skrupel.

Endlich in Sicherheit spähte Jan hinter den Holzstämmen hervor. Wieder fegten Balls heran. Sein Gegner musste ihn genau im Visier haben.

Na warte! Jan legte den Markierer an und feuerte eine ganze Ladung Paintballs ab. Auf das Knattern folgte Stille. Er erhob sich aus der Hockstellung. Zentimeter für Zentimeter schob er den Kopf höher, um über den Holzstapel hinweg in den Wald zu blicken. Nichts als grünes Laub. Wo steckte der Angreifer?

Die Sonne kam ihm zu Hilfe. Nur ein kurzes Aufblitzen auf der Maske, aber es genügte, die Position seines Gegners anzuzeigen. Jan riss den Markierer hoch und schoss. Das Knattern war Musik in seinen Ohren, mit Vergnügen sah er die Balls an den Baumstämmen zerplatzen und er gewann eine Ahnung davon, was die Faszination von Paintball ausmachte.

Sein Gegner rannte los. Zurückschnalzende Äste zeigten an, wohin ihn seine Flucht führte. Jan trieb ihn weiter, bis seine Schüsse ins Leere gingen. Befriedigt ließ er den Markierer sinken. *Cool. So läuft das also!*

An den Holzstapel gelehnt, gönnte er sich eine kurze Pause. Der Kahlschlag lag in ruhiger Abendstimmung. Eine Hummel taumelte vor ihm aufwärts und auf einen Spalt zwischen den Holzstämmen zu. Er beobachtete, wie sie brummend in ihr Versteck schlüpfte. Unweigerlich dachte er an seine Eltern. An sein Zimmer, sein Zuhause, in das er heute Nacht nicht zurückkehren konnte.

Energisch schüttelte er seine Sentimentalität ab und rannte zum nächsten Holzstapel. Niemand zu sehen. Und weiter zum nächsten.

Erstmals keuchte er, mehr vor Anspannung als aus Anstrengung, denn die Steigung war minimal. Aus der Ferne hörte er das vertraute Knattern. Die Richtung war schwer einzuordnen, irgendwo im Nordosten. Einige Male gingen die Schüsse hin und her, dann herrschte Stille.

- Jasmin:
  Ich bin raus. Besten Dank, Vincent!
- Vincent:
  Einer muss der Erste sein.

Na endlich. Wurde auch Zeit, dass das Level in die Gänge kam.

Wieder ratterte ein Markierer. Richtig nah diesmal.

Jan blinzelte um die Ecke des Holzstapels. Am Waldrand bewegte sich eine Gestalt zwischen den Bäumen nach rechts – der braun gekleidete Spieler von vorhin? Hatte der eben geschossen? Schräg dahinter entdeckte Jan Vincent in seiner Tarnkleidung, der sich an den Spieler im Wald heranpirschte, offenbar drauf und dran, bei nächstbester Gelegenheit anzugreifen.

Seltsam. Jasmins Posting zufolge hatte er Vincent woanders vermutet, keinesfalls hier auf dem Kahlschlag.

Wie auch immer, die beiden waren abgelenkt. Vielleicht konnte er die Situation zu seinem Vorteil nutzen und selbst einen Treffer landen.

Jan schlich an der Schmalseite des Holzstapels entlang. Das Gras raschelte um seine Beine. Viel zu laut, kam ihm vor. Er hielt inne, lauschte, machte zwei Schritte, lauschte erneut.

Er hatte sich nicht verhört. Da war es wieder, das Rascheln. Im Takt seiner Schritte, aber doch eine Spur zeitversetzt.

Hitze flammte in seinen Muskeln auf.

Er hob den Markierer an. Stürmte hinter der Ecke hervor. Und prallte zurück.

Natürlich erkannte er sie sofort. Selbst mit der Maske.

56

online

Sie standen einander im Abstand von etwa fünf Metern gegenüber, beide mit angelegtem Markierer. War das zu nah für einen Schuss? Würde er sie verletzen?

Die Entscheidung fällte ein anderer.

Wie zur Ankündigung flatterten Vögel auf, Sekunden später legte ein Markierer los. Nina schnellte auf Jan zu und riss ihn zu Boden. Paintballs zischten über sie hinweg, das Knattern kam ihm extrem laut vor, der Angreifer konnte keine zehn Schritte entfernt sein. Waren denn alle hier am Kahlschlag versammelt?

Nina rammte ihren Ellbogen in seinen Magen, als sie herumrollte und die Schüsse beantwortete. Jan schluckte den Schmerzensschrei hinunter, hob den Markierer über seinem Kopf an und schoss blind in die Richtung, in der er ihren Gegner vermutete.

»Scheiße!«, schrie Nina ihm zu. »Munition alle!«

»Geh in Deckung!«

Gebückt lief sie davon. Jan rappelte sich auf die Knie und feuerte im Zurückweichen eine Salve nach der anderen ab, während sein Gegner ebenfalls ohne Unterbrechung schoss. Er musste sich links von ihm im Gebüsch verschanzt haben. Besonders zielsicher war er allerdings nicht. Die Paintballs flogen an Jan vorbei oder zerplatzten am Holz, nur einer schlug direkt neben seinem Schuh auf. Winzige Spritzer besprenkelten sein Hosenbein mit roter Farbe. *Pfeif drauf.*

Endlich erhielt er wieder Unterstützung von Nina. Mit einem Satz hechtete er zu ihr hinter den Holzstapel. Durch die Maske hindurch blickten sie sich an.

»Verbündete?«, flüsterte Jan.

»Guter Vorschlag.« Nina riskierte einen Blick. Ihr Gegner hatte die Schüsse eingestellt. »Ich glaube, das ist Tom. Den machen wir fertig.«

Jan nickte und befüllte seinen Hopper mit Paintballs. »Pirsch du dich von hinten ran, ich beschäftige ihn von hier aus.«

»Geht klar.« Sie wollte sich davonschleichen, da hielt er sie zurück.

»Was, wenn wir zwei am Schluss übrig bleiben?«

»Dann knall ich dich ab, Aschenputtel.« Schon war sie fort.

»Klasse«, murmelte Jan. »Jetzt fällt mir wieder ein, warum ich dich so mag.« Er kletterte am Holzstapel hoch und nahm Tom unter Beschuss. Hoffentlich erwischte Nina ihn bald. Er wollte bei dieser Aktion nicht seine ganze Munition vergeuden.

Der Plan ging auf – Tom ballerte zurück. Das Rattern hallte über die Wiese, die Paintballs färbten das Holz rot. Jan wechselte andauernd die Stellung des Markierers. Vielleicht war Tom ja blöd genug zu denken, dass sie nach wie vor zu zweit wären.

Nach wenigen Schüssen verwandelte sich seine Konzentration in Routine. Ein paarmal von links schießen, ducken, jetzt von rechts, ducken, wieder von rechts, ducken, links ... Sein Hirn klinkte sich aus.

Ebenso gut hätte er an der Play Station einen Ego-Shooter spielen können. In eine Rolle schlüpfen und drauflosballern. Mehr war es nicht.

Es war grotesk. Er stand in diesem gottverdammten Wald und schoss mit Farbkugeln auf andere, während seine Schwester und seine Eltern die größten Ängste ihres Lebens ausstanden.

Das hier – das alles, RUN, der Kick – war nicht seine Welt. Er brauchte das nicht. Spielte nur, weil er dazu genötigt wurde.

Nie zuvor hatte er sich derart ausgeliefert gefühlt.

Als er endlich realisierte, dass auf der gegnerischen Seite Ruhe herrschte und nur noch seine eigenen Paintballs durch die Luft schwirrten, traf auch schon die Meldung ein.

- Nina:
  Tom ist raus. Krieg dich wieder ein, Aschenputtel.
- Tom:
  Gestörte Punkerbraut! Glaub ja nicht, dass du damit durchkommst!

Ein Ruck ging durch Jan. Besser, wenn er Nina zu Hilfe kam. Er spurtete am Holzstoß vorbei und auf das Gebüsch zu. Beiläufig las er Toms Protest.

- Tom:
  Zero! Das Spiel heißt jeder gegen jeden! Sich verbünden ist nicht drin. Ich will, dass Jan und Nina rausfliegen, auf der Stelle! Falls nicht, mach ich sie eigenhändig kalt. Erst die Kröte, dann den Arsch! Zero?

Das könnte übel ausgehen. Jan rannte schneller.

- Zero:
  Tut mir leid. Was zählt, ist das Endergebnis. Maximal hagelt es Strafpunkte, doch erst nach Auswertung der Videos.
- Tom:
  Ich scheiß auf die Strafpunkte! Ich scheiß auf RUN! Jetzt gehörst du mir, Rakits!

Jaja, schon gut. Nur wenige Schritte trennten Jan noch von Nina. Sie hörte ihn kommen, drehte sich um. Ungerührt machte sie das Victory-Zeichen, während Tom – in abgewetzter Jeanskluft und mit einem hübschen Farbklecks auf dem Oberschenkel – offenbar schon in den Startlöchern scharrte, um Jan anzugreifen.

Den Schatten hinter Tom nahm Jan zu spät wahr.

Nina! »Pass auf!«

Zeitgleich mit seinem Warnschrei erklang das Knattern des Markierers. Paintballs trafen Nina auf Hals und Schulter, rot wie Blut rann die Farbe über ihr schwarzes T-Shirt.

Sie klappte zusammen wie eine weggeworfene Handpuppe.

57

online

Jan unterdrückte den Impuls, zu ihr zu stürzen. Stattdessen legte er noch im Laufen den Markierer an und attackierte den Spieler, der Nina so hinterhältig über den Haufen geschossen hatte.

Und traf!

Dass Tom auch etwas abbekam, war eine nicht beabsichtigte, aber erfreuliche Nebenerscheinung. Manchmal fügten sich die Dinge ganz wunderbar.

Jede Vorsicht außer Acht lassend, kniete Jan neben Nina nieder. Sie lag rücklings auf der Wiese, die Beine verdreht, als wäre sie ohnmächtig geworden. Er nahm ihr die Maske ab.

- Vincent:
  Das war's auch bei mir. Jan hat mich erwischt.

»Nina?« Jan berührte sie an der Schulter, aber sie regte sich nicht. Hatte die Augen geschlossen. Lag da wie tot.

Hinter sich hörte er Geräusche wie von einer Rangelei und aufgebrachte Stimmen.

»Jetzt reiß dich mal zusammen, Tom!«

»Lass mich los! Den knöpf ich mir vor!«

»Fair Play, vergiss das nicht! Und jetzt beruhig dich, sonst verpass ich dir eine!«

»Du kannst mich mal ...!«

Jan blendete den Streit aus. »Nina?«

Er rüttelte sie, tätschelte ihre Wange. Sie atmete – Gott sei Dank! Also nur bewusstlos?

Gerade wollte er sie in die stabile Seitenlage drehen, da krallte sie ihre Finger in seinen Unterarm.

»James«, keuchte sie und verdrehte die Augen. »Räche mich ...«

»Spinnst du?«, brach es aus ihm heraus. »Du hast mir einen Riesenschreck eingejagt! Mach das nie wieder!«

Sie grinste verschmitzt. »Ich habe heute extra keine Erdnussbutter genascht. Aber du bist ja so was von begriffsstutzig, es ist ein Jammer.«

Jan blinzelte. Hatte sie ernsthaft von ihm erwartet, dass er hier mit Mund-zu-Mund-Beatmung begann? Wie verrückt war dieses Mädchen?

Sie setzte sich auf und wischte sich die Farbe vom Hals. »Mann, Vincent, war das nötig, mich aus nächster Nähe abzuknallen? Das hat echt wehgetan!«

Vincent? Augenblick ...

Jan wandte den Kopf.

Vincent hatte sich breitbeinig vor Tom aufgestellt,

bereit, zuzuschlagen, sollte es vonnöten sein. Offensichtlich nahm Tom die Drohung ernst. Er grummelte in sich hinein, mehr wagte er aber nicht.

Jans Blick zuckte über Vincents Kleidung. Hose und Shirt aus braun glänzendem Stoff mit eingenähter Polsterung, die bei Stürzen und vor Abschürfungen schützten. Ein Outfit für einen Profispieler. Vincent war ihm heute schon über den Weg gelaufen, im Wald, als er Jasmin verfolgt hatte ...

Als der andere ihn beinah aus dem Spiel gekickt hätte ...

Der andere ...

Der Film in Jans Kopf riss – nur um in doppelter Geschwindigkeit abgespult zu werden.

Er fuhr in die Höhe, machte einen Schritt auf Vincent zu.

»Hast du Jasmin erwischt?«

»Ja«, sagte Vincent gedehnt. »Warum?«

»Wo?«

Vincent deutete in den Wald. »Etwa einen halben Kilometer entfernt, fast an der Spielfeldgrenze ...«

»Sie war blau gekleidet, oder?«

Vincent nickte. »Ja. Was soll die Fragerei?«

Nina gesellte sich zu ihnen. »Was ist los?«

Jan zählte noch einmal im Geiste durch. »Jasmin ist raus. Und wir vier ... Hat einer von euch Florian ...?«

Sie wurden durch Geknatter unterbrochen. Am Waldrand fand ein Kampf statt. Die zwei von vorhin? Jan kniff die Augen zusammen, konnte die beiden Kontrahenten aber kaum ausmachen. Einer verschanzte sich im Wald, der andere schoss von der Wiese her.

Der andere, der Typ in Tarnkleidung!

In seinem Kopf legte sich ein Schalter um. Seine Beine setzten sich wie von selbst in Bewegung, im Vorbeilaufen rempelte er Vincent zur Seite, dann spurtete er quer über die Wiese.

»Jan!«, schrie Nina ihm hinterher. »Was ist los?«

Er hörte nicht. Wollte nicht hören. Wollte nichts, als ihm endlich gegenüberstehen. Nicht mehr ahnungslos wie vorhin. Sondern in dem Wissen, dass *er* es war. Er, der sie alle manipulierte.

»Ihr seid seine Schachfiguren«, hatte Raphael gesagt. »Er spielt mit euch.«

Mehr denn je.

Der Schachmeister war hier.

58

online

- PN an Zero
- Jan:
  Zero! Sie krankes Psychopathenschwein!

Zero blickte ihm in aller Ruhe entgegen. Den Markierer gesenkt, die Maske vor dem Gesicht, stand er neben einem Baum und erwartete ihn. Jan holte alles aus sich heraus, rannte schneller und immer schneller, ohne Vorstellung davon, was er tun würde, wenn er ihn erreicht hatte.

Noch zwanzig Meter, fünfzehn, zehn ...

- Zero:
  Ich wusste, dass du klug genug bist, mein Spiel zu durchschauen, Jan.

Zero ließ ihn auf drei Schritte herankommen, dann drehte er sich um und tauchte in den Wald ab.

Jan nahm die Verfolgung auf. Wenn Zero dachte, er könnte ihm entkommen, hatte er sich getäuscht. Er war der ausdauerndere Läufer, er war der Sportler, der Jüngere. Er würde ihn kriegen und ...

- Zero:
  Leider zu spät. Viel zu spät.

Was dies bedeuten sollte, wurde Jan schmerzlich bewusst, als er stolperte und der Länge nach hinschlug. Der Aufprall war so heftig, dass ihm die Maske mitsamt der Datenbrille vom Gesicht gerissen wurde. Er schlitterte mit der Stirn über eine Wurzel, schluckte Erde, Steinchen, Blut. Hustete und rang nach Luft. Kroch weiter, wollte sich hochstemmen, Zero nachlaufen, weil da nichts sonst seine Gedanken beherrschte, nichts, als der Wille, dieses Arschloch, das sein Leben aus den Angeln gehoben hatte, zu stellen ...

Da bemerkte er aus den Augenwinkeln eine Gestalt.

Sie saß reglos an einen Baum gelehnt, die Beine ausgestreckt – und genau über jene Beine war Jan gerade gestolpert. Sein Herz setzte ein paar Schläge aus, vielleicht wegen des Sturzes oder des Zorns, der in seinem Inneren pulsierte, vielleicht aus dem undefinierbaren Gefühl heraus, dass hier etwas nicht stimmte. Ganz und gar nicht stimmte.

»Florian?«

Es musste Florian sein. Er trug schwarze Jeans und ein ärmelloses Shirt in einem dunklen Olivgrün. Seine linke Seite war über und über mit roter Farbe bekleckert, sie rann ihm über Hals und Arm und tropfte von seinen Fingern auf den Waldboden.

Jans Blick irrte durch den Wald, doch Zero war längst entschwunden. Nie und nimmer konnte er ihn noch einholen.

Er bückte sich zu Florian hinunter. »Florian? Alles okay?«

Keine Reaktion.

»Hey!« Jan tippte ihm auf die Schulter. Sanft, doch Florian kippte zur Seite.

Das Déjà-vu-Erlebnis ließ Ärger in ihm hochkochen. Der Scherz war ebenso wenig angebracht wie vorhin bei Nina.

»Jetzt mach keinen Scheiß! Findest du das etwa witzig?«

Noch immer nichts.

Jan schluckte. Schob Florian die Maske in die Stirn. Nahm ihm die Datenbrille ab ...

Der Schock fraß sich wie Säure durch seine Glieder.

Florians Gesicht war grau und schweißnass. Rote Flecken zeichneten sich auf seiner Haut ab. Seine Lippen waren blau und vom Mundwinkel lief ihm Speichel. Oder Erbrochenes.

Oh Gott, nein!

Jan löste sich aus seiner Starre und fühlte nach dem Puls.

Nichts.

Nichts.

Florian war tot.

59

online

Er könnte aussteigen.

Niemand zwang ihn dazu, RUN zu spielen.

Niemand.

Und Katja? Und Katja, undkatjaundkatjaundkatjaundkatja …?

Sein Kopf dröhnte.

Zu viel, es war zu viel. Zero hatte die Grenze überschritten.

Jan richtete sich auf. Sekundenlang schwindelte ihn, dann hatte er sich gefasst. Glasklar zeichnete sich vor seinen Augen ab, was er jetzt tun musste.

Aussteigen. Die Polizei alarmieren, sofort.

Schluss. Ein für allemal Schluss!

Rote Tropfen fingen sich an seinen Wimpern. Er blinzelte, doch sofort sickerte neues Blut nach. Richtig, seine Stirn. Belanglos angesichts des toten Jungen zu seinen Füßen.

Wie er dalag. Leblos. Gleichzeitig erhitzt vom Fight. Als würde er gleich aufspringen …

Ein Schütteln überlief Jan. Abrupt wandte er Florian den Rücken zu. Er wischte sich das Blut mit dem Ärmel seines Sweaters vom Gesicht. Fischte das Handy aus der Hosentasche. Wählte die Notrufnummer.

Die ganze Zeit fühlte er sich, als würde er neben sich stehen und die Ereignisse aus sicherer Entfernung betrachten. Dass die anderen herbeigelaufen kamen, ihre Masken ablegten, aufgeregt durcheinander redeten, nahm er nur am Rande wahr. Alle Geräusche klangen gedämpft. Auch die Männerstimme am anderen Ende der Leitung.

»144 Notruf Niederösterreich, guten Tag.«

»Hallo? Ja, ich möchte einen Mord ... also, ich habe eine Leiche gefunden. Im Wald ... ein Junge. Sieht aus, als wäre er erschossen worden.«

Jemand stieß ihn an. »Jan!«

Er reagierte nicht.

»Mit wem spreche ich bitte?«, erwiderte der Mann. Als Jan keine Antwort gab, fragte er: »Wo haben Sie die Leiche gefunden?«

»Hier, im Wald. In der Nähe von ...«

Jemand entriss ihm das Handy und schleuderte es gegen den nächsten Baumstamm. Es zerfiel in seine Einzelteile.

Und Jan rutschte in die Realität zurück.

»Bist du irre, Vince?«, schrie er und stieß Vincent beide Hände vor die Brust. »Ich wollte den Notarzt verständigen!«

Vincent – Maske und Datenbrille ins Haar geschoben – starrte ihn ausdruckslos an. »Da hilft kein Notarzt mehr.«

»Dann die Polizei! Ist doch scheißegal!«

»Das wäre ein Fehler.«

»Ein Fehler? Ein *Fehler*, verdammt? Florian ist ermordet worden, verstehst du?«

Vincent lachte auf. »Wie kommst du denn auf die Idee?«

»Sieh ihn dir an! Glaubst du ernsthaft, er ist von allein umgekippt? Einfach so? Zero hat ihn umgebracht!«

»Quatsch! Warum sollte er das tun?«

»Das ... Was weiß ich denn! Weil er ein geisteskranker Verbrecher ist? Wir müssen die Polizei rufen!«

Vincents Miene war nicht zu deuten. Ruhig stand er da und ließ Jans Ausbruch an sich abprallen.

Jan blickte hilfesuchend in die Runde. »Was ist los mit euch? Seid ihr blind, taub oder einfach nur dämlich?«, brüllte er, nun völlig außer sich. Wollte ihn keiner unterstützen?

Tom hatte sich eine Zigarette angezündet. Seine Lippen bebten, nein, er schlotterte am ganzen Körper. Ein Junkie auf Entzug.

Nina hockte neben Florian. Hielt seine Hand. Eine Geste, die in Jan etwas auslöste. Sein Zorn zersplitterte wie Glas, Ruhe flutete sein Innerstes und so etwas wie Ergriffenheit. Alles in ihm glitt in die richtige Spur.

RUN hatte eine erschreckende Wendung genommen. Seine Befürchtungen waren eingetroffen – Zero hatte ins Spielgeschehen eingegriffen. Der Mord an Florian machte sie zu seinen Komplizen. Ihn zu negieren und weiterzuspielen bedeutete, einen Teil der Schuld mitzutragen.

60

online

Vincent kauerte an Florians Seite nieder. »Du glaubst also, Zero hätte ihn ermordet. Und wie hat er das deiner Meinung nach angestellt, hm? Etwa durch die Datenbrille?«

»Er war hier«, erwiderte Jan. »Als siebenter Spieler, ich bin ihm begegnet, habe sogar mit ihm gesprochen. Anfangs dachte ich noch, das wärst du. Dabei war es Zero. Er muss auf Florian geschossen haben.«

»Höchstens mit Paintballs.« Vincent inspizierte Florians Brustkorb, das Gesicht, den Kopf, beugte ihn vorsichtig nach vorn und besah sich seinen Rücken. Schließlich blickte er auf. »Da ist nirgends eine Schusswunde, Jan. Selbst wenn es stimmt, was du sagst – an einer Kugel ist er nicht gestorben.«

»Ach ja, und du bist Experte für so was!«, gab Jan gereizt zurück.

Vincent erhob sich aus seiner Hockstellung. »Ich sehe, was ich sehe. Schau selbst nach.«

»Nein. Erst rufe ich die Polizei.«

Jan wollte die Teile seines Handys wieder aufsammeln, da versperrte Vincent ihm den Weg. »Auf keinen Fall.«

»Riecht ihr das?«, fragte Nina plötzlich. »Irgendwie seltsam.«

Sie schnupperten.

»Es riecht nach Rauch«, meinte Jan grimmig. »Unser Junkie muss schon wieder paffen. Warum setzt du dir nicht endlich einen Schuss, Tom?« *Den goldenen. Wäre besser für dich. Für uns alle.*

Tom sah ihn hasserfüllt an. »Halt die Fresse, Arschloch!«

»Es riecht nach ... Katzenpisse«, stellte Nina fest. »Gott, ich glaube, ich muss kotzen.« Sie sprang auf, streifte Jan mit einem bedeutungsvollen Blick und lief ein Stück in den Wald hinein.

Es war nur ein winziger Augenkontakt gewesen, aber Jan wusste sofort, dass er auf sie zählen konnte. Jetzt musste er seinen Part auf die Reihe kriegen.

Sie hörten würgende Geräusche. Keuchen und Husten. Nina war die perfekte Schauspielerin.

»Vincent, jetzt sei doch vernünftig«, beschwor Jan ihn lautstark. »RUN hin oder her – wir können Florian nicht einfach hier liegen lassen und verschwinden. Das kann nicht dein Ernst sein!«

»Hast du mal ein Stück weiter gedacht?«, entgegnete Vincent. »Sie werden kommen und Fragen stellen und dann sind wir dran. Das fängt damit an, dass Paintballspielen im Wald gesetzlich verboten ist. Das Mindeste, womit wir rechnen müssen, ist eine Anzeige.«

»Die Gefahr bestand von Anfang an. Du wusstest um die Konsequenzen und hast dich trotzdem darauf eingelassen.«

»Genau! Weil ich mich auf RUN eingelassen habe. Wie wir alle. Jeder von uns wusste, dass das illegal ist. Aber wenn wir jetzt die Polizei holen, fliegt das Spiel auf und alles ist im Eimer.«

Jan wies auf Florian. »Wen interessiert denn jetzt noch dieses Scheißspiel!«

»Mich zum Beispiel! Ich werde nicht auf meinen Preis verzichten, nur weil einer abkratzt! Das ist Pech. So was passiert. Genauso gut hättet ihr im Teich ertrinken können, oder? Kollateralschaden nennt man das.«

Jan verschlug es die Sprache. Kollateralschaden? Er hatte schon vermutet, dass Vincent viel abgebrühter war, als es anfänglich den Anschein gehabt hatte, aber das war ungeheuerlich.

Tom warf seine Zigarettenkippe weg. Mit fahrigen Fingern steckte er sich eine neue an. »Vincent hat recht. Die Bullen zu rufen, bringt uns nur Ärger ein.«

Jan blickte zwischen den beiden hin und her. »Ihr seid vollkommen krank. Wie wollt ihr die Sache denn vertuschen? Hier ist alles voller Farbe! Abgesehen von ... ihm!«

Vincent betrachtete Florian leidenschaftslos. »Na und? Hier haben ein paar Leute Paintball gespielt und einer ist dabei umgekommen. Kreislaufkollaps. Wenn alle dichthalten, kriegt die Polizei nichts raus. Und schon gar nichts über RUN.«

»Glaub ich auch«, stimmte Tom zu. »Es darf sich nur keiner verplappern.«

Vincent hob Florians Datenbrille vom Waldboden auf und steckte sie ein. »Gut, dann sind wir uns einig. Tom und ich werden nichts ausplaudern. Jasmin wird froh sein, wenn sie ungeschoren davonkommt. Und du ...«, er sah Jan scharf an, »... du und Nina, ihr müsst schwören, nichts zu verraten.«

Jan tippte sich an die Stirn. »Ich schwöre überhaupt nichts.«

Ein *Pling* ließ sie alle zusammenzucken.

Vincent setzte seine Datenbrille auf. »Das nächste Level ist online«, verkündete er.

»Was?«, fragte Jan entgeistert. »Und kein Wort über Florian?«

Vincent schüttelte den Kopf. »Nein. Zero weiß, dass wir das Richtige tun. Schließlich kann er sich auf uns verlassen.«

Ein Gedanke zuckte in Jan auf, doch ehe er ihn zu fassen bekam, kehrte Nina zurück, die Datenbrille auf der Nase.

»Wir sollten hier abhauen«, sagte sie, ohne Jan eines Blickes zu würdigen.

Ihr Verhalten war wie ein Schlag in die Magengrube. Und er hatte ihr vertraut!

»Ganz meine Rede.« Vincent nickte. »Packt alles ein, was euch gehört. Wir dürfen der Polizei keinen Anhaltspunkt liefern.« Er nestelte an Florians Battlepack herum. Angewidert wandte sich Jan ab. Was hier ablief, war unfassbar.

»Vergesst nicht, eure Ausrüstung in den Sack zu stopfen«, fuhr Vincent fort. »Ich nehme an, Zero wird sie abholen.«

Nina drückte Jan die Teile seines Handys in die Hand, dann seine Maske und die Datenbrille. Er war so vor den Kopf gestoßen, dass er alles wortlos entgegennahm. Wie hatte er sich nur so in ihr täuschen können?

»Alle fertig?«, fragte Vincent. »Denkt daran: kein Wort zu irgendjemandem. Und Jan – ich hoffe, du hältst dich an unsere Abmachung. In deinem eigenen Interesse.«

Vincent verschwand mit ein paar Schritten im Wald und Tom folgte ihm wie ein dressiertes Hündchen.

»Was sollte das …?«, setzte Jan wütend an, doch Nina winkte ab.

»Jetzt nicht.«

»Wann denn?«, schrie er.

Nina deutete mit einer knappen Handbewegung zum Himmel.

Jetzt hörte Jan es auch: Motorengeräusch erfüllte die Luft. Über den Bäumen tauchte ein gelber Rettungshubschrauber auf.

Er hätte sie am liebsten umarmt. Aber Nina war schon fort.

Voller Bedauern warf Jan einen Blick auf Florian. Dann rannte auch er.

61

online

Wie besessen hetzte Jan durch den Wald, immer in Erwartung, Polizisten mit Suchhunden zu begegnen. Oder Zero.

Mehr als einmal überlegte er, umzukehren und sich zu stellen, doch mit jedem Meter, den er zurücklegte, zerfaserte der Gedanke mehr, bis er sich komplett verflüchtigte.

Sollte er weiterspielen – und momentan sah es ganz danach aus –, brauchte er einen wasserdichten Plan. Zero würde RUN bis zum bitteren Ende durchziehen. Wie viele Menschen dabei umkämen, konnte Jan sich ausmalen: alle.

Was sollte er gegen ihn ausrichten? Zero war ihm stets einen Schritt voraus. Paul hatte sich nicht wieder gerührt, auch von Raphael hatte er nichts gehört. Blieb nur Fuchs. *Vergiss ihn. Zieh dein Ding durch.*

Als Jan das rot-weiße Absperrband erreichte, legte er in aller Eile die Paintball-Ausrüstung ab und verstaute sie im gelben Plastiksack. Motorenlärm ließ ihn aufhorchen – der Hubschrauber war auf dem Rückflug. Das Knattern zog über seinen Kopf hinweg und entfernte sich rasch. Gut so, und irgendwie tröstlich, dass Florian nicht die Nacht über im Wald liegen musste.

Wieder unterwegs, fühlte sich Jan von einer schweren Last befreit. Das Level war abgeschlossen. Er hatte seine Entscheidung getroffen. Dass sie alles andere als korrekt war, schob er absichtlich beiseite. Gewissensbisse würden Florian nicht wieder lebendig machen. Jetzt hieß es, nach vorn zu schauen.

Womit wir wieder beim Thema Plan sind, dachte er. *Mal sehen, was das nächste Level bringt.* Er zog die Datenbrille aus der Hosentasche und setzte sie auf.

- Welcome to level 6!

  Du hast bereits fünf Levels bestritten und bist noch im Spiel? Gratulation!
  Zur Belohnung findest du in deinem Battlepack ein Ar-

tefakt, das du für den weiteren Spielverlauf benötigst. Pack es in deinen Rucksack. Doch Achtung: Öffne es nur auf ausdrückliche Anweisung!
Level 6 startet in Wien um 22 Uhr. Sei bereit!

RUN – Gib dir den Kick!

»Was, heute?«, entfuhr es Jan. Es war zwanzig Uhr, die Dämmerung senkte sich über den Wald. In Kürze fuhr seine S-Bahn und er musste noch mal zurück, um dieses Artefakt zu holen, was auch immer das sein mochte. »Verdammt!«

Den ganzen Weg über machte er seinem Ärger Luft, fluchte und kickte Steine und Äste beiseite, bis er an der Absperrung angekommen war. Inzwischen war es unter dem Blätterdach der Bäume so finster geworden, dass er den Sack nicht auf Anhieb wiederfand. Ringsherum knackte und knarrte es, Vogelschreie fegten durch die Dunkelheit, irgendwo röhrte ein Hirsch. Jan fröstelte. Der Wald schien ihn aus tausend Augen zu beobachten. Verdammt, wo hatte er den Sack hingehängt?

Zum Glück stieß er nach einigem Umherlaufen mit dem Kopf dagegen. Mehr tastend als sehend suchte er das Battlepack ab. An der Innenseite entdeckte er ein gesondertes Fach mit Klettverschluss. Darin befand sich ein flaches, mit Papier und Klebeband umwickeltes Päckchen. Das Artefakt, das er in seinen fiktiven Rucksack stecken sollte. *Tomb Raider lässt grüßen.*

Hastig nahm er das Päckchen an sich, hängte den Plastiksack wieder an den Ast und begann zu laufen. Wenn er die S-Bahn noch erreichen wollte, musste er sich sputen.

62

offline

Die Türen der S-Bahn schlossen sich mit einem Signalton, der Zug ruckelte an. Geschafft! In letzter Minute.

Jan hatte die Datenbrille abgeschaltet. Der Akku war zwar zu einem Viertel voll, aber darauf wollte er nicht vertrauen. Das Ladekabel lag bei Raphael, und ob er es bis zum Start von Level 6 noch zu ihm nach Hause schaffte, war fraglich.

Abwesend drehte er die Brille zwischen den Fingern, als sich jemand auf den Sitz neben seinem fallen ließ. Ausgerechnet. Und das bei fast leerem Waggon. Er wandte den Kopf – Nina. Sie war doch immer wieder für eine Überraschung gut.

Mit einem Seufzen lehnte sie sich an seine Schulter. Jan rückte nicht ab. Ihr Bedürfnis nach Nähe kam seinem entgegen, ihr Geruch, diese spezielle Mischung aus Wald, Erde und Nina, beruhigte ihn, und nach einigen Minuten fühlte es sich ganz selbstverständlich an.

Die S-Bahn glitt Richtung Wien. Draußen huschte die Dunkelheit vorbei, die Fensterscheibe spiegelte ihre Gesichter. Im grellen Licht des Waggons wirkten sie gespenstisch blass – zwei Zombies, die auf ein unbestimmtes Ende zusteuerten.

Sie schwiegen eine Weile. Jan hatte Wut und Trauer begraben. Er war viel zu erschöpft zum Denken, und was sollte er ihr auch an den Kopf werfen? Sie hatte ihm nichts versprochen. In gewisser Hinsicht hatte sie ja dennoch Wort gehalten, indem sie den Notarzt alarmiert hatte.

»Hast du Zeros Anweisungen befolgt?«, fragte Nina schließlich.

Jan nickte. »Ja. Du?«

»Mhm. Und? Wie sieht deins aus?«

Er wusste sofort, was sie meinte. Sanft löste er sich von ihr und zog das Päckchen aus der Hosentasche. »Ich habe keinen blassen Schimmer, was da drin sein könnte.«

»Ich auch nicht.«

Jan schob das Päckchen an seinen Platz zurück und hielt die Datenbrille hoch. *Aus oder an?*, formte er mit den Lippen.

Aus, gab sie auf die gleiche Weise zurück. Warum?

Es tat gut, frei sprechen zu können. »Zero hört mit«, sagte er und erklärte ihr die Funktionsweise der Brille. »Er zeichnet alles auf, jeden Pups von dir.«

»Dann weiß er also, dass ich nackt vor dem Spiegel tanze?«

Jan hob die Augenbrauen. »Ach ja?«

Sie knuffte ihn in die Seite. »Nein! Ich hatte schon etwas Derartiges vermutet.«

Natürlich. »Der Rettungshubschrauber war übrigens schnell hier. Die haben sich mächtig beeilt. Bei einem Toten?«

Nina setzte ein unschuldiges Lächeln auf. »Ich hatte nichts von einem Toten erwähnt, sondern gemeldet, dass Florian unbeabsichtigt eine Giftpflanze gegessen hat und dass es ihm sehr schlecht geht. Sie versprachen, in fünf bis zehn Minuten da zu sein. Hat funktioniert.«

Vielleicht wäre ein Danke angebracht gewesen, aber es wollte ihm einfach nicht über die Lippen kommen. »Wir hätten bei ihm bleiben sollen. Stattdessen sind wir davongerannt wie die Feiglinge. Das war nicht richtig.« Hohle Worte, die nichts änderten.

»Nein, war es nicht. Aber dann wären wir um die Wahrheit nicht herumgekommen. Zero hätte davon erfahren. Er hätte deine Schwester umgebracht. Kurz gefasst.«

Und auf den Punkt gebracht. Jan entwich ein Stöhnen.

»Du fühlst dich schuldig«, meinte Nina. »Das bist du nicht.«

»Und ob ich schuldig bin. Du auch. Jeder von uns. Schon allein, sich auf Zeros Spiel einzulassen, macht uns zu Schuldigen.«

Nina antwortete nicht gleich. »Das ist etwas, was ich verdränge, weißt du. Ich kann ... einfach nicht damit umgehen.«

Zumindest ist sie ehrlich. Jan drosch die Faust gegen das Fenster. »Verdammt. Ich wusste, dass heute einer sterben würde. Ich wusste es – und habe es zugelassen.«

»Und warum?«

»Warum? Wegen Katja. Zero hat mich in der Hand, das lässt er mich andauernd spüren. Ich kann seine Drohungen schon gar nicht mehr zählen. Die letzte handelte von einem Lötkolben. Er wollte ihr damit ein Herz auf die Wange tätowieren.«

»Hier hast du deine Antwort. Wir treffen Entscheidungen, egal ob richtig oder falsch, immer zugunsten der Menschen, die wir lieben. Immer.«

»Auch wenn wir dabei das Gesetz brechen?«

»Auch dann.«

Jan erwiderte ihren Blick lange.

Zögernd hob sie die Hand und strich über seine Stirn, so federleicht, dass er unwillkürlich erschauerte. »Du schaust fürchterlich aus«, flüsterte sie.

»Danke ...« ... *gleichfalls*, hatte er sagen wollen, doch das traf nicht zu. Ihr wirres Haar, die leicht geröteten Wangen, der Schimmer in ihren blaugrauen Augen – nie zuvor war sie ihm hübscher erschienen. »Du nicht«, beendete er den Satz mit einem Lächeln. »Dir bekommt RUN besser als mir.«

»Ich habe nichts zu verlieren.«

»Doch, dein Leben.«

Sachte stieß sie den Atem aus. »Wir sitzen ziemlich in der Scheiße, oder?«

»Absolut.«

Nina schmiegte sich an seine Schulter, und diesmal zog Jan sie an sich und legte seinen Kopf auf ihren. Das gleichmäßig Rattern des Zuges drängte sich in den Vordergrund, und er lauschte, ohne an den Kampf zu denken, den er gegen Zero führte. Hier sitzen zu dürfen, dieses Mädchen in seinem Arm, erschien ihm wie ein kostbares Geschenk.

Sein Brustkorb weitete sich mit einem tiefen Atemzug. Erstmals ließ er die Müdigkeit in seine Glieder sinken. Die Augen fielen ihm zu und es dauerte nur Sekunden, bis er wegdämmerte.

Irgendwann rüttelte sie ihn sanft. »Jan? Ich muss hier raus.«

Augenblicklich war er wach. »Wo sind wir?«

»Leopoldau. Ich muss in die U-Bahn umsteigen.«

»Oh. Verstehe.« Etwas in ihm wollte sie nicht gehen lassen. »Na dann ... viel Glück für Level 6.«

Nina nahm seine Hand und zog ihn vom Sitz hoch. Er wollte fragen, was das sollte. Wollte ihr erklären, dass das Level bald anfinge und er rechtzeitig bei Raphael sein müsste. Sie kam ihm zuvor.

»Komm einfach mit«, sagte sie leise.

Und das tat er.

63

offline

Das Haus empfing sie mit Dunkelheit. Jan hatte es nicht so kalt und abweisend in Erinnerung gehabt, doch inmitten der beleuchteten Nachbarhäuser wirkte es wie ein Klotz, der seit Jahren leer stand.

Sie hatten auf der Herfahrt nicht mehr viel geredet, sich nur an den Händen gehalten und den anderen gespürt. Ninas Nähe umwob ihn wie ein schützender Schild. Als hätte sie den ihren angehoben und zusätzlich über ihn gestülpt. Jan hätte nichts dagegen gehabt, endlos lang mit ihr durch die Nacht zu fahren. RUN und all seine Sorgen zu vergessen. Nun, da sie ihr Ziel erreicht hatten, fühlte er sich unsanft in die Wirklichkeit zurückgeworfen.

Nina schloss die Haustür auf und schaltete das Licht ein. Sofort flutete Wärme die unbelebten Mauern. Jan seufzte auf. Es wurde langsam Zeit, dass sein überfordertes Hirn zur Ruhe kam. RUN brachte ihn noch um den Verstand.

»Ist deine Mutter nicht zu Hause?«, fragte er, als Nina ihn in die Küche führte.

»Nein. Sie kommt selten vor Mitternacht heim. Neben ihrer Arbeit hat so gut wie nichts eine Existenzberechtigung.«

»Dann bist du abends immer allein?«

»Ja.« Nina grinste schief. »Glaub mir, das ist der einzige Grund, warum wir beide noch am Leben sind.« Sie öffnete den Kühlschrank. »Wenn du etwas anderes essen möchtest, als meine Minibar oben hergibt, dann such dir hier was aus.«

Jan hatte Hunger. Obendrein tanzten in seinem Bauch die Gefühle Walzer. Da waren Nina, das bevorstehende Level und die Angst um Katja. Nicht zu vergessen seine Eltern, denen mittlerweile aufgefallen sein musste, dass er abgängig war.

»Haben wir denn noch Zeit?«

Nina deutete auf die Uhr am Herd, deren Ziffern in giftigem Grün glommen. »Eine knappe Stunde.«

Jan entschied sich für Rührei. Da konnte nichts schiefgehen.

»Olivenöl statt Butter«, informierte er Nina, nachdem sie die Eier verquirlt hatte. »Du weißt schon, meine Allergie.«

Schmunzelnd träufelte sie ein wenig Öl in die heiße Pfanne und goss die Eimasse hinein. »Ist nicht gerade einfach, dich zu verköstigen.«

»Wie weit bist du mit deinen Nachforschungen gekommen?«, erkundigte sie sich. »Hast du etwas über Zero herausgefunden?«

»Nicht viel.« Er erzählte ihr, was er von Paul wusste und womit Raphael beauftragt war. Die Recherchen ihre Mutter betreffend ließ er wohlweislich aus. »Ich hoffe immer noch, dass einer der zwei den einen Hinweis findet, der uns weiterbringt. Seinen Namen, die Adresse, irgendetwas. Dann könnte ich reinen Gewissens die Polizei informieren. Sie würde sein Haus stürmen und Katja befreien. Happy End.«

Sie würzten das Rührei mit Salz und Pfeffer und schlangen es im Stehen mit Brot hinunter, die Zeit ständig im Hinterkopf.

»*Ich* könnte doch die Polizei einschalten«, meinte Nina, als sie die Teller in die Spülmaschine räumten. »Damit wärst du aus dem Schneider.«

Kurz dachte er über den Vorschlag nach. »Nein. Zero würde herausfinden, dass du ihn verraten hast und dich töten. Außerdem weiß er inzwischen, dass wir … befreundet sind.«

Ninas Augenbrauen schnellten in die Höhe. »So? Befreundet nennst du das?«

»Du etwa nicht?«

»Doch …«, sagte sie gedehnt.

»Eben. Damit wärst du die Erste, die er verdächtigen würde.«

»Wenn du recht hast und Zero plant, uns alle zu killen – sterbe ich ohnehin. Wo liegt der Unterschied?« Sie sprach so ruhig, als hätte sie sich bereits damit abgefunden.

Jan ergriff ihre Hand. »Ich will nicht, dass du stirbst. Es soll überhaupt niemand mehr sterben.«

»Okay«, lenkte sie ein. »Wie du meinst. Gehen wir nach oben. Vielleicht möchtest du dir das Blut vom Gesicht waschen, bevor das nächste Level beginnt. Und anschließend könnten wir an unserer Freundschaft arbeiten.«

Verblüfft sah er sie an. »Woran hast du gedacht?«

»An ein Upgrade.«

64

offline

Im Badezimmer schreckte Jan vor seinem Spiegelbild zurück. Von Eddie, dem Vampir, konnte er nur träumen.

Der halbe Wald klebte in seinem Gesicht. Zusammen mit seiner aschgrauen Haut, den violetten Ringen unter seinen Augen und den getrockneten Blutspuren an Wange und Hals bot sich ihm ein interessantes Farbspiel. Die Schramme auf seiner Stirn hätte vermutlich genäht gehört, aber dafür war es nun zu spät. Und er roch ... nicht gerade gut.

Im Hinblick auf das bevorstehende Upgrade – er musste über Ninas Ausdrucksweise lächeln – war er mit einer Dusche besser beraten als mit einer Katzenwäsche.

Das heiße Wasser weckte Jans Lebensgeister. Als er sich anschließend die Haare mit den Fingern grob durchkämmte, wirkte die Wunde auf der Stirn schon bedeutend harmloser. In einem der Schränke fand er ein neutral riechendes Deo, in einem anderen ein desinfizierendes Puderspray. Damit war er fürs Erste versorgt.

Jan schlüpfte in seine Jeans. Sie waren durch das Paintballspiel arg ramponiert und voller Flecken. Noch schlimmer war es um T-Shirt und Sweater bestellt. Ob Nina mit Ersatzkleidung aufwarten konnte? Er öffnete die Tür zu ihrem Zimmer einen Spaltbreit und fragte sie danach.

»Im Kleiderschrank meiner Mutter findest du bestimmt etwas Passendes«, sagte sie, den Blick konzentriert auf ihr Notebook gerichtet. »Durch die andere Badezimmertür. Der Schrank links in der Ecke.«

»Ich kann ja wohl schlecht in ihren Sachen wühlen«, meinte Jan, doch Nina gab keine Antwort mehr. *Okay ...*

Hier musste einst das elterliche Schlafzimmer gewesen sein. An der Wand stand ein kitschiges Himmelbett, am Fenster bauschten sich spinnfädenfeine Vorhänge im Luftzug.

Auf den Regalen entdeckte Jan Unmengen von Fotos. Erinnerungen an eine Familie, die irgendwann zerfallen war. Eine strahlende Helene Sandt, die ihre beiden Töchter im Arm hielt. Nina, keine sechs Jahre alt, mit blonden Rattenschwänzchen und dem frechen Grinsen im Gesicht, das sie viel zu selten zeigte. Ihre Schwester, eine pummelige Zweijährige, die auf einem Kindertrampolin herumsprang. Und ihr Vater – schlank, gutaussehend, fröhlich. Ein Gesicht, das Ninas feine Züge trug.

Jan fröstelte. In diesem Raum war die Zeit stehengeblieben.

Rasch durchsuchte er den Schrank und wurde in einem Wäschestapel fündig. Männerkleidung. T-Shirt und Pullover, beides in Dunkelblau und in Schnitt und Größe akzeptabel. Ob die Sachen noch von Ninas Vater stammten?

Im Hinausgehen hielt er erneut bei den Fotos inne. Woran war Saskia nun gestorben? Und viel wichtiger: Warum hatte Nina ihm diese Schwimmbad-Geschichte aufgetischt?

Jan wandte sich um – und rannte in Nina hinein, die mit verschränkten Armen hinter ihm stand. Seine Fantasie zauberte ihren schwarz gefärbten Bob blond. *Würde ihr gut stehen.*

Ihr Gesicht war eine starre Maske. »Was Interessantes gefunden?«

Ertappt stammelte er eine Entschuldigung. »Nein, ich ... habe mich gefragt ...« Er wollte sie auf ihre Lüge ansprechen, dann entschied er sich für »Dein Vater hat ein nettes Lachen«.

Sie nickte und bleckte die Zähne. »Ich komme nach ihm.«

»Und deine Schwester ist ...«

Nina blinzelte. »Klein? Süß? Tot?«

»Nicht ertrunken.«

»Brillant kombiniert, Aschenputtel.«

»Mehr nicht? Wie wäre es mit einer Erklärung?«

Sie schwieg. Starrte ihn unverwandt an. Es dauerte einen Moment, bis er erkannte, woran ihr Blick hing. Nicht an den Fotos oder an der Kleidung, die er in der Armbeuge trug. Sondern an seinem nackten Oberkörper.

»Wow«, sagte sie mit rauer Stimme. »Du kletterst wohl oft, hm?«

Seine Zunge war plötzlich wie ausgetrocknet. »Ähm ... ja.« Beinah hätte er das Funkeln in ihren Augen übersehen. Er seufzte. »Ablenkungsmanöver?«

Jetzt grinste sie wie auf dem Foto. »Durchschaut.«

Wunderbar. Sie hatte ihn voll im Griff.

65

online

Kochen und Duschen hatten erheblich mehr Zeit in Anspruch genommen als erwartet. Als Jan fertig angezogen in Ninas Zimmer kam, war von einem Upgrade keine Rede mehr. Er schaffte es gerade noch, eine SMS an Raphael zu schicken, in der er versprach, sich so bald wie möglich zu melden, dann zeigte die Datenbrille zweiundzwanzig Uhr und ein Posting von Zero an:

- Welcome again to level 6!

Die Flamme
sich erhebt.
Sie leckt und frisst
und schwebt
empor,

den Geist begleitend
auf der ew'gen Reise.

Die Asche
sich ergießt.
Sie nährt und speist
und wandelt
Tod in Leben,
den Leib zuführend
der ew'gen Erde.

Suchender,
fürchte weder
Flamme noch Asche.
In den Hallen
hinter den Mauern
wirst auch du dereinst
den Frieden finden.

Startzeit: 24:00 Uhr/0:00 Uhr
Programm:
Kampf um Ruhm und Ehre
Die Helden
Die Artefakte
Open End

RUN – Gib dir den Kick!

»Uff«, meinte Jan. »Zwei Stunden, um aus seinem Gefasel schlau zu werden und zum Treffpunkt zu fahren? Das wird knapp.«

Nina rief die Seite von Google auf ihrem Notebook auf. »Das klingt kryptischer, als es ist. Zero ist beim Erstellen seiner Rätsel nicht besonders einfallsreich. Er wendet immer das gleiche Prinzip an.«

Jan runzelte die Stirn. »Nämlich welches?«

»Die Rätsel müssen per Internet lösbar sein. Daher wählt er Suchbegriffe aus, die zum gewünschten Ergebnis führen. Die nimmt er und verpackt sie in einen hübschen Text oder in Zahlen, wie beim Turmrätsel. Die Kunst an der Sache ist, das richtige Wort bei Google einzugeben.«

»Ah ja.«

In Windeseile hatte sie ein Worddokument geöffnet und den Text abgetippt. »Gut, sehen wir uns mal die Nomen an: Flamme, Asche, Geist, Reise, Tod, Leben, Leib, Erde.« Sie markierte die genannten Begriffe und hinterlegte sie mittels Textmarkertool mit gelber Farbe.

Ihre Art zu arbeiten faszinierte Jan. Das poetische Ganze in seine Teile zu gliedern, wäre ihm nicht im Traum eingefallen. »Nochmals Flamme und Asche, dann die Hallen, die Mauern und der Frieden.«

»Okay.« Rasch waren auch die übrigen Wörter gelb hervorgehoben. »Asche und Flamme gehören zusammen, dann Tod und Leben ...« Sie notierte die Wörter unter dem Gedicht.

»Flamme könnte auch zu Leben passen«, wandte Jan ein. »Feuer ist lebendig.«

»Feuer vernichtet. Hier heißt es schließlich ›leckt und frisst‹.«

»Schon, aber *was* frisst die Flamme?«

Nina zog scharf die Luft ein. »Asche zu Asche, Staub zu Staub ...«

Jan schluckte. »Die Flamme frisst den Leib, der zu Asche wird. Und sie begleitet den Geist in den Himmel. Geist im Sinn von Seele.«

»Auf die ew'ge Reise.« Sie nickte. »Sieht aus, als hätten wir's.«

»Du meinst, es geht um den Tod an sich?«

»Nein.« Sie blickte ihn ernst an. »Ich fürchte, das Gedicht bezieht sich auf einen Toten. Auf *den* Toten.«

Jan wurde heiß. Wie passend. Sollten dies tatsächlich Zeros Abschiedsworte für Florian sein?

»Auf keinen Fall«, widersprach er. »Dazu ist nicht einmal er fähig. Der Hubschrauber hat Florian vor zwei Stunden geholt. Zero kann ihn ... also seine Leiche nicht einfach für ein Level ... Wir können doch nicht ...« Entsetzt brach er aus seinem Gedankensumpf aus. »Nein, unmöglich.«

»Es wäre genau sein Stil.«

»Es ist pietätlos. Ich kann und will das nicht glauben. Das ist seine Psychomasche. Er will uns damit verrückt machen.«

»Na, hoffentlich hast du recht.« Nina seufzte. »Also weiter. Die Asche des Leibes nährt und speist ... die Erde?«, beendete sie ihre Überlegung mit einer Frage.

»Wie Dünger?«

»Genau. Und daraus entsteht neues Leben. Ist doch ein schöner Gedanke, oder?

Jan stöhnte. »Im Grunde schon, aber in Bezug auf das Level ganz und gar nicht. Mir wird schlecht, wenn ich daran denke, was Zero hierbei wieder ausgeheckt haben könnte.«

»Bleibt noch die Anspielung auf uns. Wir sind die Suchenden und sollen in den Hallen hinter den Mauern den Frieden finden.«

»Scheint, als würde er uns auf einen Friedhof locken.«

Nina fütterte Google mit dem Suchauftrag ›Friedhöfe Wien‹ und überflog die Ergebnisse. »Fein, es gibt sechsundvierzig Friedhöfe in Wien.«

»Findest du eine Liste? Auf Wikipedia vielleicht?«

Sie nickte, öffnete die entsprechende Seite und scrollte zur Liste der Wiener Friedhöfe. Ihr Aufschrei kam zugleich mit seinem. »Feuerhalle Simmering!«

»Das muss es sein!«, rief Jan. »Ein Krematorium. Die Flamme, und die Asche, die der Erde zugeführt wird – Verbrennung und Urnenbestattung!«

Nina klickte den Link an. Der Wikipedia-Eintrag zur Feuerhalle Simmering öffnete sich. »Ja, und lies mal hier, unter der Rubrik Geschichte: ›Die Befürworter der Feuerbestattung, vor allem der Verein *Die Flamme* ...‹ Die Flamme – ich wette, das wäre unser Suchauftrag gewesen. Gleich das erste Wort, typisch.«

»Das bedeutet, unser Level findet in der Feuerhalle statt? Und wie kommen wir da rein?«

Nina folgte einigen Links und öffnete schließlich einen Friedhofsplan des Krematoriums. Sie grinste ihn keck an. »Zunächst müssen wir über die Mauer klettern. Bestens, das ist doch deine Spezialität!«

66

online

Deine Eltern rennen mir noch die Bude ein. Bitte melde dich bei ihnen. R

Jan drückte Raphaels SMS weg. Sie hatten vorhin in aller Hektik telefoniert und Neuigkeiten ausgetauscht. Raphael war geschockt über die Ereignisse, doch zumindest verschonte er Jan mit Vorhaltungen. Stattdessen berichtete er, dass sie die drei Männer von der Liste der Verdächtigen streichen konnten. Nirgendwo hatte er

Hinweise auf Katja gefunden. Auch die Quads erwiesen sich als Sackgasse und an Helene Sandt war Raphael noch dran. Jan hatte ihm vom nächsten Level erzählt, kurz erwähnt, wo es stattfinden würde, und Raphael gebeten, Paul zu kontaktieren. Etwaige Fortschritte sollte er Jan per SMS mitteilen. Von seinen Eltern wollte er lieber nichts hören. Dieses Unwetter würde sich früh genug über ihm entladen.

Er schaltete das Handy stumm und steckte es ein. Nina erwiderte sein Nicken – sie war bereit. Beide trugen sie ihre Datenbrille. Jan hatte den Akku zuvor bei Nina geladen. Zumindest in dieser Hinsicht konnte er sich entspannen.

»Auf zum Kampf um Ruhm und Ehre«, zischte er.

Nacheinander kletterten sie über die Backsteinmauer, die das Gelände des Krematoriums umgab, und Jan stellte erfreut fest, wie geschickt Nina sich dabei anstellte.

Im Schutz der hohen Fichten rannten sie auf die Feuerhalle zu. Das weiße, fensterlose Gebäude mit dem gestuften Dach und den Mauerzinnen mutete im Mondlicht ein wenig orientalisch an, der vorgelagerte Arkadenhof mit den Urnennischen verstärkte diesen Eindruck noch.

»Sieht wie ein Tempel aus«, meinte Jan, als sie die Treppe zum Eingangstor der Halle erklommen.

Nina nickte. »Solange hier keine Heiligen Krieger rumlaufen, ist mir alles recht.«

»Ein Nachtwächter würde schon reichen.« Er glaubte aber nicht daran. Weshalb sollte man Urnen auch bewachen?

Das Tor war aus Holz und in einen Spitzbogen eingepasst. Nina drückte die Türklinke hinunter. »Verschlossen. War nicht anders zu erwarten.« Sie rüttelte, probierte es an den beiden Nachbartüren, doch auch hier hatten sie kein Glück. »Versuchen wir es bei den Seiteneingängen.«

Treffer. Gleich die erste Tür öffnete sich mit einem Knarren. Hintereinander schlichen sie durch einen dunklen Flur. Das Licht von Ninas Taschenlampe malte lange Schatten an die Wände. Eine Treppe führte ins Untergeschoss. Jan verzog das Gesicht beim Gedanken an die vier Öfen, in denen die Särge mitsamt den Leichen verbrannt wurden.

»Sehen wir zuerst heroben nach«, flüsterte er.

Die Halle lag in stillem Schlaf. Der Marmorboden unter ihren Füßen strahlte Sauberkeit aus. An der Frontseite wiederholte sich der Spitzbogen des Eingangsbereiches in einem riesigen Fenster. Die bunten Glasmalereien in der unteren Hälfte waren im Licht der Lampe kaum zu erahnen, aber durch den durchsichtigen oberen Teil schimmerte die Nacht.

Jan wurde mulmiger zumute. Etwas in diesem Raum kam ihm sonderbar vor, doch er konnte beim besten Willen nicht sagen, was. Unruhig wanderte sein Blick umher, glitt über das Rednerpult, die Kerzenhalter aus Messing und blieb auf dem Marmorpodest in der Mitte hängen. Darauf stand ein mit frischen Blumen dekorierter Sarg.

Ein Sarg.

Für die Zeremonie am nächsten Morgen vorbereitet? Oder von Zero eigens für sie aufgestellt?

Und wenn jemand darin lag? Der eine Jemand?

Als er auf den Sarg zuhielt, fasste Nina nach seiner Hand. »Warte«, wisperte sie. »Du glaubst doch nicht wirklich, dass Florian ...«

Jan biss sich auf die Unterlippe. »Keine Ahnung. Aber die Ungewissheit halte ich nicht aus. Wir müssen nachsehen.«

Nina hielt eine bedruckte Schleife hoch. »In ewiger Liebe«, las sie halblaut vor. »Hör mal, du hast recht. Das kann nicht sein. Niemand wird am Tag seines Todes hier aufgebahrt. Bestimmt gibt es da eine lange Warteliste, bis man endlich an die Reihe kommt.«

»Denkst du, das weiß ich nicht? Hilf mir mal mit den Blumen, die sind unglaublich schwer.«

Gemeinsam hievten sie das Bukett auf den Boden. Nackt wirkte der Holzsarg schmal und schrecklich unscheinbar. *Kein unnötiger Prunk, vom Tod bleibt nichts als Asche.*

- PN von Zero

»Du bist mir schon abgegangen«, murmelte Jan.

- Zero:
  Die kleine Bestie wird langsam lästig.

Sollte er antworten? Sich erneut auf dieses Spiel einlassen? Er entschied sich dafür. Der Kontakt zu Zero durfte unter keinen Umständen abreißen. Stärke zeigen, gelassen bleiben, mahnte er sich, obwohl sich ihm schier der Magen umdrehte.

- Jan:
  Soll ich Sie etwa bedauern?

Jan krallte die Finger um die Kante des Sargdeckels und wechselte einen Blick mit Nina, die am unteren Ende stand und sich anschickte, ihm beim Öffnen zu helfen. Auf wen würden sie stoßen? Hoffentlich, hoffentlich nicht auf …

- Zero:
  Keineswegs. Ich wollte dich nur an deine Aufgabe heute Nacht erinnern.

Wie rücksichtsvoll. »Eins, zwei, drei.« Der Deckel krachte, als sie ihn anhoben und zur Seite schoben. Jan schnappte nach Luft, Nina stieß einen spitzen Schrei aus.

Der Sarg war nicht leer.

Gebettet in weißes Leinen, die Hände über der Brust gefaltet, die Augen geschlossen – lag Vincent.

67

online

»Oh Gott«, flüsterte Nina.

Jan brachte kein Wort hervor. Das Herz klopfte ihm bis zum Hals, am liebsten hätte er den Deckel draufgelegt und wäre davongerannt.

In ein anderes Leben. Weg von all dem Mist.

»Was …?«, setzte Nina an, da riss Vincent die Augen auf. Sie fuhr erschrocken zurück, stieß gegen den Sargdeckel, worauf er mit Getöse über das Podest auf den Boden rutschte. Das Echo hallte durch die Feuerhalle. Jan brach der kalte Schweiß aus. Wenn es einen Nachtwächter gab, war er soeben alarmiert worden.

»Welcome to level 6«, sagte Vincent mit Grabesstimme in die darauffolgende Stille hinein.

Wie auf Kommando strömten aus allen Winkeln der Halle Groupies herbei und scharten sich um den Sarg. Auch Tom und Jasmin waren darunter. Vincent setzte sich lachend auf.

»Seid ihr wahnsinnig!«, rief Jan.

»Du hättest dein Gesicht sehen sollen«, erwiderte Vincent, während er aus dem Sarg kletterte. »Zum Schreien komisch.«

»Ausgesprochen witzig. Ich lach mich kaputt.« Jan hatte endgültig genug von Vincent. »Du bist echt das Letzte.«

»Ach, komm, krieg dich wieder ein. Was hast du gedacht, wer da drin liegt? Etwa Zero?«

Jan verbiss sich den Namen, der ihm auf der Zunge brannte, aber auf Tom war Verlass. »Florian«, verkündete er mit hämischem Grinsen. »Unser Janilein hat geglaubt, dass der arme Kerl bereits morgen eingeäschert wird, was Jasmin?«

Jasmin wirkte unangenehm berührt, äußerte sich aber nicht dazu.

»Was für Vollidioten«, zischte Jan Nina zu, als sie den Sargdeckel gemeinsam wieder obenauf legten. »Einer blöder als der andere.«

Sie nickte. »Ich wäre vor Schreck fast gestorben. Was hättest du eigentlich getan, wenn wir den Sarg nicht geöffnet hätten?«, wandte sie sich an Vincent.

Er grinste. »Geklopft. Glaub mir, dann hättet ihr ihn todsicher aufgemacht.« Mit der Faust hämmerte er gegen das Holz, bis das Stimmengewirr ringsum verstummte. Er drehte sich um zu den Groupies und verbeugte sich, worauf sie in Applaus und Gejohle ausbrachen. Ganz der Showmaster, wartete er, bis sie zur Ruhe gekommen waren. »Okay, Leute, das war ein toller Einstieg, vielen Dank für eure Unterstützung. Aber jetzt wollen wir es uns mal gemütlich machen, bevor es richtig zur Sache geht. Ihr seid eingeladen worden, bei Level 6 live dabei zu sein und im Anschluss daran mit uns zu feiern. Und sagt selbst: Ist das nicht die abgefahrenste Location aller Zeiten?«

Die Umstehenden lachten zustimmend, dann schwärmten alle aus. Rasch wurden die Kerzen angezündet, Decken auf dem Boden ausgebreitet und Flaschen und Becher aufgestellt. Jan entdeckte Bier, Tequila und ähnliche harte Getränke, sowie Alkopops und Saft zum Mischen. Jemand reichte Cracker herum, ein anderer Käsestangen und Kartoffelchips.

Ungläubig sah er dem Geschehen zu, während Nina ein paar Worte mit Jasmin wechselte. Hier waren an die dreißig Leute versammelt. Einer von Jasmins Freunden – Jan hatte ihn bereits am Teufelstein kennengelernt – packte ein Notebook aus. Gleich darauf ertönten harte Technobeats aus den integrierten Lautsprechern.

Nina zog ihn neben sich auf die Decke. »Jasmin hat mir erzählt, dass Zero im öffentlichen Bereich von RUN dazu aufgerufen hat, für die Videos abzustimmen. Ich könnte mich ohrfeigen, dass wir da nicht reingeschaut haben. Angeblich hat Zero unter den Groupies eine Verlosung gestartet und die Gewinner mit Aussicht auf eine Megaparty hierher bestellt.«

»Und Level 6?«, erwiderte Jan.

»Ich nehme an, der krönende Abschluss kommt noch.«

Vincent, mit der Datenbrille auf der Nase und einer Flasche Bier bewaffnet, bat um Ruhe. »Habt ihr alle zu trinken? Ja? Oh …«, er verengte die Augen, als er Jan entdeckte, »Jan sitzt noch auf dem Trockenen, und Nina auch. Versorgt ihr sie bitte mal mit Getränken?«

Jan lehnte dankend eine Flasche Bier ab. Von der anderen Seite wurden Becher an Nina weitergereicht und plötzlich hatte er selbst einen in der Hand. Orangensaft? Misstrauisch schnupperte er daran und nahm einen Schluck. Orangensaft. Mit einem ordentlichen Schuss Wodka.

»Prost, Leute!«, rief Vincent. »Auf RUN!«

Das ist ja widerlich, wie der sich anbiedert. Halbherzig nippte Jan an seinem Becher. Er war durstig, aber jetzt aufzustehen und um Saft zu bitten, würde die Aufmerksamkeit aller auf ihn lenken.

»Was haltet ihr davon, die Videos von Level 4 abzuspielen?«, fragte Vincent in die Runde. »Dann kann jeder von euch noch einmal voten oder Freunde dazu einladen, ihre Stimme abzugeben.«

Allgemeines Nicken.

Jasmins Freund schaltete die Musik ab und stellte das Notebook auf den Sarg. Auf der Hauptseite von RUN wählte er das erste Video an. Atemlose Spannung legte sich über die Halle, das Keuchen des Spielers und das wackelige Bild schlugen alle in ihren Bann.

»Das bin ja ich«, erklärte Jasmin nach einigen Sekunden erfreut.

»Applaus für Jasmin!«, hakte Vincent ein, und die Groupies klatschten pflichtschuldig.

Jasmins Video dauerte keine drei Minuten. Sie erlebten mit, wie sie Florian verfolgte, mehrfach verfehlte, den Schüssen von Tom entging und schließlich von Vincent erwischt wurde. Am Ende gab es wieder Beifall, und Jasmin wurde genötigt, herumzugehen und mit allen anzustoßen. Sobald ihr Becher leer war, füllte ihr jemand nach, sodass sie insgesamt eine ganze Menge in sich hineinschüttete.

Anschließend sahen sie die Videos von Tom, Vincent und Nina. Auch sie mussten danach eine Runde machen. Was für Vincent ein Genuss war, erledigte Nina mit merklichem Widerwillen. Allerdings machte sie gute Miene zum bösen Spiel, während Tom sich deutlich anmerken ließ, dass ihn dieser Kinderkram anödete.

Jan schwante Übles. Hier ging es um zusätzliche Likes, die sich auf den Punktestand auswirkten. Wie sollte er bloß um die Anstoßrunde herumkommen?

Zum Schluss war sein Video dran. Der Wald war mit einem Mal so präsent, dass er meinte, ihn riechen zu können. Die Anspannung, der Nervenkitzel, der Rausch, alles war wieder da. Er lief, suchte Deckung, beobachtete Jasmin und Vincent. Schnitt. Als nächstes jagte er den Spieler am Waldrand – er war sich mittlerweile sicher, dass es Nina gewesen war –, dann ihr Aufeinandertreffen am Holzstapel, hier setzte spontaner Jubel unter den Groupies ein, und der Beschuss von Tom. Als er Vincent mit einem gezielten Schuss außer Gefecht setzte, brandete Applaus auf.

Überrascht erkannte Jan, dass er ihr Favorit war. Sie mochten ihn. Seine Videos, seine Affäre mit Nina, seine Art, die Levels zu bewältigen. Ein warmes Gefühl breitete sich in seinem Inneren aus. Das anhaltende Klatschen war ihm peinlich, dennoch musste er sich eingestehen, dass er es auf eine verdrehte Weise genoss. Als er sich nicht rührte, begannen sie, seinen Namen zu rufen.

»Nun geh schon«, flüsterte Nina. »Sie lieben dich und du brauchst die Punkte.«

Da hatte sie zweifellos recht.

68

online

- Welcome again to level 6!

RUN präsentiert den aktuellen Punktestand:
Platz 1: Spieler 2 – Vincent: 265 Punkte
Platz 2: Spieler 7 – Jan: 255 Punkte
Platz 3: Spieler 5 – Nina: 220 Punkte
Platz 4: Spieler 3 – Jasmin 195 Punkte
Platz 5: Spieler 4 – Tom: 160 Punkte

Damit bleibt es weiterhin spannend.
Level 6 startet in Kürze.

RUN – Gib dir den Kick!

Großartig. Vincent hatte es geschafft, ihm den ersten Platz abzujagen. Und jetzt hielt er auch noch eine Dankesrede. Schleimer.

Verärgert nahm Jan einen Schluck von seinem Getränk. Der Alkohol hatte sein Blut in Wallung versetzt. Anfangs war er furchtbar müde geworden, doch je mehr er trank, desto aufgewühlter fühlte er sich. Obwohl er in der Anstoßrunde nur am Wodka-Orange genippt hatte, war dies sein zweiter Becher. *Pfeif drauf, du hast noch alle Sinne beisammen.*

Im Gegensatz zu manchen anderen. Tom kippte die vierte Flasche Bier und Jasmin war so betrunken, dass sie sich freiwillig zum Gespött machte. Sie tanzte mit bauchfreiem Top um den Sarg herum und konnte sich kaum noch auf den Beinen halten.

Nina döste, den Kopf auf Jans Oberschenkel gelegt. Eine Haarsträhne hatte sich um ihr Nasenpiercing geringelt, und er war ständig versucht, sie ihr aus dem Gesicht zu streichen. Er riss sich zusammen. Sie aufzuwecken war das Letzte, was er wollte.

Wenn Zero nur endlich zur Sache käme! Es ging auf ein Uhr morgens zu und die Sorge, dass jemand ihre nette kleine Party entdeckte, war nicht unberechtigt. Sie hatten die ersten beiden Programmpunkte absolviert. Jetzt fehlten noch die Artefakte. Jan berührte die Ausbuchtung in der Tasche seiner Cargohose. Der Gedanke an das Päckchen verursachte ihm Magenschmerzen.

Als Zero sich meldete, tat er es in anderer Weise als erwartet.

»Meine lieben Freunde«, tönte seine Stimme aus den Mikros der fünf Datenbrillen. Nina schreckte hoch, die Gespräche ebbten ab, die Musik wurde hastig ausgeschaltet. »Wir kommen zum dritten und letzten Teil von Level 6 – zu den Artefakten. Ich bitte die Spieler, sich in der Mitte der Halle in einem Kreis zusammenzusetzen. Alle Übrigen bilden einen zweiten Kreis.«

Sie leisteten der Aufforderung Folge.

»Legt die Artefakte vor euch auf den Boden. Auf mein Kommando öffnet jeder sein Päckchen. Was mit dem Inhalt zu tun ist, erklärt sich von selbst. Level 6 ist anspruchsvoller als die Levels davor. Nicht dein Geschick, deine Schnelligkeit oder deine Ausdauer sind gefragt, sondern dein Mut, dich RUN auszuliefern.«

Sich ausliefern ... Das Kribbeln, das Jan am Beginn der Ansprache befallen hatte, schoss wie ein heißer Strom durch seine Glieder. Er hatte es geahnt – Zero würde erneut zuschlagen.

»Sobald das Artefakt geöffnet ist«, fuhr Zero fort, »darf niemand mehr seinen Platz verlassen. Wer es dennoch tut, scheidet aus. Wer seine Aufgabe nicht erfüllt, scheidet aus. Wer einem der anderen Spieler hilft, scheidet aus. Ich bitte auch die Groupies, sich an die Regeln zu halten. Anfeuerungsrufe und Kommentare sind aber erwünscht. Die Sieger ziehen ins morgige Finale ein. Mögen die Stärksten unter euch gewinnen. RUN – Gib dir den Kick! Jetzt!«

Sie öffneten die Artefakte. Jans Hand zitterte, als er das Papier herunterriss. Eine flache Pappschachtel mit Luftlöchern kam zum Vorschein. Ihm wurde übel. Bizarre Fantasien geisterten durch seinen Kopf: Kakerlaken, eine Giftspinne, ein Skorpion?

Mut. Zero erwartete Mut. Und morgen würde alles vorbei sein.

Nun mach schon.

Er atmete tief durch und hob den Deckel ab. Verdutzt inspizierte er den undefinierbaren braunen Inhalt. Waren das ... getrocknete Pilze?

»Was ist das?«, raunte er Nina trotz Zeros Warnung zu.

»Magic Mushrooms.«

Das durfte nicht wahr sein – sie klang richtiggehend enttäuscht.

69

online

Auch die anderen hatten ihre Artefakte geöffnet. Überall schienen Zauberpilze darin zu sein, nur Toms Schachtel enthielt etwas anderes. Jan konnte nicht erkennen, worum es sich handelte, denn er hatte den Inhalt in seiner Jackentasche verschwinden lassen.

Mittlerweile hatten die Groupies ebenfalls mitbekommen, was in den Pappschachteln war. Sie flüsterten aufgeregt miteinander und posteten Kommentare auf RUN, in denen sie darüber spekulierten, wer die Aufgabe bestehen und wer ausscheiden würde.

Jan wandte sich seinen Pilzen zu. »Ähm ... und was mache ich damit?« Er hatte von Magic Mushrooms gehört, natürlich, sich aber nie näher damit befasst.

Nina hob das Kinn. »Essen.«

»Alle?«

»Klar doch.«

In der Schachtel lagen gut und gern zwanzig Stück von diesen Dingern. »Einfach so?«

Sie seufzte. »Sie schmecken nicht sonderlich, eben wie Pilze. Besser wäre es, sie auf eine Pizza zu streuen, aber das hatte Zero wohl nicht im Sinn.«

Offenbar hatte sie reichlich Erfahrung mit dem Zeug. *Einer ihrer Grenzgänge?*, schoss es ihm durch den Kopf. »Und was bewirken sie?«

»Du hast absolut keinen Schimmer, oder?«, erwiderte sie merklich genervt. »Nein, woher auch? Was treibst du eigentlich in deiner Freizeit, hm? Gehst du jemals auf Partys? Probierst du ab und zu was aus? Immer korrekt, wie?«

Oha. Ihre Laune war auf dem Tiefpunkt. Jan war nicht sicher, was ihren Stimmungswechsel ausgelöst hatte, aber neben ihm saß mit einem Mal die alte Nina. Jenes griesgrämige, verschlossene Mädchen, das Gott und die Welt hasste.

»Was ist los mit dir?«

Sie blickte ihn finster an. »Nichts.«

Okaaay …

Er setzte zu einer Erwiderung an, doch Vincent zog die Aufmerksamkeit aller auf sich. »Ich schlage vor, dass wir das Level durch kleine Zusatzaufgaben interessanter gestalten. Was haltet ihr davon? Jasmin? Tom? Nina?«

»Wie denn?«, fragte Jasmin, die Zunge schwer vom Alkohol. »Wir dürfen nicht … aus dem Kreis raus.«

»Halt keine Reden, Vince!«, rief eine Stimme aus der Zuschauergruppe. »Fang an! Wir wollen dich tanzen sehen!«

Die anderen lachten.

Vincent nahm den Einwurf mit Humor. »Habt ihr ein Baströckchen dabei?«

Noch mehr Gelächter.

»Na gut«, meinte Vincent. »Überredet. Ich würde sagen, wir belassen es bei der Reihenfolge des aktuellen Punktestandes. Erst ich, dann Jan, Nina, Tom und zum Schluss Jasmin. Einverstanden?«

Jan musste ein unglückliches Gesicht gezogen haben, denn Vincent wandte sich mit besorgter Miene an ihn: »Oh! Tut mir leid, Jan. Hast du etwa noch nie …?«

Nein. Hatte er nicht.

Vincent nickte verstehend. »In diesem Fall müssen wir dich vorbereiten. Der Trip beginnt nach etwa dreißig Minuten und kann einige Stunden andauern. Du darfst keine Angst davor haben. Wenn du Angst hast oder schlecht drauf bist, ist es besser, du machst nicht mit.«

Darauf lief die Sache also hinaus. Vincent wollte ihn davon abhalten, die Pilze zu essen.

»Im Grunde ist das hier nicht die geeignete Veranstaltung. Man sollte die Mushrooms besser zu Hause einnehmen, im Kreise guter Freunde, die einen beobachten und im Notfall eingreifen, wenn du während des Trips ausflippst, gewalttätig wirst oder dir selbst schadest.«

»Jetzt hör schon auf, Vincent!«, rief Nina. »Genau das macht ihm Angst.«

Jan brachte ein Lachen zustande. »Ich habe keine Angst vor dem Trip.« Eine glatte Lüge. Er hasste es, die Kontrolle zu verlieren. Durch die Allergie war er den Launen seines Körpers zur Genüge ausgeliefert. Einen solchen Zustand bewusst auszulösen, erschien ihm absurd.

Ninas Blick war nicht zu deuten. »Der Trip ist harmlos. Wenn du dich darauf einlässt, und das solltest du, kann er sehr schön sein. Schillernde Farben, Visionen, starke Gefühle. Eine Reise zu deinem wahren Ich. Und wir sind nicht allein.« Sie umschloss die Runde der Groupies mit einer Handbewegung. »Der äußere Kreis hat seinen Sinn. In seiner Mitte sind wir gut aufgehoben. Falls doch etwas schiefgeht, ist einer von den Groupies in der Nähe. Ich glaube, so war es von Zero gedacht.«

»Yeah!«, schallte es nach vorn, begleitet von Klatschen und Pfiffen. »Sehr schön beschrieben, Nina. Peace!«

»Du bist hier sicher, Jan!«, rief ein anderer. »Wir begleiten dich.«

Jan sah Nina schief an. Meinte sie das ernst?

»Sag mal, was soll das?«, flüsterte er ihr zu, ungeachtet dessen, dass Zero jedes Wort mithören konnte. »Das hier sind Drogen. Und Zero ist kein Wohltäter, sondern ein Verbrecher. Dieses Level dient dazu, einen von uns umzubringen. Ich frage mich gerade, ob das Giftpilze sind.«

»Magic Mushrooms *sind* Giftpilze«, zischte sie und legte verwirrenderweise die Hand auf sein Bein. »Es kommt nur auf die Konzentration der psychoaktiven Stoffe an.«

Ihre Hand übte sanften Druck auf seinen Oberschenkel aus, ihre Augen sandten ihm durch die Brille ein beschwörendes Blinzeln und Jan erinnerte sich an ihr schauspielerisches Talent.

Ja, er konnte ihr vertrauen. Wollte. Wollte so sehr.

Mit einer raschen Bewegung zog sie die Hand weg und streifte dabei seine Pappschachtel, so schnell, dass ihm erst Sekunden später bewusst wurde, was sie getan hatte.

Nina hatte ihre beiden Schachteln vertauscht.

Oder doch nicht? Er war sich nicht sicher. Dennoch nickte er, zum Zeichen, dass er verstanden hatte.

»Okay«, sagte er laut. »Das klingt nach einer tollen Erfahrung. Ich bin bereit. Ich freu mich auf den Trip.«

Vincents Miene verzog sich zu einem säuerlichen Lächeln. »Dann los.« Er fischte den ersten Pilz aus seiner Schachtel und steckte ihn in den Mund. Kauend langte er nach dem nächsten.

Aus den Augenwinkeln registrierte Jan, dass Tom aufstand und den Kreis verließ.

70

online

Die Magic Mushrooms schmeckten nicht so grässlich, wie Jan erwartet hatte. Aber sie waren zäh und wurden im Mund immer mehr. Gut die Hälfte hatte er hinuntergewürgt.

Als Hitze in seinen Adern aufflammte.

Seine Zunge brannte, die Haut begann zu prickeln, die Beine wurden schwer.

Seine Bronchien verengten sich.

Er kannte das Gefühl, hatte es in abgeschwächter Form Dutzende Male erlebt, doch im ersten Moment schob er die Reaktion seines Körpers den Zauberpilzen zu.

Weil alles andere ein Ding der Unmöglichkeit war.

Weitere Minuten vergingen, in denen er versuchte, gegen das Unvermeidliche anzukämpfen. Die Gesichter der anderen dehnten sich zu unförmigen Birnen. Geräusche und Stimmen verschmolzen miteinander, ein Gewirr an Tönen, mal dumpf und hohl, mal hoch und unerträglich schrill. Sein Gehirn konnte nichts davon herausfiltern.

Er schwankte. Obwohl er saß. Auf der Suche nach Halt tastete er über den Boden. Zuckte zurück, weil seine Hände schmerzten. Als würde er in glühender Asche wühlen.

Schweiß brach ihm aus. Sein Magen rebellierte. Gleich, gleich würde er sich übergeben müssen.

Raus. Er. Musste. Hier. Raus.

»Jaaan, waooos iiischt müüüd dieeer?«, sagte jemand dicht neben ihm. Nein, brüllte. Sein Trommelfell wollte nahezu platzen.

Unter übermenschlicher Anstrengung stemmte er sich in die Höhe. Wankte aus dem Kreis.

Gehen. Ein Bein vor das andere setzen. Gehen ... gehen ...

Dann stieg die Übelkeit in ihm hoch. Eine Mischung aus Pilzen und Alkohol – Säure, die seine Speiseröhre verätzte, seinen Rachen, den Mund.

Besser wurde ihm nicht. Wie auch, die Allergene waren längst in seinem Blut.

Die Luft blieb ihm weg. Er keuchte, brauchte mehr. Mehr Luft. Mehr ...

Orangefarbene Wellen vor seinen Augen. Feuer in seinen Muskeln. Schmerz.
Keine Gedanken, bis auf einen: *Luft.*
Luft.
Keine Luft ...

Jemand tätschelte seine Wange.
»Hallo? Hallo, hörst du mich? ... Patient nicht ansprechbar ... alkoholisiert ... Kehlkopf und Zunge geschwollen, deutliche Hautrötung ... Blutdruck sechzig zu vierzig, Puls hundertfünfzig ... Sieht mir nach einer anaphylaktischen Reaktion aus, aber die Werte sprechen dagegen.«
»Magic Mushrooms! Er hat Magic Mushrooms gegessen. Und er ist Allergiker.«
»Schon gut, wir haben verstanden. Geh bitte aus dem Weg.«
»Null Komma fünf Milligramm Supra intramuskulär ... großen Zugang legen ... Sauerstoff ... Cortison, tausend ...«
Seine Welt versank im Nichts.

71

back to life

Das Zimmer war in freundlichem Sonnengelb gestrichen, Bilder schmückten die Wände. Drucke von Monet, Gauguin und anderen Impressionisten. Der Kunstunterricht war doch nicht spurlos an ihm vorübergegangen. Beruhigend.
Der Platz neben seinem Bett war leer. Sie hatten den Jungen zur Operation geholt. Was ihm fehlte, wusste Jan nicht.

Er nahm sich vor, Frau Lorenz anzurufen. Um zu erfahren, wie es Mark ging. Irgendwann. Demnächst. Bald.

Sein Denken klammerte sich an diese Kleinigkeiten. Früh genug würde er sich mit der Realität auseinandersetzen.

»Das war ausgesprochen knapp«, hatte der Arzt bei der Visite gesagt, »vor allem da du zusätzlich Alkohol und diese Zauberpilze konsumiert hattest. Aber jetzt bist du über den Berg. Du solltest in Zukunft darauf achten, dass du dein Notfallset ständig bei dir trägst.«

Jan hatte genickt. Obwohl es in diesem Fall nicht viel geändert hätte. Zero hätte sich eben eine andere Möglichkeit einfallen lassen, ihn umzubringen. Mit solch verlässlichen Helfern ein Kinderspiel.

Erdnüsse waren für seinen allergischen Schock verantwortlich gewesen. Das hatten die Tests ergeben. Zero musste die Nüsse gemahlen und in die Kappen der frischen Pilze gestreut haben. Mit Eiweiß besprüht, war der Nussstaub auch in getrocknetem Zustand daran haften geblieben.

Jan riss sich das Heftpflaster vom Unterarm. Kein Blut, der kleine Einstich hatte sich bereits geschlossen. Vorhin hatte die Krankenschwester auf Anweisung des Arztes die Kanüle aus seiner Vene gezogen. Er brauche keine Infusion mehr, besser ein leichtes Mittagessen und noch ein bisschen Ruhe. Morgen früh könne er nach Hause entlassen werden.

Das Tablett mit Suppe und Gemüseteller stand unberührt auf dem Beistelltisch. Jan hatte keinen Bissen runtergebracht. Er mochte über den Berg sein, doch er fühlte sich entsetzlich. Zu den körperlichen Beschwerden – er konnte sie nur als eine Art Ganzkörper-Muskelzerrung beschreiben – reihten sich Schuldgefühle, die Sorge um Katja und die Angst vor der Reaktion seiner Eltern.

Über all dem aber stand Ninas Verhalten. Niemandem sonst hatte er von seiner Allergie erzählt. Sie hatte ihn ausgehorcht und alle Informationen brühwarm an Zero weitergegeben. In der Feuerhalle hatte sie ihn dazu gebracht, die Pilze zu essen. Und zuvor hatte sie noch die Schachteln vertauscht, damit er ihr vertraute und sie auf seiner Seite glaubte. Vermutlich hatte sie die ganze Zeit über Kontakt mit Zero gehabt, es konnte gar nicht anders sein. Sie hatte Jan Freundschaft und mehr vorgegaukelt und ihn dann eiskalt hintergangen.

Dieses Wissen tat verdammt weh.

Die Tür öffnete sich und sein Vater steckte den Kopf herein. Er war unrasiert und sah übernächtigt aus. »Du bist wach«, stellte er mit gezwungenem Lächeln fest.

Jan setzte sich auf. Zeit, der Realität ins Auge zu blicken.

Sein Vater zog sich einen Stuhl heran und nahm neben dem Bett Platz. »Wie fühlst du dich?«

Jan verzog das Gesicht. »Wie durchgekaut und wieder ausgespuckt.«

»Kann ich mir vorstellen.« Ein Seufzen. Dann kam es: »Was hast du dir nur dabei gedacht? Von zu Hause abhauen. Zu dieser verrückten Party gehen. Saufen ...«

»Saufen? Das waren zwei Becher Wodka-Orange.«

»Du trinkst doch niemals Alkohol. Da bewirken zwei Becher quasi eine Alkoholvergiftung. Dann diese Pilze. Als wäre es damit nicht genug, isst du auch noch Erdnüsse!« Er blickte ihn lange an. »Der Arzt meinte, dass es ziemlich ernst war.«

»Ich weiß.«

»Ich hatte Angst, auch noch meinen Sohn zu verlieren.«

»Ich weiß.«

»Deine Mutter ist vollkommen am Ende.«

Jan krallte die Finger in die Bettdecke. »Ich weiß ja, ich weiß!«

Angespanntes Schweigen breitete sich zwischen ihnen aus. Wie viel wusste sein Vater? Seinen Worten nach zu urteilen, hatte Raphael nichts ausgeplaudert. Die Schuld wog plötzlich tonnenschwer. Er hatte das Gefühl, an allem zu ersticken.

»Ach, Jan«, seufzte sein Vater.

Das Gespräch mit Zero am Teufelstein stieg in Jans Gedächtnis auf. *Ach, Jan ...* Ein winziger Auslöser, der alles ins Rollen brachte. Tränen traten ihm in die Augen, er schluchzte auf. Konnte nicht mehr an sich halten.

»Es ist ganz anders, als du denkst«, begann er und dann brach die ganze elende Geschichte aus ihm heraus. Er erzählte sie haarklein, von Anfang an, vom Paket mit der Datenbrille bis zum sechsten Level in der Feuerhalle. Ließ nichts aus, weder die Gespräche mit Zero, Katja oder Fuchs noch seine Lügen Nina betreffend. Nicht die Sache mit Paul noch ihre Recherchen. Er schilderte seine Verzweiflung und die Hoffnung, seine Ängste, Sorgen und die Wut.

Alles, alles erzählte er.

Als er geendet hatte, blieb sein Vater still. Echte Bestürzung zeichnete seine Gesichtszüge.

»Ich weiß, was ich angerichtet habe – und es tut mir so leid«, ergänzte Jan. »Aber ich konnte nicht aufhören, RUN zu spielen. Und als ich aussteigen wollte, hat Zero mich erpresst. Er hat gedroht, Katja etwas anzutun und mich gezwungen, weiterhin mitzumachen.«

Schweigen. Langes, kaltes Schweigen.

»Sie lebt«, sagte sein Vater endlich. »Mein Gott, sie lebt!«

Nur das, nichts sonst.

Ohne Jan noch einmal anzusehen, erhob er sich und stürzte aus dem Zimmer.

72

no connection

»Ja. Ja, ich frage ihn. Einen Moment bitte.« Sein Vater ließ das Handy sinken und blickte Jan an. »Du hast eine Spielerliste erstellt, habe ich das richtig verstanden?«

Er nickte. Fünf Minuten nach seinem Geständnis war sein Vater zurück ins Zimmer gekommen. Merklich erleichtert und telefonierend. Seinen Antworten hatte Jan entnommen, dass sein Gesprächspartner Fuchs war.

»Fuchs braucht die Namen«, folgte auch prompt die Erklärung.

Natürlich. »Die Liste ist in meiner Hosentasche.«

Jan wollte aus dem Bett kriechen, aber sein Vater war mit zwei Schritten beim Stuhl, auf dem die Krankenschwester seine Kleidung deponiert hatte, und reichte ihm seine Hose. Jan tastete die Taschen ab. Er fand die Liste und das Handy, dort, wo er beides hingesteckt hatte. Was fehlte, war die Datenbrille.

Nina.

Diese falsche Schlange! Jetzt war er von RUN komplett abgeschnitten. Nicht, dass er sich Illusionen gemacht hätte, er war ohnedies raus aus dem Spiel, aber die Informationen zum letzten Level hätte er dringend benötigt. Und das hatte sie genau gewusst. Dieser Verrat schmerzte noch mehr als alles andere.

Voll kalter Wut im Bauch gab Jan die Liste an seinen Vater weiter. Der las Fuchs die Namen und Adressen vor.

Bejahte und verneinte abwechselnd und legte schließlich auf.

»Fuchs will noch einiges überprüfen«, meinte er strahlend, »aber mir scheint, wir sind nahe dran.«

Jan runzelte die Stirn. »Wo dran?«

»An seinem Namen, Jan!«

»Zeros?«

»Genau. Wir kriegen ihn, und zwar noch heute. Bald haben wir Katja zurück, bald!« Immer noch lächelnd wandte er sich zum Gehen. »Ich muss ins Internet. Bin gleich wieder da.«

Die Tür schloss sich hinter ihm, Jan sank in sich zusammen. Er konnte die Euphorie seines Vaters nachvollziehen, aber ... War es wirklich möglich, dass Fuchs anhand der Spielerliste so rasch Zeros Namen ausforschen konnte?

Kopfschüttelnd prüfte Jan sein Handy auf Nachrichten. Die meisten SMS waren von Raphael. Er rief zurück.

»Hey«, begrüßte ihn Raphael erleichtert, »wie geht's dir?«

»Ich bin noch ein bisschen schlapp, aber schön langsam wird's.«

»Dein Vater hat mir erzählt, was passiert ist. Er hat sich entschuldigt.«

»Weswegen?«

»Na ja«, druckste Raphael herum, »gestern Abend hat er mich beschimpft, weil ich ihm nicht sagen wollte, wo du warst. Er ist ziemlich ausfällig geworden.«

»Er steht irre unter Stress.«

»Kann man verstehen. Ich habe jedenfalls dichtgehalten, Jan. Von mir hat er nichts erfahren.«

»Dafür von mir. Er weiß jetzt alles und hat sofort Fuchs informiert. Sieht aus, als würden sie Zero noch heute schnappen.«

»Das ist ja ein Ding! Da drück ich mal fest die Daumen. Und sonst? Was tut sich bei RUN?«

Jan berichtete in knappen Worten von Nina und dass er nun ohne Datenbrille dastand.

Raphael seufzte. »Ach, Mann! Und ich dachte, sie sei auf deiner Seite. Tut mir leid, ehrlich. Ich weiß, wie sehr du sie magst.«

Jan sagte nichts. Raphael hatte den einen wunden Punkt getroffen, das wurde ihm mit jäher Deutlichkeit bewusst. Er mochte Nina. Mehr als das. Er hatte sich in die spröde Silberhexe verliebt, daran änderten auch ihre heimtückischen Aktionen nichts. Gerade deshalb fühlte er sich so elend. Warum konnte man seine Gefühle nicht einfach irgendwo versenken?

»Übrigens war eure Party auf den Titelseiten sämtlicher Zeitungen«, fiel es Raphael ein. »Du warst nicht der Einzige, der beinah umgekommen wäre. Tom – zumindest nehme ich an, dass er es war – hat sich eine Überdosis Heroin gespritzt. Sie haben ihn bei den Verbrennungsöfen gefunden.«

»Aber er lebt, oder?«, fragte Jan.

»Ja, laut Zeitung konnte er gerettet werden. Liegt in der Klinik. Und ein Mädchen hat sich das Bein gebrochen. Angeblich ist sie vom Dach gefallen.«

»Jasmin? Sie war total betrunken. Zusammen mit den Zauberpilzen muss das in ein Desaster ausgeartet sein.«

»Möglich. Es stand kein Name da.«

»Raph, ich muss Schluss machen«, erklärte Jan, als die Tür aufging und sein Vater ins Zimmer kam. »Ich melde mich wieder.« Er drückte das Gespräch ab. »Papa?«

»Andreas Kirner«, platzte sein Vater heraus. »Wohnt in der Neulerchenfelder Straße dreiundsiebzig.«

»Da war ich schon mal! Der Hinterhof mit den Mülltonnen. Dort hatte Zero Katjas Sandale platziert.«

»Und genau dort wohnt er auch, unser Kidnapper. Fuchs ist auf dem Weg zu ihm. Ein Polizeiteam der Cobra-Sondereinheit wird seine Wohnung stürmen und Katja befreien.«

»Gott sei Dank!« Erleichterung durchströmte Jan. Heute Abend würde Katja zu Hause sein. Endlich! »Weiß Mama schon Bescheid?«

»Nein. Ich wollte ihr keine Hoffnungen machen, solange wir nichts Konkretes wissen. Als wir erfuhren, dass es dir besser geht, ist sie im Warteraum vor Erschöpfung eingeschlafen. Ich habe sie in ein Taxi nach Hause gesetzt.« Sein Vater umarmte ihn spontan. »Danke, dass du die Wahrheit gesagt hast, Jan. Jetzt wird alles gut!«

»Wie ist Fuchs auf ihn gekommen? Ich meine, wer ist er?«

»Der Vater von Stefan Kirner. Im Zusammenhang mit Helene Sandt habe ich den Fall Kirner Fuchs gegenüber erwähnt und beide Namen auch auf der Liste der Verdächtigen vermerkt.«

»Ich erinnere mich daran. Sagtest du nicht, er sei tot?«

»Das ist er – sein Vater nicht. Vor vier Jahren hat Stefan Kirner die Investmentbank OENIA um drei Millionen Euro gebracht. Unterschlagung. Dummerweise hat sein Freund und Mitarbeiter Bammel bekommen und ihn verpfiffen. Die Sache flog auf, Kirner wurde verhaftet, während sein Freund auf freiem Fuß angezeigt wurde. Im nachfolgenden Prozess wurde Kirner zu acht Jahren Haft verurteilt, sein Freund konnte einen Deal abschließen und verbüßte ein Jahr. Nach sechs Monaten war er wieder draußen. Und am gleichen Tag hat sich Stefan Kirner in seiner Zelle erhängt. Sein Vater Andreas

Kirner ist mit dem Tod seines Sohnes offenbar nicht fertig geworden und wollte ihn rächen.«

»Aber was hat das mit uns Spielern zu tun?«, wunderte sich Jan. »Ich verstehe die Zusammenhänge nicht.«

»Fuchs – so unsympathisch er mir ist – ist ein zweiter Sherlock Holmes. Erinnerst du dich, dass er von Anfang an ahnte, dass du in der Sache mit drin hängst?«

Jan erinnerte sich nur zu gut.

Sein Vater lächelte schwach. »Er hat nicht aufgegeben und Indiz um Indiz zusammengetragen, bis sich endlich ein Gesamtbild ergab.«

»Als er mich vor der Schule abgepasst hat, wusste er bereits, dass Zero mich erpresst. Er hat es mir auf den Kopf zugesagt, aber ich habe es abgestritten.«

»Richtig, das erzählte er mir auch. Sämtliche Spieler hat Kirner nur aus einem Grund ausgewählt: weil er ihre Eltern für den Selbstmord seines Sohnes verantwortlich macht.« Er zog die Liste hervor. »Theobald Lorenz, Marks Vater, ist Justizwachebeamter. Er war damals jenem Zellenblock zugeteilt, in dem Kirner inhaftiert war. Hannes Rautner, Toms Vater, hat gemeinsam mit Kirner in Untersuchungshaft gesessen. Was da genau lief, weiß ich nicht, ich vermute mal, dass Drogen im Spiel waren.«

»Im Gefängnis?«

»Durchaus möglich. Dr. Ewald Reifl, der Vater von dem armen Jungen, der noch an den Folgen der Vergiftung leidet ...«

»Leidet?«, rief Jan dazwischen. »Vergiftung? Von wem sprichst du? Florian Reifl ist tot!«

»Nein, er lebt. Du hast doch den Notarzt gerufen ...«

»Nina war das. Papa, er hatte keinen Puls mehr. Seine Lippen waren blau. Ich schwöre, er war tot. Alle haben ihn da liegen gesehen.«

»Der Notarzt konnte ihn reanimieren. Durch den Hinweis auf Gift war er vorgewarnt, er hatte die nötigen Medikamente dabei. Sie haben gestern Abend im Fernsehen darüber berichtet ... Du zitterst ja. Meine Güte, Junge, leg dich wieder hin.«

Wie betäubt ließ sich Jan zurück ins Kissen fallen. Florian lebte. Er lebte!

»Soll ich den Arzt rufen?«

»Nein, alles okay, ich bin nur ... so froh, dass er lebt.«

Sein Vater nickte. »Dank euch. Also, Florians Vater ist Vorstandsvorsitzender der OENIA. Er war Stefan Kirners Vorgesetzter und hat gegen ihn ausgesagt. Dann Jens Falk, der Vater von Jasmin. Er war Kirners Arbeitskollege, ihm hatte er all das zu verdanken. Und Dr. Gregoria Nukic, die Richterin, die den Prozess geführt und Kirner verurteilt hat. Sie ist die Mutter von Vincent. Habe ich jemanden vergessen?«

»Mich. Und Nina.«

»Richtig. Ich war der anklagende Staatsanwalt im Fall Kirner, und Ninas Mutter, Helene Sandt, hat darüber berichtet. Du hast sie erlebt – sie hat keine Skrupel und eine Zunge, so scharf wie ein Rasiermesser. Sie hat die Geschichte an die Klatschpresse verkauft und kein gutes Haar an Kirner gelassen.«

»Dann war es also wirklich eine Racheaktion?«

»Ich denke schon. Er wollte uns unsere Kinder nehmen, so wie wir ihm seinen Sohn genommen haben.«

Seinen Sohn. Siedend heiß fiel Jan ein, was Zero am Teufelstein zu ihm gesagt hatte: *Seltsam, dass wir Menschen stets nach einem Grund suchen. Für alles, was uns widerfährt. Als könnte dies unsere Lage ändern. Warum ich? Warum mein Sohn?* Ja, das passte. So gut. Aber weshalb dieser Aufwand? Weshalb ein derart komplexes

Spiel wie RUN? Jan schüttelte den Kopf. »Ich begreife das noch immer nicht …«

Das Handy seines Vaters klingelte. »Fuchs«, begrüßte er den Anrufer, »wie sieht es aus?«

Lange Zeit hörte er schweigend zu, während Fuchs berichtete. Jan lauschte gespannt, doch es waren nur Wortfetzen herauszuhören. Das Gesicht seines Vaters wurde länger und länger.

»Verstehe. Danke. Ja, mache ich.« Damit legte er auf.

Mit einem schweren Atemzug sank sein Vater auf das Bett. Beugte sich vor und barg das Gesicht in seinen Händen.

Jan wagte kaum, ihn anzusprechen. »Papa? Was ist los? Ist Katja … Ist sie tot?«

Sein Vater hob den Blick. »Was? Nein! Also, ich hoffe nicht. Mein Gott, zum Glück habe ich Eva noch nichts davon gesagt …« Er atmete zitternd aus. »Es war eine Sackgasse«, sagte er leise. »Andreas Kirner leidet an Alzheimer. Die Krankheit ist bereits weit fortgeschritten. Er wohnt zwar noch zu Hause, wird aber ständig betreut. Er hat Katja nicht, Jan. Wir stehen wieder am Anfang.«

73

in progress

Matthias Fuchs. Jan speicherte die Telefonnummer auf seinem Leihhandy ab. Es hatte ihn einiges an Überwindung gekostet, Pauls Name und Adresse an Fuchs weiterzugeben. Aber es war die logische Konsequenz.

Alles passte exakt ins Bild. Die Spieler, deren Eltern, das Motiv – nur der Täter war der Falsche. Hatte Andreas Kirner jemanden beauftragt? Jan wusste nicht viel über Alzheimer, doch es erschien ihm unvorstellbar, dass man in diesem Zustand noch über einen Racheplan nachdenken konnte. Nein, es musste jemand dahinterstecken, der aus eigenem Antrieb handelte.

Hoffentlich konnte Paul den entscheidenden Tipp liefern, den die Polizei brauchte, um Zero aufzuspüren. *In jedem Fall*, beschloss er, *sollte ich ihn vorwarnen*. Sein Vater war auf dem Weg in die Cafeteria, die Gelegenheit für einen Anruf war günstig.

Paul meldete sich sofort. »Hallo, Jan! Zurück unter den Lebenden?«

Jan konnte bereits darüber grinsen. »Allerdings. So leicht bin ich nicht totzukriegen. Ich fürchte nur, ich habe eine schlechte Nachricht für dich: Die Polizei wird demnächst bei dir aufkreuzen. Tut mir leid, ich musste mit der ganzen Geschichte rausrücken.«

»Das ist in der Tat eine schlechte Nachricht«, sagte Paul seufzend. »Okay, mach dir keinen Kopf. Ich wusste ja, dass die Sache über kurz oder lang auffliegen wird.«

»Wirst du abhauen?«

»Nein. Das wäre kontraproduktiv. Die zerlegen mir hier noch den Keller, das kann ich meinem Freund nicht antun. Außerdem werden die Stümper meine Hilfe brauchen, oder?«

Jan lachte. »Deshalb kommen sie. Die letzte heiße Spur ist im Sand verlaufen.« Er fasste die Ereignisse kurz zusammen. »Nun klammern sie sich an dich. Was hast du?«

»Ich habe das Betriebssystem der Brille auf einen Datenstick kopiert, damit ich mir die Dateien in Ruhe auf einem alten Rechner ansehen kann. Auf dem läuft ein Virenscanner und der hat im Betriebssystem der Brille die Signatur eines Computervirus gefunden ...«

»Paul!«

»Jaja. Jetzt kommt's: Den Virus gibt es nur im Labor. Er ist nie in freier Wildbahn angetroffen worden. Dann ist mir eingefallen, dass ich vor Jahren mal einen Artikel über Forschungsarbeiten an Computerviren gelesen habe, von einem Typen namens ... Wie war noch mal der Name?«

»Kirner.«

»Hm. Der war es nicht. Na ja. Ich warte noch auf eine Antwort der Firma SPEC, allerdings sind die nicht besonders auskunftsfreudig. Außerdem bin ich in einem Forum fündig geworden. Zero hat dort gepostet, seine Identität muss ich aber noch knacken. Mehr habe ich leider nicht. Ach ja ... ich bin in den Mitgliederbereich von RUN eingedrungen. Das war vielleicht eine Sisyphusarbeit ...«

»Du bist drin?«, schnitt ihm Jan das Wort ab. »Das heißt, du hast Infos über das nächste Level?«

»Viel steht da nicht. Es soll heute am frühen Abend stattfinden. Warte mal ...« Tastaturgeräusche, dann: »Treffpunkt ist um neunzehn Uhr in einem Kaff in Niederösterreich. Zero hatte ein lausiges Buchstabenrätsel eingestellt – ein Affront für jeden halbwegs intelligenten Kopf.«

»Wo genau?«

»In Kaltenleutgeben, im alten Zementwerk.«

»Danke!«, rief Jan. »Danke, danke, danke! Du bist ein Hit, Paul.«

»Ich weiß«, gab Paul zurück. »So bin ich eben. Du hast aber nicht vor, dort hinzufahren, oder? Das wäre reichlich unvernünftig.«

Jan überging die Bemerkung. »Welche Spieler sind noch dabei?«

»Vincent und Nina. Alle anderen sind raus. Jan, versprich mir, dass du keine Dummheiten machst. Nicht jetzt, wo die Polizei ...«

»Keine Sorge. Danke noch mal, Paul.« Jan legte auf.

Kaltenleutgeben an der südlichen Stadtgrenze Wiens, jener Ort, von dem aus Nina beim Quad-Level gestartet war. Das war nicht allzu weit entfernt.

Mit einem unausgereiften Gedanken im Kopf sandte Jan eine SMS an Raphael: *Mach dich mal über Kaltenleutgeben und das Zementwerk schlau.*

Er erhielt eine typische Raphael-Antwort: *Oh, oh.*

War er so leicht zu durchschauen?

74

i'm watching you

Sein Vater hatte ihn mit allergiekompatiblen Sandwiches und Orangensaft versorgt und war mit den Worten »Morgen um elf Uhr kommen wir dich abholen« gegangen. Ein Versprechen, in dem mehrere Untertöne mitschwangen: *Bis dahin haben wir Katja längst gefunden. Bleib hier und stell nichts an. Hab keine Angst, die Polizei ist an Zero dran.* Jan hörte sie alle. Sie änderten nichts an seiner Entscheidung.

Mit Level 7 näherte sich RUN seinem Ende. Zwei Spieler waren noch im Rennen. Nach den vielen Fehlschlägen – bisher hatten alle Spieler überlebt – würde Zero nichts mehr dem Zufall überlassen und persönlich am Austragungsort auftauchen, um sicherzugehen, dass diesmal alles glattging. Nina und Vincent waren in höchster Gefahr.

Alles hing davon ab, dass Zero seine Deckung aufgab. Und dass Fuchs und seine Männer exakt zum richtigen Zeitpunkt einschritten, damit sie ihn auf frischer Tat ertappten. Zwei unsichere Faktoren, doch für beide hatte Jan eine Lösung parat.

Bevor er die Sache in Angriff nahm, rief er seine Mutter an, um ihr zu sagen, dass es ihm besser ging. Ein heikles Gespräch, da er ihren Informationsstand nicht kannte. Doch dann kam er kaum zu Wort.

»Jan! Was bin ich froh, deine Stimme zu hören!«, rief sie. »Ich habe mir solche Sorgen gemacht. Das darfst du mir nie wieder antun, hörst du? Bist du auch wirklich okay?«

»Ja. Es tut mir so leid, dass ich …«

»Mach dir keine Gedanken, mein Schatz. Jetzt ist nur wichtig, dass du gesund wirst. Dass wir alle wieder zusammen sind. Bald ist es vorbei.«

»Hat Papa …?«

Wieder fiel sie ihm dazwischen. »Er hat mir alles erzählt. Sie sind ihm auf der Spur. Sie finden Katja … oh, dein Vater ruft an, ich muss auflegen …«

»Mama?«

Nichts. Sie hatte ihn aus der Leitung geworfen. *Okaaay …*

Für einen Moment wünschte Jan sich sehnsüchtig Normalität herbei. Dass alles wieder beim Alten wäre. So wie vor Katjas Entführung. Vor RUN.

Reines Wunschdenken. Er konnte die Zeit nicht zurückdrehen. Nichts ungeschehen machen.

Es nur zu Ende führen.

Seine nächste SMS ging an Paul. Ungeduldig harrte er auf Antwort, tigerte vor dem Fenster auf und ab und plante in Gedanken bereits Schritt zwei.

Ist erledigt, schrieb Paul zurück. *Wenn das nur gutgeht.*

Das würde es. Der Plan war wasserdicht. Seine einzig wahre Sorge bestand darin, dass sich nicht abschätzen ließ, was Zero mit Katja vorhatte. Sie war noch am Leben, davon ging Jan aus. Ein Mann wie er würde ihren Tod mit einem Paukenschlag präsentieren. Als Abschiedsgeschenk für Dr. Bernd Rakits. Alle anderen Befürchtungen schob Jan strikt beiseite. *Katja lebt, basta!*

Als Nächstes waren seine Überredungskünste gefragt, denn Raphael war nicht sofort bereit, ihm zu helfen.

»Du bist verrückt«, sagte er, als Jan ihm seinen Plan am Telefon erläuterte. »Vollkommen irre.«

»Ich habe mir das genau überlegt. Es kann nicht viel schiefgehen.«

»Nicht viel reicht völlig. Sag mir eins: Was kannst du besser als die Polizei?«

»Zero aus seinem Versteck locken.«

»Was, wenn er nicht kommt? Wenn er dort zum Beispiel eine Bombe hochgehen lässt?«

»Das denke ich nicht. Er wird kommen. Immerhin habe ich ihn eingeladen.«

»Du hast *was?*«

»Paul hat ihm über Marks Datenbrille eine Nachricht von mir zukommen lassen.« *I'm watching you* – mehr eine Kampfansage. »Er kommt, hundertprozentig. Es ist sein großes Finale, sein Triumph. Die Gelegenheit, mich endgültig kaltzumachen, wird er sich nicht entgehen lassen.«

»Und was sagt die Polizei zu deiner kranken Idee?«

»Fuchs ist informiert.« Nur ein minimales Verbiegen der Wahrheit. Irgendwann würde er ihn informieren. Früher oder später.

»Na dann«, seufzte Raphael, »tu, was du nicht lassen kannst. Hoffentlich schlägt er dir deinen Dickschädel ein. Aber glaub nicht, dass du mich danach um Hilfe anflehen kannst.«

»Dazu wollte ich gerade kommen«, gab Jan vorsichtig zurück.

»Hab ich's doch geahnt.«

»Ich bitte dich nur um einen kleinen Gefallen: Könntest du mir mein Motorrad bringen?«

Raphael bekam Schnappatmung. »Klar doch. Ich schicke es dir per Luftpost. Oder soll ich es zu dir rüber beamen?«

»Besser, du fährst.« Jan nannte ihm die Adresse des Krankenhauses. »Der Ersatzschlüssel klebt an der Unterseite der Werkbank in der Garage, aber pass auf, dass dich meine Eltern nicht erwischen.«

»Alles kein Problem. Weil ich ja wie ein Weltmeister fahre und auch einen Motorradführerschein habe. Du hast 'nen Knall, Jan! Warum nimmst du nicht die U-Bahn?«

»Welche U-Bahn fährt bitte schön nach Kaltenleutgeben?«

»Dann eben den Bus.«

»Das dauert eine Ewigkeit.«

»Die Postbusse fahren im Fünfzehn-Minuten-Takt.«

»Mit dem Motorrad komme ich durch jeden Stau und bin mobil«, erklärte Jan. »Du fährst ausgezeichnet, Raph. Denk an unser Motocross-Training im Sommer. Da warst du spitzenmäßig unterwegs.«

»Die Straße ist keine Geländestrecke.«

»Stimmt. Lange nicht so anspruchsvoll. Fahr bloß nicht zu langsam, sonst halten sie dich wegen Verkehrsbehinderung auf.«

»Sehr lustig. Und wenn ich dein Motorrad zu Schrott fahre? Von meiner Gesundheit will ich gar nicht erst reden.«

»Ich vertraue dir«, sagte Jan. »Ruf mich an, wenn du hier bist.«

»Wird eine Weile dauern. Wir haben Berufsverkehr, wie du vielleicht weißt. Oh Gott, ich kann nicht glauben, dass ich mich darauf einlasse. Ich leg jetzt auf, bevor ich es mir anders überlege.«

Zufrieden steckte Jan sein Handy zurück in die Hosentasche und zog das Krankenhausnachthemd über. Noch rasch die Hosenbeine aufgekrempelt, und die Verkleidung war perfekt. Sein Täuschungsmanöver würde ihn bis zum Fahrstuhl bringen, der Rest war in einem derart überlaufenen Krankenhaus wie diesem kein großes Ding.

Nervosität kribbelte unter seiner Haut. Der Adrenalinschub ließ ihn Müdigkeit und Schmerzen vergessen. Fast schon ein Kick.

Wenig später piepte sein Handy erneut – eine SMS von Paul: *Seine Antwort lautet: I'm waiting.*

Jan lächelte grimmig. Zero hatte die Herausforderung angenommen.

75

enter level 7

Raphaels Griff um seine Hüfte hatte nicht länger den Charakter einer Schraubzwinge. Jan musste lächeln, als er auf die Kaltenleutgebner Straße abbog.

Die ersten Kilometer hatte sich sein Freund wie ein Ertrinkender an ihn gekrallt, weil er die Panik, die sich während seiner gesetzeswidrigen Motorradfahrt quer durch Wien in ihm aufgebaut hatte, nicht abschütteln konnte. »Verlang so etwas nie wieder von mir. Ich habe tausend Tode ausgestanden«, hatte er sich beschwert. Dabei hatte alles hervorragend geklappt. Raphael war in Windeseile beim Krankenhaus gewesen und hatte die Aprilia perfekt in einer Seitengasse geparkt, wie Jan nach erfolgreicher Flucht feststellte. Als er sich verabschieden und aufsteigen wollte, hatte Raphael darauf bestanden, mitzukommen. »In deiner Verfassung schaffst du es maximal bis zur nächsten Kreuzung«, hatte er ihm prophezeit. »Das anschließende Szenario können wir uns ausmalen – Wien erleidet einen Verkehrsinfarkt und dein Vater bringt mich um. Danke, verzichte.«

Aus Zeitmangel hatte sich Jan erst gar nicht auf eine Debatte eingelassen, sondern genickt. Natürlich wollte er Raphael nicht in Gefahr bringen, doch ein Ass im Ärmel konnte nicht schaden. Jemand, der – sollten alle Stricke reißen – über ein Handy und genug Geistesgegenwart verfügte, die Polizei zu alarmieren.

Die Straße wand sich durch das Kaltenleutgebner Tal, der Abendverkehr war dicht, aber sie kamen gut voran. In Kürze würden sie bei der stillgelegten Zementfabrik eintreffen. Eine Stunde vor Beginn des Levels. Besser konnte es gar nicht anlaufen.

Im Talkessel ragten die bewaldeten Hänge des südlichen Wienerwaldes steil empor und vermittelten ein beklemmendes Gefühl der Enge. Kein Sonnenstrahl blinzelte über die Kuppen, die Gegend präsentierte sich düster und abweisend.

Das Zementwerk war ein Anblick für sich. Wie eine mittelalterliche Burg thronte es zu beiden Seiten der Straße, ein Industriedenkmal, umgeben von lebendigem Grün. Massige Silotürme ragten hinter einer Mauer auf. Der Großteil der Fabrik gliederte sich in verwinkelte Gebäude, die ebenfalls von beachtlicher Höhe waren.

Auf der Suche nach einer Parkmöglichkeit fuhr Jan am Zementwerk vorbei und bog schließlich in einen schmalen Waldweg ab. Sie schoben die Aprilia zwischen die Bäume und gingen zu Fuß zurück.

»Was für eine Ruine!«, sagte Raphael. Er deutete nach oben, wo sich ein vergitterter Steg wie der Arm eines Baukrans über die Straße spannte, von einem Fabrikgebäude zum gegenüberliegenden. »Das war ein Förderband. Auf der anderen Straßenseite befindet sich eine riesige Lagerhalle, von der aus sie das Rohmaterial zur Verarbeitung in die Fabrik transportiert haben. Steht heute leer.«

Jan blickte ihn mit erhobenen Brauen an. »Du hast meine SMS ernst genommen, was?«

»Du wolltest, dass ich mich informiere, und das habe ich getan. Der Meister befiehlt, der Diener werkt.«

»Schwachkopf.«

Sie erreichten das Gittertor am Haupteingang. Das verrostete Vorhängeschloss, das ungebetene Besucher fernhalten sollte, war mit einer Zange durchtrennt worden.

»Das Zementwerk steht seit siebzehn Jahren leer«, erklärte Raphael leise, während sie durch das Tor schlüpften, »was nicht bedeutet, dass hier niemals jemand herkommt.« Er deutete auf eine Reihe sehenswerter Graffitis an den Wänden eines langestreckten Gebäudes, die wie Farbexplosionen im allgegenwärtigen Grau erblühten. »Angeblich ist es längst von Sprayern, Urban Explorern und Grenzgängern in Beschlag genommen worden. Der ideale Austragungsort für RUN.«

Jan nickte. Grenzgänger wie Nina. Ob sie diesen Ort kannte? Heute jedenfalls schienen sie die einzigen Menschen weit und breit zu sein.

Im Schatten einiger Tannen liefen sie auf die Silos zu, die sich gut vierzig Meter in den Himmel erhoben. Eine entrückte Stille klebte an den alten Mauern, wie eine zähe Masse Vergangenheit, die nicht einmal der Verkehrslärm der Bundesstraße durchbrechen konnte.

Raphael reckte den Hals. »Krass. Da bekomme ich glatt Lust zum Klettern.«

»Die ganze Fabrik wäre ein Kletterparadies«, sagte Jan. »Überleg mal, welche Möglichkeiten sich hier böten. Die reinste Spielwiese für Routensetzer.«

Sie umrundeten die Silos und blieben vor einem weitaus höheren Turm stehen. Jan schätzte ihn auf achtzig, neunzig Meter. Bis auf ein paar Gucklöcher fensterlos. Nichts als grauer Beton. Der Gedanke an richtig coole Mehrseillängenrouten zersplitterte angesichts Raphaels Frage.

»Und wo findet das Event nun statt?«

Richtig, da war doch was. »Ich bin mir nicht sicher.«

»Die besten Voraussetzungen für unseren Auftritt«, meinte Raphael trocken. »Schließlich ist das Gelände so überschaubar wie ein Kinderspielplatz.«

Jan blickte sich um. Sie waren von Gebäuden eingekesselt. In Quadrate zerkleinerte Fabrikfenster durchsetzten die kahlen Wände, das Glas war längst herausgebrochen. Dahinter lauerte Schwärze. Zero konnte sich bereits irgendwo verschanzt haben und sie beobachten. Es wurde Zeit, dass er Raphael aus der Schusslinie brachte.

»Die anderen müssten bald da sein. Am besten suchst du dir einen sicheren Beobachtungsposten, während ich mich umsehe.«

Raphael lachte auf. »Träum weiter. Ich lass dich hier keinen Schritt allein machen.«

»Es könnte gefährlich werden, Raph.« Die Untertreibung des Jahrzehnts.

»Ganz genau. Und da sollte ich in deiner Nähe sein. Apropos – wo steckt die Polizei? Hast du nicht behauptet …« Ein schabendes Geräusch durchschnitt seine Erwiderung. Sand und Steinchen rieselten aus einem der winzigen Guckfenster des Turms, zwei Tauben flogen auf.

»Dort oben ist jemand«, zischte Jan und rannte auch schon los.

Raphael folgte ihm dichtauf. »Da hinüber.«

Sie liefen zur benachbarten Halle und tauchten in lange Schatten ein. Staub wirbelte unter ihren Füßen auf, als sie einen Treppenaufgang ins Unbekannte nahmen.

76

urban exploration

Es gab keinen direkten Weg auf den Turm. Kaum hatten sie eine Treppe nach oben genommen, führte eine andere sie ein Stockwerk tiefer.

Düstere Korridore schnitten scheinbar willkürlich durch die Fabrik. Sie hasteten durch Maschinenhallen, folgten rostverkrusteten Rohrleitungen, schlitterten über Rampen und kletterten über verbeulte Metalltreppen, nur um wieder in einem Raum fernab des Turms zu landen. Stillgelegte Maschinen, leere Liftschächte, Förderbänder, die wie Gewächse aus den Mauern ragten, Feuerleitern ohne Anfang, ohne Ende, Metalltüren, an denen der Zahn der Zeit buchstäblich genagt hatte – der Verfall begegnete ihnen auf allen Wegen.

Sie betraten Schalter- und Kontrollräume, die an die Brücke eines havarierten Raumschiffes erinnerten, blickten in Aufenthaltsräume und Toiletten, in deren Pissoires das tropfende Wasser braune Spinnfäden gezeichnet hatte, stiegen über umgekippte Metallspinde der einstigen Arbeiter. Über allem hing eine bedrückende Einsamkeit, die durch die zahlreichen Graffitis nur verstärkt wurde. Als wäre diese Industrieruine die letzte Bastion einer untergegangenen Gesellschaft.

In einer Halle machten sie kurz halt, weil Raphael auf die glorreiche Idee kam, mit dem Handy Fotos zu schießen. Ein monströser Metalltrichter in Form einer Rakete hatte es ihm besonders angetan. Licht sickerte durch das Hallendach und hüllte den Trichter in fahlen Schimmer. Die Begeisterung ging mit Raphael durch.

»Wahnsinn!«, rief er. »Hier könnte man vielleicht geile Aufnahmen machen.«

Kopfschüttelnd blickte Jan seinen Freund an. »Ich gehe schon mal vor, während du deine Fotos fürs Album knipst.«

»Spinnst du? Ohne Kamera? Das sollen keine Schnappschüsse werden, sondern Kunst. Hierfür muss man sich Zeit nehmen. Die Atmosphäre in sich aufsaugen, die Vergangenheit spüren und sich dann überlegen, wie man sie einfängt. Bin ich froh, dass ich mitgekommen bin. Nicht auszudenken, was mir hier entgangen wäre.«

»Ich werde Zero deinen Dank übermitteln. Und jetzt halt die Klappe – wir machen mehr Lärm als eine Gruppe japanischer Touristen.«

Sie liefen weiter. Die Erkenntnis, dass Zero diesen Ort ebenso bewusst ausgewählt hatte wie die anderen Schauplätze, raubte Jan für einen Moment den Atem. Das Zementwerk stand symbolisch für das gesamte Spiel. Das hier, dieses Labyrinth, das wie die Überreste einer verwesenden Bestie auf ihn wirkte, spiegelte RUN und seinen Macher perfekt wider. Sie waren in Zeros perfidem Universum angekommen.

Bei einem Fenster lehnte sich Jan über die Brüstung, um sich zu orientieren. Er konnte direkt auf die Oberkante der Silos blicken. »Ich glaube, hier sind wir richtig.« Er deutete auf eine Betontreppe, die sich im Zwielicht verlor. »Dort rauf.«

Sie stiegen sechsunddreißig Stufen inklusive dreier Treppenabsätze empor. Am Ende der Treppe befand sich eine halbgeöffnete Tür. Jan spähte in den angrenzenden Raum.

Und da stand sie. Am Abgrund. Den Blick ins Nichts gewandt.

Die Spitzen ihrer Schnürstiefel ragten über die Kante der Plattform hinaus. Wind verwirbelte ihr schwarzes Haar. Die Sonne, die die Talsohle niemals auch nur streifte, flutete den zur Westseite offenen Turm. Malte Ninas Schatten in das rotgoldene Licht.

»Wird Zeit, dass du kommst«, sagte sie und wich mit einer halben Drehung von der Kante zurück. Ihre gleichgültige Miene entglitt ihr, als sie Jan entdeckte. »Du? Was zur Hölle machst du hier?«

»Tu nicht so überrascht, du hast uns doch vorhin schon gesehen.« Jan umrundete einen Haufen Ziegelsteine und blieb vor Nina stehen.

Ihr Blick huschte von ihm zu Raphael und wieder zurück. »Du Idiot! Du bist raus aus dem Spiel! Du solltest überhaupt nicht hier sein …«

»Das hast du wohl nicht erwartet, nach allem, was du mir angetan hast.«

»*Ich* habe *dir* etwas angetan? Sind dir ein paar Sicherungen durchgebrannt? Ich habe den Notarzt gerufen, als du dabei warst, zu einem Monster zu mutieren. Ich habe dich aus deiner Kotze gezogen, ich habe …«

»Hältst du mich für blöd? Du hast die Schachteln ausgetauscht und mir die präparierten Pilze zugeschanzt!«

»Doch nur, weil ich dich schützen wollte! Ich konnte ja nicht ahnen …«

»Mich schützen? Wozu denn, wo du Zero längst alles über meine Allergie berichtet hattest? Ich wette, du hast die ganze Zeit mit ihm in Kontakt gestanden. Du warst sein Spion, hm?« Ihr kurzes Zusammenzucken verriet ihm, dass er richtig lag. »Du hast mich angelogen, und nicht nur einmal. Die Geschichte mit deiner Schwester war eine Lüge. Der Quatsch mit der Rettungsschwimmerausbildung – Lüge. Du hast mich glauben lassen, dass du mich magst – Lüge, Lüge, Lüge! Hast du das bei den anderen auch gemacht oder nur bei mir? Florian, Vincent, Tom – wen hast du noch geküsst?«

»Jeden Einzelnen.« In ihrer Stimme klirrte Frost. »Und danach bin ich mit allen ins Bett gegangen. Vincent war richtig gut, aber Tom war das absolute Highlight.«

Jan erinnerte sich daran, dass er im Streit mit ihr immer der Unterlegene sein würde. Weil sie vor nichts zurückschreckte. Sie war Narben gewohnt.

»Freut mich zu hören«, stieß er zwischen zusammengebissenen Zähnen hervor. »Dann setz dir am besten einen Schuss und leg dich zu ihm in die Klinik. Ihr gebt ein hübsches Paar ab.«

»Blöder Arsch!«

»Intrigante Hexe!« *Na toll. Jetzt schaffst du es nicht mal, sie anständig zu beschimpfen.* »Du hast dir meine

Datenbrille eingesackt«, warf er ihr im vergeblichen Versuch, wieder Land zu gewinnen, an den Kopf.

»Das musste ich, Aschenputtel!« Ein weicher Zug spielte um ihre Lippen, als sie ihn bei diesem bescheuerten Namen nannte. Sie strich ihr Haar hinters Ohr zurück. »Das Spiel wäre sonst aufgeflogen.«

»Das ist es ohnehin. Ich habe die Polizei ...«

»Entschuldigt bitte«, meldete sich Raphael aus dem Hintergrund, »ich weiß, ihr steckt in einer Krise, aber ...«

Sie fuhren beide herum. »Was?«

Jan erschrak, als er Vincent hinter Raphael bemerkte. Und noch mehr über die Pistole, die er ihm an den Kopf hielt. Im Unterschied zu Nina trug er bereits die Datenbrille. Zero konnte Wort für Wort mithören.

»Okay«, sagte Vincent, »kommt her, alle beide, sonst puste ich dem Kleinen den Kopf weg.«

»So klein bin ich gar nicht«, murmelte Raphael.

Vincent stieß ihm den Lauf der Pistole gegen die Schläfe. »Klappe! Rüber da, Jan, sofort!«

Jan wechselte einen Blick mit Nina, fand aber nichts vor als ihre übliche Maske. Langsam setzte er sich in Bewegung. Von wem hatte Vincent die Pistole?

Beim Näherkommen erkannte er, dass es sich um einen alten Revolver handelte. Ins Metall von Griff und Trommel war ein Blumenmuster graviert. Ein Sammlerstück vielleicht. »Hast du den im Museum geklaut? Pass auf, dass er nicht auseinanderfällt.«

Vincent verzog die Mundwinkel. »Da mach dir mal keine Gedanken. Das ist ein Mauser Zickzack-Revolver. Geladen. Und ich werde ihn abfeuern, wenn ihr nicht pariert. Los jetzt, zur Treppe. Einer nach dem anderen, zuerst Nina, dann Jan und zum Schluss du, mein Freund.«

»Ich bin Raphael, und sicher nicht dein Freund«, betonte Raphael, aber er gehorchte und ging hinter Jan her. »Sympathischer Typ«, zischte er ihm zu.

Da konnte Jan ihm nur beipflichten.

Die metallene Wendeltreppe war verbeult und teilweise durchgerostet und so steil, dass sie bald zu keuchen begannen. Ein stetiger Luftzug blies ihnen ins Gesicht. Ab und zu öffnete sich der dämmrige Schacht und die Treppe schraubte sich, Wind und Wetter ausgesetzt, im Freien aufwärts, ehe der Turm sie erneut schluckte.

»Die Polizei ist unterwegs«, nahm Jan seinen Faden wieder auf. »Sie wird bald hier sein und dann sieht es übel für dich aus, Vincent.« Insgeheim hoffte er, dass er seine SMS an Fuchs heimlich abschicken konnte. Es gab nur einen Grund, weshalb er es noch nicht getan hatte: Zero. Versteckte er sich in der Nähe? Oder erwartete er sie auf dem Turm?

»Sehr anständig von dir, mir die Details zu verraten«, erwiderte Vincent glucksend. »Habt ihr das abgesprochen, du und Nina? Wolltest du ihr beistehen, damit sie gewinnt?«

»Ich habe nichts mit ihm zu schaffen«, fauchte Nina über ihre Schulter zurück.

Jan schnaubte. »Genau. Sie hat mich von vorn bis hinten betrogen. Und das Gleiche wird sie mit dir tun, also glaub ihr kein Wort. Wusstest du, dass sie Zero in die Hände gearbeitet hat?«

»Ach, wirklich?« Vincents Grinsen schwang überdeutlich in seiner Stimme mit. »Was für ein Biest.«

»Sie hat sich an mich rangemacht, damit sie von den Groupies Punkte kassiert. Sie hat mir mein Handy geklaut ...«

»Dieses hier?«

Jan drehte sich auf der Treppe um. Vincent hielt ein Handy in die Höhe. Seines, das er seit dem Quad-Level vermisste. »Das warst du?«

»Allerdings. Zero hatte mich darum gebeten.«

Schwindel packte ihn, er musste sich am Geländer abstützen. *Ich Trottel! Ich hirnloser Trottel!* »Und der Gag mit dem Sarg?«

»Mein Einfall. Zero schätzt Eigeninitiative«, erwiderte Vincent selbstzufrieden. »Weiter, mach schon.«

Wie benebelt quälte sich Jan Stufe um Stufe hinauf. »Also hast du mich in Zeros Auftrag daran gehindert, für Florian den Notarzt zu rufen? Und du hast Level 6 nach seinen Wünschen gesteuert, stimmt's?«

»Jetzt hast du einen geistigen Höhenflug, Jan. Das muss die frische Luft machen.« Vincent kicherte. »Zu schade, dass du den Rest nicht durchschaust.«

Den Rest? Welchen verdammten Rest? Jan wollte weiter nachbohren, doch in diesem Moment verschwand Nina aus seinem Blickfeld. Hastig bewältigte er die letzten Stufen, dann trat er ins Freie.

Eine niedrige Betonbrüstung begrenzte das Dach des Turms. Über ihren Köpfen spannte sich ein von der Abendsonne rosa gefärbter Himmel. Ein Flugzeug zeichnete einen Kondensstreifen an den Horizont. Unter ihnen erstreckte sich das Kaltenleutgebner Tal, während in der anderen Richtung Wien im Großstadtdunst versank.

Das Dach war leer. Zero war nicht hier.

Vincent blickte sich um und steuerte dann – Raphael vor sich herschiebend – die Brüstung an. Auch Nina ging zielstrebig an die Kante und sah neugierig nach unten.

Jans Gedanken rotierten. Was hatte Vincent vor? Zögernd folgte er den dreien. »Was soll das werden? Vincent?«

Der blieb die Antwort schuldig, aber Nina hob einen Packen Ausrüstungsgegenstände hoch und deutete auf eine weiße Seilrolle, die an der Brüstung lag. »Bungee-Jumping. Unsere letzte Aufgabe.«

Entsetzen schnürte Jan die Kehle zu. Das war also das Finale. Ein wahrhaft würdiges Ende.

77

jumper

Jan kam an Ninas Seite. In die Brüstung war mittels Bohrhaken eine Sicherung geschraubt wie sie auch beim Klettern üblich war. Hier war ein Profi am Werk gewesen. Zwei Sicherungspunkte, zwei Karabiner, zwei Bandschlingen, in die der Zentralkarabiner für das Seil eingehängt war. Falls eine der beiden Sicherungen versagte, hielt die andere. Das Material wirkte neu und der Beton stabil.

Er wagte einen Blick in die Tiefe. Zero hatte die zum größten Teil offene Seite des Turms gewählt. Die Gefahr, dass der Bungee-Jumper gegen die Mauer knallte, war eher gering einzuschätzen. *Dann also das Seil. Oder der Gurt?*

Jetzt erst entdeckte Jan, dass alles in doppelter Ausführung vorhanden war – Trapezgurt, Beinmanschetten und Seil. Ein Set für Nina und eins für Vincent. Sein Mund wurde trocken. »Seid ihr wahnsinnig? Er bringt euch um!«

»Das behauptest du ständig«, meinte Vincent gelassen. »Wir werden ja sehen.«

»Nichts wirst du mehr sehen. Weil du dann nämlich tot bist. Zero hat das Seil angeschnitten. Oder den Gurt.

Eines von beiden reißt und du schlägst kopfüber auf dem Boden auf. Dein Hirn wird zu Brei zermatscht.«

»Du hast eine lebhafte Fantasie, wirklich.« Vincent hielt Raphael den Gurt hin. »Leg ihn an.«

»Was?« Raphael war schockiert.

Vincent winkte nachdrücklich mit dem Revolver. »Jan macht sich Sorgen um mich. Daher wirst du die Ausrüstung testen. Leg ihn an, los!«

Jan trat auf Vincent zu, bereit, ihm die Waffe zu entreißen. Sofort bekam er die Mündung an die Brust gedrückt.

»Bleib, wo du bist«, zischte Vincent, »oder dein Freund wird ohne Sicherung nach unten segeln.«

»Halt ihn da raus! Er hat nichts mit RUN zu tun.«

»Dann frage ich mich, was er hier zu suchen hat. Hm?« Mit sichtlicher Ungeduld beobachtete Vincent, wie Raphael den Gurt anzog und festzurrte.

Hilflosigkeit breitete sich in Jan aus. Als er sich nach Nina umsah, bekam er den nächsten Schreck. Sie hatte den Gurt bereits angelegt und hakte das Ende ihres Seils in die Karabiner ein. »Nina! Spinnst du? Willst du dich in den Tod stürzen?«

Sie blickte auf, die Augen dunkel und unergründlich. »Ich werde das Spiel beenden – wie besprochen.«

Wie besprochen? Was hatten sie denn besprochen? Eins war klar, von ihr konnte er keine Unterstützung erwarten. Er würde es allein mit Vincent aufnehmen müssen. Unauffällig veränderte er seine Position, sodass er schräg vor ihm stand. Sein Herzschlag beschleunigte sich. Er musste an diesen Revolver rankommen. Musste einfach.

»Vincent, tu das nicht«, flehte er, bemüht, seine Erregung, so gut es ging, zu verbergen. »Wenn du unbedingt einen Tester brauchst, nimm mich.«

»Das könnte dir so passen. Damit Zero dich zurück ins Spiel holt? Für wie bescheuert hältst du mich?« Er wandte sich wieder Raphael zu. »Häng das Seil ein.«

Raphael bückte sich nach dem Seilende. »Wo denn?«, tat er ahnungslos und streifte Jan mit einem beschwörenden Blick. *Tu was*, sollte das heißen, *und zwar schleunigst!*

»Na, wo schon? In den Karabiner!«

Unbeholfen hängte Raphael das Seil ein. »Wie sichert man das Ding?«

Gut so, Raph. Hätte Jan es nicht besser gewusst, hätte er glatt angenommen, dass Raphael nie zuvor einen Karabiner in der Hand gehabt hatte.

Vincent zischte einen Fluch. Als er sich ein wenig vorbeugte, um Raphael die Verschlusstechnik zu zeigen, witterte Jan seine Chance und schnellte auf ihn zu. Noch im Sprung fiel er ihm in den Arm, packte den Revolver am Lauf und bog Vincents Handgelenk nach hinten. Der keuchte auf, fuhr in einer gewaltigen Bewegung herum und versetzte Jan einen Fausthieb in den Magen. Dumpfer Schmerz ließ ihn einknicken, sein Griff lockerte sich, doch ehe Vincent sich befreien konnte, riss Jan die andere Hand hoch und krallte die Fingernägel tief in seinen Handrücken. Von Vincent kam lediglich ein Jaulen.

Sie rangen weiter um die Waffe.

Bloß nicht loslassen. Hatte Vincent den Hahn des Revolvers gespannt? Nein. Aber beschwören konnte er es nicht. *Mündung nach oben richten. Nicht loslassen, Mündung ... Gott, man kann einen Revolver auch so abfeuern!*

»Lauf, Raph!«, schrie er. »Hau ab!«

Vincent war stark. Er gab nicht so rasch auf wie Tom und war auch weitaus schlauer. Er täuschte eine Finte gegen Jans linke Seite vor und schoss einen gezielten Schlag auf die Nase nach. Jan taumelte zurück. Rote Lichtpunkte zerplatzten vor seinen Augen, seine Sicht verschwamm. Blut rann ihm über die Lippen. Tief in seinem Kopf zentrierte sich der Schmerz zu einem Stechen. Jemand huschte an ihnen vorbei, Nina schrie etwas von »Aufhören!« und auf einmal lag er rücklings auf dem Boden, den Revolver an der Stirn und Vincents Knie im Bauch. Sofort gab er den Widerstand auf.

»Komm zurück!«, brüllte Vincent. »Sofort, sonst erschieße ich ihn!«

Das Klicken, mit dem er den Hahn spannte, ging Jan durch Mark und Bein. Unwillkürlich verkrampften sich seine Muskeln.

»Lass ihn los!« Ninas Stimme, direkt neben ihm. »Hast du's nicht gelesen? Zero verlangt, dass du ihn loslässt!«

Jan entwich ein hysterisches Lachen. *Zero verlangt!* Krank, das alles war so krank!

»War ja klar. Jan hin, Jan her, alles dreht sich nur um ihn. Schön langsam scheiß ich drauf, was Zero sagt! Verzieh dich, Nina!«

Aus den Augenwinkeln sah Jan Raphael herankommen, das Handy in der Hand. »Ich rufe die Polizei, wenn du nicht sofort die Waffe fallen lässt!«

»Und ich drücke ab!«, konterte Vincent. »Weg mit dem Handy. Dann stell dich auf die Brüstung. Du hast fünf Sekunden. Eins ...«

Wollte Vincent ein Loch in seine Stirn bohren? Im sinkenden Sonnenlicht leuchtete sein Gesicht weiß vor Zorn und Anstrengung, die Datenbrille durchschnitt es als dunkler Streifen. In Jan stieg das irrwitzige Bild der ›Panzerknacker‹ aus den Walt-Disney-Comics auf.

»… zwei …« Etwas schepperte. Das Handy? »… drei …« Ein Karabiner schnappte zu. *Verdammt, Raph – tu's nicht!* »… vier …« Vincents Schweiß tropfte auf Jan herab. »Rauf auf die Brüstung, Gesicht zu mir … fünf!«

Vincent packte Jan am Kragen und zerrte ihn in die Höhe. »Sag ihm, dass er springen soll!«

»Die Beinmanschetten!«, rief Jan. »Die zweite Seilsicherung …« Vincents Faust grub sich in seinen Bauch, röchelnd schnappte er nach Luft.

»Sag es ihm! Er soll springen!«

»Nein! Spring nicht! Raph, hörst du? Spring nicht!« Jan blinzelte gegen den Schwindel an. Schluckte Blut. Sah Nina zum ersten Mal völlig fassungslos. Und Raphael …

Die Hände leicht angehoben stand er auf der Brüstung. Das Gummiband hatte sich aus seinem schulterlangen Haar gelöst. Vor dem kitschig verfärbten Himmel sah er aus wie ein Engel.

Ruhig hielt er den Blick auf Jan gerichtet.

Viel zu ruhig.

Ein scharfer Knall ließ sie alle zusammenzucken. Raphael fuhr herum, schwankte, verlor den Halt. Er ruderte mit den Armen – und rutschte von der Kante ab.

»Meine Hand!« Nina stürzte zur Brüstung, während Vincent gegen Jan sackte und der Revolver klappernd zu Boden fiel.

In Jan kam alles zum Stillstand.

78

run!

»Er hat mich angeschossen!« Vincent krümmte sich auf dem Boden, die Hand an seine Hüfte gepresst. Blut quoll zwischen seinen Fingern hervor. Sickerte durch seine Jeans, ein kreisrunder Fleck, der stetig größer wurde. »Dieses Schwein hat auf mich geschossen!«

Jan schloss die Augen. Öffnete sie. Schloss sie erneut.

Sein Leben war immer noch das alte.

Zero hatte auf Vincent geschossen.

Raphael ...

Er blinzelte. Der Platz auf der Brüstung war leer. Nur Nina hing bäuchlings darüber, als könnte sie ...

Als könnte sie ...

Vielleicht, wenn er die Augen wieder schloss.

»Jan!«

Es konnte nicht wahr sein. Unmöglich. Irgendetwas war hier verkehrt gelaufen. Er würde einfach warten, bis der Film wieder richtig abgespult wurde.

»Scheiße, Jan! So hilf mir doch!«

Nina.

Raphael. Raphael!

In seinem Kopf zersprang etwas, sein Herzschlag stolperte, dann wummerte er los. Mit einem Satz war er an der Brüstung. Lehnte sich zu Raphael hinunter, der über dem Abgrund hing.

Und sich mit beiden Händen an Ninas Arm klammerte.

Unsagbare Erleichterung durchströmte Jan, gepaart mit neuer Kraft. Das Seil! Im letzten Moment zuckte er zurück. Weder das Seil noch Raphaels Gurt waren verlässlich in Ordnung. Also streckte er die Hand aus.

»Greif um!«, wies er Raphael an.

Der kniff die Augen zu. Schüttelte unmerklich den Kopf.

Jan kratzte all seinen Enthusiasmus zusammen. »*Allez, allez,* Raph! Das ist eine läppische acht minus. Du schaffst das!«

»Wenn du es sagst.« Raphael keuchte, doch er löste seine Linke von Nina und griff zu.

Jan packte ihn, dann auch mit der zweiten Hand. Gemeinsam mit Nina zog er Raphael herauf. Nie zuvor hatte er solche Dankbarkeit verspürt.

Erschöpft sanken sie alle drei nebeneinander auf den staubigen Beton. Ihre Atemzüge gaben der Stille einen Rhythmus, der nur durch Vincents Stöhnen unterbrochen wurde. Am Himmel zog ein Falke lautlos seine Kreise. Abendrot tauchte die Welt in unwirklichen Schein.

»Gott«, meinte Raphael nach einer Weile, »ich kann gar nicht aufhören zu zittern.«

Jan sagte nichts. Für seine Gefühle gab es keine Worte. Spontan suchte er nach Ninas Hand – wenn sie nicht gewesen wäre! – und registrierte überrascht, dass sie nicht zurückzuckte, sondern ihre Finger um seine schloss.

»Es ist nicht vorbei«, flüsterte sie.

Jan stieß den Atem heftig aus. »Nein, aber bald.«

Er rappelte sich auf und lief zu Vincent hinüber, der in unveränderter Haltung auf dem Boden lag. In einer roten Pfütze. Er schien starke Schmerzen zu haben, denn er hielt die Augen krampfhaft geschlossen. Neben seinem Schuh fand Jan den Revolver. Wie durch ein Wunder hatte sich kein Schuss gelöst, als er vorhin zu Boden gefallen war.

Er betrachtete den Revolver einen Moment lang – sollte er ihn mitnehmen? Zero erschießen? Wäre er dazu fähig? *Nein*, beschloss er und kickte ihn mit dem Fuß beiseite, sodass er quer über das Dach schlitterte und schließlich in einer Ecke liegen blieb.

Wieder kein Schuss. Hatte Vincent geblufft?

Er kniete sich neben ihn und durchsuchte seine Taschen. »Ich nehme mir nur, was mir gehört«, erklärte er, als Vincent ihn mit Schimpfwörtern bedachte. »Da ist es ja, du kannst dich also wieder beruhigen.«

Jan zog das Handy hervor und schaltete es ein. Ein Blutstropfen fiel auf das Display. *Meine Nase. Verletzung Nummer ... was weiß ich. Die Hundertste.* Er wischte das Handy an seinen Jeans ab und fuhr sich mit dem Ärmel über Mund und Nase. *Müde! Ausrasten! Bitte!*, schrie sein Körper, doch er ignorierte es und kämpfte sich auf die Beine.

Beiläufig bemerkte er, dass Nina wieder an der Brüstung nach unten starrte. Hatte sie tatsächlich vor, den Bungee-Sprung zu riskieren? Seine Kehle wurde eng. Alles in ihm drängte darauf, sie vom Abgrund zurückzureißen. Sie in die Arme zu schließen. Ihr zu sagen, dass sie diese Grenzgänge nicht brauchte, weil es jemanden gab, der ihr so viel mehr geben konnte. Und wollte.

Er tat nichts dergleichen. Solange er nicht wusste, woran er bei ihr war, solange sie sich vor ihm verschloss, zählten seine Gefühle nicht.

Mit zusammengepressten Lippen wandte er sich Raphael zu, der eben neben ihn trat, den Blick ungläubig auf Nina gerichtet. »Nina?«

Jan zuckte die Achseln. »Muss wissen, was sie tut.«

»Und du? Was hast du vor?«

»Geht es dir gut?«

»Ich bin okay. Was du vorhast, will ich wissen!«

»Es beenden.« Jan checkte sein Handy. Der Akku war halbvoll, das Display zeigte zweiunddreißig Nachrichten an. Wow. Man hatte ihn vermisst – vermutlich die Eltern. Er tauschte das Wertkartenhandy, das Raphael ihm geborgt hatte, gegen sein eigenes aus und steckte es in die Hosentasche. Zero war hier, es wurde Zeit für die SMS an Fuchs. »Rufst du bitte den Notarzt für Vincent ...«

»Es beenden?«, wiederholte Raphael mit gerunzelter Stirn. »Was darf ich mir darunter vorstellen?«

»Sag am besten, dass er mit dem Hubschrauber geholt werden muss. Der kann auf dem Dach prima landen.«

»Jan! Ich habe dich was gefragt!«

»Ich hab's gehört.« Jan biss sich auf die Unterlippe. »Was soll ich dir sagen, Raph? Ich muss zu Zero. Herausfinden, wo Katja ist.«

»Was ist mit der Polizei? Du hast sie gar nicht angerufen, richtig? Sonst wäre sie längst hier!«

Eine Hand schob sich zwischen sie. Hielt Jan auffordernd die Datenbrille entgegen. Er blickte auf und in Ninas blaugraue Augen. Sie hatte ihren Trapezgurt ausgezogen. Sich offenbar für das Leben entschieden.

»Hier. Zero will mit dir sprechen«, sagte sie.

Hin- und hergerissen zwischen Abscheu und Faszination starrte Jan die Brille an. Dieser Mann gab nicht auf. *RUN ist alles, was er hat. Danach kommt nichts mehr. Absolut gar nichts.*

»Jan?«, erklang die bekannte Stimme aus dem Mikrofon der Brille. »Schön, dass du wohlauf bist. Nimm die Brille. Unterhalten wir uns ein wenig.«

Das erste Mal traf er die Entscheidung ganz bewusst, ohne an RUN oder die Folgen für Katja zu denken.

»Nein«, erwiderte er so laut, dass Zero es hören musste. »Ich spiele nicht mehr mit. Wenn Sie mit mir sprechen wollen, dann nur persönlich.«

»So viel Mut. Das imponiert mir. Gut, Jan. Du hast zehn Minuten. *Come on – run!*«

Jan fragte nicht nach, wo er ihn finden würde. Zero würde schon dafür sorgen, dass sie einander begegneten.

Er nahm Raphael beiseite und drückte ihm das Wertkartenhandy in die Hand. »Laut Plan sollte Paul der Polizei inzwischen gebeichtet haben, wo Level 7 stattfindet«, raunte er. Eine unsinnige Vorsichtsmaßnahme, Zero konnte sich etwas Derartiges ohnehin denken. »Schick Fuchs zur Sicherheit noch einmal eine SMS. Ich habe sie unter ›Entwürfe‹ gespeichert, du brauchst sie nur zu senden.«

»Plan?« Raphaels Gesicht war wutverzerrt. »Was sieht dein Scheißplan vor, wie du Zero überwältigen wirst, wenn die Polizei jetzt erst wegfährt?«

Jan seufzte. Egal. Alles egal. »Mach einfach. Ich muss los, die Zeit läuft.«

»Du bist ein kreuzdämlicher Vollidiot, weißt du das?«, brüllte Raphael. »Wenn Zero dich nicht umbringt, werde ich das tun, verlass dich drauf! Ich hasse dich, Jan Rakits! Hörst du? Ich hasse dich!«

Jan rannte zur Treppe. »Die SMS, Raph!«

79

on the way

»Dein Freund ist echt nett.«

Vor lauter Schreck stolperte Jan und ratterte die letzten vier Stufen halb strauchelnd, halb fallend hinunter, ehe er unsanft auf dem Hintern landete. Wütend schnellte er hoch. »Verdammt, Nina! Was willst du hier?«

Sie hatte die Haare straff zurückgebunden und trug die Datenbrille. In perfekter Lara-Croft-Manier sprang sie auf die Plattform. »Ich komme mit.«

Die Nächste. Wieso wollte andauernd einer sein Leben für ihn riskieren? »Auf keinen Fall! Das ist eine Sache zwischen Zero und mir.«

»Du brauchst mich. Ich kenne mich hier aus.«

Jan rannte durch die Tür und nahm die Betontreppe in Angriff. Natürlich kam sie ihm hinterher. »Das nützt mir einen feuchten Dreck. Ich weiß nämlich nicht, wo er ist!«

»Aber ich.«

In Jan grollte Zorn. Ein Vulkan vor dem Ausbruch. Er war nahe daran, ihr die Brille vom Kopf zu reißen und drauf herumzutrampeln. Oder ihr ein paar Ohrfeigen zu verabreichen. »Mach nur so weiter – und ich erwürge dich noch auf die Schnelle, bevor ich Zero treffe.«

Nina überholte ihn und stellte sich ihm in den Weg. »Du hast allen Grund dazu.«

»Deine Einsicht kommt reichlich spät, findest du nicht?« Jan wollte sich an ihr vorbeidrücken, doch sie tänzelte vor ihm hin und her wie ein Boxer. Er hätte sie schon über die Treppenkante stoßen müssen. »Lass das! Ich muss weiter!«

»Wir müssen das klären.«

Etwas in ihm explodierte. »Was müssen wir denn klären?«, schrie er. »Ich habe dir vertraut und du hast mich hintergangen! Punkt!«

Nina nahm die Brille ab und schaltete sie aus. »Am Anfang – ja«, gab sie zu. »Dann nur noch, um Zero zufriedenzustellen. Er musste glauben, dass ich auf den

Sieg aus bin. Ich habe ihm alles über deine Allergie erzählt – das ist wahr. Aber ich dachte, wenn ich die Zauberpilze austausche, wärst du außer Gefahr. Ich konnte ja nicht wissen, dass er auch meine mit Erdnüssen präpariert hat.«

»Ich hätte abkratzen können!«

»Der Notarzt war zuversichtlich.« Sie holte tief Luft. »Was hätte ich denn tun sollen? Du wolltest die Polizei nicht einschalten. Du wolltest RUN zu Ende spielen, weil du Angst um deine Schwester hattest, was wiederum bedeutete, dass du Level 6 um jeden Preis durchziehen musstest. Und du bist verdammt stur! Ich wollte dir helfen, gleichzeitig durfte ich mich nicht verraten. Ich konnte nicht anders handeln.«

»Du hast nicht ein Mal angerufen und gefragt, wie es mir geht! Nicht mal eine SMS geschickt!«

»Schwester Anna Masjova war sehr entgegenkommend.«

Ein idiotischer warmer Funken sprang durch seinen Bauch, als ihm die Bedeutung ihrer Worte bewusst wurde. Mist. Er fiel schon wieder auf sie herein. Wie machte sie das nur?

»Du warst so abweisend in der Feuerhalle. Wie verwandelt.«

Ninas Blick huschte zu Boden, dann lächelte sie ihn verlegen an. »Zero hatte mir befohlen, dich dazu zu bringen, die Pilze zu schlucken. Ich bin fast umgekommen vor Sorge um dich.«

»Ich ...« Jan klappte den Mund zu. Seine Wut war wie Lava aus ihm herausgeströmt. Er hatte alles gesagt, was in ihm gebrannt hatte. Leere machte sich in ihm breit.

»Bist du jetzt fertig, Aschenputtel?«, fragte sie sanft.

»Schätze schon.«

»Dann bringen wir es zu Ende. Zusammen.«

»Okay.« Jan nickte. »Halt, eins noch.«

Er riss ihr die Datenbrille aus der Hand, ließ sie fallen und trat mit dem Fuß darauf. Das Glas splitterte und knirschte unter seiner Sohle, als er den Fuß mehrmals drehte. »So. Jetzt.«

80

wanna fly?

Nina übernahm die Führung. Mit knappen Worten hatte sie Jan erklärt, warum sie zu wissen glaubte, wo Zero sich befand.

Der Schuss auf Vincent musste aus großer Höhe abgegeben worden sein. Jan hatte auf die Silos getippt, doch sie standen viel zu nah und waren nur halb so hoch wie der Turm. Ein Ding der Unmöglichkeit. Der einzige Platz, von dem aus man freie Schusslinie auf das Turmdach hatte, befand sich auf der anderen Straßenseite: die Lagerhalle. Sie war erhöht in den Hang gebaut. Zero musste auf ihrem Dach gelegen haben. Nur so hatte er Vincent von hinten treffen können.

Jan hatte sich gewundert, warum Nina ihn weiterhin durch Korridore und Hallen, über Treppen und Rampen lotste. Er hätte den Gebäudekomplex auf schnellstem Wege verlassen und wäre über die Straße und hinauf zur Lagerhalle gelaufen.

Sie hatte ihm widersprochen. »Durch die Fabrik und über das Förderband geht es viel schneller.«

Das Förderband. Der Steg, der die Bundesstraße überspannte. Das hatte er total vergessen.

Das Tageslicht schwand. Schatten krochen aus allen Ecken, erweckten die schlafende Bestie zum Leben. Nina zögerte nie. Kein einziges Mal schien sie im Zweifel über ihre Route zu sein. Allein hätte er sich mit Sicherheit verirrt.

»Du kommst wohl oft hierher?«, rief er ihr zu, als sie zielstrebig aus zwei Metern Höhe in einen Schacht sprang und über eine Feuerleiter nach oben kletterte.

»Manchmal. Wenn mir nach Einsamkeit ist.«

Wie viel Einsamkeit kann man verkraften? Er setzte ihr nach, fiel schmerzhaft auf die Knie, rappelte sich auf und hechtete zur Leiter. »Wolltest du den Bungee-Sprung wirklich durchziehen? Obwohl du wusstest, dass es bei Level 7 keinen Sieger geben wird?« *Nur Tote.*

»Ja. Wollte ich. Ich wollte fliegen. Wenn schon nicht zu meinem Vater, dann zumindest einmal in meinem Leben. Nur deshalb bin ich bei RUN eingestiegen. ›Wanna fly? Join the game.‹ Das war Zeros erste Nachricht an mich. Zuerst war ich skeptisch, doch als er mir ein Flugticket nach Sydney auf meinen Namen buchte, hatte er mich.«

Er kennt uns besser als jeder andere, dachte Jan. *Wie viel Zeit muss er damit verbracht haben, uns zu studieren?*

»Er hat dich reingelegt. Es gibt kein Flugticket.«

»Die Fluglinie hat auf meine Anfrage hin eine Bestätigungsmail gesandt ...«

»Die Zero ebenfalls fingiert hat. Mensch, Nina, wach auf!«

Nina seufzte. »Ich weiß. Nachdem er auf Vincent geschossen hatte«, fuhr sie fort, »wollte Zero mich noch einmal verführen. Er hat mir eine PN geschickt: ›Spring, Nina – und flieg! Damit gewinnst du RUN und bist frei.‹ Beinah wäre ich auf ihn hereingefallen, aber dann ...«, sie wartete an der Kante zum Schacht, bis Jan neben ihr stand, »... dann habe ich mich nach dir umgedreht. Und alles bekam eine andere Bedeutung.«

Im Dämmerlicht sah er Tränen in ihren Augen schimmern. Um Beherrschung ringend lief sie durch das Halbdunkel der Halle auf ein weit geöffnetes Tor zu. »Ich habe noch niemals jemanden so kämpfen sehen wie dich, Jan. Du gibst nicht auf, suchst immer nach einer Lösung. Was auch passiert, du knickst nicht ein. Weißt du eigentlich, wie stark du bist?«

Jan folgte ihr verwirrt. Zero hatte es in ähnlichen Worten ausgedrückt. Er konnte diese Sichtweise nicht nachvollziehen. »Ich war oft genug am Ende. Sieh mich an, Nina. Ich stelle mich diesem Kerl unbewaffnet und bilde mir ein, dass alles gut ausgeht. Das ist kein Kämpfen. Das ist Blödheit.« *Raphael hat ganz recht.*

Nina lehnte sich mit dem Rücken an die Mauer neben dem Tor. »Es geht nicht nur um RUN, weißt du. Mein Leben lang habe ich gegen meine Mutter angekämpft. Doch in Wahrheit war ich bloß widerspenstig. Ekelhaft. Unausstehlich. Ich habe uns beide zugrunde gerichtet. Und was hat es mir gebracht? Nichts.«

So viel Ehrlichkeit überraschte ihn. Noch mehr die ungewohnte Verletzlichkeit an ihr. Wie gebannt starrte er sie an.

Sie schluckte. »Kämpfen bedeutet nicht, sich gegen jemanden aufzulehnen. Es bedeutet, für eine Sache oder eine Person einzutreten. Wie du für Katja. Oder für Raphael. Du hast mir gezeigt, wie man kämpft, und ich habe beschlossen, es auch zu versuchen. Für mich selbst. Ich will nicht mehr fliegen, Jan. Ich will leben.«

Ihr Geständnis hatte sich direkt in sein Herz gebrannt, er spürte das Trommeln bis zum Hals. Er hätte sie küssen wollen, ihr so vieles sagen, stattdessen stupste er nur wortlos gegen das Piercing auf ihrer Nase. *Hey, Silberhexe …*

Nina lächelte leicht. Nickte zum Tor. »Das Förderband. Wir sind da.«

Jan machte einen tiefen Atemzug. »Also dann.«

Er trat durch das Tor. Draußen ertranken Wald, Straße und Zementwerk im einheitlichen Blaugrau der Dämmerung. Am Himmel zeigte sich der Mond als blassgelbe Scheibe, fast voll, nur eine schmale Sichel fehlte noch. Von der Polizei war nichts zu sehen. *Bitte, Fuchs, lass mich nicht im Stich.*

Wie als Antwort auf sein Flehen quäkte sein Handy im altbekannten Signalton. Eine SMS von Raphael: *Fuchs informiert, Notarzt gerufen. Paul hat seinen Namen entschlüsselt: ZElenka ROman – ZERO. Viel Glück. R.*

81

meet zero

Jan schickte ein stummes Danke zum Turm hinüber und betrat den Steg. Der Eindruck, dass er wie der Arm eines Baukrans aussah, bestätigte sich. Das Förderband war mit dem Gitterwerk hellgrüner Stahlträger ummantelt und führte leicht abschüssig auf die andere Hangseite. Nebenher verlief ein Schacht, der über die gesamte Länge in Schulterhöhe mit Wellblech überdacht war. Offenbar hatte er zur Wartung des Förderbandes gedient, denn Jan entdeckte darin Werkzeug, Schrauben und ölige Kettenglieder.

Unter ihm glitten die Scheinwerferkegel der Autos vorbei, Motorenlärm drang herauf. Das Stahlgitter war hoch genug angebracht, dass man in aufrechter Haltung gehen konnte. Jan machte ein paar vorsichtige Schritte, unsicher, ob die Gummilamellen ihn trugen, dann lief er, bis das andere Ende des Steges in Sichtweite rückte – ein schwarzes Loch inmitten dicht belaubter Baumkronen.

Hinter sich wusste er Nina. Katzengleich war sie ihm nachgeschlichen. Als er sich nach ihr umdrehte, nickte sie ihm aufmunternd zu. *Kämpfe weiter*, konnte er in ihren Augen lesen. Er biss sich auf die Lippe. *Gut, dann gehen wir aufs Ganze.*

»Ich bin hier!«, schrie er. »Kommen Sie raus!«

Zero, sofern er ihn überhaupt hörte, reagierte nicht.

Jan ging weiter. Noch zehn Meter, fünf. »Ich dachte, wir wollten reden? Zeigen Sie sich!« Drei Meter, zwei, einer ... »Oder kneifen Sie jetzt?« Über ihm raschelte der leichte Wind in den Baumkronen. Vor ihm gähnte das Loch, das Förderband verschwand im Nirgendwo. Was jetzt? »Ich warte! Wo sind ...?«

»Und ich warte schon viel zu lange«, wisperte es von oben. Eine Gestalt schwang sich vom Ast eines Baumes auf das Förderband, genau zwischen ihn und Nina. Jede Warnung kam zu spät – schon hatte Zero sie in seiner Gewalt. »Schön ruhig bleiben«, forderte er. »Alle beide.«

Jans Blick huschte vom Seil, das Zero Nina um die Kehle geschlungen hatte, zum Gewehrlauf, der über seiner linken Schulter aufragte, und weiter in sein Gesicht. Kantige Züge, eine Narbe am Jochbein, stechend graue Augen. Hätten noch Zweifel bestanden, so hätten seine mit Gel getränkten Haare sie endgültig ausgeräumt. Vor ihm stand Toms blonder Freund. Jener Mann, der Jan die Brandwunden zugefügt und ihn vor der Schule mit einer Waffe bedroht hatte. Dem der Chevrolet gehörte. Der nicht Rautner hieß, sondern Zero. Roman Zelenka.

»Sie?«, ächzte Jan.

Zero lächelte. »Sag bloß, das wusstest du nicht? Nein?« Er wechselte von seinem tschechischen Zungenschlag, mit dem er Jan so lange getäuscht hatte, zu akzentfreiem Deutsch. »Wie schön! Dann konnte ich dich am Ende doch noch überraschen.«

»Ich dachte, Sie seien ein Drogendealer. Weil Sie andauernd mit Tom ... Warum dieses Versteckspiel?«

»Aus zweierlei Gründen. Erstens signalisierte Tom viel zu wenig Interesse – an RUN, an dir, an seiner Aufgabe. Er brauchte Input. Zweitens wollte ich dich besser kennenlernen. Herausfinden, ob du meinem Finale gewachsen bist. Und siehe da, hier sind wir!« Er strahlte ihn an, als ob er Jan seinen Lottogewinn überreicht hätte – der Vertretertyp, der Jeans, Hemd und Sakko mal ausnahmsweise gegen eine Militärkluft getauscht hatte.

»Vergiss Tom«, fuhr Zero fort. »Er war nur einer meiner Handlanger. Er, Vincent, deine Schwester und unsere hübsche Kleine hier.« Er senkte die Nase in Ninas Nacken und schnupperte genießerisch. Sie trat nach ihm, und er ruckte am Seil, sodass sie vor Schmerz aufkeuchte. »Hat sie dir erzählt, was sie für mich getan hat? Anscheinend hast du ihr verziehen, sonst wäre sie nicht hier.«

»Sie haben sie benutzt, genau wie die anderen.«

»Richtig. Ich brauchte die vier, um dich im Spiel zu halten. Zu schade, dass es bald zu Ende ist, ich hatte noch einige interessante Levels vorbereitet, Roof Riding auf einem Zug, zum Beispiel. Weißt du, Jan, du warst immer der Knackpunkt, schon vor dem Start von RUN. Die unsichere Variable in meiner Formel. Daran hat sich bis zuletzt nichts geändert. Niemand hat mir so viel Kopfzerbrechen bereitet wie du.«

»Das freut mich«, sagte Jan aus tiefstem Herzen. »Wo ist Katja?«

Zero lächelte schal. »Nicht so voreilig. Wir haben ja kaum angefangen, miteinander zu plaudern.«

»Unsere Zeit ist knapp. Die Polizei ist auf dem Weg.«

»Fuchs, nicht wahr? Dieser Idiot ist bei meinem Bruder eingefallen. Mit einer Sturmtruppe der Cobra. Lächerlich. Wo Andreas doch kaum noch weiß, wer er ist.«

In aller Eile sortierte Jan seine Gedanken. »Andreas Kirner ist Ihr Bruder?«

»Halbbruder. Meine Mutter stammte aus Tschechien. Nach dem Putsch der Kommunisten floh sie Anfang der fünfziger Jahre nach Wien und fand für einige Zeit beim alten Kirner Unterschlupf. Bei der Gelegenheit ließ sie sich von ihm schwängern und ein paar Jahre später wanderte sie mit mir nach Amerika aus.«

»Aber ich dachte ...«

»Was denn?«, fragte Zero lauernd.

Jan warf einen raschen Blick auf Nina. Sie atmete schwer, hielt sich aber gut. Also weiter. »War nun Stefan Kirner Ihr Sohn oder der Ihres Bruders?«

»Stefan«, Zeros Stimme geriet ins Flackern, »war mein Sohn. Mein Fleisch und Blut, der in den Tod getrieben wurde.«

Oha. Und das ist dein *Knackpunkt.* »Warum heißt Ihr Sohn dann Kirner? Und nicht Zelenka? Das ist doch Ihr Name, oder? Roman Zelenka.«

Nur ein winziges Zucken seiner Mundwinkel verriet Zero. Dass Jan seinen Namen wusste, behagte ihm nicht. Schon lächelte er wieder. »Mit Namen lässt sich so viel anstellen. Man muss nur wissen, wie.«

»Ach …«, meinte Jan, auf eine ausführliche Erklärung hoffend. Wenn Nina und er heil aus der Sache rauskommen wollten, musste er Zero so lange wie möglich hinhalten.

Tatsächlich ließ sich Zero darauf ein. »Meine Mutter hieß Renata Zelenka. Als ihr uneheliches Kind trug ich ihren Namen. Aufgrund verschiedenster Umstände – die hier nichts zur Sache tun – adoptierte mein Bruder meinen Sohn Stefan. Und der entschied sich für den Namen Kirner. Was mir durchaus gelegen kam, als ich RUN plante.«

»Sie wollten Ihren Sohn rächen.«

»Rache …« Zero schüttelte sinnend den Kopf. »Nein, ich sehe mein Werk ungern darauf reduziert. RUN ist ein Opus. Damit wollte ich Stefan ein Denkmal setzen, eine Spur der Verzweiflung in die Herzen seiner Mörder brennen.«

»Niemand hat ihn ermordet!«, erwiderte Jan aufgebracht. »Er hat sich erhängt.«

Zorn glühte in Zeros Augen auf, so rasch, so unerwartet. »Pass auf, was du sagst. Denn sie«, er riss derart heftig am Seil, dass Ninas Kopf zurückflog und sie einen gurgelnden Laut ausstieß, »wird jede deiner unbedachten Äußerungen büßen.«

Noch einmal zog er an. Nina ging röchelnd unter ihm in die Knie. »Bitte …«, keuchte sie.

Ihr verzweifeltes Um-Atem-Ringen schnitt tief in Jans Innerstes. *Gott, er wird sie umbringen!* Beschwichtigend hob er die Hände. »Aufhören! Hören Sie auf, bitte!«

»Gern.« Zero lockerte das Seil und stellte Nina auf die Beine. Beinahe zärtlich tätschelte er ihre Wange. »Keine Angst, kleine Nina. Noch ist es nicht soweit.«

Sie wimmerte. Doch der Blick, den sie Jan zuschoss, war kämpferisch. *Kümmere dich nicht um mich. Zieh dein Ding durch.* Er konnte sie beinah hören. Tapfere Silberhexe! Unmerklich nickte er ihr zu.

»Wo waren wir stehen geblieben?«, fragte Zero. »Ach ja – bei Stefans Tod. Dein Vater hat dir davon erzählt, nicht wahr? Hat er dir auch erzählt, wie er Stefan vorgeführt hat? Auseinandergenommen hat er ihn, ihm Straftaten angedichtet, die er nie begangen hatte, während sein ach so unschuldiger Kumpane sich ins Fäustchen lachte.«

»Das kann ich nicht glauben«, gab Jan vorsichtig zurück. »Mein Vater ...«

»Ist die Rechtschaffenheit in Person, jaja. Was weißt du schon davon. Deinem Vater ging es nur um seine Karriere. Da kam ihm der Fall Kirner gerade recht.«

»Immerhin hat Ihr Sohn ein Verbrechen begangen.«

»Der Prozess war eine Farce. Eine Absprache zwischen Staatsanwalt, Richter und Verteidiger. Nach drei Tagen wurde Stefan verurteilt. Drei Tage! Und das volle Strafmaß!«

Der Verteidiger, grübelte Jan. Nein, ihn hatte sein Vater mit keiner Silbe erwähnt. »Und dieser Verteidiger, der Anwalt Ihres Sohnes? Was war mit ihm? Musste er denn nicht für seine Tat büßen?«

»Siehst du!« Zero stimmte ein bewunderndes Lachen an. »Das ist es, was mir so an dir gefällt. Dir entgeht nichts. Du bist schlau, mutig und risikobereit. Du ähnelst Stefan in so vielen Dingen.« Für einen Moment flackerte Wärme in seinen Augen auf, abwesend murmelte er in sich hinein, was Nina ein neuerliches Wimmern entlockte.

Zero streifte seine Wehmut ab. »Na, na«, beruhigte er sie, während er ihre Handgelenke mit einem zweiten Seil hinter dem Rücken fesselte. »So viel bedeutet er dir, unser Held?«

Jan verlagerte das Gewicht. Dieses Gespräch kostete ihn seine ganze Kraft, seine Muskeln brannten vor Anspannung. Unauffällig spähte er zur spärlich beleuchteten Straße hinunter, die die zunehmende Dunkelheit durchschnitt. Wo blieb Fuchs? *Er müsste längst hier sein, ebenso der …* Da! Mit unendlicher Erleichterung vernahm er das Knattern eines Hubschraubers. Ein heller Lichtkegel bewegte sich auf den Turm zu. Zumindest das hatte geklappt.

Mäßig interessiert verfolgte Zero den Hubschrauber mit den Augen, dann wandte er sich wieder an Jan. »Bedauerlicherweise konnte der Herr Anwalt nicht an RUN teilnehmen. Er hatte keine Kinder. Also hat er sich selbst gerichtet. Ein simpler Schuss in den Mund, der ihn für immer zum Schweigen brachte. Das fand ich angemessen.«

»Und Ihre Komplizin? Haben Sie sie ermordet, weil sie zu viel wusste?«

»Tatjana war unersättlich, wie alle Frauen. Ich habe sie für ihr Schweigen fürstlich entlohnt, dennoch wollte sie mehr. Dachte, sie könnte mich erpressen. Das hatte Konsequenzen. Niemand, hörst du, niemand entgeht seiner gerechten Strafe. Dafür sorgt RUN.«

In Jan machte sich Übelkeit breit. Dieser Mann wirkte viel zu gelassen auf ihn. Wie jemand, der noch einen Trumpf in der Tasche hatte. Oder mehrere. Wissend, dass seine nächsten Worte Ninas Lage womöglich verschlimmerten, sagte er achselzuckend: »Wieso? RUN war ein einziger Misserfolg.«

Kein Haar bewegte sich an Zeros Gelfrisur, als er den Kopf zurückwarf und lauthals lachte. »Findest du?«

»Mark ist am Leben, Florian, man höre und staune, ebenso«, zählte Jan auf. »Sogar Tom hat es geschafft. Jasmin hat sich das Bein gebrochen – ich schätze, sie wird durchkommen. Vincent auch. Haben Sie ihn absichtlich nur angeschossen?«

»Ein schlechter Schuss, das muss ich zugeben. Ich war unkonzentriert und in Sorge, dich zu treffen.«

»Sie wollten ihn umbringen!«

»Ich hatte auf seine Wirbelsäule gezielt. An der richtigen Stelle platziert, kann eine Kugel jemanden für immer lähmen. Ein schmaler Grat.«

Oh Gott. Eine dumpfe Ahnung stieg in Jan auf. Dennoch gab er sich weiterhin lässig. »Nina und ich sind quicklebendig. Und meine Schwester lebt. Also was sollte das Ganze?«

Damit hatte er es um den Tick übertrieben, das sah er Zero an. Seine Stimmung konnte in Sekundenschnelle umspringen, ohne jede Vorwarnung – das war es, was ihn so gefährlich machte.

Sein Gesicht verzerrte sich. »So sicher bist du dir? Du stehst mir wehrlos gegenüber und denkst allen Ernstes, es gäbe ein Entkommen? Für dich? Für sie?« Er ruckte nachdrücklich am Seil, sodass Nina nach Luft schnappte. »Für irgendjemanden?«

Vielleicht wäre er mit dem Revolver doch gut beraten gewesen. Mit Mühe unterdrückte Jan das Zittern in seiner Stimme. »Sie haben keine Chance. Die Polizei wird gleich da sein.«

»Perfekt. Sie kommt rechtzeitig zum Showdown.«

Showdown? Nicht gut. »Antworten Sie mir! Was hatten Sie sich von RUN erhofft? Und wo ist Katja?«

Zero wich zurück und zog Nina mit sich mit. Die ersten paar Schritte sträubte sie sich, doch er achtete nicht auf sie, zerrte sie einfach am Seil weiter. Um Atem ringend gab sie ihre Gegenwehr auf. Jan folgte den beiden. *Halt durch, Nina, nur noch ein bisschen.*

Mit wachsender Beunruhigung beobachtete er, wie Zero mittig über der Bundesstraße haltmachte und mit dem Seil in der Hand das Wellblechdach erklomm. Nina hing wie ein Hund an der Leine und konnte weder vor noch zurück. In ihren Augen stand nun echte Angst.

Jan stürzte zu ihr, wollte ihr die Schlinge vom Hals nehmen, da blickte er auch schon in die Mündung von Zeros Gewehr. Zähneknirschend ließ er die Hände sinken und machte einen Schritt zurück. »Was haben Sie vor?«

»So viele Fragen«, tadelte Zero. »Wie? Wo? Was? Warum? Du solltest wissen, warum. Ich bin ein Spieler. Genau wie du.«

»Ich? Das ist doch Quatsch!«

In diesem Moment heulten Polizeisirenen in der Ferne auf – das schönste Geräusch der Welt. *Wir haben es geschafft!*, jubelte Jan innerlich. »Hören Sie? Die Polizei. Jetzt sind Sie erledigt.«

Zero blieb ungerührt. Das Gewehr auf den Knien, schlang er das Seil um einen der Stahlträger über Ninas Kopf. »Und ob du ein Spieler bist«, sagte er, während er einen festen Knoten band. »Du bist bei RUN eingestiegen, hast sechs Levels lang um Punkte gekämpft, hast dein Leben und das anderer riskiert, einschließlich dem deiner Schwester. Selbst nach deinem Ausscheiden hast du weitergemacht. Und jetzt? Stehst du hier und spielst um das Leben deiner Freundin. Weil du nicht anders kannst. Weil es dir im Blut liegt.«

»Nur, weil Sie mich dazu zwingen!« Mit Schrecken entdeckte Jan den Henkersknoten in Ninas Nacken. Der war ihm bisher entgangen. *Ach du Scheiße!*

Blaulicht zerriss das Dunkel unter ihnen, die Sirenen stoppten. Bremsen quietschten, Autotüren klappten auf, Stimmen wurden laut.

Zero griff in seine Jackentasche und holte ein kleines Kästchen mit Antenne hervor. *Ein Sender!*, erkannte Jan bestürzt.

»Und ... Action.« Zero richtete die Antenne auf das Ende des Förderbandes und drückte auf einen Schalter. Irgendwo sprang ein Generator an und begann, brummend seinen Dienst zu verrichten. Ein Vibrieren glitt über das Förderband, ruckelnd setzte es sich in Bewegung.

Nina schrie auf, als sie mitsamt den Gummilamellen davonfuhr. Als sich das Seil um ihren Hals festzog.

»Gehen!«, rief Jan ihr zu, selbst vollauf beschäftigt, seine Position zu halten. »Du musst gehen!«

Sie stolperte vorwärts.

Scheinwerfer flammten auf und tauchten Zeros Bühne in gleißendes Licht. »Hier spricht die Polizei!«, erschallte es durch ein Megaphon. »Legen Sie die Waffe weg und nehmen Sie die Hände hoch! Ich wiederhole: Legen Sie sofort die Waffe weg!«

Zero breitete die Arme aus. »RUN ist unser Spiel, Jan! Welcome to level 8!«

82

level 8

Er ist vollkommen durchgeknallt, dachte Jan. Und wunderte sich, dass er erst jetzt zu diesem Schluss kam. Bis auf seine zeitweiligen Zornesausbrüche hatte Zero im Gespräch völlig normal auf ihn gewirkt. Wie der freundliche Mann von nebenan, den man tagtäglich grüßte.

Davon war nun nichts mehr zu bemerken. Mit einem irren Lachen stierte er zu Jan herunter. »Wie gefällt dir unser Finale? Grandios, nicht?«

Absolut. Jan sparte sich die Antwort. Er ging rückwärts, um Nina und Zero im Auge behalten zu können, doch das ungewohnte Bewegungsmuster strengte ihn an.

Noch schlimmer stand es um Nina. Sie lief zwar vorwärts, hatte es durch die gefesselten Hände aber doppelt schwer, das Gleichgewicht zu halten. Immer wieder spannte sich das Seil, schnürte sich die Schlinge um ihren Hals fester, weil sie eine Spur zu langsam war oder in ihrer Panik an Tempo zulegte, zu weit nach vorn geriet und das Seil erst recht straffte. Sie war wie ein Hamster auf dem Laufrad. Ein Sturz würde ihren Tod bedeuten.

Ja, musste Jan zugeben, Level 8 war an Genialität nicht zu überbieten.

Die Polizei meldete sich erneut: »Ich wiederhole: Legen Sie die Waffe weg und nehmen Sie die Hände hoch! Jeder Widerstand ist zwecklos!«

»Das hatten wir doch schon«, stellte Zero fest. »Besonders einfallsreich sind sie ja nicht.«

Jan wagte einen Blick nach unten. Die Straße war abgesperrt worden. Drei Polizeifahrzeuge parkten rechter Hand, dahinter standen Fuchs' blauer BMW und ein schwarzer Kleinbus mit verdunkelten Scheiben – vermutlich der Einsatzwagen der Cobra – und ein Notarztwagen. Auf der anderen Seite bot sich ihm ein ähnliches Bild. Am Waldrand entdeckte er das Auto seines Vaters. Und einen Fernsehübertragungswagen. Alle waren sie zu Zeros Showdown gekommen.

Irritierenderweise waren nirgendwo Einsatzkräfte zu sehen. Hielten sie sich hinter den Autos verschanzt?

Oder waren sie bereits auf dem Weg herauf? Hoffentlich. *Bitte, beeilt euch!*

Zero kauerte in tiefer Hocke auf dem Wellblechdach, das Gewehr griffbereit, und genoss sein Schauspiel sichtlich. »Weißt du, ich habe lange an RUN getüftelt. Habe mir die Levels bis ins kleinste Detail überlegt. Jede Eventualität einkalkuliert. Eine Menge Geld reingesteckt.« Er nickte versonnen. »Meine größte Sorge waren die Spieler. Ich bin kein Menschenkenner, schon gar nicht, was junge Leute betrifft. Also habe ich jeden Einzelnen beobachtet, genau erforscht, bis ich mir sicher war, ihn durch und durch zu kennen. Ein Restrisiko blieb – unter extremen Bedingungen reagiert die menschliche Psyche mitunter abnorm. Alles kein Thema, dachte ich, kleine Abweichungen vom Plan erhöhen den Spaßfaktor. Womit ich nicht gerechnet hatte, warst du, Jan.«

Erneut hantierte Zero an seinem Sender herum. Unmittelbar darauf erhöhte sich die Geschwindigkeit des Förderbandes. Nina stolperte, fing sich aber zum Glück wieder. Sie musste nun regelrecht rennen. Schweiß sickerte an ihren Schläfen herab, glitzernde Tropfen im Scheinwerferlicht. Sie keuchte so laut, dass Jan fürchtete, sie würde aus Sauerstoffmangel kollabieren.

Lange würde sie nicht mehr durchhalten.

Worauf wartete die Polizei? Jan traute sich nicht mehr, nach unten zu blicken. Zu sehr musste er sich darauf konzentrieren, im Rhythmus zu bleiben. *Stellt das verdammte Förderband ab!*

Zero ließ ihn nicht aus den Augen. »Von Anfang an war ich fasziniert von deiner Stärke, deiner Besonnenheit. Doch RUN hat dich an den Abgrund getrieben.«

»Nicht RUN!«, schrie Jan. »Das waren Sie! Nur Sie! Wo ist Katja? Was haben Sie ihr angetan?«

»Ich wollte euch töten, ehrlich«, gab Zero zu. »Einen nach dem anderen. Das war der Plan. Aber durch dich bekam RUN eine neue Dynamik. Die anderen wurden zu Statisten und du zu meinem Star. Plötzlich war es unser Kampf, Jan. Ich wollte dich fordern, dich an deine Grenzen treiben und darüber hinaus. Dich in die Knie zwingen.«

Allmählich ging Jan die Kraft aus. Und die Geduld. Was dauerte da unten so lange? Sein Kopf ruckte zu Zero herum. »Ganz egal, was Sie mir da erzählen. Sie werden sterben, heute und hier! Die werden Sie erschießen!«

»Was für ein Spaß!«

Arschloch!

»Jan!« Nina musste ein zweites Mal rufen, ehe er sie hörte. »Jan, ich ... kann nicht mehr.«

Panikattacke? »Doch«, widersprach er. »Doch, du kannst. Du musst!«

Ihr Atem rasselte, Tränen und Schweiß benetzten ihre Wangen. Sie lief schwankend und völlig aus dem Takt. Immer wieder ruckte sie gegen das Seil. »Kann nicht ...«

»Bitte, Nina. Es ist ganz leicht. Komm, zähle mit – eins, zwei, eins, zwei. Zählen, atmen, zählen, atmen. Ja, gut. Mach weiter, immer weiter.«

Sie zählte, genau wie er. Gott, sie war fast am Ende. Stand kurz davor, sich einfach fallen zu lassen. Aufzugeben.

Zero lachte heiser auf. »Der Tod als Instrument der Rache wird überbewertet. Gleiches mit Gleichem vergelten – was hat man davon? Sekunden der Erlösung, und schon ist es vorbei. Keine Genugtuung. Nicht auf Dauer. Um wie viel erquicklicher hingegen ist Angst! Leid! Verzweiflung! Dies mitzuerleben schenkt echte Befriedigung. Und sag selbst«, er machte eine ausholende Geste, »ist mir das nicht vortrefflich gelungen?«

Nina schluchzte auf.

Scheiß auf die Polizei! Jans Blick flog nach oben. Direkt über seinem Kopf verlief ein Stahlträger. Mit genügend Schwung ... vielleicht ... ja, es könnte klappen. *Nicht vielleicht. Mach einfach!*

Er verdoppelte seine Schritte, holte alles aus sich heraus, sodass er mehr und mehr Abstand zwischen sich und den Stahlträger brachte. Dachte an den Sprung. Weit musste er nicht sein – das Förderband brachte ihn automatisch vorwärts –, aber hoch. Wie ein Dynamo beim Klettern.

Er fokussierte sein Ziel.

Jetzt!

Ein riesiger Satz, und Jan hing mit beiden Händen am Stahlträger. Zweimal hangelte er sich weiter, dann hatte er Zero erreicht. Der war aus seiner Hocke hochgeschossen, stand breitbeinig auf dem Wellblechdach.

Legte das Gewehr an.

»Komm nur!«, rief er. »Zeig mir, dass du ein ebenbürtiger Gegner bist!«

Jan zögerte nicht. Er holte Schwung und trat Zero mit beiden Beinen gegen die Brust. Der strauchelte, das Gewehr entglitt seinen Händen und polterte auf das Dach. Jan schaukelte zurück. Mit dem nächsten Schub rammte er Zero erneut, ließ sich gleichzeitig fallen und riss ihn von den Beinen. Sie landeten mit solcher Wucht auf der Dachfläche, dass sie sich nach unten durchbog. Dachnägel flogen wie Geschosse umher, das Gewehr schlitterte auf sie zu. Sie griffen zugleich danach, doch Zero bekam es vorher zu fassen und zog Jan den Kolben über den Kopf.

Ihm wurde schwarz vor Augen. Mit aller Macht kämpfte er dagegen an. Rang Schmerz und Schwindel nieder.

Nina. Katja. Für sie wollte er durchhalten.

Jan spannte die Muskeln an. Er wand sich, trat und boxte um sich, bis Zeros Umklammerung nachließ. Ineinander verkeilt rollten sie herum und gerieten gefährlich nahe an die Dachkante.

Zero krallte die Finger in Jans Haar und bog seinen Kopf zur Seite. »Spürst du es? Siehst du, was RUN bewirkt? Dort unten stehen eure Eltern! Sie leiden! Jetzt, in diesem Augenblick!«

Zeros Aftershave brannte in Jans Nase. Er blinzelte ins Scheinwerferlicht. Wirklich, hinter einem Polizeifahrzeug stand sein Vater, das Gesicht entsetzt nach oben gewandt. Neben ihm erkannte er Helene Sandt – die seine Mutter stützte! Verdammt, was machte sie hier? Und noch etwas sah er: Gerade fuhr ein riesiger Pick-up mit hydraulischer Rampe und Klappleitern vor. Die Cobra-Polizisten.

»Sieh hin! Sieh hin!« Raserei entstellte Zeros Züge – er sah gar nichts.

»Sie sind umstellt!«, ertönte es jetzt durch das Megaphon. »Unsere Scharfschützen sind in Position! Jeder Widerstand ist zwecklos! Geben Sie auf!«

Redet nicht, schießt! Knallt den Kerl ab!

Nichts geschah.

Doch zu ihrer Rechten bewegte sich ein Schatten durch die Dunkelheit. Vorsichtig. Lauernd. Das Sturmgewehr im Anschlag.

Zero bemerkte ihn nicht, zu sehr war er mit seinem Triumph beschäftigt. »Ja! Sie sollen leiden! Um ihre Kinder bangen! Und enttäuscht werden! An ihrem Elend zerbrechen! So wie ich an Stefans Tod zerbrochen bin.«

»Sie haben ihn doch gar nicht gekannt!«, stieß Jan hervor. »Er war ein Fremder für Sie!«

Zero schlug ihm ins Gesicht. »Du weißt nichts über Stefan und mich! Nichts!«

Er schnellte hoch, riss Jan mit sich mit, sodass sie beide wieder auf dem Dach standen. Kräftige Arme umklammerten ihn, pressten ihm die Luft aus den Lungen, und endlich erkannte Jan den Sinn dahinter. Zero benutzte ihn als lebendigen Schutzschild. Die Scharfschützen konnten nicht schießen; das Risiko, Jan zu treffen, war viel zu hoch.

Gemeinsam wirbelten sie über das Dach, zurück zu Nina, die wie ferngesteuert über das Förderband lief, schwitzend, keuchend, immer wieder stolpernd.

Das Wellblech knickte endgültig unter ihnen weg, zerbarst in scharfkantige Zacken, während die letzten Nägel davonflogen. Sie fielen in den Wartungsschacht. Jan rutschten auf dem mit einer zähen Schmiere bedeckten Boden die Beine weg, im Fallen stieß er gegen Zero, der ebenfalls keinen Halt fand, und sie landeten beide im Dreck. Jan schoss hoch, krallte die Finger um den Stahlträger hinter sich, hielt sich krampfhaft aufrecht. Auch Zero rappelte sich auf, rutschte erneut, schwankte ...

Und Jan sah es kommen.

Wie in der Zeitlupensequenz einer Sportsendung. Instinktiv streckte er die Hand aus, packte Zero an der Schulter – zu spät. Er stürzte, schlitterte mit den Füßen weiter und sackte mit dem Oberkörper zurück.

Mit einem Schmatzen bohrte sich die Dachzacke in seinen Hals.

Sein Aufschrei hallte in Jans Ohren nach, Blut spritzte aus seiner Schlagader, er gab unverständliche Laute von sich, dann war da nur noch sein Gurgeln.

Und dann nichts mehr.

Keuchend starrte Jan auf ihn herab, unfähig sich zu rühren.

Zero war tot.

Tot.

Erst das Poltern sprengte seine Starre. Nina!

Sie war in die Knie gegangen. Hing steif in der Schlinge, während die Gummilamellen unablässig unter ihr hinwegglitten.

Von allen Seiten näherten sich Cobra-Polizisten, wie Spinnen kletterten sie über ihre Rampe und die ausgefahrenen Leitern vom Pick-up herauf auf den Steg.

Ein Mann zu seiner Rechten erreichte ihn zuerst und gab nach einem kurzen Blick auf den Toten durch seinen Sprechfunk Entwarnung. »Alles okay?«, wandte er sich an Jan.

Okay? Nichts war okay. »Das Förderband ... der Generator ...«, brach es aus Jan heraus. Er wartete nicht – das hatte er vorhin viel zu lange getan –, sondern kauerte sich nieder. Hektisch durchsuchte er Zeros Jackentaschen nach dem Sender.

Fand ihn. Drückte voller Panik an den beiden Schaltern herum, bis das Förderband endlich, endlich, endlich stoppte.

Nina rührte sich nicht. Jans Gedanken kreisten um das eine Wort: *erstickt*. Er kletterte zu ihr, während der Cobra-Polizist sein Messer zückte und das Seil am Stahlträger durchsäbelte.

»Nina?«

Jan drehte sie herum. Seine Finger zitterten so sehr, dass er die Schlinge kaum auseinanderziehen konnte, aber dann hatte er es geschafft. Ihre Kehle war wund gescheuert.

»Nina?«, flüsterte er noch einmal. *Bitte, bitte, bitte ...*

Mit einem Husten öffnete sie die Augen. Sog die Atemluft in schweren Zügen ein. Er zog sie an sich, hielt sie fest.

Als sie endlich sprach, klang ihre Stimme rau: »Kriege ich jetzt ... mein Upgrade?«

83

player number nine

IHR FINDET SIE NIE!

Die knallroten Lettern prangten auf jedem der sieben Bildschirme. Sie waren um einen Hauptschirm in der Mitte positioniert und jeweils einem Spieler zugeordnet.

Jan – Spieler Nummer sieben.

Dann gab es vier weitere Bildschirme, über die Zero die Proxys überwacht hatte, wie Melnik, der IT-Experte der Polizei, Jan erklärte. Und zwei Server-Schränke, etliche Modems, Router, zwei Datenbrillen und sonstige computertechnische Gerätschaften, die summend oder blinkend ihren Dienst verrichteten. Der Raum war vollgestopft damit.

Jan konnte mit dem Fachjargon nichts anfangen und es interessierte ihn auch nicht, wie RUN technisch vonstattengegangen war. Was ihn beschäftigte, war die Korkwand zu seiner Linken, auf der Zero in sieben Bereichen das Leben eines jeden Spielers aufgedröselt hatte. Daten – angefangen von Geburtsdatum, Familie, Adresse, Schullaufbahn bis hin zu minutiös protokollierten Tagesabläufen –, Eigenschaften, Vorlieben, Hobbys. Und jede Menge Fotos.

Sie nahmen den größten Platz ein. Schnappschüsse aus dem vergangenen Jahr zeigten Jan in allen Lebenslagen. Lachend, ernst, konzentriert, unter Freunden, mit den Eltern, mit Katja, mit Raphael. Beim Klettern, Motorradfahren, vor der Schule, sogar zu Hause in seinem Zimmer. An manche Situationen konnte er sich noch erinnern. Der Gedanke, dass Zero ihm nachgeschlichen war, ihn wie ein Voyeur beobachtet und sein Leben bis ins Detail dokumentiert hatte, jagte ihm Schauer über den Rücken.

»Und?«, fragte Fuchs ungeduldig. »Irgendeine Idee?«

Vor einer guten Viertelstunde hatte er Jan aus dem Krankenwagen gezerrt. »Bist du halbwegs auf dem Damm?«, hatte er gefragt und keine Antwort abgewartet. »Gut, dann komm mit. Ich brauche deine Hilfe.«

Sie waren mit Blaulicht und Eskorte nach Guntramsdorf zu Zeros Wohnhaus gebraust. Jan und sein Vater auf dem Rücksitz, verbissen schweigend, und Fuchs am Steuer, während seine Mutter, pendelnd zwischen Erleichterung und Nervenzusammenbruch, in Helene Sandts Obhut geblieben war.

In knappen Worten hatte Fuchs von der momentanen Lage berichtet: »Zelenka hatte seinen Lieferwagen vor der Lagerhalle des Zementwerks geparkt. Darin waren ein Notebook, Gepäck, ein falscher Pass und Flugtickets. Offenbar hatte er vor, mit dem Auto nach Bratislava und von dort über Umwege nach Südamerika zu flüchten. Die Kollegen haben sein Haus gestürmt, alles durchsucht, aber keine Spur von Katja gefunden. Keine Hinweise auf ihren Aufenthaltsort. Nichts. Momentan werden die Nachbarn befragt, allerdings verspreche ich mir nicht allzu viel davon. Meine Hoffnung ruht auf dir, Jan. Du kennst ihn und weißt, wie er tickt. Vielleicht fällt dir etwas auf, das wir übersehen haben.« Als er Jans skeptischen Blick im Rückspiegel bemerkte, hatte er hinzugesetzt: »Du wirst verstehen, was ich meine, wenn du im Haus bist.«

Und jetzt stand er hier, in der Operationszentrale von RUN, und hatte keinen Schimmer, wie Zero tickte. Er war ein schwer gestörter Psychopath. Wie sollte er die Gedankengänge eines solchen Mannes nachvollziehen können?

Langsam schüttelte Jan den Kopf. »Keine Idee. Leider.«

Er zog die Rollläden ein Stück hoch und warf einen Blick aus dem Fenster.

Guntramsdorf war ein kleiner Ort am südlichen Stadtrand von Wien und lag eingebettet zwischen Industriezentren auf der einen und idyllischen Weinbergen auf der anderen Seite. In einer Siedlung am Fuße der Weingärten stand Zeros Haus, von einem weitläufigen Garten umgeben und durch eine Wacholderhecke abgeschirmt. Ein halb verfallener Kinderspielplatz, bestehend aus Schaukel, Kletterturm und Sandkasten, ließ vermuten, dass Zero einst von einem geordneten Familienleben geträumt hatte und nicht von einer Verbrecherlaufbahn.

Im Licht der Polizeischeinwerfer ging Jans Vater auf der Zufahrt auf und ab. Mit gebeugten Schultern und schleppendem Schritt. Wie ein alter Löwe in seinem Käfig. Er hatte Jan keine Vorwürfe gemacht, ihn nur wortlos an sich gedrückt.

Wir sind beide total kaputt, dachte Jan. Der Kampf gegen Zero hatte ihm das letzte bisschen Kraft geraubt. In seinem Hirn war Leere, seine Glieder waren schwer wie Blei. Eine Woche Schlaf würde nicht annähernd ausreichen, seine Energiereserven wieder aufzufüllen.

Noch war nicht daran zu denken.

Wo steckte Katja?

Im ganzen Haus fand sich nicht ein Anhaltspunkt. Keine Cornflakes-Packung, keine Reste von Seil oder Klebeband. Nicht einmal das Bett, an das Zero sie gefesselt hatte, glich jenem auf dem Foto. Als hätte er sie niemals hier gefangen gehalten. *Noch mehr Rätsel, Zero?*

Die Durchsuchung von Garten, Garage – in der der Chevrolet abgestellt war – und Schuppen hatte nichts ergeben, die Befragung der Nachbarn ebenso wenig.

Zelenka sei ein unauffälliger Mensch gewesen, habe stets gegrüßt, aber keinerlei Kontakte zu den anderen gepflegt. Ein kleines Mädchen habe niemand gesehen. Und gehört schon gar nicht. Nein, das wäre bestimmt aufgefallen. Andererseits, so zurückgezogen, wie Herr Zelenka gelebt habe, sei das nicht verwunderlich.

Ob er einer geregelten Arbeit nachgegangen war, hatte keiner der Nachbarn sagen können. Die einen hielten ihn für einen Frührentner, die anderen tippten auf Lieferant oder Computertechniker. Beides nicht allzu weit hergeholt.

»Könnte es sein, dass er noch ein Haus besitzt?«, überlegte Jan.

Fuchs nickte. »Das überprüfen wir gerade. Doch damit ist noch lange nicht gesagt, dass er sie auch dort versteckt hält. Mir fallen auf Anhieb hundert Möglichkeiten ein, ein kleines Mädchen für immer loszuwerden. Wollen wir hoffen, dass sie noch lebt.«

Sie lebt. Jan verzichtete darauf, die magischen zwei Worte wieder und wieder herunterzubeten. Fuchs sah die Sache realistisch. Zero hatte RUN abgeschlossen. Warum sonst hätte er sich nach Südamerika absetzen sollen?

Und doch war Katja Teil des Spiels gewesen. Von Anfang an. Der Spieler in Zero hätte ihren Part bewusst in

RUN eingebaut – mit einem Level. *Jedem Spieler sein Level …*

Die Gedanken schwirrten wie Splitter durch seinen Kopf. Er schob sie von hier nach da, versuchte verzweifelt, sie zu diesem großen Ganzen zusammenzufügen, zu dem Opus, das RUN war. *Sieben, nein, acht Spieler – acht Levels …*

»Ich glaube …«, setzte er an.

Da legte sich eine Hand auf seine Schulter, wanderte weiter in seinen Nacken, sanft und kühl. »Hey.«

Wen hatte sie nun schon wieder ausgetrickst? Kurz lehnte er sich an sie, genoss die Vertrautheit zwischen ihnen, dann drehte er sich zu Nina um. »Bist du aus dem Krankenhaus getürmt?«

Sie grinste schwach. »Ich war gar nicht dort.«

Ein Polizist erschien schnaufend in der Tür. »Tut mir leid, Chef«, sagte er an Fuchs gewandt. »Sie ist an mir vorbeigezischt. Ich habe sie nicht erwischt.«

»Schon gut«, winkte Fuchs ab. »Alles, was uns weiterhilft, ist willkommen.«

Jan musterte Nina genauer. Blass war sie, nur die Würgemale auf ihrem Hals leuchteten flammend rot. »Wie geht es dir?«

Sie bewegte den Kopf und ließ die Schultern kreisen. Räusperte sich. »Ich höre mich an wie eine Nachtclubsängerin. Aber ich bin okay.«

»Woher wusstest du, dass wir hier sind?«

»Meine Mutter ist echt gut im Aufspüren von Informationen. Sie hat mich hergefahren, deine Mutter und Raphael übrigens auch.«

Jan nickte, verwirrt von ihrem neutralen Ton. Keine Bitterkeit, kein Hass. Etwas hatte sich verändert.

»*Ihr findet sie nie*«, las Nina. »Ein netter Abschiedsgruß.« Ihr Blick fiel auf die vielen Spielerfotos. »Wow. Gruselig. Alle sieben Spieler.«

»Nicht sieben Spieler. Neun.«

Fuchs legte die Stirn in Falten. »Neun?«

»Ich glaube«, sagte Jan, an seinen gedanklichen Faden von zuvor anknüpfend, »dass RUN aus neun Levels besteht. Für jeden Spieler eines.«

In Ninas Augen glomm ein erwartungsvolles Funkeln auf. »Richtig. Zero hat jedem Spieler ein Level zugedacht. Eines, das genau auf ihn zugeschnitten war, und eines, um ihn zu töten. Wobei die Pläne dazu mächtig durcheinander geraten sind.« Sie zog die Stirn kraus. »Für wen hat er eigentlich das Autobahn-Level erfunden?«

»Für Florian, schätze ich. Er hat anklingen lassen, dass er gern Parkour trainieren würde«, erklärte Jan.

»Und Level 1?«

»Für mich. Mit Katjas Sandale als Köder hatte er mich rasch an der Angel. Ich hatte angenommen, das Kletter-Level wäre mir gewidmet, aber das war ein Irrtum. Es war viel mehr Marks Level, seine erste Chance, sich zu beweisen, und gleichzeitig sein Abgang. Sieben Spieler, sieben Levels. Level 8 – das Finale – gehörte Zero. Er war ein Spieler, das hat er vorhin unablässig betont.«

Nina rollte mit den Augen. »Der achte. Ich vergesse ständig, ihn mitzuzählen. Dann ist Katja ...«

»Spieler Nummer neun«, sagten sie wie aus einem Mund.

Jan zeigte auf die Bildschirme. »Acht Bildschirme, um acht Spieler zu überwachen. Eine Fünfjährige lässt man nicht unbeaufsichtigt. Irgendwo muss es eine Kamera für sie geben.«

»Suchen Sie danach, Melnik«, wies Fuchs den IT-Spezialisten an. »Durchforsten Sie seine Festplatten nach einem – wie heißt das? Link? Ach, Sie wissen schon! Finden Sie die Kamera.«

Melnik hob zweifelnd die Schultern. »Der Kerl war beim Löschen seiner Daten äußerst gründlich.«

»Machen Sie einfach«, knurrte Fuchs. »Und Sie«, er gab dem Polizisten an der Tür einen Wink, »sagen den Kollegen Bescheid. Sie sollen sich noch einmal in Haus und Garten nach Kameras umsehen.«

Der Polizist hastete davon, und Fuchs wandte sich wieder Jan und Nina zu. »Level 9 also. Fehlt noch das zugehörige Rätsel.«

»Vielleicht verbirgt es sich in seiner Botschaft«, meinte Nina. *»IHR FINDET SIE NIE!* Ein Buchstabencode? Oder ein Anagramm?«

Jan schüttelte den Kopf. »Ich schätze, er will uns nur um die Nase schmieren, dass er besser ist als wir.«

»Könnte sein«, stimmte Fuchs zu. »Ein Ablenkungsmanöver. Wir sollen uns damit beschäftigen und Zeit vergeuden.«

»Damit wir Katja erst finden, wenn es zu spät ist«, ergänzte Jan düster. »Wäre Zero noch am Leben, würde er sich köstlich darüber amüsieren. Verdammt.«

Fuchs rieb sich das Kinn. »Schön. Gehen wir zum Grundgedanken von RUN zurück. Das Konzept war simpel. Jeder Mord hätte wie ein Unfall ausgesehen. Ein Jugendlicher wäre auf der Autobahn überfahren worden. Der nächste im Drogenrausch vom Gerüst gekippt, beim Quadfahren abgestürzt oder beim Paintballspiel gestorben. Woran auch immer. Zero hat für perfekte Bedingungen gesorgt, einige Spieler manipuliert, damit sie das Spiel für ihn lenken, aber der Rest lief von allein.«

»Aber anders als erhofft«, wandte Nina ein. »Es hing vom Zufall ab, ob sein Plan aufging. Ein Glücksspiel.«

Zum wiederholten Mal schweifte Jans Blick über die Spielerfotos. »Das Spiel war ihm wichtiger als seine Rache. Aber wie hilft uns das weiter?«

Melnik brach das darauffolgende Schweigen. »Herr Fuchs, ich habe hier etwas. Eine Anwendung, ziemlich gut versteckt.«

Ratlos betrachteten Fuchs, Jan und Nina die endlosen Programmcodes auf dem Bildschirm.

»Sie führt zu der gesuchten Kamera.« Die Tastatur klapperte, als Melnik einen Befehl eingab. Ein Fenster öffnete sich und präsentierte ein Kamerabild, bestehend aus verschwommenen Grautönen. Zu voller Bildschirmgröße aufgeblasen, zeigte die Kamera die Außenansicht einer Blockhütte inmitten von Weinstöcken. Schon änderte sich das Bild und offenbarte ihnen Einsicht in die Hütte. »Ich korrigiere«, sagte Melnik, »es sind zwei Kameras.«

»Das Bett!«, rief Jan. »Es ist das gleiche wie auf dem Foto mit den Fesseln. Dort hat er sie gefangen gehalten.«

»Können Sie die Kamera lokalisieren?«, fragte Fuchs.

Wieder bearbeitete Melnik die Tastatur. In der angespannten Stille fasste Jan nach Ninas Hand.

»Ja«, erklang endlich die erlösende Antwort und gleichzeitig begann der Drucker zu rattern. »Eine Hütte in den Weinbergen. Keine fünfzehn Minuten von hier.«

Fuchs schnappte sich den Ausdruck mit den Koordinaten und stob aus dem Raum. »Wir finden sie!«, rief er ihnen zu. »Rührt euch nicht vom Fleck!« Dies war eindeutig als Befehl zu verstehen.

84

little kitten

Sie folgten ihm trotzdem nach draußen. Beobachteten, wie Fuchs' BMW und ein zweiter Polizeiwagen davonjagten und Jans Eltern und Helene Sandt, die am Gartentor standen, in eine Staubwolke hüllten.

»Na?« Raphael löste sich von der Hauswand, an der er gelehnt hatte.

Jan hatte weder eine geistreiche Erwiderung noch eine Entschuldigung parat, die Raphael verdient hätte. Aber die brauchte es auch nicht. Im nächsten Moment lagen sie sich in den Armen.

»Mann, Jan, tut das gut, dich in einem Stück zu sehen«, murmelte Raphael. »Ich hatte eine Scheißangst.«

»Ging mir genauso, das kannst du mir glauben.«

Peinlich berührt lösten sie sich voneinander, als Nina mit einem Räuspern auf die Erwachsenen deutete, die die Auffahrt heraufeilten.

Jans Vater lief vorneweg, dahinter seine Mutter – weitaus gefasster als erwartet. Helene Sandt schloss in einigem Abstand an. Sie wirkte auf Jan anders als bei ihrer letzten Begegnung. Nicht so aalglatt. Als hätte ihre geschliffene Fernsehfassade ein paar tiefe Kratzer abbekommen. Es machte sie menschlicher und um vieles sympathischer.

»Was ist los? Wohin fahren sie?«, rief sein Vater, kaum dass er sich in Hörweite befand.

Jan wartete, bis alle herangekommen waren. Dann berichtete er von der Blockhütte in den Weingärten. Von dem Hoffnungsschimmer, der zunehmend an Helligkeit verlor. Er wusste sein unbestimmtes Gefühl nicht zu deuten. Die Kameras, die Hütte – es war beinahe zu einfach gewesen. Und dazu Zeros Botschaft. Nein, eines passte nicht zum anderen.

»Hm.« Kopfschüttelnd legte sein Vater den Arm um seine Frau.

Ganz deiner Meinung, Papa. Hatte Jan eben noch gedacht, Zero endlich durchschaut zu haben, so fühlte er sich nun wie ein Hund, der einem Stöckchen nachhechelte – und es nicht und nicht zwischen die Zähne bekam. *Welche Gemeinheit hast du noch auf Lager, Zero? Wird RUN jemals enden?*

»Was ist mit dir, Aschenputtel?«

Jan schreckte auf, als Nina neben ihn trat. Er hatte nicht bemerkt, dass er zum Spielplatz geschlendert war, zu diesem hölzernen Unding aus besseren Zeiten.

»Ich weiß nicht. Das alles ist merkwürdig. Zero hätte …« Er stockte.

»Zero hätte sich etwas Kniffligeres ausgedacht«, beendete sie seinen Satz. »Ist es das, was du meinst?«

Jan nickte. »Diese versteckte Anwendung. Als hätte er sie genau dort platziert. Überleg mal: Er löscht seine gesamten Daten, aber die Kamera vergisst er? Nie im Leben.«

»Er wollte, dass die Polizei sie findet. Das Blockhaus ist eine falsche Fährte.«

»Oder eine Falle.«

»Wir müssen Fuchs warnen.«

»Genau.« Jan zog sein Handy hervor und wählte Fuchs' Nummer. Wartete. Bedachte Raphael, der sich auf die Schaukel gesetzt hatte und sachte vor- und zurückschwang mit einem belustigten Blinzeln.

Da mischte sich unter das Freizeichen ein anderer Laut.

Er nahm das Handy vom Ohr und lauschte. »Hörst du das?«

Nina legte den Kopf schräg. »Was?«

»Scht!«

»Was gibt's, Jan?«, meldete sich Fuchs am anderen Ende der Leitung.

»Gleich«, antwortete er. »Bleiben Sie kurz dran.«

»Jan! Was soll das? Der Zeitpunkt ist extrem ungünstig!«

»Eine Sekunde ...«

Sie horchten in die Frühlingsnacht hinein. Aus dem Haus drang das Stimmengemurmel der Polizisten. Jans Vater bearbeitete den Kiesweg mit forschen Schritten ... *knirsch, knirsch, knirsch* ... Ein paar Falter schwirrten kopflos gegen die aufgestellten Scheinwerfer. Immer wieder.

Und ganz unterschwellig ...

»Da!« Jan hob die Hand. »Hast du gehört? Ein Schreien. Oder ... ein Quietschen?«

»Ja«, sagte Nina gedehnt. »Wie eine verletzte Katze.«

Raphael hielt im Schaukeln inne. »Das war die Kette.« Zur Demonstration schaukelte er vor und zurück, sodass die Kette der Schaukel in ihrer Aufhängung quietschte.

Jan überlegte. »Nein. Das hörte sich anders an.«

»Was ist los?«, fauchte Fuchs. »Rede mit mir!«

Jan presste das Handy ans Ohr, während er Nina nachlief, die versuchte, das Geräusch zu orten. »Sind Sie schon dort?«

»Wir stehen vor der Hütte. Warum?«

»Warten Sie noch.« Hastig erklärte Jan, was sie sich über Zero zusammengereimt hatten. »Ich glaube, wir haben was gefunden. Einen Moment, ich rufe Sie gleich wieder an.«

Fuchs grummelte etwas von »... keine Sekunde allein lassen ...«, dann steckte Jan das Handy in die Hosentasche.

Nina war vor dem Sandkasten stehen geblieben. »Hier.«

»Hier?«, wiederholte er ungläubig. »Bist du sicher?«

Die seltsamen Laute waren verebbt. Stille hing über dem Spielplatz, so zäh, dass sie alle übrigen Geräusche überlagerte. Jan kaute an seiner Unterlippe.

»Der Spielplatz war für seinen Sohn gedacht«, sagte Nina leise. »Doch der ist bei Zeros Bruder aufgewachsen. Hier hat nie ein Kind gespielt. Sollte diese Lücke«, sie blickte ihn besorgt an, »nicht gefüllt werden?«

Jan schluckte, als er begriff. »Ein angemessener Preis. Katjas Leben im Gegenzug für das seines Sohnes.«

Er stieg auf den Holzrahmen des Sandkastens. Eindeutig selbst gezimmert, wie auch Klettergerüst und Schaukel. Von einem liebenden Vater errichtet.

Wo? Wo bist du, Katja?

»Katja? Katja! Kätzchen!« Er schrie, so laut er konnte. Mehrmals. Lauschte erneut. Quietschen antwortete ihm. Näher jetzt, ganz nah. Und doch gedämpft.

»Katja kann schreien, dass einem das Trommelfell platzt«, sagte er. »Das hier klingt, als wäre sie hinter meterdicken Mauern eingesperrt.«

Nina packte ihn am Arm. »Wo ist das Unkraut?«

»Was?«

»Der Sandkasten. Er steht seit Ewigkeiten unberührt. Sollte nicht Unkraut darin wuchern? Besonders jetzt, im Frühjahr?«

In Jan krampfte sich alles zusammen. Das konnte Zero nicht getan haben.

Sein Blick schoss über die Sandhügel, die größtenteils

feucht und nur an den Kuppen leicht angetrocknet waren. Kein Unkraut. Nur ein paar Grashalme in den Ecken.

Doch. Hat er. Doch, doch, doch! Das passte exakt zu ihm. Das hier war Level 9.

»Scheiße, verdammt! Er hat sie eingegraben!«

Jan stürzte in den Sandkasten, fiel auf die Knie und schaufelte den Sand mit bloßen Händen beiseite. »Holt Spaten!«, rief er. »Meine Eltern, die Polizisten!«

Er achtete kaum darauf, dass Raphael und Nina davonpreschten. Wühlte im Sand. Schrie Katjas Namen. Machte erst Platz, als vier Polizisten mit Spaten anrückten und zu graben begannen.

»Komm, Jan«, sein Vater legte den Arm um seine Schultern, »lass die Männer arbeiten.«

Widerwillig ließ sich Jan aus dem Sandkasten und zu seiner Mutter führen, die in einem fort schluchzte. Sie nahmen sie in die Mitte, drückten und hielten sie, wortlos, weil es nichts zu sagen gab, das die Angst lindern würde.

So standen sie da, gemeinsam mit Helene Sandt, Nina und Raphael, und verfolgten mit, wie die Polizisten tiefer und tiefer gruben. Die Zeit dehnte sich wie Kaugummi.

Der Sand war locker. Die Männer brauchten nicht lang, bis sie in gut einem Meter Tiefe auf Holz stießen. Ein kollektives Aufstöhnen ging durch ihre kleine Gruppe.

»Eine Kiste!«

»Das ist ein Sarg.«

»Los, schaufelt die Ränder frei!«

»Holen Sie Werkzeug, Berger«, sagte eine befehlsgewohnte Stimme. Fuchs. Jemand musste ihn informiert haben. Und wie üblich hatte er alles im Griff. »Sobald ihr den Sarg freigelegt habt, brecht ihr den Deckel auf. Sie da, halten Sie uns die Presse vom Leib. Keine Fotos oder Filmaufnahmen. Ist der Notarzt schon hier …? Ah, da sind Sie ja, gut!«

Jan hob kurz den Blick. Das Blaulicht des Krankenwagens tauchte die Szenerie in kühlen Schein, Notarzt und Sanitäter standen mit einer Trage bereit. Die Polizisten spurten, um Fuchs' Befehle auszuführen.

Er klopfte Jan aufmunternd auf die Schulter. »Gut gemacht, Jan. Gleich haben wir sie.«

»Haben Sie einen Hubschrauber angefordert?«, erkundigte sich Jans Vater.

Fuchs verneinte und versuchte zu beruhigen: »Den werden wir nicht brauchen. Und falls doch, ist er binnen fünf Minuten hier.«

Mit roter Farbe aufgemalte Buchstaben tauchten unter dem Sand auf: *Too late.* Daneben ein grinsendes Smiley. Typisch Zero. Gründlich bis zum Schluss.

Seine Mutter wimmerte. Mechanisch streichelte Jan ihre Schulter und presste die andere Hand zur Faust geballt vor den Mund. Schneller. *Bitte, macht schneller.*

Schon lange drangen keine Schreie mehr aus dem Sarg, kein Laut von Katja – und seine größte Angst war, dass sich Zeros Vorankündigung bewahrheitete. Dass sie den Kampf gegen ihn am Ende doch verloren, jetzt, in den letzten Sekunden.

Wie lange steckte sie jetzt da drinnen? Eine Stunde, zwei? Länger? Vorhin hatte sie noch geschrien, das war keine fünf Minuten her …

Kätzchen, halt durch! Bitte, bitte, bitte.

Dann endlich: das Knacken von Holz, als die Polizisten den Sargdeckel mit dem Brecheisen bearbeiteten. Knirschen. Der Deckel wurde angehoben.

Jans Mutter schrie auf, nahe daran in die Knie zu brechen, sein Vater stöhnte. Auch Jan hatte das Gefühl, als ob die Welt kippen würde. Er schmeckte Blut auf den Lippen. Leckte es verwirrt ab, die Augen auf Katja geheftet.

Sie lag zusammengerollt im Sarg. So klein und zart wie ein Neugeborenes. Rührte sich nicht. War sie am Leben?

Der Notarzt beugte sich über sie, prüfte Atmung und Puls, bereit zu reanimieren, da bekam Katja einen Hustenanfall. »Sie lebt! Schon gut, ganz ruhig, Kleine. Schön atmen ... gut machst du das ... sehr gut.«

Der Husten legte sich, sie rang nicht länger um Luft. Verschlafen schaute sie sich um – und begann zu weinen.

»Oh Gott!«, rief Jans Mutter, stürzte hin und streckte die Hände nach ihrer Tochter aus. »Katja, Kätzchen, ich bin da! Mami ist hier! Alles ist gut! Bitte, darf ich ...?«

»Moment noch«, erwiderte der Arzt, »wir machen einen kurzen Check ... scheint, als stünde sie unter Beruhigungsmitteln ... Sauerstoff, EKG, Zugang legen ...gut, die Werte normalisieren sich ...So, fürs Erste ist alles in Ordnung.« Vorsichtig hob er sie aus dem Sarg. »Na, kleine Maus? Hast du geschlafen?« Er reichte Katja an Jans Mutter weiter, die sie unter Tränen in die Arme schloss.

In Jan stieg ein trockenes Schluchzen auf. Nicht nur Katja war gerettet. Sie alle.

Katja beruhigte sich rasch. Sie blinzelte ins Licht, ließ sich küssen und streicheln. Sagte kein Wort. Ihr Haar war verfilzt, die Kleidung fleckig, ihre Wangen dreckverschmiert. Ansonsten war sie offenbar wohlauf. Keine blauen Flecken auf den ersten Blick, keine Zeichnung eines Lötkolbens. Zero hatte ihr nichts zuleide getan.

Nichts, als sie tagelang in seinem Haus gefangen zu halten und am Ende bei lebendigem Leib zu begraben.

»Die Beruhigungsmittel haben ihr das Leben gerettet«, murmelte der Notarzt Fuchs zu. »Ansonsten wäre sie schon längst erstickt.«

Katja wanderte von Arm zu Arm und landete endlich bei Jan. Er drückte sie an sich. Spürte ihren kräftigen Herzschlag. Sie hatte an Gewicht verloren, doch lange nicht so viel wie erwartet.

»Hey, Kätzchen. Geht es dir gut?«, flüsterte er ihr zu.

Sie wandte den Kopf, sah ihn aufmerksam an. Die Tränen hatten Spuren über ihre verschmierten Wangen gezogen, aber sie lächelte bereits. »Hast du gewonnen?«

In Jan stieg ein befreiendes Lachen auf. »Ja. Ich habe gewonnen. So vieles.« Er suchte Ninas Blick. Genoss die wirbelnde Hitze in seinem Brustkorb, als sie sein Lächeln mit einem Strahlen erwiderte. *Raphael hat sich geirrt. Man kann Glück begreifen.*

Katja schniefte. Sie musste sich furchtbar erschrocken haben, vorhin, in dem Moment, da sie im Sarg erwacht war, allein, in Dunkelheit und Enge, doch jetzt schien alles vergessen. »Oh, das ist gut«, erklärte sie. »Ich habe es ihm gesagt, weißt du. Er wollte mir nicht glauben, aber ich habe ihm gesagt, dass du der Beste bist.«

»Danke, Kätzchen.«

Sie nickte ernst. »Gern geschehen.«

85

antsy chaos

»Die zwei sind ein Bild für Götter«, meinte Jasmin lachend.

Jan nickte. Auch sein Blick hing ständig an den Köpfen der beiden Mädchen. Nina ging vorneweg und an ihrer Hand hing Katja, mal hopsend, mal tanzend, jedenfalls im Ich-bin-so-was-von-aufgeregt-Modus.

Doch das war es nicht, was alle erheiterte. Gestern hatten die beiden sich in einer gemeinsamen Aktion in Ninas Badezimmer die Haare gefärbt.

Pink.

Grelles, zum Himmel schreiendes Pink. Das war Ninas neuer Look. Katja hatte so lange gebettelt, bis Nina sich erbarmt und ihr eine Strähne gefärbt hatte. Aus einer Strähne waren zwei geworden, dann fünf, und schließlich hatten die beiden befunden, Katjas Haare sähen in einheitlichem Farbton viel besser aus.

Jan hatte seine Mutter schon vorgewarnt. Im ersten Moment hatte sie nach Luft geschnappt, das hatte er sogar durchs Telefon vernommen, dann hatte sie gelacht. »Egal«, hatte sie gesagt, »es ist Sommer, sie hatte Geburtstag. Bis zum Schulstart im Herbst ist die Farbe längst herausgewaschen.« Jan hatte ihr zugestimmt – froh, dass sie wieder ganz die Alte war – und für sich behalten, dass es sich um eine permanente Haarfarbe handelte. Er war gespannt, wie lange Katjas Narrenfreiheit noch andauern würde.

Die Junisonne brannte flirrend heiß vom Himmel. Wer konnte, genoss den Nachmittag in einem Bad – oder in der Eisdiele. Genau dorthin waren sie unterwegs. Nina hatte vorgeschlagen, die ehemaligen Spieler von RUN zusammenzutrommeln und zu feiern. Anlässe gab es zuhauf: Jans – durchaus passables – Maturazeugnis, den Beginn der Sommerferien, Marks und Florians Genesung, die überstandene Anhörung vor Gericht. Oder das Ende von RUN. Die anderen hatten sofort zugesagt, bis auf Vincent, den sie nicht eingeladen hatten, und Tom, der anderweitig ›beschäftigt‹ war.

Zur Feier des Tages hatte Nina Katjas Frisur übernommen und sich exakt dieselbe verpasst: zwei offene Zöpfe, mit Schleifen gebunden. Schwarze Schleifen, denn ganz konnte Nina noch nicht von ihrer Lieblingsfarbe lassen.

Sie wandte sich nach Jan um und grinste ihm zu. »Pink steht Katja gut.«

Er grinste. »Und dir erst.« Er hatte es nicht erwartet, aber die Haarfarbe unterstrich ihre feinen Gesichtszüge und brachte ihre Augen zum Leuchten. »Nächste Gasse rechts. Die Eisdiele heißt ›Da Edoardo‹.«

»Eis. Kein ödes Spitalsessen, sondern Eis. E. I. S. Der Hammer!« Mark rutschte im Rollstuhl hin und her. Er war mindestens so aufgeregt wie Katja. Es war seine erste längere Ausfahrt, seit er vor vier Wochen aus dem künstlichen Tiefschlaf geweckt worden war. Am Abend musste er ins Krankenhaus zurück.

Geschickt nahm Jasmin mit dem Rollstuhl die Kurve. Obwohl sie noch ein wenig hinkte, hatte sie von sich aus angeboten, Mark zu schieben. Das sei sie von ihrer Oma gewohnt. »Da ist Florian!«

Florian winkte, als er sie kommen sah. »Super, dass ihr schon da seid. Es ist gerammelt voll.«

Edoardo Dostello, der Inhaber der Eisdiele, schob die letzten freien Tische eigens für sie zusammen und schaffte Platz für den ›Ferrari‹. Eine Narbe spaltete seine

Oberlippe. Sie verlieh seinem Gesicht etwas Draufgängerisches, und sein Lächeln, mit dem er ihre Bestellung aufnahm, verstärkte diesen Eindruck.

Der Mafioso in Person. Unwillkürlich tastete Jan nach der Narbe auf seiner Stirn, eine gezackte Linie, die ihn noch länger an RUN erinnern würde. Vielleicht für immer. Zero hatte ihm seine Initiale aufgedruckt.

Und nicht nur ihm. Florian, Jasmin, Mark, Nina, Katja – sie alle litten noch an den Folgen des Spiels. *Man sieht es uns nicht an,* dachte Jan, *nicht auf den ersten Blick, aber RUN hat eine Schneise in unser Leben geschlagen.*

Vieles hatte er in den letzten Wochen bereits verarbeitet. Manche Ereignisse jedoch fraßen sich beständig durch sein Gedächtnis. Wie ein Wurm kamen sie unangemeldet an die Oberfläche und brachten ihn zum Grübeln.

»Heute herrscht totales Ameisenchaos in meinem Bauch«, verkündete Katja unvermittelt.

»Was soll das sein?«, wunderte sich Nina.

Katja schaute selig von einem zum anderen. »Die Ameisen krabbeln wie verrückt durcheinander. Als wären sie in der Disco. Weil wir alle hier sind. Zum Eisessen. Das ist so ... hach!«

Sie lachten.

Edoardo brachte ein Tablett mit sechs überdimensionalen Glasschalen und lud sie der Reihe nach auf dem Tisch ab. »*Prego:* Dreimal ›Gemischtes Eis‹, einmal ›Heiße Liebe‹, einmal ›Bananen-Split‹ für unseren Ferraripiloten«, er zwinkerte Mark zu, »und einen ›Erdbeerbecher‹ für die kleine Signorina. *Buon Appetito.*«

Florian zückte seinen Löffel. »Beruhigende Portionen.«

»Reicht für eine ganze Schulklasse«, meinte Jasmin.

Mark beäugte seinen Eisbecher hingebungsvoll. »Zwei Bananen, fünf Kugeln Eis, ein halber Liter Schokosoße. Faszinierend.«

Jan grinste. »Du hast das Schlagobersgebirge vergessen.«

»Die reinste Lawine.« Mark grub sich mit beiden Händen durch einen unsichtbaren Schneeberg. »Hilfe, holt mich hier raus!«

Kichernd entblößte Katja ihre erste Zahnlücke. Und plötzlich konnte Jan ihr Ameisenchaos nachempfinden. Dass Florian und Mark heute unter ihnen waren, dass sie Zeros Fängen am Ende doch alle entgangen waren, grenzte an ein Wunder. *Keine Grübeleien mehr,* beschloss er für sich. *Nicht heute.* Heute wollte er sein Glück und den traumhaft schönen Tag genießen.

Bestens gelaunt machten sie sich über das Eis her. Für eine Weile herrschte Schweigen, nur die Löffel klimperten in den Glasschalen.

»Hat eigentlich jemand mit Vincent gesprochen?«, erkundigte sich Jasmin, als die erste Gier gestillt war.

Florian nickte. »Ich habe vor einer Woche mit ihm telefoniert. Seine Schusswunde ist gut verheilt. Er arbeitet wieder, doch er ist ziemlich verzweifelt. Seine Mutter hat ihm den Geldhahn zugedreht. Angeblich ist sie komplett ausgeflippt, als sie von der Sache mit RUN erfuhr.«

Jan nickte. »Sie ist Richterin. Da kommt es nicht so gut, wenn der eigene Sohn mit dem Gesetz in Konflikt gerät.«

»Sagt der Sohn eines Staatsanwaltes«, warf Jasmin mit erhobenem Löffel ein.

»Glaub mir, mein Vater war alles andere als begeistert.« *Aber er war absolut fair.*

Als die polizeilichen Ermittlungen zu RUN abgeschlossen waren, hatten die Eltern Jan zu einem Gespräch gebeten. Im Rahmen des Spiels hatte er eine Menge Mist gebaut. Darüber ließ sich nicht einfach hinwegsehen. Natürlich war ihm das bewusst gewesen, irgendwo, tief drinnen, aber er hatte nicht einen Augenblick an die Folgen gedacht. RUN würde ein gerichtliches Nachspiel haben, für sie alle, das hatte er an diesem Abend erkannt.

Dennoch hatten ihm die Eltern verziehen. In ihren Augen war er trotz allem ein Held, der bis zum Schluss um Katjas Leben gekämpft hatte. Dafür waren sie ihm unendlich dankbar, wie vor allem seine Mutter immer wieder betonte. Sein Vater hatte versichert, dass er Jan nach allen Kräften unterstützen wollte. Und dieses Wort hatte er gehalten.

»Bei mir lag der Fall anders als bei Vincent«, fügte Jan hinzu.

Jasmin blies sich die Stirnfransen aus dem Gesicht. »Weiß ich doch. Sei nicht eingeschnappt.«

War er nicht. Keineswegs.

Mark balancierte ein Stück Banane auf seinem Löffel. »Ist Vincent denn auch Sozialarbeit aufgebrummt worden?«

»Ja, und noch mehr«, erwiderte Jan. »Er ist jetzt vorbestraft, hat ein Jahr auf Bewährung gekriegt.«

»Das ist hart«, stellte Mark an seiner Banane kauend fest. »Gab es keine mildernden Umstände? Wegen RUN, meine ich. Zero hat ihn doch zu alldem verleitet.«

Nina, die ihr Eis in Rekordtempo verputzt hatte und nun vor einer leeren Schale saß, antwortete für Jan. »Das schon, aber Vincent hat es ordentlich übertrieben. Zero hat ihm weder aufgetragen, jemanden mit einer Waffe zu bedrohen, noch Jans Freund dazu zu bringen, sich vom Turm zu stürzen. Das hat das Urteil verschärft.«

Jan stibitzte eine Erdbeere von Katja, was sie großzügig übersah. »So etwas läuft unter Nötigung, das hat ihm der Richter genau erklärt. Vincents Glück war nur, dass niemand ernsthaft verletzt wurde.« Er steckte sich die Erdbeere in den Mund. »Mmm, lecker.«

»Hier.« Sie legte ihm zwei besonders große Früchte in die Schale. »Extra für dich.«

»Danke, Kätzchen.«

Jan musterte sie schmunzelnd. Glücklich sah sie aus. Rundum zufrieden. Als wäre RUN spurlos an ihr vorübergegangen. Aber er wusste es besser. Ihre Bemerkungen, die immer dann fielen, wenn er es am wenigsten erwartete, bewiesen es. »Wie lange dauert es, bis die Käfer und Würmer einen aufgefressen haben, wenn man tot ist?«, hatte sie neulich beim Mittagessen gefragt. Oder: »Kann man eigentlich im Schlaf verhungern?«

Sie hatte die acht Tage ihrer Gefangenschaft zum größten Teil verschlafen. Paul hatte mit seiner Vermutung richtig gelegen, wie der Bluttest bestätigte. Zero hatte ihr Schlafmittel verabreicht, wann immer er sie hatte allein lassen müssen. In ihren kurzen Wachphasen hatte er ihr zu essen gegeben oder Fotos von ihr geschossen, mit dem Hinweis, sie seien für das Spiel gedacht und sie müsse ihr Bestes geben, damit nicht auffalle, dass die Szenen gestellt seien. Das Foto mit dem Lötkolben war so entstanden. Zero hatte sie alle um den Finger gewickelt.

»Aber an deinem Unfall war Vincent nicht schuld, oder?«, erkundigte sich Mark bei Jasmin.

Sie schob ihre leere Schale von sich. »Keine Ahnung. Ich war zugedröhnt mit Alkohol und Zauberpilzen, ich habe absolut nichts mitgekriegt. Das war der ärgste Trip meines Lebens.«

»Jasmins Unfall ging todsicher auf seine Kappe«, sagte Jan. »Vor dem Richter hat Vincent zwar eine Beteiligung abgestritten, mir gegenüber ist ihm aber herausgerutscht, dass in seiner Schachtel keine Magic Mushrooms waren, sondern harmlose Speisepilze.«

»Als der Notarzt ankam, haben die Groupies ihre Sachen zusammengerafft und sind geflüchtet«, ergänzte Nina. »Er hätte problemlos zuschlagen können.«

Jasmin lachte auf. »Ich wette, er hat mich aufs Dach geschleppt und dann runtergestoßen. Im allgemeinen Chaos ist das niemandem aufgefallen.«

Mark nickte nachdenklich. »Vincent hat für Zero die Drecksarbeit erledigt.«

Jan tauschte einen Blick mit Nina. Er würde sie nicht vor den anderen bloßstellen, es lag an ihr, wie viel sie ihnen verraten wollte.

»Zero hat auch Tom dazu genötigt«, sagte sie langsam. »Und mich. Wir waren beide auf Jan angesetzt.«

Die anderen machten große Augen, doch bevor einer nachfragen konnte, ergriff Jan das Wort. »Ihr wisst doch, dass Tom im Gefängnis sitzt, oder?«

Florian nickte. »Hab davon gehört.«

»Sobald er auf den Beinen war, ist er aus der Reha verduftet und wieder ins Drogengeschäft eingestiegen. Sie haben ihn vor zwei Wochen geschnappt, mit einer ordentlichen Ladung Crystal in der Tasche.« Nina streifte unter dem Tisch seine Hand, eine zarte Berührung, die einen Hitzeschwall auf seiner Haut entfachte. Lächelnd fügte er hinzu: »Ich schätze mal, dass Zero ihm die Drogen aus Tschechien beschafft hat. Damit hat er ihn bei der Stange gehalten.«

Mark stierte in seine Schale. »Also war Tom auch auf mich angesetzt.« Er seufzte und blickte wieder auf.

»Leute, wenn ich euch so zuhöre, kommt es mir viel weniger schlimm vor, dass ich schon im dritten Level ausgeschieden bin. Nun seht mich nicht so an. Ihr hattet euren Spaß mit RUN, und was hatte ich? Sechs Wochen Koma.«

»Spinnst du, Mark?«, brauste Florian auf. »Du kannst froh sein, dass du am Leben bist! Das hätte ganz anders ausgehen können. Zero hatte es auf uns abgesehen, er wollte uns der Reihe nach umbringen. Mich hat er mit reinem Nikotin vergiftet, es war sauknapp, das kannst du mir glauben.« Er ballte die Faust, um das Zittern seiner Finger zu dämpfen. Eine Nervenschädigung, hatte der Arzt erklärt, hervorgerufen durch das konzentrierte Nikotin. Wahrscheinlich würde sie ihn sein Leben lang beeinträchtigen.

Ein Erinnerungsschnipsel flatterte herbei, und Jan glitt ab, zu jener Begegnung im Wald, beim Paintballspiel. Er hatte ebenfalls ein kurzärmeliges T-Shirt getragen. Hätte Zero die mit der Giftmischung befüllten Paintballs auf ihn abgefeuert, wäre er jetzt tot. Niemand hätte für ihn den Notarzt alarmiert, ja, sie hätten ihn vermutlich erst viele Stunden später gefunden. Insofern musste Jan dankbar sein, dass Zero ihn zugunsten seines fulminanten Finales verschont hatte.

»Dann Tom mit seiner Überdosis«, fuhr Florian fort, »Jan und Nina, die gegen Zero kämpfen mussten, und Vincent, dem er beinahe eine Kugel in die Wirbelsäule gejagt hätte. Sogar Jasmin hätte sich bei ihrem Sturz das Genick brechen können. Verstehst du das unter Spaß?«

»Nein ...«, hob Mark an, doch Florian war noch nicht fertig.

»Dass wir alle mit einem blauen Auge davongekommen sind, haben wir einzig und allein dem Zufall zu verdanken. Und sogar jetzt dürfen wir die Scheiße weiterhin ausbaden. Morgen fange ich mit meinem *Sommerjob* beim Forstamt an. Es hat dreißig Grad, ich würde lieber faul herumhängen und meine Ferien genießen. Stattdessen werde ich zwei Wochen lang im Dreck buddeln und Pflanzen eingraben. Unentgeltlich. Und den anderen geht es genauso.«

Jan nickte zustimmend. Dabei waren sie, bis auf Vincent und Tom, relativ glimpflich davongekommen. Ihn hatte es noch am härtesten erwischt: sechs Wochen gemeinnützige Arbeit, die er jetzt im Sommer in einem Altenpflegeheim absolvieren würde. Damit er den Wert des Lebens wieder schätzen lerne, wie sich der Richter ausgedrückt hatte. Er konnte von Glück reden, dass in seinem speziellen Fall nicht das Erwachsenenstrafrecht angewandt worden war. Jasmin und Nina ging es kaum besser. Sie hatten beide vier Wochen aufgebrummt bekommen, einzig Mark war verschont geblieben.

Mark blickte unglücklich in die Runde. »So habe ich das nicht gemeint. Ich weiß schon, was Sache ist. Schließlich ist es mir auch ziemlich dreckig ergangen. Aber ich hätte so gern bei den Levels mitgemacht. Dieser Parkour bei Level 2 war absolut geil.« Sein Blick wurde sehnsüchtig. »Quad fahren, Paintball spielen oder auf dieses Haus klettern. Ich wollte da rauf, unbedingt. Das wäre etwas Besonderes gewesen. Etwas, was ich nie zuvor erlebt habe. Ich ... ich hätte einfach gern RUN gespielt, versteht ihr? Mit euch zusammen. Ich habe ja sonst ... keine Freunde.«

Sie schwiegen betreten. Jan räusperte sich, suchte verbissen nach den richtigen Worten, doch Katja kam ihm zuvor.

»Komm doch mal mit uns in die Kletterhalle«, schlug sie vor. »Da kannst du ganz hoch hinaufklettern. Das macht irre viel Spaß. Und du findest dort auch Freunde. Wenn du willst, stelle ich dir meine vor.«

Jan spürte das Aufwallen von Zuneigung bis in die Fingerspitzen. *Du bist ein Hit, Kätzchen.* Lächelnd wischte er ihr den Schlagobersklecks von der Nase.

»Gute Idee«, stimmte er zu. »Klettern ist der ideale Sport für dich, Mark. Das kannst du auch mit deinem Herzfehler machen, da bin ich mir sicher. Es belastet den Körper gleichmäßig, schult die Koordination und kräftigt die Muskeln. Bei leichten Routen ist es nicht allzu anstrengend. Frag mal deinen Arzt – bestimmt gibt er sein Okay.«

»Und ihr würdet mich mitnehmen?«, hakte Mark nach.

Nina nickte. »Klar doch. Sobald du wieder gesund bist, machen wir eine Klettersession. Das wird lustig.«

Jan grinste. Seit ihrem ersten Besuch in der Kletterhalle war Nina Feuer und Flamme für seinen Lieblingssport. Was ihm natürlich nicht ungelegen kam. Mittlerweile begleitete sie ihn bereits zweimal pro Woche und hatte in der kurzen Zeit erstaunliche Fortschritte gemacht.

Mark strahlte. »Klasse! Das ist echt nett von euch. Kommt doch auch mit, Florian! Jasmin – wie wär's?«

Florian bejahte erfreut, Jasmin allerdings musste passen, und das nicht bloß aufgrund ihrer Höhenangst. Jetzt, wo sie ihr Bein endlich belasten konnte, wollte sie wieder mit dem Quadfahren beginnen. Damit war sie voll ausgelastet, vor allem, da ihre Freizeit durch die Betreuung ihrer Großmutter knapp bemessen war. *Man kann sie nur bewundern,* dachte Jan. *Schule, Hobby, Haushalt und die Betreuung der Oma – das würde ich nicht durchdrücken.* Jasmin hatte ihnen verschwiegen, welchen Preis Zero ihr versprochen hatte, und Jan unterließ es auch jetzt, sie danach zu fragen. *Sie wird ihre Gründe haben.*

»Wie geht es deiner Großmutter?«, erkundigte er sich bei Florian und biss sich sogleich auf die Lippe. Womöglich war sie bereits gestorben?

Aber Florian lächelte. »Danke, ganz gut. Seit sie auf das neue Medikament eingestellt ist, haben sich ihre Werte verbessert. Der Arzt gibt ihr jetzt sechs Monate länger.«

Oh Mann. »Steht sie noch auf der Warteliste für eine Lunge?«

»Ja. Sie ist mittlerweile an dritter Stelle. Schon krass – wir warten darauf, dass andere Leute sterben, damit meine Großmutter gerettet werden kann.«

Jasmin brach das darauffolgende Schweigen. »Puh, ich bin pappsatt. Aber lecker war's. Das müssen wir unbedingt wiederholen. Was haltet ihr davon, wenn wir uns regelmäßig treffen? So alle paar Wochen?«

Mark kam nicht mehr aus dem Strahlen heraus. »Ja, gern.«

»Da bin ich dabei«, stimmte Florian zu. »Wir verstehen uns gut, da wäre es schade, wenn der Kontakt wieder abreißt.«

»Eine gemeinsam überstandene Krise verbindet ungemein.« Nina verdrehte die Augen. »Sorry. War nur ein Ausrutscher. Vorschlag angenommen, oder Jan?«

Jan, der ahnte, worauf sich Ninas Ausrutscher bezog, nickte. »Gern, wenn ich Raph mitbringen darf. Er hat viel dazu beigetragen, dass Nina und ich heute lebend hier sitzen.«

Alle waren einverstanden. Sie vereinbarten ein Treffen in zwei Wochen, wieder bei Edoardo. Dann würden sie gemeinsam überlegen, ob sie Vincent eine zweite Chance geben wollten.

Verdient hat er sie nicht, dachte Jan. Er war noch unschlüssig, ob er Vincent so einfach verzeihen sollte. Aber vielleicht war dies nur ein weiteres Level für ihn. Von RUN. Oder vom Leben. Schließlich konnte man nicht genug ›Ameisenchaos‹ im Bauch haben.

86

up

Nachdem sie sich von den anderen verabschiedet hatten, schlenderten Jan und Nina mit Katja in Richtung U-Bahn-Station. Sie kamen nicht weit.

»Ein Spielplatz! Mit Seilbahn!«, rief Katja mit leuchtenden Augen. »Kann ich? Darf ich? Bitte, bitte, bitte!«

Kaum hatte er seine Zustimmung gegeben, stürmte sie davon. Jans Verlangen nach Spielplätzen hielt sich seit dem Finale von RUN in Grenzen, aber er musste zugeben, dass die Ritterburg aus dicken Holzpfählen, die Kletterpyramide und die Seilbahn mit dem Tellersitz sehr einladend aussahen. *Zumindest gibt es keine Sandkiste.*

Nina und er suchten sich ein Schattenplätzchen unter einer Birke. Das Gras wuchs dicht und war plüschig weich wie ein Kissen. Sie setzten sich nebeneinander in die Wiese und beobachteten Katja, die mit wehenden Zöpfen das Seil hinuntersauste, vom Tellersitz sprang und damit bergauf stapfte. Zur nächsten Runde.

»Das geht jetzt mindestens eine Stunde lang so«, prophezeite Jan missmutig. Er wäre lieber zurückgefahren und hätte sich mit Nina an den Pool in ihrem Garten gelegt. Für eine ganze Woche hatten sie das Haus für sich allein, weil Helene Sandt zu einer Tagung nach Frankfurt gefahren war. Das musste man ausnutzen, fand er.

»Macht nichts«, sagte Nina. »Hier ist es auch gemütlich.«

Er sah sie forschend an. Kam ihm das nur so vor, oder versuchte sie, dem Swimmingpool mit allen Mitteln fernzubleiben?

»Katja hat ihre Gefangenschaft gut weggesteckt«, lenkte sie auch sofort vom Thema ab. »Es geht ihr gut, oder?«

»Wie man's nimmt.« Jan seufzte. »Gestern Nacht ist sie zu uns ins Bett gekrochen. Du schläfst wie ein Bär, darum hast du nichts mitgekriegt«, fügte er hinzu, als er Ninas Überraschung bemerkte. »Im Dunkeln bekommt sie immer wieder Angstzustände. Und sie schluchzt im Schlaf. Der Kinderpsychologe meinte, dass es noch eine Weile dauern wird, bis sie dieses Trauma bewältigt hat.«

»Kein Wunder. In einem Sarg zu erwachen muss ebenso schlimm sein wie ... wie ...«

»Zu ertrinken?«, fragte er sanft.

»Wie auf einem Laufband gehängt zu werden.« Sie sah ihn finster an. »Aber Ertrinken kommt auch gut hin.«

Mittlerweile wusste Jan jede Regung in ihrem Gesicht zu deuten. Diesen Blick kannte er seit Level 1, eine wütende Bulldogge war nichts dagegen.

»Möchtest du mir nicht endlich sagen, woran deine Schwester gestorben ist?«

»Nein.«

»Nein?«

»Ja ...«

»Also ja?«

»Scheiße.«

»Scheiße – ja oder nein?«

»Gott, manchmal treibst du mich in den Wahnsinn, Aschenputtel!«

»Gleichfalls, Silberhexe.«

Sie lachten. Jan ließ sich ins Gras zurücksinken und zog sie in seine Arme. Nina pustete kichernd in sein Ohr, worauf er ihr einen Kuss von den Lippen stahl. Sie schmeckte vertraut, ehrlich, widerspenstig, aber nur ein bisschen. Wie etwas, das ihm längst gehörte und das er doch ständig erobern wollte.

»Na gut.« Nina legte den Kopf in seine Armbeuge und blickte in das duftige Blätterdach der Birke hinauf. »Saskia hatte Leukämie. Sie wurde über Jahre hinweg behandelt. Chemotherapie. Die Prognose war von Anfang an schlecht, sie hat einfach nicht auf die Behandlung angesprochen. Meine Mutter hat im Spital gelebt, mein Vater mit mir zu Hause. Daran ist ihre Ehe zerbrochen. Und am Ende starb Saskia doch.«

Jan unterbrach sie nicht, hörte nur zu. Sie erzählte weiter, von der schwierigen Zeit nach Saskias Tod, der Flucht ihres Vaters, von ihren Panikattacken, die nicht gelogen waren, sondern daher rührten, dass sie sich allein gelassen und ungeliebt gefühlt hatte. Unwürdig, dieses klaffende Loch im Herzen ihrer Mutter zu füllen.

Sie machte einen Gedankensprung zu Zero, der ihr befohlen hatte, sich an Jan heranzumachen, ihm Freundschaft vorzugaukeln und noch mehr Informationen herauszuquetschen.

»Er muss schon vorher von deiner Allergie gewusst haben«, sagte sie, »schließlich wusste er auch sonst alles über dich. Andauernd wollte er etwas anderes von mir. Beim Schotterteich – ich sollte absichtlich ins Wasser fahren und so tun, als würde ich ertrinken, damit du auch reinspringst. Und auf einmal warst du da, und ich habe dir eine verpasst. Unabsichtlich. Du bist abgesackt wie ein Stein.«

»Du hattest eine Panikattacke.«

»Ja. Die ganze Zeit hatte ich eine Heidenangst, dass ich bei der Aktion selbst draufgehe. Und dann ist es passiert. Als das Wasser über meinem Kopf zusammenschlug, habe ich gedacht, ich müsste sterben. Aber du bist rein, um mich zu retten. Mich! Das war der Moment, der alles verändert hat.«

Fast alles. Nicht genug, um mir die ganze Wahrheit zu sagen. Er sprach es nicht aus, stattdessen stupste er gegen ihr Nasenpiercing, wie er es immer tat, wenn er ihr zeigen wollte, dass er verstand.

Nina nahm es zum Anlass, ihm von ihren Piercings zu berichten – nach jeder überwundenen Panikattacke hatte sie sich eines stechen lassen. Immer mehr strömte aus ihr heraus, als hätte er das eine Ventil gefunden, das all ihre Geheimnisse in einem Behälter verschlossen hatte. Sie erzählte ihm von ihrer Einsamkeit, den Grenzgängen, dem Gefühl, sich zu verlieren und dem Wunsch zu fliegen. Von den vielen Kämpfen gegen ihre Mutter – und gegen sich selbst.

»Wir treiben immer noch auf einem riesigen Ozean dahin, Meilen voneinander entfernt«, erklärte sie ihm auf die Frage, ob sich ihr Verhältnis seit RUN gebessert hatte. »Doch zumindest rudern wir nicht mehr in entgegengesetzte Richtungen.«

»Das ist ein Anfang«, sagte Jan. »Vielleicht trefft ihr euch ja irgendwann in der Mitte.«

»Möglich. Aber nicht wahrscheinlich. Bis dahin habe ich längst das Geld für ein Flugticket beisammen.« Sie seufzte theatralisch. »Und bin zugepflastert mit Piercings.«

Er schwieg. Dass sie nach wie vor von einem Flug nach Sydney träumte, sah er ein. Dennoch macht ihn der Gedanke, sie zu verlieren, traurig. *Quatsch, Jan*, ermahnte er sich. *Er ist ihr Vater. Logisch, dass sie ihn treffen oder sogar bei ihm leben will.*

»Du könntest auf andere Körperstellen ausweichen«, erwiderte er endlich. Es hatte ein Scherz sein sollen, doch Nina machte ein Gesicht, als würde sie ernsthaft darüber nachdenken.

»Hm, am besten auf den Bauchnabel.« Sie hatte dort eine winzige Eidechse sitzen. »Lizi ist einsam. Wie würde dir eine Libelle gefallen?«

»Das wäre okay«, gab er zögernd zurück.

»Notfalls weiche ich auf dich aus.« Sie zupfte an seinem Ohr. »Bei dir ist noch alles frei.«

»Untersteh dich.«

»Ein hübscher silberner Pantoffel an deinem Ohrläppchen ... Was hältst du davon, Aschenputtel?«

»Gar nichts.«

»Ein Achterknoten? Ein Karabiner?«

»Schon besser.«

Ihre Augen sprühten vor Schalk. »Wusstest du, dass man in Sydney auf die *Harbour Bridge* klettern kann? Außerdem gibt es dort coole Kletterhallen.«

Ruckartig setzte er sich auf. »Das hast du gegoogelt?«

»Natürlich. Wir brauchen doch ein Ziel vor Augen.«

»Wir?«

Nina kletterte auf seinen Schoß und schlang die Arme um seinen Hals. »Was dachtest du denn?«, flüsterte sie. »Ein Upgrade mit mir beinhaltet automatisch ein Wir. Soll ich es zurücknehmen?«

Du gerissene kleine Hexe, wann werde ich dich endlich durchschauen?

Jan küsste die winzige Silberspirale in ihrem Mundwinkel. Strich ihr eine pinkfarbene Strähne aus der Stirn. »Du willst unsere Freundschaft herabstufen? Kommt nicht infrage – dieses Level habe ich mir hart erarbeitet. Das ganze verdammte Spiel lang.«

Glossar

bouldern:	Klettern in Absprunghöhe, meist über einer dicken Matte
Chalk Bag:	Magnesiabeutel
Cobra:	Sondereinheit der österreichischen Polizei
Die Graphische:	Höhere Schule zur Berufsausbildung in den Bereichen Druck & Medien, Fotografie, Grafikdesign und Multimedia
Exe	Zwischensicherung beim Klettern
Free Solo:	Klettern ohne technische Hilfs- und Sicherungsmittel
hooken:	Mit der Ferse oder der Zehe hinter einen Griff oder eine Kante haken
Matura:	Abitur
Milka-Kuh:	Milka ist eine österreichische Schokoladenmarke, die mit einer lila Kuh wirbt
On Sight	Begehung einer unbekannten Kletterroute im ersten Versuch
ÖAMTC:	Österreichischer Verkehrsclub
Parkour:	Hindernislauf in urbanem Gelände
Schlagobers:	Sahne
Transdanubien:	Zwei Bezirke Wiens, die östlich der Donau liegen
Volksschule:	Grundschule
Südosttangente:	Wiens Stadtautobahn, Tangente genannt

Nachwort

Die Idee zu RUN entstand durch einen Zeitungsartikel über die Erfindung von Google Glass. Zusammen mit dem Grundgedanken einer Kindesentführung stellte ich mir die Frage: Was wäre, wenn ein Racheplan aus dem Ruder läuft?

Die Schauplätze in und um Wien sind real, man kann jeden davon aufsuchen – bis auf das Perlmoser Zementwerk in Kaltenleutgeben. Zum Leidwesen der ansässigen Urban Explorer Community wurde es 2013 abgerissen. Heute steht dort eine Wohnhausanlage, doch die Fotos des Industriedenkmals sind im Internet zu finden. Eine Suchanfrage bei Google lohnt sich.

Danke ...
... an meine Testleser Martin Dreiseitel, Annette Pieta und Stefanie Hasse
... an das Team von Hackerboard.de sowie an Christoph Balogh für seine computertechnische Beratung
... an Angelika Müller für die juristische Beratung
... an Florian Hoffer von Notarzt Niederösterreich und Michael Zeman für die medizinische Beratung
... an meine Lektorin Christiane Geldmacher für den Feinschliff
... an das Team von Bookspot
... an meine Leser und Fans – ihr seid die Besten!

Mara Lang, August 2015

Kaja Bergmann

Gabriel
Duell der Engel

176 Seiten, Klappenbroschur
Edition 211
im Bookspot Verlag
ISBN 978-3-937357-74-4
12,95 €

Der 17-jährige Gabriel spürt, dass er ein Engel ist. Und er hat einen Auftrag, den nur er erfüllen kann: er muss Seraphin stoppen, einen Todesengel, der ihn bedroht und wahllos Menschen tötet. Als Seraphin einen weiteren Mord ankündigt, sieht Gabriel nur noch eine Chance … oder ist es schon zu spät?

»Ich erinnere mich an eine Sportstunde in der sechsten Klasse. Es war Sommer. Unglaublich heiß. Die Sonne brannte auf die Laufstrecke und ich konnte die Luft flimmern sehen. Wir saßen im Schatten eines unpassend neben dem Platz emporragenden Baumes und sollten unseren Puls messen. Den Zeigefinger auf die Innenseite des Handgelenks legen. Dann sollten wir eine Runde laufen, schnell laufen, uns wieder hinsetzen und den Puls noch einmal messen. Ich habe ihn nicht gefunden. Habe dann einfach irgendwelche Zahlen leicht verändert von anderen abgeschrieben. Später habe ich ihn noch mal gesucht, meinen Puls. Gefunden habe ich ihn nie. Drei Jahre später wurde mir klar, dass ich tot war.«

Ein außergewöhnlicher All-Age-Thriller für Leser ab zwölf Jahren mit verblüffendem Showdown!

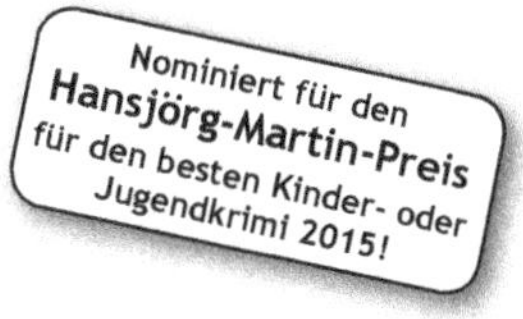

Kaja Bergmann

Der Mephisto-Deal

192 Seiten
Klappenbroschur
Edition 211
im Bookspot Verlag
ISBN 978-3-95669-012-9
12,95 €

»Ich sitze hier mit sieben anderen in einem öden Klassenzimmer und diskutiere mit unserer Deutschlehrerin über Goethes *Faust*. Stoff nachholen fürs Abitur, na prima. Ansonsten ist die Schule verwaist, nur Herrn Udoriwitschs Mathekurs im Nebengebäude schwitzt über Formeln, nachsitzen wegen eines Streichs. An einem Samstag, damit's auch richtig wehtut.

Okay, und jetzt wird's heftig: Mitten im Diskurs über Mephisto springt der Schullautsprecher an und eine knarrende Stimme befiehlt Frau Sommer, die Tafel hochzuschieben. Dahinter stehen die Worte ›Ich will, dass Udoriwitschs Kurs stirbt!‹ Die Stimme erklärt uns freundlich, dass wir alle krepieren werden, wenn wir diesen Satz nicht unterschreiben. Oder wenn wir zu lange zögern. Wir haben vergiftete Waffeln gegessen, Udoriwitschs Leute auch; wer als Erstes unterschreibt, bekommt das Gegenmittel, der andere Kurs stirbt. In wahrscheinlich zwei Stunden sind wir alle tot.

Ich bin Finn, 18 Jahre alt. Ich stehe auf Fotosynthese - und mag seit Kurzem keine Waffeln mehr.«

Kaja Bergmann

Mnemophobia

144 Seiten
Klappenbroschur
Edition 211
im Bookspot Verlag
ISBN 978-3-95669-049-5
12,95 €

Nemo, zwanzig Jahre alt, lebt in einem schwarzen Leuchtturm. Der war nicht immer schwarz. Erst seit jenem Tag. Seit dem Autounfall. Der Unfall, durch den Nemo sein Augenlicht und seine Freundin Merle ihre Stimme verlor. Ein zu heißer Tag, ein zu müder Kopf, ein zu großer Baum. Nemo saß am Steuer. Seitdem versucht er zu vergessen und verschanzt sich in seinem Leuchtturm an der Küste.

Doch einige wenige Menschen lässt er noch in sein Refugium. Da ist natürlich die stumme Merle, immer in seiner Nähe, da sind Darius und dessen Freundin Luna sowie Emma, eine Zufallsbekanntschaft. Und dann ist Luna plötzlich verschwunden und die Polizei steht vor der Tür …

Fesselnd, mystisch und verstörend – ein ungewöhnlicher All-Age-Thriller für Leser ab 14 Jahren.

Von der Autorin von »Der Mephisto-Deal«, nominiert für den Hansjörg-Martin-Preis 2015!

Petra Mattfeldt

Der Jahrbuchcode

208 Seiten
Klappenbroschur
Buntstein Verlag
ISBN 978-3-95669-023-5
9,99 €

Wer zu lange gewartet hat und auf den letzten Drücker in eine AG gehen muss, hat keine andere Wahl als die unter den Schülern unbeliebte Jahrbuch-AG, denn da waren stets noch Plätze frei. Niklas, Lilly und Philipp treffen dort aufeinander und müssen auch noch den faulen Eltis mitschleppen.

Doch schon bald entpuppt sich die scheinbar langweilige Aufgabe, am Computer mit allen Texten und Klassenfotos das neue Jahrbuch der Schule zusammenzustellen, als brisant. Denn die Gruppe stößt bei der Sichtung der früheren Jahrbücher auf ein seltsames Phänomen: Jahr für Jahr taucht dort auf einem Klassenfoto der jeweiligen 10c der immer gleiche unbekannte Junge auf, der scheinbar nicht älter wird. Wer ist das und wie kam er überhaupt in die Jahrbücher? Gemeinsam versuchen sie das Geheimnis zu lösen und stoßen dabei auf eine schier unglaubliche Geschichte…

Ein fesselnder Jugend-Krimi von Petra Mattfeldt – Spannung bis zur letzten Seite, garantiert nichts für schwache Nerven!

Bitte beachten Sie die Leseprobe auf den folgenden Seiten!

1. Kapitel

Als Niklas am ersten Schultag nach den Sommerferien müde die Stufen zu dem alten Bauwerk hinaufstieg, ahnte er noch nicht, dass dieses Jahr das aufregendste seines bisherigen Schullebens werden sollte. Das Backsteingebäude war Anfang des 19. Jahrhunderts errichtet und seitdem immer wieder durch Anbauten erweitert worden. Im Laufe der Zeit war eine verschachtelte Anlage entstanden, in der sich die neuen Schüler in den ersten Tagen regelmäßig verirrten. Das alte Gemäuer mit den kleinen Treppen und die modernen Erweiterungen und Verbindungen von einem Trakt zum anderen gaben Niklas auch nach fünf Jahren, die er inzwischen auf diese Schule ging, das Gefühl, immer noch etwas Unbekanntes und Geheimnisvolles entdecken zu können. Der in seinen Augen wichtigste Umbau stand unmittelbar bevor: Die alte Turnhalle sollte abgerissen und durch eine neue, größere ersetzt werden. Die neue Halle würde die vorgeschriebenen Maße haben, um dort künftig die Punktspiele im Basketball austragen zu können. Als begeisterter Basketballspieler konnte Niklas es kaum erwarten.

Der schlaksige Junge mit der mokkafarbenen Haut und den Locken war jetzt in der neunten Klasse, was zu seinem großen Bedauern bedeutete, dass er sich dringend in einer Arbeitsgemeinschaft anmelden musste. Um die Zulassung fürs Abitur zu bekommen, waren mindestens dreißig Stunden nachzuweisen, die er bisher nicht einmal ansatzweise zusammenbekommen hatte. Seit er das Gymnasium besuchte, waren die Schuljahre nur so verflogen. Bisher hatte er es gerade mal auf ein halbes Jahr in der Theater-AG gebracht. Das war in der siebten Klasse, und genau genommen auch nur, weil Lilly dabei war. Soweit er wusste, hatte sie bei jeder Theateraufführung der letzten Jahre die Hauptrolle gespielt. Kein Wunder. Lilly mit ihrer Ausstrahlung, ihren langen, glatten blonden Haaren, der zierlichen Figur und natürlich diesen unglaublich blauen Augen! Beim Gedanken an sie spürte er leichte Röte im Gesicht aufsteigen. Um sich abzulenken, beschleunigte er seinen Schritt, bis er den Raum mit dem Schild erreicht hatte, auf dem in großen Lettern »JAHRBUCH-AG« stand. Hätte Niklas gewusst, wie sehr sich sein Leben von diesem Moment an verändern würde, hätte er die Tür vielleicht gar nicht erst geöffnet.

»Bin ich zu früh?«

Er war in der offenen Tür stehen geblieben und sah den Schulrektor, der in lässiger Haltung auf dem Pult saß, fragend an.

»Nicht zu früh. Nur der Erste, würd' ich sagen.« Dr. Dornbracht musterte Niklas mit mäßigem Interesse. Ihm war nicht entgangen, dass die Jugendlichen, die sich für die Jahrbuch-AG einschrieben, das meist nicht ganz freiwillig taten. In der Regel meldeten sich nur jene an, die während der letzten Schuljahre nicht genügend Pflichtstunden zusammengebracht hatten. Also mussten sie auf den letzten Drücker die AG nehmen, die unter den Schülern auf das geringste Interesse stieß und somit stets Plätze frei hatte: die Jahrbuch-AG. Wie der Name schon sagte, stellte diese AG ein Buch über das abgelaufene Schuljahr zusammen – einschließlich Fotos und kurzen Textbeiträgen –, etwas, was bei den meisten Schülern ein Gähnen hervorrief.

»Leiten Sie die AG, Dr. Dornbracht?«

Zu Niklas' Erleichterung schüttelte der Rektor den Kopf.

»Nein. Ich habe hier nur aufgeschlossen. Es gibt gar keine Fachkraft, die die AG leitet. Sie besteht ausschließlich aus Schülern. Und die müssen dafür sorgen, rechtzeitig vor den nächsten Sommerferien das fertige Jahrbuch abzuliefern, um ihre Teilnahmebestätigung zu erhalten. So einfach ist das!«

Niklas bemühte sich, seine Freude darüber nicht zu offensichtlich zu zeigen. Mit Dr. Dornbracht sollte man es sich besser nicht verderben. Der Schulleiter wurde zwar von den Schülern respektiert, hatte andererseits aber auch den Ruf, seine Klassen hart ranzunehmen. Er war einer der Lehrer, die ohne die leiseste Vorwarnung Arbeiten schreiben ließen, völlig unerwartet kleine Prüfungen abhielten und auch mal die Eltern einbestellten, wenn ihnen das Verhalten eines Schülers gegen den Strich ging. Bei alldem war er zwar nicht unfair, doch die Aussicht, ein ganzes Jahr lang eine AG bei ihm zu belegen, fand Niklas nicht gerade reizvoll.

Der Rektor erhob sich vom Pult und rückte beim Aufstehen seine Krawatte gerade. Er war auffallend groß, trug einen grauen Anzug, und sein Haar war bis auf wenige silberne Stellen dunkel und voll. Wie alt er wohl war? Durch seine sportliche Figur wirkte Dr. Dornbracht vermutlich jünger, als er tatsächlich war. Zwischen vierzig und fünfundvierzig, schätzte Niklas.

»Dieses Jahr wird es etwas schwierig für euch. Diejenigen, die in den letzten Jahren dabei waren, haben alle vor den Sommerferien Abitur gemacht. Es ist also keiner mehr da, der euch helfen könnte.« Der Schulleiter grinste schräg und kam auf Niklas zu, der noch immer wie angewurzelt in der Tür stand.

»Ihr könnt euch also nur die Exemplare der letzten Jahre vornehmen und auf die Bilder und Dateien zugreifen, die im Computer sind.« Er drückte Niklas einen großen und einen kleineren Schlüssel in die Hand.

»Was ist das?«

»Der Sicherheitsschlüssel ist für die Tür dieses Raums. Und der Kleine für das Pult da drüben. Da ist alles drin. Und da du der Erste bist, ernenne ich dich hiermit zum Verantwortlichen der diesjährigen Jahrbuch-AG. Viel Spaß dann.«

Er schob sich an Niklas vorbei, dem es wortwörtlich die Sprache verschlagen hatte.

»Ach ja, wie heißt du gleich?«

»Niklas, Niklas Rehberg.«

»Gut, Niklas. Dann viel Erfolg. Wer weiß, vielleicht kommen ja noch ein paar Schüler.«

Pfeifend schlenderte Dr. Dornbracht den Flur entlang und ließ einen völlig verdutzten Niklas zurück. Er blieb noch einem Moment im Türrahmen stehen, ging dann zum Pult hinüber und nahm den Platz ein, auf dem eben noch der Rektor gesessen hatte. Er sah sich um. Der Raum war alles andere als schön. Die weiß gestrichenen Wände waren nackt und kahl, kein einziges Poster oder Bild schmückte sie. In den anderen AG-Räumen, die Niklas kannte, gab es Grünpflanzen und Schränke, zumindest eine Uhr. Hier jedoch standen lediglich sechs Tische, zwölf Stühle und das Pult. Alles wirkte trostlos, und Niklas' Stimmung war auf dem Tiefpunkt angelangt. Er ärgerte sich grün und blau. Hätte er sich doch nur früher um eine vernünftige AG bemüht! Nicht nur, dass er sich für die langweiligste AG angemeldet hatte, nun war ihm auch noch die Verantwortung für das Jahrbuch aufgebrummt worden, für etwas, was ihn nicht im Mindesten interessierte.

Und wie es aussah, würde er der Einzige in dieser AG bleiben. Selbst wenn er überhaupt ein Jahrbuch zustande brachte, mit denen der letzten Jahre würde es bestimmt nicht mithalten können. Er sah auf die Uhr. Zehn vor zwei. Noch zehn Minuten bis zum Beginn der AG. Es konnten also durchaus noch Schüler kommen. Und wenn nicht, würde er hier eine Schulstunde allein herumsitzen und alte Jahrbücher wälzen.

Das Schuljahr fing ja gut an! Er hegte die stille Hoffnung, dass wenigstens die Lehrer besser waren als in den letzten zwei Jahren. Aber schlimmer konnte es kaum kommen. Bei so manchem Pädagogen bezweifelte Niklas, dass dieser je ein Studium abgeschlossen hatte. Beispielsweise bei Herrn Thurn, seinem Chemielehrer. Woche für Woche führte er mit den Schülern Versuche durch, von denen einer nach dem anderen danebenging. Herr Thurns Frage im Anschluss daran – »Und, was konntet ihr beobachten?« – war in der Klasse längst zum Treppenwitz geworden. Herr Thurn wollte von ihnen gewiss nicht hören, was sie bei den Versuchen tatsächlich beobachtet hatten, denn das hätte gar nicht passieren sollen. So schrieben die Schüler brav das von der Tafel ab, was dem Chemielehrer zufolge hätte eintreten müssen, wenn ihm der Versuch gelungen wäre.

Und auch in Deutsch konnte es nur besser werden. Seine Lehrerin der letzten zwei Jahre war vor den Sommerferien in Frühpension gegangen. Was für ein Glück. So konnte sie keinen weiteren Schaden anrichten. Unzählige Deutschstunden hatte sie damit vergeudet, den Schülern ihr gemeines Verhalten vorzuwerfen und die Gekränkte zu geben. Und da wunderte sich diese alte Schachtel auch noch, dass sie keiner mehr ernst nahm! Ausgerechnet Niklas musste in ihre Klasse geraten, wo er doch Deutsch als Leistungskurs nehmen wollte. Doch nun, da zwei Jahre ungenutzt verstrichen waren, würde er sich das wahrscheinlich abschminken können. In Gedanken ging er die restlichen Fächer des vor ihm liegenden Schultags durch, als ein ihm unbekanntes Kugelgesicht mit Rotschopf in den Raum lugte.

»Ist das hier die Jahrbuch-AG?«

Niklas sprang vom Pult auf und ging seinem Leidensgenossen freudig entgegen. Er war mehr als erleichtert, wenigstens einen Mitstreiter an seiner Seite zu haben.

»Klar, Jahrbuch, das ist hier. Ich bin Niklas Rehberg, 9d.«

Er schüttelte dem verblüfft dreinblickenden Jungen kräftig die Hand.

»Philipp Andres, 8b. Freut mich.«

Ein weiterer Junge betrat den Raum. Den kannte Niklas allerdings, und er hob nur kurz die Hand und presste ein »Hi« durch die Lippen.

Philipp hingegen schien von der netten Begrüßung durch Niklas geradezu elektrisiert, er ging auf den Neuankömmling zu, ergriff seine rechte Hand und schüttelte sie heftig.

»Philipp Andres, 8b!«, rief er begeistert.

»Hast du 'ne Schraube locker? Lass sofort meine Hand los, Fettbacke, sonst setzt es was!« Der Neue zog seine Hand zurück, und Philipp sah Niklas fragend an.

»Das ist Eltis Benner«, erklärte der. »9d, genau wie ich.«

»Eltis? Klingt fast wie Iltis!« Philipp kicherte.

»Du kriegst gleich eine, Fettklops!«

Eltis hob drohend die Faust. Niklas machte eilig einen Schritt auf ihn zu.

»Halt den Ball flach, Alter. Es war nur 'n Spruch, und außerdem stimmt es. Wenn du hier mitmachen willst, reißt du dich direkt zusammen. Deine übliche Nummer zieht hier nicht, klar?«

Auch Eltis machte einen Schritt auf Niklas zu. Sie standen sich gegenüber wie zwei Kampfhunde, die sich jeden Moment aufeinander stürzen würden.

»Ach ja? Wer ist der Kerl? Dein Bruder? Und wieso entscheidest du, wer hier mitmacht und wer nicht? Hast du hier das Sagen oder was?« ...

Petra Mattfeldt

Multiversum – Der Aufbruch

336 Seiten
Klappenbroschur
Buntstein Verlag
ISBN 978-3-95669-028-0
9,99 €

Tom Stafford weiß nicht, wie ihm geschieht: Mit neun Jahren verliert er seine Eltern bei einem Bootsunfall, sechs Jahre später erhält er plötzlich eine Nachricht – geschrieben von seiner Mutter! Doch damit nicht genug: Die Botschaft scheint aus dem Mittelalter zu stammen …

Wie kann das sein? Liegt die Antwort etwa in der »Viele-Welten-Theorie«? Sie besagt, dass es eine Vielzahl von Universen gibt, die nebeneinander existieren und sich an manchen Stellen überschneiden. Tom und der Historiker Maximilian Winter stellen Nachforschungen an – und verschwinden dabei selbst spurlos …

Facettenreich und rasant – ein Roman für Jugendliche ab 12 Jahren, wie ein Wirbelwind aus einer anderen Welt!

»Die bildhafte Beschreibung ihrer Figuren, eine große Stärke der Autorin, macht es dem Leser leicht, sich in der Story zurecht zu finden. Und so kommt es dem Leser fast vor, als wenn er kein Buch liest, sondern vielmehr ein Film vor seinem inneren Auge abläuft. Hochverdiente 5 Sterne sowie eine Leseempfehlung!«
www.mundolibris.blogspot.de

»Petra Mattfeldt schaffte es, mich mit der Geschichte nicht nur zu faszinieren, sondern auch zum Mit- und Nachdenken anzuregen. Was wäre, wenn ihre Theorie tatsächlich existieren würde?« Carmen Vicari, Amazon Vine Programm